जर्मन क्राइम फ़िक्शन

लुगदी रसोई

और अन्य कहानियाँ

जर्मन क्राइम फ़िक्शन

लुगदी रसोई

और अन्य कहानियाँ

सम्पादन

नमिता खरे

वाणी प्रकाशन

प्रकाशन के उत्कृष्टतम 62 वर्ष

vaniprakashan.com

सजिल्द पहला संस्करण : 2025

वाणी प्रकाशन

4695, 21-ए, दरियागंज, नयी दिल्ली-110 002

फ़ोन : + 91 11 23273167, 23275710

शाखाएँ

अशोक राजपथ, पटना-800 004, बिहार

कॉफ़ी हाउस कैम्पस, महात्मा गांधी मार्ग, प्रयागराज-211 001, उत्तर प्रदेश

महात्मा गांधी अन्तरराष्ट्रीय हिन्दी विश्वविद्यालय, वर्धा-442 001, महाराष्ट्र

sales@vaniprakashan.in
vaniprakashan@gmail.com

Lugdi Rasoi Tatha Anya Kahaniyan
Edited by Namita Khare

ISBN : 978-93-6944-053-5
Collection of Stories

चित्र : यूलिया खोर्रमी

मूल्य : ₹ 495

आर. टेक ऑफ़सेट, दिल्ली-110 093 में मुद्रित

वाणी प्रकाशन का लोगो मक़बूल फ़िदा हुसैन की कूची से

आभार

साहित्य के अनुवाद के माध्यम से विभिन्न भाषाओं में सार्थक संवाद को जर्मन अनुवादक कोष की "वाइस-वर्सा अनुवाद परियोजना" बढ़ावा देती आयी है। इस संस्था की सहायता से जर्मन से हिंदी और हिंदी से जर्मन अनुवादिकाएँ व अनुवादक एक कार्यशाला में शामिल हुए और इसी दौरान जर्मन अपराध कथाओं का हिंदी में अनुवाद करने का विचार आया। मैं सभी प्रतिभागियों की बहुत आभारी हूँ कि उनका योगदान–अनुवाद और प्रतिक्रिया दोनों के सन्दर्भ में–इस संकलन की योजना को सफल बनाने में सहायक रहा।

दून विश्वविद्यालय के जर्मन अध्ययन विभाग को इस संकलन के विभिन्न चरणों में स्थान और संसाधन उपलब्ध कराने के लिए हार्दिक आभार। मैक्स म्युलर भवन, नयी दिल्ली को भी वित्तीय सहयोग के लिए आभार प्रकट करती हूँ। इस संस्था की मदद से ही अनुवाद के दूसरे चरण में अनुवादिकाओं व अनुवादकों को देहरादून में बुला पाना सम्भव हुआ। इस संकलन के विभिन्न चरणों में कई विशेषज्ञों से मदद मिली जिसके लिए मैं बेहद आभारी हूँ।

मैं सभी लेखिकाओं और लेखकों की आभारी हूँ कि उन्होंने अपनी कहानियों को इस संकलन में संग्रहित करने की अनुमति दी। अन्त में मैं वाणी प्रकाशन और विशेष रूप से अदिति माहेश्वरी गोयल को न केवल इस संकलन के प्रकाशन को सहमति देने के लिए बल्कि इस परियोजना में उनके अटूट विश्वास के लिए भी अपना हार्दिक आभार व्यक्त करती हूँ।

भूमिका

जब साहित्य में जुर्म, धोखे और बदले के मसालों को मिलाकर साहित्यिक पकवान तैयार होते हैं तो 'लुगदी रसोई' जैसी कहानियाँ अस्तित्व में आती हैं। प्रस्तुत कहानियाँ-जैसा कि संकलन के नाम से ज़ाहिर है-अपराध कथा की शैली में शामिल हैं। यह शैली देश-विदेश में लंबे समय से जटिल कथानकों, रोमांचकारी रहस्यों और आपराधिक दिमाग की खोज से पाठिकाओं / पाठकों को आकर्षित करती आई है। इसमें अपराध की जांच और न्याय की खोज निहित है और साथ ही वह मानव व्यवहार, सामाजिक मानदंडों, नैतिक प्रश्नों और न्याय की प्रकृति और अपराध और सजा के आसपास की नैतिक दुविधाओं की जटिलताओं को समझने का मौक़ा देती है। मगर इस शैली को साहित्य में लंबे समय तक दोयम दर्ज़ा ही मिल सका।

अपराध कथाओं में यह दर्ज़ा महिलाओं को मिलता रहा है। अधिकतर कथाओं में या तो लेडीज़ लापता हैं, और अगर हैं भी तो एक तरफ़ वे "इंसाफ़ मांगती बहू" या "हँसती लाश" हैं, जो असहाय हैं, जिन्हें बचाव की ज़रूरत है। और दूसरी तरफ़ वे "फरेबी औरत" हैं या "विषकन्या", जिनका आकर्षण जहरीला है। हिन्दी अपराध साहित्य में तो औरतों की लेखनी भी कमोबेश अनुपस्थित है जबकि साहित्य की अन्य विधाओं में उनके योगदान को किसी भी तरह नकारा नहीं जा सकता।

प्रस्तुत संकलन इस अंतर को कम करने के प्रयास में एक कदम है। इसमें अधिकतर कहानियाँ जर्मन-भाषी महिलाओं द्वारा लिखी गई हैं और सभी महिलाओं के बारे में हैं। लेकिन वे सिर्फ़ पीड़िता नहीं हैं, कई कहानियों में तो वे ही उस रचना का कारण हैं। वे फ़ैसला अपने हाथ में लेती हैं। कई बार वे अपने जीवन को अपने नज़रिये से आकार देने के लिए हत्यारी भी बन जाती हैं। संकलित कहानियाँ जर्मन-भाषी देशों (जर्मनी, ऑस्ट्रिया और स्विट्ज़रलैंड) की सामाजिक पेचीदगियों को

अपराध कथा के रोमांचकारी तत्वों के साथ मिलाकर एक खास सांकृतिक परिप्रेक्ष्य में ले जाती हैं। ये पाठिकाओं / पाठकों को नए अनुभवों का अवसर देती हैं और मानव स्वभाव के सार्वभौमिक विषयों को भी उजागर करती हैं। यह संकलन हमें न सिर्फ अंतर-सांस्कृतिक संवाद बल्कि आस्वाद के लिए भी आमंत्रित करता है।

अनुक्रम

कंजी आँखें

निदेशिका मोनिका डॉर्नहोफर झुँझलाकर अपराध शाखा के उस अधिकारी को देखने लगी। "सुनिए, अब तक इतने सारे जाँच अधिकारी आ चुके हैं और हर बार मैंने वही कहानी दोहराई है। अब और कितनी बार सुनाऊँ? और वैसे भी मुझे, चाहे आप और आपके सहकर्मी यह बात मानें या न मानें, काम भी करना होता है।" वह अपने दफ़्तर के दरवाज़े की ओर बढ़ गई।

ए.सी.पी. सार्कोव्स्की उसे व्यंग्यात्मक लहज़े में मुस्कुराते हुए देख रहा था। "कहीं आपका फ़रार होने का इरादा तो नहीं है?"

"आपको मसखरी सूझ रही है! पहले मुझे यह जाँच करनी है कि जानवरों की ख़ुराक में विटामिन सही मात्रा में डाले गए हैं कि नहीं, उसके बाद मैं फ़रार होऊँगी।"

"मैं आपके साथ चलता हूँ।"

"फ़रार होने?"

"मज़ाक़ अच्छा है!"

अपराध शाखा का वह अधिकारी उसके पीछे-पीछे चलने लगा। उसके चमचमाते पेटेंट लेदर के जूतों की कीलें जड़ी एड़ियों की हेकड़ीभरी खट-खट को सहना मोनिका के लिए मुश्किल था।

और इसके अलावा सार्कोव्स्की ने कलफ़ लगे कॉलर वाली झक सफ़ेद कमीज़ पहनी हुई थी और उसकी तीन सौ यूरो की टाई पर सुनहरी पिन लगी थी। उसे बदबूदार भोजनशाला में ले जाने में मज़ा आएगा।

"आप क्या जानना चाहते हैं?" लम्बी साँस भरते हुए उसने सीढ़ियों से उतरते-उतरते पूछा।

"चिड़ियाघर में ये रहस्यमयी दुर्घटनाएँ कैसे शुरू हुईं?"

"इसकी शुरुआत तब हुई जब मैं तीन दिन के लम्बे इन्तज़ार के बाद फिर से अपने दफ़्तर में अन्दर जा पाई। मज़दूरों ने मनों कचरा और मलबा छोड़ दिया था और जिधर भी देखो..."

...फ़र्श पर धूल-मिट्टी और पीओपी पड़ा हुआ था। इसे देखकर किसी का भी पारा चढ़ जाता! निदेशिका मोनिका डॉर्नहोफर ने अपनी मेज पर पड़ी प्लास्टिक की शीट को झटके से हटाया और एक बड़े से पीले बोरे में ठूंस दिया। चलो अब वो फिर से अपने दफ़्तर में काम कर पायेगी। माना कि अब भी सिलिकॉन और पेंट की गंध आ रही थी पर एयरकंडीशनर जल्द ही निर्माणकार्य से जुड़ी इस बदबू को उड़ा देगा।

उसने खिड़की के काँच पर लगे एक चेतावनी संकेत को हटाया। जब वह फ़र्श पर घुटनों के बल बैठी वॉल टू वॉल कार्पेट से टेप हटा रही थी तभी दरवाज़े पर खटखटाहट हुई। इससे पहले कि वह जवाब दे पाती, ठेकेदार डिम्प्फष्टींगल उसके दफ़्तर में आ गया।

उसे उस ठिगने, थुलथुल आदमी और उसकी लसलसी, नाटी-मोटी उँगलियों से घिन आती थी। वह लगातार इसी कोशिश में रहता था कि वह इन उँगलियों से उसे जकड़ ले और इनसे हमेशा क़िस्म-क़िस्म के माँस की गंध आती थी। पर उसकी नफ़रत की वजह सिर्फ़ उसके सलीके में कमी नहीं थी बल्कि ख़ासकर उसके भद्दी, द्विअर्थी बातों से लगाव की वजह से थी।

"आप आराम से वैसे ही रहिए जैसे हैं," वह खरखराते हुए बोला।

"आप अपने तिरछे दीदों को फिर से सीधा कर लीजिए," मोनिका ने जवाब दिया और उठ गई और अपने स्कर्ट को ठीक कर लिया।

नियमित जॉगिंग और पाइलेट्स व्यायाम की बदौलत चालीस की उम्र पार करने के बावजूद वह पूरी तरह चुस्त-फुर्त थी। माना कि वह कैथरीन ज़ीटा-जोन्स जैसी नहीं दिखती मगर डिम्प्फष्टींगल से बेशक दो हाथ आगे थी। हालाँकि उसे मोनिका से नजदीकी बढ़ाने की अपनी कोशिशों में इससे किसी भी तरह की बाधा नहीं मालूम पड़ती थी।

उसने गुड़गुड़ाती, लिजलिजी सी आवाज़ में बताया, "हमारा काम अब करीब-करीब ख़त्म होने वाला है कुमारी डॉर्नहोफर," उसने कुमारी शब्द पर यों ज़ोर दिया कि मानो वह इस अवस्था को अपने इन्हीं करकमलों से दुनिया से दूर करना चाहता हो। बस अभी इसी मेज पर। "बस एक-दो छोटी-मोटी चीज़ें बाक़ी हैं और फिर काम ख़त्म। क्या आप आज नौ बजे के करीब रात का खाना मेरे साथ खाना चाहेंगी?"

"क्या उस समय आपकी बीवी और बच्चे सो चुके होंगे?"

उसने अपने निचले होंठ को आगे कर दिया मानो हामी भर रहा हो।

"कहाँ मिलना है?" मोनिका ने पूछा।

"प्लाक्हुत्ता में।"

किस वाले में, हीत्सिंग, नुसडॉर्फ या वॉलत्साइले?"

"ज़ाहिर है वॉलत्साइले।"

"ठीक है तब मुझे मालूम है कि मैं आज रात कहाँ नहीं जाऊँगी।"

डिम्प्फष्टींगल ने उसकी बात अनसुनी कर दी। "क्या मैं आपसे कुछ निजी बात कर सकता हूँ?"

"नहीं।"

"क्या आप सौ यूरो के बदले मेरे साथ सोएंगी।"

मोनिका की आँखें फैल गईं। "आपके साथ सेक्स? माना कि मैं हॉट हूँ पर अभी इतनी बदहाली नहीं है," उसने जवाब दिया।

डिम्प्फष्टींगल ने मुँह बिचकाया। "ओह, मुझे उन पैसों की ज़रूरत थी... ख़ैर कोई बात नहीं।"

दांत दिखाते हुए उसने दफ़्तर में इधर-उधर देखा और अपनी सूअर सी आँखों को सुबह की तेज़ धूप में मिचमिचाने लगा। फिर उसने अपने सूट की ठुँसी हुई पैंट से एक पुर्जा सा निकाला। "ये रहा बिल।"

उस तुड़े-मुड़े कागज पर नज़र डालते ही मोनिका चौंक कर बोल पड़ी "आठ

हज़ार यूरो!" और टैक्स उसके ऊपर से। उसका दिमाग़ तो ठीक है न? "हम लोगों की तो टैक्स सहित हद से हद पाँच हज़ार यूरो की बात हुई थी!"

"क्या करें।" डिम्प्फष्टींगल ने अपने कंधे उचका दिए। "खिड़की की पुरानी चौखटों को बाहर निकालने में जितना सोचा था उससे ज़्यादा समय लग गया। वैसे भी इस इमारत की हालत बहुत बढ़िया नहीं है। उसपर से हमने छाया देने और सर्दी को रोकने वाला तीन परतों का बेहद मज़बूत काँच लगाया है जो पराबैंगनी किरणों को अवरुद्ध करता है... ई-यू निर्माण नियम। और हाँ हमें यह भी नहीं भूलना चाहिए कि यह संरक्षित इमारत है।"

मोनिका खिड़की के नए काँच को देख रही थी जो नीचे फ़र्श तक लगा था और जिससे जानवरों के बाड़े का बहुत बढ़िया नज़ारा देखने को मिल रहा था। डिम्प्फष्टींगल जो चाहे उसे बता दे। उसे निर्माण नियम और काँच की दीवारों को जोड़ने के बारे में कुछ नहीं मालूम, नहीं तो वो श्योंब्रुन चिड़ियाघर की निदेशिका होने के बजाय आर्किटेक्ट न बन जाती।

"जहाँ तक मुझे याद है आपको सिर्फ़ वैसा मज़बूत काँच लगाना था जैसा निर्धारित है, न कि ये जेम्स बॉन्ड क़िस्म की तरकीबों वाला।"

"हाँ और एक-आध साल में पराबैंगनी किरणों सम्बन्धित फिर कोई नया नियम आ जाए, इसलिए हमने अभी ही उसका भी ध्यान रख लिया। और हाँ इस काँच से छाया भी रहेगी।"

"जी, आपने यह पहले भी बोला था।" मोनिका की आँखें सूरज की रोशनी में चौंधिया रही थीं। "पर सच कहूँ तो मुझे इसका असर नहीं दिख रहा।"

डिम्प्फष्टींगल ने अपनी नाटी-मोटी उँगलियों को पैन्ट की जेबों में घुसा लिया, पंजों के बल उचकते हुए उसने अपनी तोंद फुला ली। "वैसे भी पैसा तो ऑस्ट्रिया गणतंत्र दे रहा है। और इसके बावजूद मैं आपको आधा प्रतिशत छूट दे सकता हूँ।"

"अरे, इतनी मेहरबानी कैसे और क्या यह मज़बूत काँच वाकई नियमानुसार है?"

"ज़ाहिर है।" डिम्प्फष्टींगल ने उस काँच पर जिसपर कुछ देर पहले तक एक संकेत लगा हुआ था अपनी नाटी-मोटी उँगली सटा दी और एक तैलीय छाप छोड़ दी। देखिए, यह किसी भी बमबारी का सामना कर सकता है।

"हे भगवान, यह तो पहले वाला काँच भी कर ही लेता।"

"ठीक है, मैं आपको अभी दिखाता हूँ," डिम्प्फष्टींगल भुनभुनाते हुए बोला,

एक-दो कदम पीछे हुआ और फिर अपने कंधे को आगे करके तेज़ी से काँच से जा टकराया।

काँच खनखनाते हुए फ़र्श से लेकर छत तक चनक गया और एक तरफ़ उसकी किरचें बूंदों की तरह बरस पड़ीं और दूसरी तरफ़ डिम्प्फष्टींगल चीख़ते हुए नीचे गिर गया।

मोनिका खिड़की के पास आई। सुबह की ताज़ी हवा उसके दफ़्तर में बह रही थी। बिना किसी भाव के उसने दो मन्ज़िल नीचे की ओर देखा। डिम्प्फष्टींगल ने गिरते वक़्त ख़ुद को बचाने के लिए अपनी टाँगों को आगे कर दिया था, साफ़ दिख रहा था कि वे टूट गई थीं। अब वह चिल्लाते हुए हाथ के बल जानवरों के बाड़े से दूर होने में लगा था, उस बाघ से दूर जो उसपर हमला करने वाला था—वैसे खाना मिलने का वक़्त तो दोपहर को था।

उसी पल दरवाज़े पर खटखटाहट हुई।

"आ जाइए!" मोनिका ने आवाज़ दी।

नीली वर्दी पहने एक कारीगर बगल में बड़ा सा काँच लिए अन्दर आ गया।

"वाह, आप तो बहुत फुर्तीले निकले," मोनिका ने कहा।

"हूँ... हाँ," उस कारीगर ने बुदबुदाया और दीवार के उस छेद को एकटक देखने लगा। "क्या आपने उस चेतावनी संकेत को नहीं देखा था? यह उस मज़बूत काँच का आख़िरी भाग है जिसे लगाना अभी बाक़ी था।"

सरकारी वकील ने माँग की थी कि बाघ को गोली मार दी जाए लेकिन निष्ठावान पशु अधिकार समर्थिका होने के नाते मोनिका डॉर्नहोफर ने उस जंगली बिलाव को बचाने का अभियान चला दिया था। आख़िर यह उस बाघ की नैसर्गिक प्रवृति थी कि वो शिकार करे। इस याचिका पर पाँच हज़ार चिड़ियाघर के आगंतुकों ने दस्तखत किया था और इससे दोगुना लोगों ने ऑनलाइन—जिसके फलस्वरूप उस मलय मादा बाघ एली को ज़िन्दा रहने की इजाज़त मिल गई। इसके अलावा यह ठेकेदार डिम्प्फष्टींगल की ख़ुद की ग़लती थी कि वह काँच की मज़बूती को दिखलाने के लिए खिड़की से सीधे बाड़े में कूद गया था। और इस मामले में वह अख़बार भी कुछ नहीं कर पाया जिसने इस घटना की ख़बर को सटीक सा शीर्षक दिया था : *शेर बना शेरनी का शिकार!*

इस याचिका का एक और फ़ायदा हुआ : रातोंरात श्योंब्रुन चिड़ियाघर सभी मीडिया में उपस्थित था। एली को देखने के लिए पहले से ज़्यादा आगंतुक आने

लगे, हालाँकि उस दुर्घटना से उसका हाज़मा थोड़ा ख़राब हो गया था। पर वैसे वह धूप सेकती शान्ति से अपनी चट्टान पर लेटी हुई कभी-कभी जम्हाई लेती रहती थी। इसके अलावा कई हज़ार यूरो का दान चिड़ियाघर के खातों में पहुँच गया था और बहुत सी नगदी तिजोरी में।

ज़ाहिर सी बात है कि जहाँ इतनी रोशनी होगी वहाँ परछाईयाँ भी दूर तक फैलेंगी। मोनिका को इस बात का तब एहसास हुआ जब वह डिम्प्फष्टींगल की मौत के दो हफ़्ते बाद अपने दफ़्तर में फिर से अन्दर जा रही थी क्योंकि वह मेज पर अपना मोबाईल भूल गई थी।

मोनिका गलियारे में रुक गई और अपनी साँस रोक ली। ये क्या बकवास...? दरवाज़े की झिर्री से टॉर्च की टिमटिमाती रोशनी झलक रही थी। ये तो कोई चोर ही हो सकता है, उसके दिमाग़ में ये बात कौंधी। स्वभावतः उसने अपने हैन्ड्बैग में हाथ डाला कि पुलिस को ख़बर करे, मगर...

धत्त तेरे की!... उसका फ़ोन तो दफ़्तर में पड़ा था। तो उसने अपना वो पेपर-स्प्रे बैग से निकाला जिसे उसने तब ख़रीदा था जब ठेकेदार डिम्प्फष्टींगल की नजदीकियाँ बढ़ाने की कोशिशें ज़ोर पकड़ने लगी थीं। उसने धीरे से दरवाज़ा खोला और अपने दफ़्तर में अन्दर चली गई।

जैसा सोचा था चोर दीवार में लगे सेफ के सामने बैठा हुआ था, उसने अपने दांतों के बीच तेज़ रोशनी वाली टॉर्च पकड़ी हुई थी और एक तार को ताले में इधर-उधर घुमा रहा था। उस आदिकालीन तिजोरी को खोलने के लिए किसी को जादूगर हूदीनी होने की ज़रूरत नहीं थी क्योंकि वो उतनी ही ज़र्जर थी जितने भूतपूर्व हाब्सबुर्ग सम्राट की श्योंब्रुन इमारतें।

चोर ने स्याह सा ट्रैक सूट पहना हुआ था और काली, ऊनी टोपी। उसका बस चलता तो वो उस चोर को खिड़की से एली के बाड़े में उछाल देती, पर वहाँ लगे मज़बूत काँच की वजह से अब यह सम्भव नहीं था।

मोनिका दबे पाँव आगे बढ़ी, उसने पेपर-स्प्रे वाली बांह को ऐसे आगे बढ़ाया हुआ था कि मानो 45 कैलिबर की मैग्नम रिवॉल्वर पकड़े हो। जब वो उस आदमी के एकदम पीछे पहुँच गई तभी तिजोरी का दरवाज़ा खुल गया। "क्या मैं आपकी मदद कर सकती हूँ?" उसने पूछा।

चोर अचकचा के घूमा और उसकी टॉर्च की रोशनी में मोनिका की आँखें चौंधिया गईं। उसी पल उसने पूरे दम से स्प्रे चला दिया।

वह आदमी चीख़ पड़ा और उसके भिंचे हुए दांतों के बीच से एक गाली फूट पड़ी। "मैं तुझे ख़त्म कर दूँगा, कमीनी बुढ़िया।"

"कमीनी बुढ़िया?" मोनिका ने दोहराया और उसके चेहरे पर फिर से स्प्रे चला दिया।

मोनिका को उसकी चीख़ते हुए पैसे वाली सन्दूकची को पकड़ने और झटके से उठने की आवाज़ सुनाई दी। और अगले ही पल उसने वो सन्दूकची मोनिका के चेहरे पर दे मारी और उसे धक्का देते हुए वह दफ़्तर से गलियारे में चला गया।

मोनिका ने अपने जबड़े को सहलाया। क्या चूतियापा है! अब वो इस बदजात से हिसाब चुकता करेगी।

उसने अपनी ऊँची एड़ी के जूते उतारे और उस आदमी के पीछे-पीछे सीढ़ियों की ओर दौड़ गई। कुछ ही मीटर आगे उसे बाहर के दरवाज़े के खुलने की और उसके बाहर भागने की आवाज़ सुनाई दी। वह बस इतना ही देख पाई कि वह उस भवन से बायीं ओर मुड़ गया था, उधर जहाँ टिकट काउन्टर थे। प्रशासन भवन के प्रवेश द्वार के बगल में फायर अलार्म लगा हुआ था। मोनिका ने अपनी कुहनी से उसका काँच तोड़ दिया। तुरन्त अलार्म बजने लगा। अगले ही पल वो नंगे पाँव चोर के पीछे भागने लगी। शुक्र है उसने फ़रार होने के लिए कंकड़ी वाला रास्ता नहीं लिया था।

अगले मोड़ पर उसने देखा कि वो उससे तकरीबन सौ मीटर दूर एक बाड़ के बगल-बगल दौड़ रहा है। तभी बाहर के सभी स्वचालित लैम्प जल गए। दूसरी तरफ़ जहाँ रेस्टोरेंट और टॉयलेट थे वहाँ रास्ते के आगे एक गड्ढा था और वह जगह निर्माण-कार्य की वजह से घिरी हुई थी। चोर के भागने का रास्ता बन्द था।

उस अजनबी ने घबराकर उस तरफ़ देखा जिधर से मोनिका उसकी तरफ़ आ रही थी। वह चटपट बाड़ के ऊपर चढ़ गया।

"अरे कमबख्त ठहर जाओ!" मोनिका ने आवाज़ दी।

मगर उस चोर का इरादा कुछ और था। वह दूसरी तरफ़ उतर गया, सन्दूकची को अपनी बगल में दबाया और आगे दौड़ गया।

"बँटाधार!" मोनिका के मुँह से निकल गया।

उसने मज़बूत तार की उस बाड़ से अन्दर झाँका और खीजकर मुँह फेर लिया। कोई इतना बेवकूफ़ कैसे हो सकता है कि बचने के लिए सीधे किसी जंगली जानवर के बाड़े में कूद जाए?

तभी मलेशिया की उस बाघिन की गुर्राहट सुनाई दी। उम्मीद है कि इस बार फिर से एली का हाज़मा ख़राब नहीं हो जायेगा।

न जानवरों के रखवाले न डॉक्टर उस चोर की जान बचा पाए। एली ने उस दुबले-पतले बन्दे का बहुत थोड़ा हिस्सा बाक़ी छोड़ा था। जो बचा था वो एक छोटे से स्ट्रेचर पर समा गया और जिसे अपराध शाखा के अधिकारी विधि चिकित्सा विभाग में पहुँचा आए। अब तो एली की क़िस्मत का फ़ैसला हो गया था। सरकारी वकील ने इस घटना की पड़ताल के दौरान ही फ़ैसला कर लिया था कि अब हमेशा-हमेशा के लिए उस मादा बाघ की गर्दिश का समय आ गया था। जबकि एली ने तो यही सुनिश्चित किया था कि चिड़ियाघर को मिले दान के पैसे ग़लत हाथों में न पहुँचें।

एक हफ़्ते बाद मोनिका सुबह के झुटपुटे में बाघ के बाड़े के पास खड़ी थी, चिड़ियाघर के प्रवेश द्वार के खुलने में दो घण्टे बाक़ी थे, उसने अपनी आँखों से आँसू पोंछा। एली को इसका आभास था कि उसके साथ क्या होने वाला है क्योंकि वैसे तो वह अपनी पसन्दीदा चट्टान पर लेटी हुई थी, सिर पंजों पर रखा हुआ था, मगर वह बार-बार दिल को चीर देने वाली नज़रों से मोनिका की तरफ़ देख रही थी। एली की पीली-भूरी रंग की खाल टहनियों के बीच से गिरती सूरज की पहली किरणों की रोशनी में दमक रही थी। उसकी नाक पर गुलाबी आभा थी, उसकी दाढ़ी के बाल फड़क रहे थे और उसकी पन्ने सी हरी आँखों में झलकते दुख से मोनिका का कलेजा फट रहा था।

आह मेरे बच्ची, मुझे वाकई बहुत अफसोस है।

एक साल पहले जब एली को कृत्रिम कूल्हा लगाया गया था तब भी वह आज की तरह ही अपनी चट्टान पर लेटी हुई थी और छड़ों के पीछे से दुख भरी नज़रों से देख रही थी और बेहोश करने वाली बन्दूक़ की गोली चलने का इन्तज़ार कर रही थी। उस वक़्त भी उसे पता था कि कुछ होने वाला है–जैसे आज। पर इस बार लगता था कि उसे इस बात का अंदेशा था कि गोली लगने पर वह फिर से जागेगी नहीं क्योंकि उसकी नज़रों में कुछ ऐसा था कि मानो सब ख़त्म होने वाला हो।

उसकी पुतलियों का पर्दा चुपचाप उठा और उसकी और मोनिका की नज़रें मिलीं। तभी अचानक एली ने आँखें मिचमिचाईं मानो वह कहना चाहती हो : चिन्ता की कोई बात नहीं, अभी इति नहीं हुई।

आह मेरी बच्ची, तुम्हें ग़लतफहमी हुई है।

चिटकनी के खिसकने की आवाज़ ने मोनिका के सोचने के सिलसिले को तोड़ दिया मगर एली का कान तक नहीं फड़का। पशुचिकित्सक ने पहले सुरक्षा द्वार खोला और अन्दर जाकर उसे बन्द कर लिया। फिर वह तेज़ी से मुख्य द्वार की तरफ़ बढ़ा जो सीधे एली के बाड़े में ले जाता था। चाभी उसकी गर्दन में एक ज़ंजीर से लटकी हुई थी। चिकित्सक हमेशा की तरह लापरवाही से काम कर रहा था। वह ताले की ओर झुका और दरवाज़ा खोल दिया।

मगर इससे पहले कि वह चाभी को निकाल पाता वह बाघ के मल के ढेर पर फिसल गया और फ़र्श पर पट्ट हो गया। उधर बेहोश करने वाली बन्दूक़ उछल कर कुछ मीटर दूर रेत में गिर गई। चूँकि चाभी अब भी ताले में लगी हुई थी तो डॉक्टर तनी हुई मज़बूत ज़ंजीर में फँसी गर्दन लिए घरघरा रहा था और ज़ंजीर थी कि टूटने का नाम ही नहीं ले रही थी। उसने उठने की कोशिश की लेकिन तब तक एली उठ चुकी थी और अब उसके बगल में खड़ी थी।

मोनिका बाड़ को पकड़े, साँस रोके खड़ी थी। डॉक्टर की हिम्मत नहीं हो रही थी कि वो हिले-डुले और इधर ज़ंजीर उसकी गर्दन में और भी अन्दर घुसती जा रही थी। जैसे ही उसने सिर उठाने की कोशिश की, एली की गुर्राने की आवाज़ आई।

मोनिका स्तब्ध सी बाड़ के सामने खड़ी थी और उसकी हिम्मत नहीं हो रही थी कि वो मदद की गुहार लगाने के लिए अपने होंठों को हिलाये। ज़रा सी आवाज़ या हरकत पर एली डॉक्टर की गर्दन को बाँस की नली की तरह चीर देती। इसके बावजूद मोनिका को यह जोखिम उठाना ही था कि वो बाड़े में जाए। धीरे से वो सीखचों की ओर बढ़ने लगी।

वैसे डॉक्टर की मौत से जंग कुछ ही मिनटों चली और एली ने उसका बाल भी बाँका नहीं किया बस जैसे ही वह हिलता वो गरजने लगती। आख़िरकार जब वह उस ज़ंजीर में लटका हुआ जिसमें उसकी गर्दन फँसी हुई थी बेहोश हो गया तो एली अपनी चट्टान की ओर बढ़ चली कि मानो कुछ हुआ ही न हो। पंद्रह मिनट बाद डॉक्टर लोग सिर्फ़ इतना ही बता पाए कि उनके साथी की मौत गला घुटने और ऑक्सीजन की कमी होने से हुई थी।

"अब इस काम में कोई कोताही नहीं बरती जाएगी और हम किसी पेशेवर व्यक्ति को बुलाएंगे," सरकारी वकील की संक्षिप्त सी टिप्पणी थी।

और इस पेशेवर व्यक्ति का नाम था फ़्रान्क केलर। भूतपूर्व सफ़ारी उद्यान गैंज़र्नडॉर्फ का एक अक्खड़ सा बन्दा। वह अपनी नामी स्मिथ एण्ड वेसन रिवॉल्वर से काफ़ी जंगली बिल्लियों को परलोक पहुँचा चुका था–मगर मोनिका डॉर्नहोफर को पता नहीं क्यों यह अंदेशा था कि दुर्घटनाओं का यह क्रम अभी ख़त्म नहीं होने वाला है।

जिस शाम एली को मरना था मोनिका अपने दफ़्तर में काँच की दीवार से लगी मेज के बगल में खड़ी थी और एली के बाड़े की ओर देख रही थी। चिड़ियाघर के आख़िरी आगंतुक एक घण्टे पहले निकल गये थे और झुटपुटा होने लगा था। हमेशा की तरह एली अपनी चट्टान पर लेटी हुई थी जो अब भी धूप की वजह से गरम थी, उसका सिर उसके पंजों पर आराम से टिका था, आँखें मुँदी थीं और हवा उसकी खाल को सहला रही थी। बीच बीच में वह ऊपर दफ़्तर की इमारत की खिड़कियों की तरफ़ आँखें झपकाकर देख रही थी लेकिन उस छाया देने वाले काँच से कुछ भी पहचान पाना उसके लिए असम्भव रहा होगा। फिर भी ऐसा लगता था कि उसे यह अन्दाज़ा था कि मोनिका वहाँ खड़ी है और उसका आख़िरी वक़्त आ गया है।

बाहर का फाटक चरचराया और बाड़े के बाहरी घेरे में अपनी पिस्तौल को कमरपेटी में लगे खोल में रखे हुए फ़्रान्क केलर ने प्रवेश किया। मोनिका ने इसपर ज़ोर दिया था कि वह अपने साथ एक डेढ़ मीटर लम्बी स्टील की ढालनुमा चद्दर ले कर जाए कि अगर एली उसपर हमला कर दे तो... इसके अलावा उस चद्दर की बाहरी तरफ़ एक बड़ा आईना लगा हुआ था – यह एक पुरानी चाल थी कि जिससे जानवर का ध्यान ढाल के पीछे न जाए। फ़्रान्क केलर ने दूसरा दरवाज़ा खोला और उस ढाल को पहियों पर सरकाते हुए दरवाज़े से अन्दर ले गया। एली से दस मीटर की दूरी पर वह रुक गया। उस मादा बाघ ने उसकी तरफ़ नज़र उठाने की जहमत नहीं उठाई।

केलर ने वादा किया था कि गोली ठीक सिर पर निशाने पर लगेगी। और वह खोपड़ी और रीढ़ के पहले जोड़ के बीच के अत्याधिक महत्त्वपूर्ण हिस्से को भेद देगी और एली तुरन्त ढेर हो जाएगी। जानवर को कोई भी तकलीफ़ पहुँचाए बिना फ़ौरन मौत आ जाएगी।

फ़्रान्क केलर जो स्टील की चद्दर से आधा मीटर पीछे था, उठ कर खड़ा हो गया, उसने चद्दर की छोर के पीछे से झाँक कर देखा, पिस्तौल को दोनों हाथों से पकड़ा, एक आँख को बन्द किया और निशाना साधा। पिस्तौल में लगा साइलन्सर

ऐसा लग रहा था जैसे कि किसी माइक को उसमें गाड़ दिया हो। उसी पल एली ने अपना सिर उठाया और ऊपर मोनिका की खिड़की की तरफ़ देखा।

"मुझे अफसोस है मेरी बच्ची," मोनिका फुसफुसाई।

एली ने अपने कान हिलाए और एक पल को ऐसा लगा जैसे वह जानवर उसकी बात को समझ गई हो।

फिर धाँय की आवाज़ आई। जैसा केलर ने कहा था गोली सनसनाती हुई अन्दर घुस गई और उसने गर्दन को भेद दिया।

एली अपने पंजे को मज़े से जीभ से चाटने लगी। और उधर फ्रान्क केलर पीछे की ओर ढेर हो गया।

मोनिका की नज़र स्टील की चद्दर में लगे गड्ढे के निशान पर पड़ी। गोली ने टकराकर वापस केलर के शरीर के ऊपरी भाग को भेद दिया था। लगता है उसका ध्यान इस तरफ़ नहीं गया था कि उसकी पिस्तौल की नाल निशाने से थोड़ा नीचे झुकी हुई थी। *वाह रे पेशेवर...*

"और आपके इन सब किस्सों पर मुझे विश्वास करना चाहिए?" ए.सी.पी. सार्कोव्स्की ने पूछा।

"मुझे इससे फर्क नहीं पड़ता कि *आपका क्या मानना है,*" मोनिका ने जवाब दिया। "पर ये सब ऐसे ही हुआ था।" वह जंगली बिलावों के लिए माँस की ख़ुराक में दवाई की मात्रा की जाँच करने लगी। फिर उसने बत्ती बुझा दी और दूसरे कमरे में चली गई।

मोनिका ने घुटनों तक के मटमैले रंग के गमबूट पहने हुए थे और उसे 'डीज़ल' ब्रांड की चुस्त जींस और जेल लगे बालों वाले इस चिकने-भूरे बन्दे को गंदी और बदबूदार भोजनशाला में घुमाने में ख़ूब मज़ा आ रहा था।

"आपने पूछताछ के दौरान यह नहीं बताया था कि आप ठेकेदार डिम्पफष्टींगल को पहले से जानती थीं।"

मोनिका ने लकड़बग्घों को दिए जाने वाले विटामिन अलमारी में बन्द कर दिए। "क्या यह ज़रूरी था?"

सार्कोव्स्की ने अपनी नाक सिकोड़ी। "वैसे उसने सिर्फ़ चिड़ियाघर के लिए ही काम नहीं किया था, बल्कि उसने आपके घर की मरम्मत का भी ठेका लिया था।"

"तो?"

"और उसने आपके पालतू कुत्ते के बाहर निकलने के लिए बने दरवाज़े के

सामने वाले मैनहोल को सिर्फ़ एक प्लास्टिक की झिल्ली से ढक दिया था और आपका बेरनीज़ पहाड़ी कुत्ता उसमें गिर गया था और उसका कूल्हा और पिछली टांगें टूट गई थीं। आपने एक साल तक डिम्प्फष्टींगल के ख़िलाफ़ निर्माण कार्य में कमी और जानवर के इलाज का खर्चा देने के लिए मुकदमा लड़ा था।"

"हम लोगों ने पैसे के बारे में समझौता कर लिया था," मोनिका ने जवाब दिया।

"हाँ, और एक हफ़्ते बाद वह खिड़की से जानवर के बाड़े में गिर गया..."

"डिम्प्फष्टींगल तो अपने ही काम में खोट का शिकार हो गया," मोनिका का मानना था।

"हो सकता है आपने भी उसमें कुछ मदद की हो।"

मोनिका हंसने लगी। "आप भी न... डिम्प्फष्टींगल जैसे तगड़े आदमी को?"

सार्कोव्स्की ने अपनी कमीज़ की जेब से एक मोबाइल निकाला और उसकी स्क्रीन को उँगली से पोंछा। "और वह आदमी जो रात में बाड़ के ऊपर से जानवरों वाले बाड़े में कूद गया था उसे भी आप जानती थीं।"

"हो सकता है, पर उस रात में उस चोर का चेहरा पहचानना सम्भव नहीं था।"

"वह चोर नहीं था!"

"वह मेरे दफ़्तर में घुस आया था!"

सार्कोव्स्की अपने मोबाइल को देखने लगा। "वह प्राइवेट डिटेक्टिव था और जब आप अचानक अपने दफ़्तर में आ गई थीं तो वह डिम्प्फष्टींगल की मौत के असली कारण के सुरागों की खोज कर रहा था।" उसने बिना ऊपर देखे जवाब दिया। "उसकी जाँच-पड़ताल से आपको ख़ासी दिक्कत हो जाती।"

"तो फिर उसने पैसे लेने के लिए तिजोरी क्यों तोड़ी थी?"

सार्कोव्स्की ने उसको घूरते हुए पूछा। "क्या उसने ऐसा किया था? उसने दस्ताने नहीं पहने हुए थे और तिजोरी पर उसकी उँगलियों के निशान भी नहीं थे।" हालाँकि उस दिन बादल घिरे हुए थे पर सार्कोव्स्की के सिर पर नीले चमकते काँच वाला चश्मा टिका हुआ था। "इत्तेफ़ाक से उस रात जानवरों के बाड़े के सामने का हिस्सा निर्माण-स्थल बना हुआ था। क्या आपने उस आदमी को उस ओर खदेड़ा था?"

मोनिका चुप रही।

"मुझे समझ नहीं आ रहा कि आपने क्या किया कि वह बाड़ के ऊपर चढ़ गया। आपके पास कोई हथियार है क्या?"

“बिल्कुल भी नहीं।” मोनिका ने आने वाले दिनों की ख़ुराक को एक सूची में लिख दिया।

“वैसे निदेशिका होकर आख़िर आप जानवरों की ख़ुराक का क्यों ध्यान रखती हैं।”

“जंगली बिलावों वाले पशुचिकित्सक की मौत हो चुकी है।”

“ओह हाँ... इससे मुझे अपनी अगली बात का ध्यान आ गया।” उसने अपने मोबाइल की तरफ़ देखा। “वह पशुचिकित्सक जिसका जानवरों के बाड़े में शायद ख़ुदबख़ुद चाभी की ज़ंजीर से दम घुट गया...”

“ये शायद का क्या मतलब है?”

सार्कोव्स्की ने उसके सवाल पर ध्यान नहीं दिया। “वो आपका पुराना प्रेमी था, है कि नहीं?”

“हाँ तो, नौकरी पर इश्क़, कौन सी बड़ी बात है?”

“बड़ी बात? अपनी मौत से दो हफ़्ते पहले उसने आपसे अपना रिश्ता ख़त्म कर दिया था। क्या आप उसे फिर से पाना चाहती थीं मगर उसने आपसे किनारा कर लिया?”

“मुझे इसकी क्या ज़रूरत रही होगी।”

“शायद थी।”

“किसने कहा?”

“आपकी एक सहकर्मी ने।”

मोनिका के कान खड़े हो गए।

“दिलचस्प है। क्या वही जिसके साथ अपनी मौत से पहले उसका संबंध चल रहा था।”

“बिल्कुल सही। आपसे बीस साल कम उम्र की और बला की सेक्सी, अगर मुझे यह कहने की इजाज़त हो।”

“नहीं है!”

सार्कोव्स्की ने अपने होंठों को गोल सा घुमाया। “शायद यह अफ़ेयर करीब छह महीने से चल रहा था। जहाँ तक मुझे मालूम है, आपके साथ वह कभी छुट्टी मनाने नहीं जाना चाहता था पर अपनी इस जवान दोस्त के लिए उसने मालदीव में तीन हफ़्ते की रोमांटिक छुट्टी बुक कर ली थी।”

“और इसीलिए मैंने उसे मार दिया?”

“अहंकार पर चोट,” सार्कोव्स्की ने जवाब दिया। “अगर कोई किसी चाभी से

जो उसके गले में लटक रही है ताले को खोलने की कोशिश करता है तो उसे पहले चाभी को निकालना होगा ताकि दरवाज़ा खुल सके। मगर वह तो खुले हुए दरवाज़े में फंसा हुआ मरा पड़ा था। इसके बारे में आपका क्या कहना है?"

"मैं क्या जानूँ, जाँच अधिकारी तो आप हैं।"

"हो सकता है आपने ज़ंजीर से उसका गला घोंट दिया हो।"

"बकवास!"

"पर सोचने वाली बात है।"

"सोचने वाली बात तो यह भी है कि मैंने जॉन एफ़ कैनेडी और मार्टिन लूथर किंग को गोली मारी थी।"

"मज़ाक़ अच्छा है! और हाँ हमें फ्रान्क केलर को नहीं भूलना चाहिए।" सार्कोव्स्की अपने मोबाइल से खेल रहा था। "बहुत साल पहले आपको उसकी वजह से सफ़ारी उद्यान गैंज़र्नडॉर्फ से दफ़ा होना पड़ा था।"

"केलर ने मुझपर गबन का इल्ज़ाम लगाया था। वह मेरे ख़िलाफ़ कुछ न कुछ षड्यन्त्र रचता रहता था कि उसकी पदोन्नति हो जाए। मगर मुझे बर्ख़ास्त किया जाना अनुचित था। मुझे न्यायालय में ख़ुद को निर्दोष साबित करना पड़ा।"

"और इसने आपके कैरियर में गतिरोधक का काम किया।"

"गतिरोधक?" मोनिका ने अपने कंधे उचकाये। "सफ़ारी उद्यान गैंज़र्नडॉर्फ अब बचा नहीं और मैं अब श्योंब्रुन की निदेशिका हूँ।"

"अगर मेरा बस चले तो ज़्यादा दिन नहीं। वैसे भी मेरा मानना है कि निदेशक के पद पर औरतों का होना ग़लत नियुक्ति है।"

"गृहमंत्री आपके इस सिद्धान्त के बारे में क्या सोचती हैं?"

सार्कोव्स्की ने तिरछी नज़रों से देखा और उसके सवाल को नज़र-अंदाज़ कर दिया। "आप मुझसे नहीं बचेंगी," वह बुदबुदाया। फ्रान्क केलर के साथ आपने क्या किया यह मेरे लिए एक पहेली है। उसके जैसे पेशेवर से ऐसी गफ़लत कतई नहीं हो सकती। ख़ैर मैं तो पोस्टमार्टम के लिए कहूँगा। शायद यह पता चल जाए कि केलर पर किसी तरह के मादक पदार्थ या दवाओं का असर था। आप क्या कहती हैं?"

"आप मेरे मत्थे क्या थोपना चाहते हैं?" मोनिका ने पूछा।

"चार क़त्ल," उसने सर्द आवाज़ में जवाब दिया।

"आपका दिमाग़ ख़राब है," मोनिका ने ट्रैंक्विलाइज़र गोलियों के एक पत्ते को दराज़ में खिसका दिया। बेंजोडायजेपाइन दवाई का इस्तेमाल अब चिड़ियाघर में

निषेध था क्योंकि इन गोलियों के बहुत सारे दुष्प्रभाव देखने को मिले थे। अनुभूति और प्रतिक्रिया की क्षमता में कमी। "हाँ, मेरा काम अब ख़त्म हो गया। अगर आप चाहते हैं तो अब हम लोग मेरे दफ़्तर में बात कर सकते हैं।" उसने दरवाज़े की तरफ़ इशारा किया। "यहाँ इस तरफ़।"

सार्कोव्स्की ने दरवाज़ा खोला। "पहले आप।"

"नहीं नहीं, पहले आप।" मोनिका ने उसके लिए दरवाज़ा खुला रखा।

"शुक्रिया।" सार्कोव्स्की कमरे से निकल गया।

"वैसे आपसे एक भूल हुई है," मोनिका ने उससे कहा।

उसने पलट कर देखा। "कौन सी?"

"वो चार क़त्ल नहीं..."

उसकी नाक के ठीक सामने दरवाज़ा खट्ट से बन्द हो गया और उसे ताले में चाभी के घूमने की आवाज़ आयी।

"... बल्कि पाँच थे," दरवाज़े के पीछे से मोनिका की दबी सी आवाज़ आई। "और वैसे अब आपको यह भी पता चल गया कि मैं उस प्राइवेट डिटेक्टिव को इस बाड़े तक कैसे ला पाई।"

तभी उसे गरजने की आवाज़ आयी, जैसे ही उसने अपना सिर घुमाया उसकी नज़रें एली की पन्ने जैसी कंजी हरी आँखों से जा मिलीं।

औरतें मेरी ज़िंदगी की

मैं रसिकमिज़ाज हूँ–ऐसा हमेशा से ही था। औरतें मुझे पसन्द करती हैं और मैं औरतों को। कैफ़े ह्यूफ़्टेनगोल्ड में अपनी नई मुवक्किल के साथ मेरी मुलाकात बेहद सफ़ल रही। जब मैं अपने अर्बन-मार्ग के दफ़्तर में वापिस जा रहा था तब भी मेरी जबान पर चॉकलेट केक का स्वाद और नाक में उसके परफ्यूम की ख़ुशबू थी।

वह कोई साधारण मुवक्किल नहीं थी, एक लेखिका थी। क्राइम फ़िक्शन की लेखिका, उसने ज़ोर देकर कहा। वह मुझे एक प्रकार से अपने नए प्रोजेक्ट के लिए क़ानूनी सलाहकार के तौर पर रखना चाहती थी। मैं नहीं तो और कौन? आख़िरकार मैं श्टुट्गार्ट के सबसे सफ़ल और सर्वश्रेष्ठ क्रिमिनल लॉयर में से एक हूँ। मुझे यह कहते हुए गर्व होता है कि मैं अपने पेशे में पूरी महारत रखता हूँ।

मैं जानता हूँ कि अपने मुवक्किल के लिए एक अच्छा फ़ैसला पाने के लिए आर्थिक, आपराधिक मामलों में सबूतों के साथ अदालत को कैसे गुमराह करना है, और हाँ, मुझे यह भी मालूम है कि लोगों को कब रुलाना है। संक्षेप में : मैं अच्छा हूँ। कोई आश्चर्य नहीं कि वह मेरे पास दोषहीन हत्या के सबसे बढ़िया तरीके को जानने के लिए आई थी। उसने मुझे राइनहार्ट-मुक़दमे में देखा था–वहाँ मैंने एक बलात्कारी का चतुराई से बचाव किया था, और वह बरी हो गया।

ओल्गा-मार्ग पर मेरे पसन्दीदा कैफ़े की मुलाकात में उसने मुझे समझाया कि किताब एक विवाहित जोड़े के बारे में होगी, दोनों एक-दूसरे से अलग हो गये हैं। बेटे को पिता की ग़लती की वजह से एक जानलेवा दुर्घटना का सामना करना पड़ता है–पत्नी उस दुःख को बर्दाशत नहीं कर पाती और अपने पति को मार देती है।

और क्यूंकि सान्द्रा–मिस सान्द्रा कोबर, हालाँकि हम लोग थोड़ी ही देर में इस सीमा से आगे बढ़ चुके थे–अपने जासूसी उपन्यास में एक नारी-वादी दृष्टिकोण

लाना चाहती थी, उसका मानना था, उस महिला को भी वास्तव में अपराध की सज़ा से बच निकलना चाहिए।

"लेकिन लोगों को तो यह पसन्द है जब अन्त में अपराधी को सज़ा मिले," मैंने आपत्ति जताई।

"वह भी होगा," उसने जवाब दिया, और मुझे देखते हुए शरारत से मुस्कुराने लगी, "आख़िर में वह भी तो मरता है।"

क्योंकि वह मेरी फ़ीस नहीं दे सकती थी, तो हम एक समझौते पर सहमत हुए जो एक प्रकार से आदान-प्रदान की व्यवस्था थी–एक समझौता, जो मैं गाहे-बगाहे बहुत ही आकर्षक मुवक्किलों के साथ करता हूँ और यह हर तरह से फ़ायदेमंद साबित होता है : वह मेरी बेजोड़ मानसिक क्षमताओं का इस्तेमाल कर सकती थी, और मुझे जिस्मानी तौर पर फ़ायदा हो रहा था। वैसे देखा जाये तो इस क्षेत्र में भी मेरी उत्कृष्ठ क्षमता से उसे ही फ़ायदा हो रहा था, और इस बात को कि दरअसल उसे दोहरा फ़ायदा हो रहा था मैंने भलमनसाहत से स्वीकार कर लिया। आख़िरकार, मैं हूँ ही सामाजिक।

जाते वक़्त उसने मेरे गाल को हल्के से चूमा और शाम को अपने यहाँ आने का न्योता दिया। वह मेरे लिए कुछ लज़ीज़ पकाने वाली थी, और मुझे भोजन के दौरान उसे किसी को मारने के विभिन्न तरीके बताने थे।

"अगर मिस कोबर, सान्द्रा कोबर, कॉल करती हैं, कृपया तुरन्त मेरी बात करवाना।"

मिसेस बाउमान, मेरी सेक्रेटरी और कार्यालय प्रबंधक, इस बात का मतलब समझती थी। "इस महिला पत्रकार के साथ तो मामला बहुत जल्दी फिट हो गया," उसने हल्के से सिर हिलाया।

स्वाभाविक रूप से हमेशा कुछ महिलाएँ आती रहती थीं, जो कभी-कभी कुछ ज़्यादा ही पीछे पड़ जाती थीं और फ़ोन करती रहती थीं–आमतौर पर मैं मिसेस बाउमान को निर्देश देता था कि वह मुझे उनसे छुटकारा दिलवाए, आख़िर मैं हर क़ानून-कामिनी के साथ तो नहीं घूम सकता न। "सीधे बात कराना" से वो तुरन्त समझ गई कि हवाओं का रुख क्या है। मुझे पता था कि उसे दिल की गहराइयों से यह नापसन्द था।

इससे कोई फर्क नहीं पड़ता–उसकी नौकरी मेरे यहाँ थी ना कि मेरी उसके यहाँ। शायद वह जलती थी क्योंकि कम से कम 43 साल की उम्र में वह किसी भी स्तर से मेरे डेट करने के पैटर्न में फिट नहीं बैठती थी। मैंने उसे उसके शिशु देखभाल अवकाश के बाद एक रिटर्नी के तौर पर काम पर रखा था–मेरे लिए यह एक ख़ुशक़िस्मती थी क्योंकि वह बहुत विश्वसनीय थी, लेकिन उसके लिए यह उससे भी बड़ी ख़ुशक़िस्मती थी क्योंकि नौकरी के बाज़ार में युवा महिलाओं की माँग बहुत अधिक है। मेरे सामाजिक झुकाव का पलड़ा फिर से भारी हो गया था और जाहिर सी बात है कि वह पूरी तरह से मेरी आभारी थी।

"ये कहीं प्रसिद्ध वायलिन वादक की पहली पत्नी तो नहीं है?" मेरी सेक्रेटरी ने जो सांस्कृतिक चीज़ों में बहुत रूचि रखती है पूछा। "क्या आपको नहीं मालूम : वही जो फिलहार्मोनिक में भी था?"

जाहिर सी बात है मुझे नहीं पता था, क्योंकि मुझे शास्त्रीय संगीत के बारे में जानकारी नहीं थी। मैं रॉक या फिर पॉप सुनना पसन्द करता हूँ, ज़रूरत पड़ने पर जैज़ भी अगर यह उस शाम की महिला के जाम का मज़ा लेने में मदद करे। यह भी बहुत मददगार था कि शहर का सबसे प्रसिद्ध जैज़ बार 'जैम और जाम' हाउप्टश्टैटर मार्ग पर ही था। बदलते जामों के बीच न कोई ट्रैफिक न कोई जाम।

लेकिन नीरस शास्त्रीय संगीत? जी नहीं धन्यवाद। जब मैं बारह साल का था तब से मैंने अपने वायलिन को नहीं छुआ था–और उससे पहले भी केवल अपनी माँ की ख़ुशी के लिए।

"वह वास्तव में एक महान संगीतकार है, यहाँ तक कि वह अक्सर अकेले वायलिन बजाने के साथ ही साथ ऑर्केस्ट्रा में निर्देशन भी करता है। लेकिन उस समय उसकी पत्नी के साथ कुछ हुआ था...मुझे जल्दी ही याद आ जाएगा। मैं ज़रा रोज़विटा से पूछती हूँ।"

रोज़विटा सिलेनबुख में एक धार्मिक संगीत मण्डली की निर्देशिका थी, जिससे मिसेस बाउमान जुड़ी हुई थी और जिसने हर जासूसी एजेंसी को आसानी से पीछे छोड़ दिया था। अगर कोई श्टुट्गार्ट के बारे में कुछ जानना चाहता हो, तो उसे इस मंडली के लोगों से पूछना चाहिए–वे सब कुछ जानते हैं, और रोज़विटा उससे भी अधिक जानती है।

बीस मिनट से भी कम समय में मिसेस बाउमान ने मेरे दरवाज़े पर दस्तक दी और मुझे एक पर्ची थमा दी जिसपर एक फ़ोन नम्बर लिखा था। "यह कोबर का नम्बर है। और यह सही है, वह सांद्रा कोबर का पूर्व पति है। वह यहीं पास में डानेकार मार्ग पर रहता है। शायद ज़रूरत पड़े...," वह तुरन्त वापस चली गई और मुझे उस पर्ची और इस विचार के साथ छोड़ गई कि मुझे कुछ करना चाहिए। अगर मैंने फ़ोन नहीं किया, तो वह अगले हफ़्ते मुझे इस बारे में परेशान करती रहेगी।

जल्दी ही फ़ोन पर बात हो गई। मैंने अपने वायलिन का मूल्यांकन कराने के लिए अगले दिन दोपहर 3 बजे कोबर के साथ एक मीटिंग फिक्स कर ली। यह जानने में कोई हर्ज नहीं था कि कोई महिला पहले किससे विवाहित थी। ऐसा नहीं था कि मेरा वास्तव में कोई गम्भीर इरादा था। परन्तु, शायद मैं उसका राज जान पाऊँ।

सांद्रा के साथ बिताई शाम इससे बेहतर नहीं हो सकती थी। उसने मेरे लिए अद्भुत खाना बनाया था। शाकाहारी। वह भी मेरे लिए जो हर क़िस्म के माँस का आशिक है। लेकिन जो खाना परोसा गया था उसने मुझे कायल कर दिया।

शुरुआत में, ताहिना : छोले, तिल और लहसुन की चटनी और साथ में जैतून की रोटी, इसके बाद कुरकुरी आलू की टिक्की और साथ में टोफू, लाल शिमला मिर्च और क्रीम का सॉस, इसके बाद खजूर, अंजीर और अनानास के साथ अखरोट का सलाद। उसने एक ट्रोलिंगर भी परोसा, जिसका स्वाद वास्तव में वाइन की तरह

था मगर वैसा नहीं, जैसा कि स्वाबिया में हमेशा होता है, अंगूर के रस की तरह जो अभी पूरी तरह से उफना हुआ नहीं हो।

बातचीत के दौरान हमने बेहतरीन तरीके से हत्या करने के सबसे बढ़िया तरीकों पर चर्चा की। नकली आत्महत्या–हमेशा दिलचस्प होती है, लेकिन पुलिस के आधुनिक जाँच के तरीकों को ध्यान में रखते हुए इसे सरंजाम देना बेहद मुश्किल है।

भोजन के जरिए हत्या–सांद्रा ने इसे ठेठ जनाना मानते हुए तुरन्त ख़ारिज कर दिया। अन्ततः अनेक विकल्पों में से सबसे बेहतर : हत्या बिना किसी मकसद के, जिसे नायिका को ख़ुद नहीं करना था। या तो उसे एक सुपारी लेने वाले की या एक ऐसे बेवकूफ़ की ज़रूरत थी, जो काम आ सके।

खाने के बाद जो मिठाई थी वह बिलकुल भी सात्विक नहीं थी और माँस की मेरी पसन्द से बड़ी मात्रा में मेल खा रही थी। बेशक, मैं सुबह के नाश्ते के लिए नहीं रुका। यह पहली मुलाकात के लिए बेहद अनुचित होता, और हम कोई रिश्ता नहीं चाहते थे, बल्कि सिर्फ़ सामानों की अदला-बदली। और हमने उनकी अच्छी तरह से अदला-बदली की, बार-बार और जोरदार।

अगले दिन ठीक अपराह्न 3 बजे, कोर्ट डिस्ट्रिक्ट से होहेनहाइमर मार्ग पर थोड़ी दूर चलने के बाद मैं डानेकार मार्ग पर कोबर के घर के सामने खड़ा था।

एक अच्छी पुरानी इमारत–जाहिर सी बात है। प्रवेश द्वार खुला हुआ है, उसने कहा था कि मुझे सीधे ऊपर आना चाहिए। दूसरी मन्जिल पर फ़्लैट का दरवाज़ा बस सटा हुआ था और मैंने अन्दर से वायलिन के मधुर स्वरों को सुना। मैंने स्वरों का पीछा किया और एक बड़े से बैठक में खड़ा हो गया जहाँ पर श्टुट्गार्ट घाटी के तरफ़ एक बड़ी खिड़की थी। बिलकुल बुरा नहीं है, ये नज़ारा।

कोबर ने अपना वायलिन नीचे रख दिया। "आप ज़रूर मिस्टर फ्रे होंगे?"

मैंने उससे हाथ मिलाने के लिए अपना हाथ आगे बढ़ाया और दरवाज़े की तरफ़ देखा। "मैं आशा करता हूँ कि मेरा सीधे अन्दर आ जाना आपको बुरा नहीं लगा?"

“जाहिर सी बात है–मेरा फ़्लैट हमेशा खुला रहता है क्यूँकि जब मैं अभ्यास कर रहा होता हूँ तो मुझे अकसर दरवाज़े की घंटी नहीं सुनाई देती है। और मेरी पत्नी अभी यहाँ नहीं है...”

"आप शादी-शुदा हैं?"

उसने अपना सिर हिलाया और दीवार पर टंगी हुई एक फोटो की तरफ़ इशारा किया जिसमें सुनहरे बालों वाली एक औरत थी, इतनी ख़ूबसूरत कि साँस थम जाए।

"नादीने, मेरी दूसरी पत्नी। पहले वह एक मॉडल थी लेकिन फिर उसने यह काम छोड़ दिया कि पूरी तरह से मेरी देखभाल कर सके। वह यह अच्छे से करती है। निःसंदेह वह बहुत अक्लमंद तो नहीं है, लेकिन वह मेरे बिस्तर को गर्म रखती है।"

मैं हँस दिया। "और आपकी पहली पत्नी?"

"ओह, वह—अपना करियर बनाना चाहती थी। इसके अलावा वह बहुत ही बात का बतंगड़ बनाने वाली थी, जब मैं दूसरे लोगों के साथ... और हाँ वो हमारे बेटे वाला मामला भी था..."

उसने अपने वाक्य को बीच में ही छोड़ दिया और एक दूसरी फोटो को देखने लगा, जिसमें लगभग सात साल का एक लड़का दिखाई दे रहा था। उस फोटो को काले रंग के फ्रेम में रखा गया था और मेरी अचूक मनोवैज्ञानिक प्रवृत्ति ने मुझे उसके बारे में कुछ भी न पूछने का सुझाव दिया।

"ख़ैर चलिये हम लोग बीती हुई कहानियों को पीछे छोड़ते हैं। ये वायलिन?"

मैंने उसे पुराना वायलिन केस पकड़ा दिया और उसने सावधानी से वाद्य यंत्र को बाहर निकाला।

"क्या मैं?"

मैंने सिर हिलाया और उसने वायलिन को अपनी ठुड्डी के नीचे दबा लिया, गज को उठाया और शुरू हो गया। वाह, क्या बजाता है!

हम लोग इस बात पर सहमत हो गए कि वह उस वायलिन को वायलिन बनाने वाले अपने एक मित्र को दिखायेगा जो उसका मूल्यांकन कर सकेगा।

वापस दफ़्तर जाते वक़्त मैंने सांद्रा को एक एसएमएस लिखा : और माँस की आवश्यकता है! आज शाम में?

जवाब तुरन्त आया : रात 8 बजे, मेरे घर पर।

सभी कुछ अच्छे से बीता।

बहुत अच्छा।

ठीक दो दिन बाद मेरे कम्प्यूटर पर कोबर का एक ई-मेल आया। उसके विशेषज्ञ ने वायलिन का मूल्य 3000 यूरो लगाया है। लेकिन वह उसे मुझसे 3500 यूरो में एक छात्र साधन के रूप में खरीदना चाहता है। मैं अगले दिन दोपहर 2 बजे के आसपास जाकर उससे मिल लूँ, ताकि हम लोग सौदा पूरा कर सकें।

मैंने अच्छे मूड में ई-मेल का जवाब दिया, मेरे हिसाब से यह ठीक है। दरअसल मैं तो उस पुराने इंस्ट्रूमेंट को बेचना ही नहीं चाहता था, जिसे पहले मेरे दादा इस्तेमाल

किया करते थे और फिर मुझे मिला था। और अब उसके लिए ठीक-ठाक पैसा भी मिल रहा है। क्या इससे भी बेहतर कुछ हो सकता है?

मैंने सांद्रा से उसके पूर्व पति के बारे में कुछ नहीं पूछा। आख़िरकार, उसे यह जानने की ज़रूरत नहीं थी कि मैं उसकी पीठ पीछे उसकी जासूसी कर रहा था। या फिर यह कि मेरे लिए यह स्पष्ट था कि कैसे उसका तथाकथित क्राइम फ़िक्शन का इरादा उसके ख़ुद के जीवन-वृतान्त की नक़ल था। नक़ली बुद्धिजीवी! मिसेस बाउमान ने मेरे लिए पता किया था कि कोबर का बेटा एक कार दुर्घटना में मारा गया था और जिसके लिए उसके पिता को दोषी ठहराया गया था।

मुझे कुछ ज़्यादा परवाह नहीं थी। वह अच्छा खाना बनाती थी और बाक़ी अदला-बदली भी दोनों पक्षों को सन्तुष्ट करने में शानदार तरीके से काम कर रही थी। केवल अभी कुछ दिनों के लिए वह अपने अख़बार के लिए एल्बे फिलहारमोनिक हॉल के बारे में लिखने के मकसद से हैम्बर्ग गई हुई थी।

वह उस विवादास्पद श्टुट्गार्ट 21 रेल परियोजना के साथ समानताएं दिखलाना चाहती थी, जिसके विरोधियों को डर था कि उसे बनाने की लागत लगातार बढ़ती जाएगी। एल्बे फिलहारमोनिक हॉल के साथ भी ठीक ऐसा ही हुआ था, और अब पूरा होने में देरी हो रही थी जिसके परिणामस्वरूप लागत और बढ़ गई थी।

राजनीतिक रूप से सब कुछ बहुत दिलचस्प था, लेकिन मेरे लिए कुछ ख़ास मायने नहीं रखता। वह अच्छी तरह से अपने लेखन में प्रतिभावान होना चाहती थी। मुझे उसके ज्ञान में ख़ास दिलचस्पी नहीं – मुझे तो भूख थी उसके शरीर की।

संयोग से, अगली सुबह मेरी मुवक्किल श्योन ने मुझे फ़ोन किया। उसके साथ भी मेरा एक लेन-देन का समझौता था, हालाँकि वह खाना नहीं बना सकती थी। लेकिन पहले सन्दर्भ में मेरा अच्छी तरह से ख़याल रखा जा रहा था।

वह पिछले कुछ समय से लोक अभियोजन विभाग से बहुत ज़्यादा परेशान थी। वह पब्लिशिंग हाउस श्योन उंड गूट की मालकिन थी, जो तरह-तरह के फासीवाद-विरोधी लेख प्रकाशित करता था, जिन पर प्रतीक चिन्ह के तौर पर एक कटा हुआ स्वास्तिक था। माननीय सरकारी वकीलों का यह सिरफिरा विचार था कि यह नाज़ीवादी प्रतीकों का इस्तेमाल है और इसलिए दण्डनीय है। उन्होंने पहले ही बहुत सारी सामग्री जब्त कर ली थी और ऐसा लगता है कि वे मेरी मुवक्किल के घर की तलाशी लेने की प्रक्रिया में थे।

असल बात ये है कि उसके गोदाम का आधा सामान लोक अभियोजन विभाग के पास था, जो मेरी मुवक्किल के जीवन-निर्वाह के लिए अच्छा नहीं था। संयोग से मेरा मेहनताना उससे प्रभावित नहीं हुआ। लेकिन ये स्पष्ट था कि उसे तलाशी के दौरान क़ानूनी सहायता की ज़रूरत होगी, ख़ास तौर से इसलिए कि मुझे ये पता था कि बगल के गैरेज में बहुत सारी सामग्री पड़ी हुई थी और शायद केवल मैं ही लोक अभियोजन के अधिकारियों को उससे दूर रख सकता था।

"आज के लिए मेरी सभी मीटिंग को रद्द कर दें, मुझे हेरेनबर्ग में मिस श्योन के पास जाना है, मैंने निकलते हुए मिसेस बाउमान से कहा।"

"कोबर वाली भी?"

"हाँ, मैं किसी भी हालत में दोपहर के 2 बजे तक नहीं आ पाऊँगा। उससे कहना कि मैं कल बात करता हूँ। लेकिन तलाशी के बारे में किसी से कुछ नहीं कहना। प्रेस को इसके बारे में कुछ भी जानने की ज़रूरत नहीं है।"

A8 पर, श्टुट्गार्ट के तीन-मुहाने पर सामान्य ट्रैफिक जाम था और A81 पर ब्योब्लिनगेन के पास बस किसी तरह ही गाड़ी बढ़ रही थी। रेडियो पर काखेलमान मुक़दमे की विस्तृत रिपोर्ट चल रही थी। मैं उसका वकील बनने के लिए ख़ुशी-ख़ुशी राजी हो जाता। शायद मैं उस बन्दे को हिरासत में लिए जाने से भी बचा लेता। आरोप बहुत ही कमज़ोर था। उस बन्दे की एक-एक उँगली पर दसों बन्दियाँ हाजिर थीं। वह किसी के साथ बलात्कार करने की कोशिश क्यों करेगा?

शायद, उस बन्दी को ज़रा ज़ोर से चुदना पसन्द था, ज़्यादातर यही चाहती हैं। जब उसे यह समझ आया कि वह उससे शादी नहीं करेगा तब उसने उस पर आरोप लगा दिया और चाकू वाली कहानी बना दी। मामले में दम नहीं है। इस कहानी के साथ कोर्ट में कुछ नहीं होने वाला। हालाँकि–हमारे न्यायाधीशों के बारे में कुछ भी कहना मुश्किल है।

जब तक मैं हेरेनबर्ग में ज़ाबीने श्योन के पास पहुँचा, तब तक सरकारी वकील जा चुके थे। वे बही-खाते के कुछ दस्तावेज अपने साथ ले गए थे, लेकिन सौभाग्य से उन्हें गैरेज के स्टॉक का अता पता नहीं लगा।

"क्या तुम इस सामान को यहाँ से हटाने में मेरी मदद कर सकते हो? मैं जोखिम नहीं लेना चाहती हूँ कि वो यहाँ पर दुबारा आएँ और बचे हुए सामान को भी अपने साथ ले जाएँ।" ज़ाबीने ने मदद के लिए मेरी तरफ़ देखा।

मुझे हम लोगों के बीच का करारनामा याद आ गया और मैंने कहा : "अगर

मुझे भी हाथ देना होगा, तो मुझे सबसे पहले अपने मेहनताने की अग्रिम राशि चाहिए। तुम्हें तो पता ही है : पैसा नहीं, काम नहीं।"

वह मुस्कुराई, अपनी आँखें घुमाई और मुझे अपने बेडरूम में खींच ले गई। बात यह है कि ये औरतें हमेशा मेरे लिए इच्छुक रहती हैं। और यह स्पष्ट था कि उसके लिए एक राउंड काफ़ी नहीं था।

हमने नागोल्ड की तरफ़ तीन चक्कर लगाये, वहाँ उसकी बहन का फ़ार्म हाउस था जिसमें एक बड़ा भुसौरा था। वहाँ पर बहुत सारे टी-शर्ट, ढेरों पोस्टर और बैनर, बैज और दूसरी चीज़ें अभी के लिए लोक अभियोजन विभाग से सुरक्षित थीं।

"ख़ुशी की बात है, बतौर वकील मुझे गोपनीयता कायम रखनी होगी–और कोई भी नहीं जानता है कि मैं यहाँ पर हूँ। तो तुम बेफ़िक्र रह सकती हो।" मैंने अलविदा में उसके बड़े कूल्हों पर उसे थपकी दी, अपनी कार में चढ़ा और A81 पर शाम में होने वाले ट्रैफिक जाम की तरफ़ बढ़ चला।

मैं रेडियो पर आ रहे समाचार को लगभग नज़र-अन्दाज़ कर ही चुका था। "कोबर श्टुट्गार्ट फिलहारमोनिक के एकल वायलिन वादक थे। आज दोपहर में उनकी लाश उनके घर से बरामद की गई। पुलिस इसे एक गंभीर अपराध मान रही है और सुराग की तलाश कर रही है। कोबर अपने पीछे अपनी पत्नी को छोड़ गए हैं।"

सांद्रा! सबसे पहले मैंने उसके बारे में सोचा और अपना मोबाइल उठा लिया। सम्भवतः मुझे उसका बचाव करना पड़ सकता है।

"आपने जिस व्यक्ति को कॉल किया है वह अभी अस्थायी रूप से उपलब्ध नहीं है..."

मैंने मिसेस बाउमान को ऑफिस में फ़ोन किया। शाम के लगभग 6 बज रहे थे, लेकिन वह मेहनती इन्सान अभी भी वहीं पर थी। वह घबराई हुई थी, यह सुनाई दे रहा था। "श्रीमान सरकारी अभियोजक मोस्टहूबर यहाँ आए हुए हैं। कृपया जल्दी आएँ।"

बीस मिनट के बाद मैं वहाँ पर था।

मोस्टहूबर मुझे बहुत पसन्द नहीं करता–वह मुझसे बहुत सारे मुक़दमे हार चुका है और हमारे बीच के वाद विवाद को दिन पर दिन व्यक्तिगत मनमुटाव की तरह समझने पर आमादा है। स्पष्ट रूप से वह मुझे आज परेशान करने के काबिल

होने का आनंद ले रहा था। सौभाग्य से मेरे पास ख़ुद को धिक्कारने के लिए कुछ भी नहीं था।

"मिस्टर फ्रे, जैसा कि मैं पहले ही मिसेस बाउमान को कई बार बता चुका हूँ, आपके कमरे और आपके कम्प्यूटर की तलाशी के लिए हमारे पास एक वारंट है। और संयोगवश, हमें आपके कम्प्यूटर में पीड़ित का एक ईमेल भी मिल गया है।"

मैंने अपने कंधे उचका दिए। "हाँ हाँ, क्यों नहीं। मैं मिस्टर कोबर के सम्पर्क में था..."

"और वह आपको धोखा देना चाहता था।" मैं ज़रूर थोड़ा सा मूर्ख दिख रहा होऊँगा क्योंकि मोस्टहूबर मुस्कुरा रहा था। "उसने आपको आपके ग्वारनेरी वायलिन के लिए केवल 3500 यूरो का प्रस्ताव रखा था। एक ऐसे इंस्ट्रूमेंट के लिए यह हास्यास्पद था, जिसके बारे में उसके डीलर ने उसे बताया था कि उसकी कीमत पाँच लाख है।"

मैं हाँफने लगा। "एक ग्वा... एक ग्वारनेरी? मुझे नहीं पता था..."

इससे उसे और भी ख़ुशी हुई। "बेशक, मिस्टर फ्रे, यह बात अपनी दादी को बताइएगा। आपने फिर उस चीज़ को मूल्यांकन के लिए क्यों दिया था? आपको तो बहुत गुस्सा आया होगा कि उसने आपको धोखा देने की कोशिश की है। आपको, एक मंजे हुये वकील को!"

मुझे यह महसूस हो रहा था कि मेरा पारा चढ़ रहा था। वह कोबर का बच्चा मुझसे ही फर्जीवाड़ा करने वाला था। लेकिन मैंने कुछ भी नहीं जतलाया और अपने चेहरे पर किसी भी तरह का भाव नहीं आने दिया। आख़िरकार मैं एक पेशेवर वकील था।

"हम लोग अभी के लिए यह मान रहे हैं कि आप दोनों के बीच में वायलिन को ले कर झगड़ा हुआ था और आपने उनका क़त्ल कर दिया। सिर पर किसी कुंद चीज़ से आघात, फिर पीछे की तरफ़ गिरना–टूटी हुई गर्दन।"

"लेकिन मैं वहाँ पर था ही नहीं!"

"आपकी मीटिंग कोबर के कैलेंडर में लिखी हुई है और उसे हटाया नहीं गया है। आपकी सेक्रेटरी ने कहा कि वह नहीं जानती कि आज आप पूरे दिन कहाँ थे। आप वहीं पर थे।"

क्या बकवास है–मैं ज़ाबीने श्योन के साथ हुई अपनी मुलाकात के बारे में कुछ नहीं कह सकता। "यह सब एक ग़लतफहमी है, जो दूर हो जायेगी!"

मोस्टहूबर ने नीरस ढंग से सिर को हिलाया। "निश्चित तौर पर, श्रीमान वकील, परन्तु तब तक के लिए मैं आपको हिरासत में लेता हूँ। हमें आपकी उँगलियों के निशान वगैरह-वगैरह चाहिए होंगे। आप तो जानते ही हैं ये सारी प्रकिया। मुझे आपको आपके अधिकारों के बारे में बताना होगा..."

"रहने भी दो," मैं गुर्राया और अपने आप को भाग्य के भरोसे छोड़ दिया। मैं केवल यह आशा कर रहा था कि प्रेस को इसके बारे में कोई भी भनक न लगे।

आशा करना बेकार था। जैसे ही हम घर से बाहर निकले तो कई सारे फ़ोटोग्राफ़र और सैट1 चैनल का कैमरामैन दरवाज़े के सामने पहले से ही जमे हुए थे। बेहतरीन शीर्षक : हत्या के संदेह में सुप्रसिद्ध बचाव वकील–बहुत बढ़िया!

मोस्टहूबर मुझे पुलिस की गाड़ी में बेहद धीमे ले जा रहा था और हरेक पल का लुत्फ़ उठा रहा था।

अगली सुबह मेरी आँखें जेल की कोठरी में खुलीं और मुझे समझ में आ गया था कि यह सब कोई बुरा सपना नहीं, बल्कि कड़वी सच्चाई थी। इन मूर्खों ने वास्तव में मुझे सलाखों के पीछे कर दिया था।

मिसेस बाउमान पहले से ही कैदियों से मिलने वाले कमरे में साफ़ कपड़े और कुछ लिखित दस्तावेजों के साथ मेरा इन्तज़ार कर रही थीं। "सांद्रा कोबर ने आपको नमस्ते कहा है। उसे बहुत दुःख है कि आपने सचमुच में हत्या की योजना को गम्भीरता से ले लिया। वह वास्तव में ऐसा नहीं चाहती थी कि आप उसके पूर्व पति का क़त्ल करें। नादीने कोबर ने भी शुभकामनाएँ भेजी हैं। उसने वायलिन वादक को उसके सभी प्रेमप्रसंगों के बाद तलाक दे दिया होता, लेकिन पैसे की बात करें तो निश्चित ही यह ज़्यादा बढ़िया रहा। और ज़ाबीने श्योन ने कहा है कि वह हर हाल में अपना मुँह बन्द रखेगी और किसी को भी नहीं बताएगी कि आपने उसे कितने अच्छे तरीके से उसकी चीज़ों को हटाने में मदद की थी।"

मिसेस बाउमान "... क्यों? क्या इन सब औरतों ने मिलकर मेरे विरुद्ध साजिश रची है?"

"राइनहार्ट केस याद है? पीड़िता सांद्रा कोबर की चचेरी बहन थी। आपने उस पर न्यायालय में झूठ बोलने का आरोप लगाया था। तब से वह पागलखाने में है क्यूँकि वह यह सब बिलकुल ही बर्दाश्त नहीं कर पाई। ज़ाबीने श्योन और सांद्रा एक साथ स्कूल गए थे और तब से लेकर अभी तक दोस्त हैं। ज़ाबीने ने सांद्रा को सलाह दी थी कि थोड़े से प्रयास से आपको जाल में फंसाया जा सकता है और

उसी को उस तथाकथित तलाशी का ख़याल आया था। नादीने कोबर लम्बे समय से वायलिन वादक से तंग आ चुकी थी। लेकिन वह जानती थी कि शादी के एग्रीमेंट के अनुसार तलाक के बाद उसे कोई पैसा नहीं मिलता। इस वजह से उसने सांद्रा के साथ मिलकर यह योजना बनाई थी और वे बस किसी ऐसे बेवकूफ़ का इन्तज़ार कर रही थीं जो उनके गंदे कामों को अपने सिर पर ले ले। और आज जब पुलिस को आपका वायलिन केस आपकी कार की डिक्की में मिलेगा, जो वहाँ पर एक हथियार के तौर पर इस्तेमाल किया गया था, तो जल्द ही यह स्पष्ट हो जायेगा, वह उपयोगी बेवकूफ़ कौन था।"

"लेकिन वह मैं तो बिलकुल भी नहीं था!"

"मिस्टर फ्रे, यह बात केवल आप और हम जानते हैं!"

"और वे दूसरी औरतें!"

वह जाने के लिए मुड़ी, फिर से एक बार मुड़ी और अपने हाथ से मुँह को बन्द करने का इशारा किया।

"हम खामोश रहेंगे, किसी क़ब्र की मानिंद!"

जैज़ संगीत, शराब, प्यार // और तहखाना

हमने उन्हें तहखाने में ठहरा दिया था। हमें यह करना पड़ा। हम अब उन्हें अपने बीच बर्दाश्त नहीं कर सकते। वे 13 लोग हैं और वे वहाँ नीचे ठीक-ठाक ही रह रहे हैं। ज़ाहिर है कि हमने तहखाने को पेंट कर दिया है, न केवल दीवारों को, बल्कि उनके अपार्टमेंट के स्टील के दरवाज़ों को भी। मैं तहखाने के बजाय अपार्टमेंट कहना पसन्द करती हूँ। यह न केवल सुनने में ही बढ़िया लगता है, बल्कि ये कमरे हैं भी बढ़िया। इनमें आरामदायक बिस्तर और विशेष फ़र्नीचर हैं, जाहिर है इन्टरनेट के बिना कम्प्यूटर हैं, और अलग बाथरूम हैं। टॉयलेट सीट भी वैसी हैं जैसी घरों में होती हैं न कि जेल की तरह की। उन 13 को स्वस्थ भोजन दिया जाता है और कभी-कभी हम उन्हें विटामिन डी दे देते हैं और हड्डियों की मज़बूती के लिए एक खुले क्षेत्र में ले जाकर छोड़ देते हैं। बेशक, एक-एक कर के, ताकि वे दोबारा संक्रमित न हों। उन्हें कपड़े और किताबें भी मिलती हैं, इस प्रकार उन्हें कुछ भी त्याग नहीं करना पड़ा है। सिवाय अपने नामों के, स्वतंत्रता के। और हाँ, हमें।

हम ऊपर रहते हैं। खुले में। छत से आप चारों तरफ़ देख सकते हैं। बहुत दूर तक। जहाँ सूर्यास्त होता है वहाँ तक।

हम भी 13 हैं : गेसिन और उसकी बेटी लेआ। महमूद और उसका दोस्त स्वेन। टॉमस्ज़ और उसकी दादी मारिया। जूलिया और जुड़वां बच्चे पॉल और सोफ़ी। हर्बर्ट और हेलेना। ली और मैं। ज़ाबीने मर चुकी है। लेआ एक छाया है अब, उन्होंने उसके साथ जो किया उसके बाद वह बहुत ही पतली और पीली हो गई है।

इसलिए इन दूसरों को अब हमारे बीच रहने की अनुमति नहीं है। हमने उन्हें बस जिसकी अनुमति दी हुई है, वह है : होने की।

अतीत में, हम सभी ने एक साथ अच्छा जीवन गुज़ारा था। सभी काम किया करते थे। और बगीचे की देखभाल, फ़र्श की सफाई, कविताएँ पढ़ना, वोदका पीना,

कभी-कभी हम एक दूसरे से दूरी बना लेते थे–यह घर काफ़ी बड़ा है–कभी-कभी हम एक-दूसरे के आगोश में रहते थे। फिर अचानक कुछ हुआ। मुझे नहीं पता कि यह कैसे हुआ। लेआ राज़ी नहीं थी। उनमें से एक ने जबरदस्ती किया। ब्लैकबेरी पक गई थीं और उसने झाड़ के पीछे लेआ के साथ बलात्कार किया। लेआ चुप रही। ये दूसरे तहखाने में मिलते थे। वे एक एक करके नीचे जाते रहे और बल की दुष्ट आत्मा से संक्रमित होते रहे। वहाँ ऊपर हमें सर्दियों भर लेआ का रंग फीका पड़ता दिख रहा था मगर कुछ समझ में नहीं आया था। मार्च-अप्रैल में जब ब्लैकथॉर्न के पेड़ में फूल खिल रहे थे, ज़ाबीने ने एक को पकड़ लिया। उसने उसके चेहरे पर ऐसा घूंसा मारा कि जिससे उसकी नाक टूट गई। ज़ाबीने हम में से सबसे मज़बूत थी। इसी लिए उन्होंने उसे मार डाला।

जब कभी भी लेआ ज़ाबीने की क़ब्र पर खड़ी होती है, तो उसके आंसू वहाँ लगे सफ़ेद-पीले डेज़ी के छोटे फूलों पर गिरते हैं जो ख़ूबसूरत और बड़े फूलों में बदल जाते हैं। अभी आने वाले लम्बे समय तक वह उन फूलों को इसी तरह रो रोकर बड़ा करती रहेगी। ज़ाबीने के अंतिम संस्कार के समय हमने तय किया कि अब हम में से कोई भी चुप नहीं रहेगा, कभी भी नहीं।

हमने लेआ और ख़ुद को उन दूसरों से कैसे मुक्त किया, मैं यह नहीं बताउँगी, वैसे वह पूरी तरह से ठीक नहीं था। लेकिन इससे कोई मरा नहीं और वे अपने तहखानों में बैठे हुए हैं और बस पढ़ना और सोचना और मकड़ियों से बात करना

पड़ रहा है और जब तक आनुवंशिकी और एन्ट्रॉपी प्रबल नहीं हो जाती, तब तक दीमक का उपद्रव देखना पड़ रहा है।

मैं सभी के लिए स्पेगेटी बनाने के लिए रसोई में जा रही हूँ, हर्बर्ट बगीचे से लाया हुआ ऑरेगानो काट रहा है, टॉमस्ज़ धूप में पके टमाटरों को काट रहा है। लेआ सैक्सोफ़ोन पर जैज़ शैली में वामपंथी गीत 'इन्टरनैशनल' बजा रही है। शब्बत के दिन की शान्ति में हम हमेशा छत पर खाना खाते हैं। हरेक के लिए रेड वाइन और साथ में दुनिया को नज़र में रखते हुए। मेरी स्पेगेटी से लेआ को कुछ रंग मिल गया है। और प्यार से।

खट्टी-मीठी चटनी

"बोलो?"

पॉल ने अपनी आँखें बन्द कर लीं और निवाले का लुत्फ़ उठाने लगा। मीठा, थोड़ा खट्टा–और थोड़ा मसालेदार। इसमें नमक थोड़ा ही है। लेकिन क्या है–नहीं चाहते हुए भी उसने आह भरी। उसे इस बात का पछतावा था कि मरीना ने शायद उसके लिए आख़िरी बार खाना बनाया था। क्योंकि वह खाना बहुत अच्छा बनाती थी। अफ़सोस की बात यह है कि यही एक चीज़ थी जो वह बहुत अच्छे से जानती थी। पॉल को उम्मीद थी कि जैकलीन कम से कम उसका पचास प्रतिशत सीख लेगी। ख़ैर, वह अभी भी जवान थी।

जो तीखापन था वो ज़रूर प्याज से आ रहा था। और लहसुन से। पॉल ने सिर हिलाया, उसका अनुमान अब निश्चय में बदल रहा था। उसके होंठों पर एक हल्की सी मुस्कान आ गई थी। उसमें खट्टापन किस चीज़ का है यह वह तय नहीं कर पा रहा था।

वह पिछले तीन महीने से नियमित अन्तराल पर मरीना से मिलने के लिए उस घर पर जाता रहता था जहाँ पर वे दोनों एक साथ रहा करते थे। उसके बाद दोनों एक साथ खाना खाते और अपने तलाक के सिलसिले में हो रही बातचीत के दौरान यह बात भी करते कि कैसे उनकी अब तक की कुल संपत्ति का बंटवारा होगा। आज मरीना ने बहुत ही स्वादिष्ट खाना बनाया था। तरह तरह के पत्तों का सलाद और साथ में सफ़ेद बालसमिक सिरका, करारी सफ़ेद ब्रेड, बहुत पतले टुकड़ों में कटा हुआ गोमांस और साथ में वह खट्टी-मीठी चटनी। और पीने के लिए प्रोसेको वाइन के साथ गुलाब का शर्बत। खाना बस लेशमात्र ही बचा था और प्रोसेको तो उतना भी नहीं, हालाँकि उसने मरीना की तुलना में सब कुछ काफ़ी अधिक मात्रा में लिया था। वे अब इस बात का जश्न मना रहे थे कि उन लोगों ने पूरे मसले को समझदार

लोगों की तरह बात-चीत करके सुलझा लिया था। हाँ, लगभग समझदार लोगों की ही तरह। केवल, कभी-कभी उनके अन्दर वर्षों से बनकर इकट्ठा हुआ चिड़चिड़ापन फूट पड़ता था, ख़ासकर जब बात जैकलीन की हो, जिसके लिए उसने मरीना को छोड़ा था। या फिर जब पॉल पहले की तरह रसोई में गन्दे बर्तन लाने में मदद करता। मरीना को जैसे ही पता चलता कि उसने थालियाँ बर्तन धोने की मशीन के अन्दर रखने के बजाए उसके ऊपर रख दी हैं, बस कुछ ही समय में उसकी पूर्व-पत्नी बनने वाली यह औरत टूट पड़ती। "हमेशा की तरह! मुझे परवाह नहीं कि तुम्हारी नई पत्नी तुम्हारे पीछे-पीछे साफ़ करती चलती हो। मगर मुझसे नहीं होगा!"

हद है, उसे ये पता होना चाहिए था। केवल भगवान ही जानता है कि वे लोग "बर्तन को डिशवाशर के अन्दर या उसके ऊपर रखने" के विषय पर कितनी बार बहस कर चुके हैं। वह समझ नहीं पा रहा था कि कोई इन्सान इस बात पर इतना कैसे झल्ला सकता है। मरीना को दुबारा शान्त करने के लिए, उसने झाड़न उठाई और मेज़ को साफ़ करने लगा। मरीना के हिसाब से छोटे-मोटे चूरों के कारण वह ढंग से साफ़ नहीं हुई थी। परेशान होकर पॉल रसोईघर से बाहर निकला और मरीना की घर में पहनने वाली चप्पल से टकरा गया। मन ही मन वह ख़ुश था क्योंकि पॉल के चेहरे पर लताड़ने के भाव देखकर उसकी झुंझलाहट तुरन्त बन्द हो गई थी। जितनी खीझ मरीना को बर्तन और खाने के चूरों के बारे में आती उतना ही गुस्सा पॉल को उसकी चप्पलों के बारे में आता। मरीना को नंगे पांव या मोज़े में घर में

घूमना पसन्द था। वह अपनी चप्पल कहीं भी जहाँ वो उस वक़्त होती उतार देती थी। आमतौर पर कमरे के बीच में।

अगली मुलाकातों में इन सब बातों का ज़िक्र नहीं हुआ। एक अघोषित से सौहार्द के भाव के साथ उन्होंने अपना ध्यान खाने पर केन्द्रित रखा, क्लासिकी आधुनिकतावाद की चित्रकला पर चर्चा की, श्टुट्गार्ट रेलवे स्टेशन के नवीनिकरण की ख़ूब बुराई की और वे फिर से एक दूसरे के थोड़ा करीब थे, जो अजीब भी था।

और इन मुलाकातों में वह उसे–ठीक वैसे ही जैसे उनकी शादी के शुरूआती दिनों में–अपने बनाये किसी नये पकवान से आश्चर्यचकित कर देती थी और उसे उसमें पड़ी खाद्य सामग्री का पता लगाना होता था। खाद्य सामग्री का पता लगाने की इस पहेली में और अच्छा नतीजा पाने के चक्कर में पॉल पहले कभी-कभार सम्भावित घटकों के संकेत के लिए रसोई की अलमारियों और फ्रीज़र को छान लेता था। एक बार मरीना ने उसे रद्दी कागज के डब्बे में खाने के सामान के लेबलों को चुपके से पढ़ते हुए देख लिया था, तब से वह उसे जब तक खाना परोसा न जा चुका हो, तब तक के लिए दूसरी मन्ज़िल या बगीचे में भेज देती थी। कभी-कभार खाने के वक़्त वह उसकी आँखें बाँध देती थी और निवाले को उसकी नाक के नीचे तब तक रखती थी जब तक उसे यह नहीं लगता था कि उसने उस महक को पहचान लिया है। तब वह उसे खिलाती थी। जब वह यह मानने को तैयार नहीं होती थी कि किसी चीज़ का स्वाद अदरक के स्वाद जैसा था, तब उसे इसका सबूत देना पड़ता और उस चीज़ को मरीना की जीभ पर रखना पड़ता–ऐसा करते-करते वे बिस्तर तक पहुँच जाते थे–वह भी तब जब वे अपने बेडरूम तक पहुँचने का सब्र भी रख पाते।

पॉल ने उन पुरानी यादों को झटका और वर्तमान के बारे में सोचने लगा। अदरक। पहले के ही तरह। जी हाँ, तीखापन सिर्फ़ प्याज और लहसुन से ही नहीं, बल्कि अदरक से भी आता है।

उसने अपनी आँखें खोलीं, मरीना की उत्सुक नज़रों को देखा। फिर से वही चमक, बिल्कुल पहले जैसी। वैसे, उसे मरीना पिछले कुछ सप्ताह से कुछ अलग ही जवान दिख रही थी। या फिर क्या उसको ऐसा इसलिए लग रहा था क्यूँकि वह पिछले कुछ समय से अपने आप को बूढ़ा महसूस करने लगा था? उसकी बालों की घटती रेखा भयावह दर से बढ़ रही थी, और वह अपने को अक्सर कमज़ोर और सुस्त महसूस करने लगा था। ज़रूर यह तनाव के वजह से होगा। उसपर से उसके

दफ़्तर की हलचल, जैकलीन की फरमाइशें, और पिछले कुछ हफ़्तों की बढ़ती गरमी ने उसे निढाल कर दिया था।

"बोलो न," मरीना ने फिर से कहा, ऐसा लग रहा था कि अब उससे इन्तज़ार नहीं हो रहा था, "इसमें और क्या है?"

"प्याज, लहसुन, अदरक। मीठेपन के लिए आम है, खट्टेपन के लिए–बताना मुश्किल है।"

"एक बार और प्रयास करो," चमक की जगह अब चूमने के अन्दाज़ में गोल किये होंठों ने ले ली थी। "इसमें कुछ भी अनोखी चीज़ नहीं है। तुम्हें समझ में आ जाएगा।"

पॉल ने अपने माथे से पसीना पोंछा। "मुझे माफ़ करना। सुबह काफ़ी तनावपूर्ण थी। अदालत की तारीखें और मुवक्किलों को यह भी नहीं पता कि उनका मामला वास्तव में किस चीज़ के बारे में है। जबकि मैं उन्हें कई बार विस्तार से समझा चुका हूँ।" उसने एक चम्मच चटनी और ली। हे भगवान, उसने सोचा, मुझे इसे तब तक ख़ुश रखना होगा जब तक कि सभी कागज़ों पर दस्तखत ना हो जाये।

तलाक के वकील के रूप में उसने देख रखा है कि अधिकांश मुक़दमे कितने घिनौने हो जाते हैं। कैसे पति-पत्नी एक-दूसरे से बदला लेने के लिए हर सम्भव और असम्भव चीज़ों का इस्तेमाल करते हैं। खाद्य सामग्री वाले खेल के दौरान मरीना हमेशा ख़ुश रहती थी जब वह सभी चीज़ों का अन्दाज़ा लगा लेता था। और अभी तो बहुत कुछ उसके मूड पर ही निर्भर करता था। अब तक सब कुछ योजना के अनुसार चल रहा था। लेकिन अभी तक उनके किसी भी समझौते पर हस्ताक्षर नहीं हुआ था। मरीना के गुस्से को कभी हल्के में नहीं लेना चाहिए। वह राई का पहाड़ बना देती थी और फिर कई दिनों तक नाराज़ रहती थी। इस बात से उसे कितनी नफ़रत थी। अगर वह अब परेशान हो गई तो उसका परिणाम साफ़ था : पुराने इल्ज़ामों को फिर से दोहराना; जैसे "तुम मुझे कभी गम्भीरता से नहीं लेते", "तुम्हारे लिए बाक़ी की सभी चीज़ें मेरे से ज़्यादा महत्त्वपूर्ण थीं", ये वो, आदि आदि...। और फिर, वही पुरानी बहस शुरू हो जाती–मानो एक दूसरे पर कीचड़ उछालने की प्रतियोगिता चल रही हो। वह उसे केवल गुस्सा दिलाने के लिए चिढ़ाती थी। क्योंकि पॉल तमीज़ को ज़्यादा महत्त्व देता था। और वह बख़ूबी जानता था कि तलाक लेते समय समझदारी और उदारता की उसकी नसीहतों के बारे में कितने लोग मज़ाक़ उड़ा रहे होंगे।

"यदि तुम इसका बिलकुल पता नहीं लगा पा रहे हो तो मैं तुम्हारी मदद करती हूँ। जैसा मैंने कहा, इसमें कोई भी अनोखी चीज़ नहीं है।" मरीना ने उसे ध्यान से देखा। "क्या तुम्हें ऐसा लग रहा है कि तुम्हारी जीभ पर रोएँ से उठ आए हैं?"

हद है, पॉल सोचने लगा, कोई असामान्य पदार्थ नहीं, जीभ पर मानो रोएँ से उठ आए हों – आख़िरकार यह क्या बकवास है?

"वैसे रोएँ तो महसूस हो रहे हैं।" उसने अपना पानी का गिलास उठाया और एक बड़ा घूंट लिया। समय हासिल करने के उद्देश्य से उसने पूछा "क्या तुम धूप वाली छतरी ले आओगी?"

उसे हैरानी हुई कि उसे लेने के लिए मरीना तुरन्त घर में चली गई।

कुछ समय से घर के बाहर वाले आँगन में चिलचिलाती धूप आ रही थी। भीषण गर्मी हो चुकी थी। नेकार नदी के तरफ़ से, जिसका एक किनारा सीधा-सीधा घर की निचली मन्ज़िल से हो कर बह रहा था, थोड़ी सी भी हवा नहीं आ रही थी। सारी दुनिया किसी छायादार जगह में जाकर सिमट गई थी। यहाँ तक कि नदी के उस पार के त्सुकरबेर्ग इलाके के अंगूर के बागों वाले मेहनती किसान भी सूरज के इस रूप में दिखाई नहीं दे रहे थे। बस कभी-कभी कोई मालवाहक जहाज़ या मारबाख और कानश्टाट के बीच में चलने वाला कोई स्टीमर हल्की आवाज़ करता निकल जाता। कोई भी जिसके लिए श्टुट्गार्ट इलाके की इस घुटन से भागना सम्भव था वह छुट्टियाँ मनाने चला गया था। वैसे ही जैसे मरीना के पड़ोसी। मरीना के लिए कभी भी ज़्यादा धूप नहीं होती थी और न ही गर्मी, पॉल को छाँह पसन्द थी और वसन्त ऋतु जैसे तापमान।

मरीना छतरी ले आई और उसे ऐसे लगा दिया कि पॉल कम से कम तब तक छाँह में ही रहे जब तक कि वह मीठा न परोस दे। अपनी सीट पर लौटने से पहले, वह उसके पीछे खड़ी हुई, अपनी बाहें उसकी गर्दन से लटकाते हुए उसके पेट पर हल्की सी थपकी दी। "तुमने अपना वज़न बढ़ा लिया है। आजकल तुम जॉगिंग नहीं करते हो क्या?"

इस बात का क्या मतलब था? हे भगवन, हाँ, ऐसा लग रहा था कि इस बात में कुछ तो बात है। हर बार जब वह अपना वज़न नापता था तो तराजू का सूचक थोड़ा दाहिनी ओर बढ़ जाता था। उसे और क्या करना चाहिए? तमाम काम के बावजूद वह नियमित रूप से जॉगिंग किया करता था। बरसों से। वह यह दावा करना पसन्द

करता था कि वह कई युवा लोगों की तुलना में अधिक समय तक और तेज़ दौड़ सकता है। वह हर मौसम में कसरत करता था।

उससे भी मरीना अक्सर परेशान रहती थी। "जब तुम दफ़्तर में नहीं होते हो, तब तुम दौड़ने चले जाते हो। घर की देखभाल करने की ज़िम्मेदारी मेरे ऊपर होती है।" वह शिकायत करती, "और अगर ज़्यादा मेहरबानी हुई तो मुझे अपने यहाँ के साँस्कृतिक कार्यक्रमों में ले जाते हो।" केवल खाना बनाने के बारे में वह पुरानी विचारधारा की पक्षधर थी। वैसे पॉल का मन करता था कि मरीना सब्ज़ी छील-काट दे और सब मसाला तैयार कर दे तो वह भी थोड़ा हाथ आज़मा ले। वैसे ही जैसे खाना बनाने वाले शो में होता है। लेकिन वह किसी भी हालत में इसके लिए राज़ी नहीं होती थी। कोई भी इस महिला को ख़ुश नहीं कर सकता था। जैकलीन बिल्कुल अलग थी। वह जो कुछ भी करता, वह लगभग हर चीज़ की प्रशंसा करती। नई पीढ़ी की महिलाएँ फिर से जानने लग गई थीं कि एक महिला–एक महिला थी और एक पुरुष–एक पुरुष। सिर्फ़ बीच की कुछ बिगड़ी हुई पीढ़ियाँ जिन्हें लगता था कि उन्हें हमेशा मुक्ति चाहिए, उनके ही यह सीधी सी बात कभी पल्ले नहीं पड़ी।

उसने हाथ हिलाते हुए कहा, "अरे यह एक किलो तो झटपट कम हो जाएगा।"

उसकी सवालिया नज़र उस पर टिकी हुई थी। "तुम थके हुए लग रहे हो। तुम ठीक से सो नहीं रहे हो क्या?"

"बिल्कुल," उसने जल्दी से कहा। पिछले कुछ हफ्तों में वह ठीक से नहीं और बहुत कम सो रहा था। उसे दौड़ना भी कठिन लगने लगा था। उसे कभी भी इस तरह के दौर से गुजरना नहीं पड़ा था। ख़ैर, उसने सोचा, यह जल्द ही ख़त्म हो जाएगा। एक बार जब तलाक हो जाये और जैकलीन और मैं अपने नए अपार्टमेंट में चले जाएँ, तो चीज़ें फिर से ठीक हो जाएंगी।

"अब चटनी का क्या?" मरीना ने धीरे से पूछा।

"हम्म, ऐसा हो सकता है...," वह अपना चम्मच चाटते हुए बड़बड़ाया। काश उसे मालूम होता कि इस खटास का राज़ क्या था।

"एक और संकेत, इसमें मैंने ऐसा कुछ मिलाया है जो पहले कभी नहीं मिलाया।"

यह भी कोई मदद हुई?

"ओह, ऐसा क्या?" उसने थोड़ा आत्मविश्वास जतलाते हुए पूछा।

"कुछ बहुत ही सामान्य सा।"

हे भगवान, पॉल मन ही मन बड़बड़ाया। "अनार!" उसने अनुमान लगाया।

मरीना ने उसकी उम्मीद भरी नज़र को मुस्कुरा कर देखा। एक उदासीन मुस्कान। "तुम्हें सच में ऐसा लगता है?"

पॉल कराह उठा। "मैंने अभी अपने अन्दर बहुत कुछ भर लिया है। तुम्हारा भोजन लज़ीज़ है, चाहे वह किसी भी चीज़ से बना हो। जब देखो तब मैं इसे इतना ठूंस लेता हूँ कि लगता है कि फट ही जाऊँगा। मुझे ब्रेक की ज़रूरत है। बस इतना ही। और कुछ ठंडक।"

मरीना ने एक पल के लिए सोचा। "ठीक है। सेब के पेड़ पर लगे झूले में लेट जाओ। इस बीच मैं एस्प्रेसो बनाती हूँ।"

पॉल ने हल्के से सिर हिलाया और किसी इन्सान जितनी लम्बी गुलाब की झाड़ियों के बगल से होते हुए बगीचे से नेकार की तरफ़ धीरे-धीरे बढ़ गया। मरीना ने ये गुलाब बाड़ की ऊँची-ऊँची लकड़ियों को ढकने के लिए लगाये थे। कई साल पहले पॉल के अनुरोध पर घर के दूसरे आधे हिस्से के मालिक ने अपने कुत्ते को दूर रखने के लिए इसे लगाया था। और दूसरी तरफ़ के पड़ोसी ने लगभग उसी समय अपने मकान की सीमा पर एक शेड बनाया था। मरीना ने उसकी दीवार पर चढ़ने वाले गुलाब के और मरोड़फली के फूलों के लिए आड़े तिरछे जाल ठोक रखे थे। हरी दीवारें खड़ी हो गई थीं जिन्होंने बगीचे की पूरी लम्बाई को नेकार नदी तक अलग कर रखा था। मरीना कहती थी कि चोर केवल सड़क से या फिर नदी से ही आ सकते थे। देखा जाए तो यह सम्भावना कि चोर किसी नाव से आएंगे न के बराबर थी। बगीचे से सड़क पर आने के लिए घर को पार करना पड़ता या फिर बगल के गैरेज को और उसका बगीचे को जाने वाला दरवाज़ा हमेशा बन्द रहता था।

पॉल खट्टे स्वाद के रहस्य को सुलझाने या उसका पता न लगा पाने पर मरीना के मिज़ाज को कैसे ठीक रखेगा, यह सब सोचने के लिए बहुत शक्तिहीन और विचलित महसूस कर रहा था। बाद में, उसने फ़ैसला लिया। कुछ देर आराम, उसके बाद मुझे कुछ न कुछ सूझ जाएगा। वह झूले में लेट गया। धीरे-धीरे हिलता हुआ झूला और तटबंध पर लगती हुई मध्यम लहरों की धीमी-धीमी आवाज़ों की वजह से उसकी आँखें जल्द ही बन्द हो गईं। एक समय पर उसे लगा कि उसने एक बुदबुदाहट सुनी : "असर होता दिख रहा है।"

पॉल की आँखें चौड़ी हो गईं और मरीना काँप उठी जैसे कि उसने उसे कुछ

ग़लत करते हुए पकड़ लिया हो। वह इतनी तेज़ी से उठा कि वह झूले से लगभग गिर गया।

"क्या," वह गला साफ़ करते हुए बोला, "तुमने अभी क्या कहा?"

"बेहतर है लेट जाओ।" उसने उसे एक प्यारी सी मुस्कान दी।

"क्या मतलब था तुम्हारा–असर होता दिख रहा है?"

"तुममें सारे लक्षण दिखाई पड़ रहे हैं। बालों का झड़ना, बढ़ती उदासीनता, पसीना, ध्यान केन्द्रित करने और सोने में कठिनाई।"

"मैं अभी सो ही तो रहा था," पॉल ने विरोध किया।

"तो क्या? मैं तुम्हें जानती हूँ। तुम कुल मिलाकर पूरी तरह से थक चुके हो। और साथ ही तुम्हारी जीभ पर भी रोएँ से उठ रहे हैं।" उसने प्यार से उसकी ओर देखा। "अब ज़्यादा समय नहीं लगेगा।"

"क्या?" उसने स्तब्ध हो कर उसकी ओर देखा। "तुमने – तुमने उसमें," बाक़ी शब्द उसकी जुबान पर आना नहीं चाहते थे।

"तुमने क्या सोचा था?" मरीना ने मित्रतापूर्ण सिर हिलाया। "मुझे पता था कि तुम सबसे महत्त्वपूर्ण घटक का स्वाद नहीं पता कर पाओगे।"

"कौन सा?" उसने चुप-चाप पूछा।

"पॉल," उसने हल्की फटकार के साथ कहा। "आर्सेनिक, ज़ाहिर सी बात है। मैंने कभी भी पूरी तरह विश्वास नहीं किया था कि आर्सेनिक बेस्वाद होता है। लेकिन ऐसा लगता है कि यह सच है। और तुमने ख़ुद मुझे एक ऐसे ही मामले के बारे में बताया था। उस समय वकीलों की बैठकों का यह अहम मुद्दा था।" एक तिरस्कारपूर्ण नज़र उससे मिली। "तुम्हें अपनी कहानियों को कम से कम एक बार ध्यान में रखना चाहिए था। अब बहुत देर हो चुकी है।"

पॉल ने अपने दिमाग़ पर बहुत ज़ोर दिया। कई साल पहले, एक महिला ने अपने पति को धीरे-धीरे आर्सेनिक जहर दे कर मारा था। वह उन सभी लक्षणों से पीड़ित था जो मरीना ने अभी-अभी गिनाए थे। उस समय हत्यारे का पता संयोगवश ही चला था। उसका दिल तेज़ी से धड़क रहा था। "यह सच नहीं है! यह सच नहीं हो सकता।"

मरीना अब भलमनसाहत की प्रतिमा बन गई थी। "ठीक यही मैंने भी सोचा था जब मेरी वकील ने हम दोनों के बीच के समझौते को पढ़ा था। उसी ने मुझे साफ़- साफ़ बताया कि इसके मुताबिक तो मेरी हजामत बनने वाली है। हमारे बीच समझौता कुछ होता था और तुम उसे लिख दूसरे तरीके से देते थे। माना कि काफ़ी

चतुराई से लिखा था, लेकिन एक निपुण व्यक्ति के लिए साफ़ तौर पर पहचानने लायक था।"

"कौन सी वकील?" पॉल अचानक से दूसरी तरफ़ लुढ़का और झूले से गिर गया। "क्या तुमने अपना वकील बदल दिया था?" उसने ख़ुद को मुश्किल से संभाला।

"नहीं। लेकिन सिर्फ़ तुमको आश्वस्त करने के लिए। मैं अनुभव से जानती हूँ कि तुम्हारे साथी ऐसे मामलों में कैसे एक साथ रहते हैं। इसलिए मैंने तुम्हारी एक और वकील साथी से भी सलाह ली थी।" उसने उसे गौर से देखा। "मुझे अब उस आदमी की वैसे भी ज़्यादा समय ज़रूरत नहीं रहेगी।"

पॉल की आंखों के सामने सब कुछ धुँधला होने लगा। उसकी योजना के बारे में पता चल गया था और उसके शरीर में जहर की जानलेवा ख़ुराक फ़ैल चुकी थी। उसे कभी शक नहीं हुआ, क्योंकि मरीना हमेशा प्लेटों में खाना परोसती थी। जैसे रेस्टोरेंट में। और कम से कम उतने ही आकर्षक ढंग से व्यवस्थित। इस तरह से उसे कोई शक भी नहीं हुआ और वह ख़ुद खतरे में भी नहीं पड़ी। कोई न कोई विषहर औषधि तो होगी ही! या फिर किसी भी तरह की मदद! उसने घबराकर इधर-उधर देखा और भागने लगा। सड़क पर पहुँचने का एकमात्र रास्ता घर से होकर जाता था।

"अपने आप को फालतू में तकलीफ़ मत दो, मैंने छतरी लाने से पहले दरवाज़े को बन्द कर दिया था और चाबी को संभाल कर रख दिया था।"

उसे यहाँ से निकलना होगा। उसका मोबाइल कार में था क्योंकि मरीना उनके मिलने के दौरान किसी भी तरह का खलल बर्दाश्त नहीं करती थी। घर के चारों ओर सन्नाटा छाया हुआ था, दूर-दूर तक कहीं कोई इन्सान नहीं दिख रहा था। केवल गरजते हुए इंजनों वाली दो नौकाएँ नदी में आगे बढ़ी जा रही थीं और उनके पीछे-पीछे मंथर गति से एक क्रूज़ जहाज़।

मरीना ने उसकी ओर एक कदम बढ़ाया। "चिल्लाओ, अगर तुम अभी भी चिल्ला सकते हो। पड़ोसी छुट्टी पर हैं और मैं आश्वस्त करती हूँ कि तुम्हें सुनने वाला और कोई नहीं है।"

पॉल ने उसे एक तरफ़ धकेल दिया और तट की ओर भागा, जहाँ आमतौर पर चप्पू वाली नाव लगी रहती थी। वो ग़ायब थी। ऐसा कैसे कि इन बेवकूफ़ पड़ोसियों ने कभी कोई नाव भी नहीं खरीदी?

"कमबख्त," पॉल कोस रहा था। उसने क्रूज़ जहाज़ को देखा, अपने हाथों को

लहराया और मदद के लिए पूरे ज़ोर से चिल्लाया। पर्यटकों ने भी दोस्ताना तरीके से हाथ हिला कर जवाब दिया, कुछ तस्वीरें खींची और फिर कहीं और देखने लगे।

मरीना ख़ुशी से यह सब देख रही थी।

अरे! नेकार नदी के दूसरी तरफ़, अंगूर के बगीचे की तरफ़ उसका दोस्त हेराल्ड रहता है जो डॉक्टर है। जब से उसने मरीजों का इलाज करना बन्द कर दिया है तब से अपना ज़्यादातर खाली समय अपने बगीचे में बिताता है। उसके पास तक वह पहुँच जाएगा। उसे यह करना ही होगा, भले ही वह काफ़ी लम्बे अरसे से नहीं तैरा था। पॉल ने अपने जूते को अपने पैरों से खींच कर निकाला।

मरीना ने बेपरवाही से उसका मुआयना किया। "अगर तुम हेराल्ड के पास जाना चाहते हो तो आराम से तैर लो। लेकिन कम से कम पहले कपड़े तो उतार दो। गीले कपड़ों में तुम अपनी इस तोंद की वजह से कभी भी नहीं पहुँच पाओगे।"

कुतिया कहीं की! लेकिन वह सही थी। देखते ही देखते उसने अपनी पोलो शर्ट और पैंट उतार दी और पानी में कूद गया। तापमान में अचानक आए बदलाव ने पल भर के लिए उसकी साँसों को रोक दिया था। उसे यकीन था कि गर्मियों में नदी अधिक गर्म हो जाती थी। छपछप करते हुए उसने नदी के बीच की दिशा की तरफ़ थोड़े पैर मारे, वह हाथ-पाँव तो ख़ूब चला रहा था लेकिन ज़्यादा आगे नहीं बढ़ पा रहा था, पानी निग़लता, थूकता और हाथ मारता रहा। काफ़ी समय के बाद भी उसने नेकार का एक तिहाई भी पार नहीं किया था। हाँफते और फूँकते उसने ख़ुद को धारा के संग बहने दिया, वह सामान्य रूप से साँस लेने और अपनी नब्ज़ को शान्त करने की कोशिश कर रहा था। तिरछी नज़र से उसने पीछे मरीना की ओर देखा। वह अपने हाथों को मोड़ कर नदी के किनारे पर खड़ी थी। कौन जाने कब तक। उसे जल्दी करना होगा। उसे अपने से आगे नहीं निकलने देना है। जब वह नदी के बीच में पहुँचेगा तब वह अपनी कार से उस दूसरी तरफ़ की ज़रा सी दूरी को पूरा कर लेगी और हेराल्ड के यहाँ जाने के उसके रास्ते में रुकावट पैदा करने की कोशिश करेगी। फिर भी बचने के कई रास्ते थे। ज़रूरी था दूसरे किनारे तक पहुँचना। वह वहाँ किसी कार ड्राइवर को रोक लेगा, या इससे भी बेहतर, अंगूर के बगीचे से होते हुए ग़ायब हो जाएगा या फिर–पॉल ने डुबकी मारी, उसकी नाक और मुँह में पानी भर गया। उसने पानी निगला और ज़ोर से हाथ-पैर मारते हुए वह वापस ऊपर आया और आगे तैरने लगा। नेकार में तैरना मना था अचानक उसके दिमाग़ में यह बात कौंध गई। यह सेहत के लिए नुकसानदेह है।

उसका दिल बेतहाशा धड़क रहा था। वह हांफ रहा था। उसने अपने बायें सीने में जकड़न को नज़रअन्दाज़ कर दिया जो उसकी बांह तक फैल रही थी। किनारा एक भी सेंटीमीटर करीब आते नहीं दिख रहा था। उसने फिर पीछे मुड़कर देखा और चौंक गया। एक चप्पू वाली नौका ज़ोरदार तरीके से पानी में बढ़ी आ रही थी। मरीना! उसे अचानक यह कहाँ से मिल गई? जकड़न असहनीय हो गई। पॉल ने हाथों से अपने दिल को दबाया, फिर उसने होश खो दिया।

"आप उसके लिए इससे ज़्यादा और कुछ नहीं कर सकती थीं।" युवा महिला पुलिसकर्मी ने मरीना को अफ़सोस के साथ देखा। बचाव गोताखोरों की मोटर बोट वहीं लगी हुई थी जहाँ पर कुछ देर पहले पॉल चप्पू वाली नौका खोज रहा था। सेब के पेड़ के नीचे, पैरामेडिक्स पॉल के अच्छे से मोड़े हुए कपड़े के पास अपना सामान बांध रहे थे।

मरीना एक कुर्सी पर बैठ गई। "वह सुनना ही नहीं चाहता था। मैंने उसे चेताया था। भोजन के ठीक बाद। इस गर्मी में। लेकिन कुछ होने से पहले तो मैं आपातकालीन कॉल भी नहीं कर सकती न। मैंने पड़ोसियों की नाव ली और उसके पीछे-पीछे जितना जल्दी हो सके चल दी थी।" मरीना की ढकी सी नज़रें उस ताबूत का पीछा कर रही थीं जिसे वहाँ से ले जाया जा रहा था।

"यह सिर्फ़ एक औपचारिकता है," महिला पुलिसकर्मी झिझकते हुए बोली, "लेकिन हम लाश का पोस्ट्मार्टम करवाएँगे। डॉक्टर मृत्यु प्रमाणपत्र पर तब तक हस्ताक्षर नहीं करेगा जब तक कि वह यह नहीं जान लेता कि मृत्यु का सही कारण क्या था।"

मरीना ने उसे देखा और यंत्रवत सिर हिला दिया।

सूरज अब आसमान में काफ़ी नीचे उतर आया था। नेकार के ऊपर से होता हुआ हवा का एक झोंका, नदी के मुहाने पर विलो की शाखाओं के नीचे अपनी पुरानी जगह पर बंधी हुई चप्पू वाली नौका को झुला रहा था। मरीना उसके तने से टेक लगा कर बैठ गई और बची हुई चटनी को उसके जार से निकालने लगी। कर लें जाँच पॉल की लाश की, उसने सोचा। उन्हें आर्सेनिक नहीं मिलेगा। मैं बेवकूफ़ नहीं हूँ। इन दिनों कोई भी इससे नहीं मारता। कितना फ़ायदेमंद रहा कि मेरी साल के शुरुआती महीनों में हेराल्ड से बात हुई थी। उसने कहा था कि पॉल को कभी भी दिल का दौरा पड़ सकता है। यदि उसने अपने तनाव को काफ़ी कम नहीं किया, तो वह अधिक समय तक जीवित नहीं रहेगा। दिल के दौरे पर गहन शोध, नदी में

मोड़ के पीछे झाड़ियों से छिपा कर नाव को बांधना, गर्मी, शराब, भरा हुआ पेट, आर्सेनिक के बारे में एक परी कथा, ठंडा पानी, और बस इतना ही... हाँ, बात तो मिश्रण की है। मरीना ने चाव से चम्मच को चाटा। यह चटनी मेरी उत्कृष्ट खोज है। जीभ पर रोएँ का अहसास रूबर्ब के कारण होता है। यह उम्मीद बस पॉल से ही की जा सकती है कि उसने इसके बारे में सोचा ही नहीं था।

दिल्ली की सर्दी

जाड़े के दिनों की हल्की धूप आसमान में चढ़ रही थी। धूल और प्रदूषण से भरा नई दिल्ली का आसमान ऐलान कर रहा था कि दिन नमी वाला और ठंडा रहेगा। जमाल कुमार, उम्र बमुश्किल बीस साल, अभी उसे ज़्यादा दिन भी नहीं हुए थे पुलिस में कॉन्स्टेबल के तौर पर क़ुतुब मीनार ज़िले में काम करते। इस वक़्त वह मेन रोड से थोड़ा अन्दर आकर एक टूटी-फूटी सी गली में मौजूद था। और सामने पड़ी थी किसी की लाश! कुछ औरतें, बच्चे और मर्द भी आँखों में नींद लिए अपने टूटे फूटे घरों से निकलकर बाहर आ गए थे कि देखें क्या माजरा है। अभी तक चुप्पी छाई हुई थी लेकिन जल्द ही भीड़ में कोलाहल बढ़ने के आसार लग रहे थे। जमाल के साथ वहाँ कोई नहीं था, क्योंकि उसकी ड्यूटी ख़त्म हो चुकी थी और किशनगढ़ थाने से वह अपने घर कटवारिया सराय की ओर जा रहा था। काम की थकान के बाद अब वह सीधा अपने बिस्तर का रुख करना चाहता था। एक ख़्वाहिश यह भी थी कि सन्तोष हलवाई ने जलेबियाँ तलने के लिए कड़ाही तेल से भरकर गर्म करने रख दी हो! जमाल उन ख़ुशक़िस्मत लोगों में शामिल नहीं था जिनका परिवार दिल्ली में उनका इंतज़ार करता है। उसके माँ-बाप, भाई-बहन कई सौ किलोमीटर दूर रहते थे। दिल्ली में बस दो ही चीज़ें हैं जो उसके जीवन में मिठास लाती हैं–सन्तोष हलवाई की जलेबियाँ और उसकी बेटी प्रिया।

और अब उसके सामने ख़ूबसूरत प्रिया के बजाए एक आदमी की लाश पड़ी थी जिसका सिर एक तरफ़ से खौलते तेल से भरी कड़ाही में पड़ा था। गैस का चूल्हा अभी भी जल रहा था जिस वजह से वह चेहरा झुलसता जा रहा था। यह सब देखकर जमाल को मितली सी आने लगी। कड़ाही में डूबे बालों और गले पर उचड़ी हुई चमड़ी का स्वाद मानो उसे अपने मुँह में महसूस हो रहा था। मृतक की फूटी हुई आँख जमाल पर ही गड़ी हुई थी। जमाल ने गैस बन्द की और कड़ाही में

खौलता हुआ तेल शान्त होने लगा। भीड़ में एक लहर सी दौड़ गई, और साथ में मक्खियों का गुनगुनाना और भिनभिनाना। उन्हें तो बस इसी मौके का इन्तज़ार था कि वे अपने शिकार पर धावा बोल दें। लेकिन बढ़ती हुई भीड़ के कारण ये आवाज़ें दबने लगी थीं। लोगों में अब इस वारदात को लेकर खुसुर-फुसुर बढ़ने लगी थी। उँगलियों से वे उसकी ओर इशारे किए जा रहे थे। जमाल ने वॉकी-टॉकी से अपने साथी पुलिसकर्मियों को मदद के लिए बुलाया। उसके बाद जेब से नोटपैड और पेन निकाला। उसकी लाठी के साथ-साथ ये ही वे सबसे ज़रूरी औज़ार थे जिनकी बदौलत पुलिसवालों को इज़्ज़त मिलती है और दिल्ली में कानून व्यवस्था बरकरार रहती है। शायद एक दलित को कभी दौलत मिल भी जाये लेकिन दिल्ली पुलिस के एक कॉन्स्टेबल को काम करता हुआ हथियार मिलने की सम्भावना उससे भी कम है। लाश को चारों तरफ़ से घूमकर देखते हुए वह बड़ी मुश्किल से अपने पेट के ख़ालीपन को अन्दर ही रख पाने में कामयाब हुआ। वहाँ मौजूद भीड़ बड़े गौर से यह सब देख रही थी। जमाल लाश का ब्यौरा लिखने लगा–शव, एक आदमी का, उम्र लगभग चालीस से पचास के बीच, खाते-पीते घर का लग रहा है, महँगे कपड़े, जैकिट की जेब पर अभी भी एक निशान पढ़ा जा रहा है...आर्मी पोलो ऐंड राइडिंग क्लब। घड़ी नहीं, अँगूठियाँ भी नहीं? चेहरा देखकर एक बात तो साफ़ थी

कि यह जनाब बहुत रसूकदार रहे होंगे। बस एक बात उसके पल्ले नहीं पड़ रही थी कि ऐसी शानदार शख्सियत वाला इन्सान जो दिल्ली के सबसे महंगे क्लब का भी सदस्य था कैसे इस धूल भरी गली में इस हाल में पहुँचा होगा। यहाँ हलवाई की दुकान के अलावा दो इन्टरनेट कैफ़े जहाँ के कम्प्यूटर हर घण्टे ख़राब हो जाते थे, एक छोटा सा रेस्टोरेन्ट और सिंह साहब की हर क़िस्म के माल की दुकान भी थी। बिना बड़े अफ़सरों की मौजूदगी के जमाल ने लाश को शिनाख़्त के लिए टटोलना उचित नहीं समझा।

"जमाल, जमाल.... सो रहे हो क्या?" प्रिया की आवाज़ थी।

जमाल को कुछ समझ नहीं आ रहा था और प्रिया की मौजूदगी से चीज़ें बेहतर नहीं हो रही थीं। उसके सामने अपनी नाक कट जाने के डर से उसके पाँव कांप रहे थे। "बापू कहाँ है।" उसने पूछा और प्रिया से गरम चाय की गिलास ले ली।

"वह अभी घर पर है और बहुत घबराया हुआ है। बस एकटक फ़र्श को देखे जा रहा है।"

"क्या स्टोव उसने जलाया था?"

"नहीं, तुम्हें क्या सच में लगता है कि लाश कड़ाही में पड़ी हुई देखकर उसने गैस जला दी होगी?"

"प्रिया! मतलब, हो सकता है ना कि शायद उसने ही जलाई हो, कुछ लेने के लिए अन्दर गया हो और जब आकर देखा तो..."

प्रिया ने अपनी बाहों को सामने जोड़ते हुए कहा, "लेकिन ऐसा नहीं हुआ था।"

जमाल ने हर तरफ़ नज़र दौड़ाई और ज़ोर से कहा–"क्या कोई इस आदमी को पहचानता है?"

"चिल्लाने की ज़रूरत नहीं है, जमाल। यह विक्रम खान है, मशहूर प्लास्टिक सर्जन। अख़बार वगैरह नहीं पढ़ते हो क्या?" प्रिया बोली। सुनकर बग़ल में खड़ी कुछ औरतों की हँसी छूट गई। ऐसा भी भला हो सकता है कि दिल्ली के सबसे मशहूर सर्जन का नाम किसी ने ना सुना हो?

कहीं पीछे से आवाज़ आई–"टीवी में आ रहा था कि ये शाहरुख़ खान की नाक का भी ऑपरेशन करना चाहते हैं।"

"तो, नाक को लंबा करना है कि छोटा करना है?" कोई बोला और हँस पड़ा। भीड़ में हँसी की लहर सी दौड़ गई। "तब जाकर शाहरुख़ के एजेन्ट ने इनको अच्छे से समझाया कि शाहरुख़ की मशहूर नाक का पीछा छोड़ दो!"

इन्हीं सब शाहरुख़ की नाक के ऑपरेशन के मज़ाक़ के बीच जमाल अपने नोटपैड पर सवाल दर्ज कर रहा था, यह आदमी यहाँ कैसे पहुँचा होगा, इसकी गाड़ी इस वक़्त कहाँ होगी, इतना मशहूर आदमी था तो क्या इसका कोई बॉडीगार्ड नहीं रहा होगा, यह यहाँ करने क्या आया था? फिर उसने पूछा "लाश को सबसे पहले किसने देखा था?"

किसी के पास कोई जवाब नहीं था।

"बापू ने," प्रिया बोली। "क्या यह बात अभी तक तुम्हारी अक़्ल में नहीं घुसी?"

"तुम ज़्यादा समझदार बनना बन्द करो। हो सकता है कि तुम्हारे बापू से पहले कोई आया हो, जिसने कुछ देखा हो?"

प्रिया कन्धे झटकाकर बोली–"लगता तो नहीं है।"

जमाल के पास सन्तोष से पूछताछ करने के लिए कुछ सवाल थे, पर वह लाश को ऐसे तो नहीं छोड़ सकता था। उसके इधर-उधर होने पर शायद भीड़ में से कोई –या पूरा हुजूम ही–लाश को टटोलने में लग सकता था–इस उम्मीद में कि शायद कोई कीमती चीज़ ही मिल जाए। ऐसा करने पर सबूत से छेड़छाड़ हो सकती थी। उसने गर्मागर्म चाय सुड़की और हाथ में पकड़े नोटपैड से लाश पर आती मक्खियाँ उड़ाने लगा। उसने अपना वॉकी-टॉकी निकाला और बोला– "मृतक का नाम–शायद विक्रम खान... हाँ... वही वाला..." इससे ज़्यादा और बात नहीं हो पाई, क्योंकि वॉकी-टॉकी पर बहुत खरखराहट थी। लग रहा था कि विक्रम खान का नाम सुनकर थाने में बैठे उसके साथी फ़ौरन अपनी कुर्सियों से उठ खड़े हुए थे।

"अब क्या करने का इरादा है?" प्रिया ने जमाल से पूछा। "जो अगर ज़िन्दगी में कभी तरक्की के बारे में सोचा हो, तो यही तुम्हारा मौक़ा है।"

"इस वक़्त तो कुछ नहीं कर सकता। कुछ ही देर में यहाँ दिल्ली के एक से एक बढ़िया पुलिस वाले पहुँच जाएँगे। उनके आने पर मैं फिर आराम से घर की ओर निकल सकता हूँ।" रात भर की ड्यूटी के बाद जमाल को अपनी हर एक हड्डी में थकान महसूस होने लगी थी। उसके साथ-साथ उसकी लाठी की भी रात भर की ड्यूटी लगी थी। मॉडर्न मार्किट में सिनेमा हॉल के सामने कुछ अमीर बाप की औलादों की आपस में झड़प हो गई थी, जिनकी सेवा के लिए लाठी का प्रयोग करना पड़ा था। उन अमीरज़ादों को लगा था कि वे कुछ भी कर सकते हैं, सिर्फ़ इसलिए कि उनकी गाड़ी महँगी थी। और जिन्हें वे गाड़ियों के शौक़ीन अपने-अपने

अमीर बाप के यहाँ से रात को गेड़ी मारने के लिए चुपचाप निकाल लाए थे। उनके बाप भी कोई विक्रम खान जैसे ही रहे होंगे।

अचानक सामने से गाड़ियों का क़ाफ़िला गली में आता दिखा। हर तरफ़ पुलिस के सायरन की गूँज। गाड़ियों के पहियों से उठती धूल का मानो गली के ऊपर बादल छा गया। सब के सब भौचक रहकर देख रहे थे। गाड़ियों की कतार के रुकते-रुकते सब भीड़ तितर-बितर हो चुकी थी, बस एक जमाल और प्रिया ही मौक़ा-ए-वारदात पर लाश के बगल में खड़े थे। झट से जमाल ने चाय की खाली प्याली प्रिया के हाथ में थमाई और कहा–"जाके बापू को बुला! जल्दी!"

अपनी नाज़ुक उँगलियों से प्याली पकड़कर प्रिया घटनास्थल से जानबूझकर आहिस्ता आहिस्ता निकल गई।

सबसे पहली गाड़ी का दरवाज़ा खुला और ड्राइवर ने बाहर निकलकर साथवाला दरवाज़ा खोलते हुए सलाम किया और गाड़ी से निकली दिल्ली की सुपरकॉप नूपुर यादव। डी.सी.पी. नूपुर यादव – दिल्ली में जिसका नाम ही काफ़ी था–ना जाने कितने पुरस्कारों से सम्मानित और ना जाने दिल्ली को बचाने के कितने तमगे उसकी छाती पर लगे हुए थे। उस मुकम्मल शख्सियत को देखकर जमाल स्तब्ध रह गया और एकाएक उसे एहसास हुआ कि रात भर ना सोने की वजह से वह कितना बदहाल दिख रहा था।

उसने ख़ुद को संभाला और उम्मीद की कि डी.सी.पी. यादव उसकी घबराहट को भाँप ना सके।

"ठंड लग रही है क्या, हवलदार?" डी.सी.पी. यादव ने पूछा।

"जी नहीं, मैडम, गुड मॉर्निंग, मैडम", जमाल ने सलाम करते हुए कहा।

"तो किसी का इन्तज़ार हो रहा है? इस मामले के बारे में कुछ बताओगे क्या? या फिर पूरा टाईम अपनी गर्लफ्रेंड के साथ बैठकर चाय ही पी रहे थे?"

डी.सी.पी. की बातें सुनकर जमाल तो मानो ज़मीन में ही गड़ा जा रहा था। उसने अपने नोटपैड में जो कुछ भी लिखा था वह बताने लगा।

डी.सी.पी. यादव ने हामी में सिर हिलाते हुए कहा–"और लाश को किसी ने छुआ तो नहीं है ना?"

"जब से मैं यहाँ हूँ, तब से तो नहीं। मैंने बस आकर बस गैस बन्द की थी। मेरे हिसाब से क़त्ल की वजह लूटपाट रही होगी। लाश के हाथ से घड़ी ग़ायब है और दो उँगलियों में से अँगूठियाँ भी, जैसा कि देखकर पता चल रहा है।"

"कोई चश्मदीद गवाह?"

"केवल सन्तोष पाल, जिसकी जलेबी की दुकान है। उसी ने लाश को सबसे पहले देखा था। बाक़ी सब तो भाग लिए थे।" यह बोलते-बोलते जमाल की जीभ में मानो गाँठ लग गई। कारण–उसी का तो काम था वहाँ मौजूद लोगों को रोककर सँभालना, जो वह ठीक से कर नहीं पाया था। डी.सी.पी. ने सिर हिलाया जैसे पूरी बात सुन रही हो।

"और मैडम... गली के लोग तो सब यहीं ही थे, लेकिन सब भाग खड़े हुए, जैसे ही... आपकी गाड़ी का सायरन सुना।.... और इससे पहले मैं.... उनसे कुछ पूछताछ कर पाता, वे..."

"ठीक है, ठीक है, हवलदार। अब अपनी कमर कसो और गली में घर घर जाकर सभी से जानकारी निकालो। दोपहर से पहले इसकी रिपोर्ट मेरी मेज़ पर होनी चाहिए। ओ के?"

"लेकिन, मैडम, मैं..."

"कोई दिक्कत है क्या?"

"कोई दिक्कत नहीं है, मैडम।" झट से सलाम ठोककर जमाल खिसक लिया।

डी.सी.पी. यादव ने अपने साथ आए बाक़ी के पुलिसकर्मियों को काम पर लगने का इशारा किया और फिर प्रिया की ओर रुख किया, जो अपने पिता के साथ घर के मुहाने पर खड़ी थी।

जमाल ने हर दरवाज़ा खटखटाया और पूछताछ चालू की। लेकिन कुछ भी नया नहीं मालूम पड़ रहा था। बस इतनी ज़्यादा चाय पी ली थी कि मुँह में जैसे गुड़ भर गया था। वह एक दयनीय से दिखने वाले घर के सामने पहुँच गया। घर यदु नाथ का था जो अभी घर पर नहीं था। उसकी धर्मपत्नी रिनारा ने दरवाज़ा खोला और बताया कि यदु नाथ एयरपोर्ट पर सेक्योरिटी में काम करता है। ऐसा बोलते वक़्त वह गर्व से फूल गई। क्योंकि उसका पति वर्दी पहनता था और नीची जाति वालों के लिए इतना पा लेना भी बहुत बड़ी बात थी।

"सुबह कितने बजे निकलता है?" जमाल ने रिनारा से पूछा। गली में एक यदु नाथ ही अकेला था जो उस समय जगा हुआ होगा, जब जलेबीवाला सन्तोष अपनी दुकान लगाने के लिए घर से निकला होगा और उसी समय वारदात हुई रही होगी और वह चीख़ा होगा जिसकी वजह से सब बाहर निकल आए होंगे। जमाल को अब लगने लगा कि आख़िर अब कोई मिल ही गया जिससे इस वारदात के बारे में और गहराई में पता चल सके।

"यदु तो हर सुबह बिलकुल टाईम से काम को निकल जाता है–साढ़े पाँच बजे। और आज भी वह उतने पर ही निकल गया था।" रिनारा ने बयान दिया।

"और कौन सा रास्ता लेता है? शहीद जीत सिंह मार्ग?"

"हाँ, वहीं से एयरपोर्ट के लिए बस लेता है।" वो पूरा ध्यान दे रही थी कि जमाल सबकुछ लिख भी रहा है कि नहीं।

"और उसने कुछ बताया कि रास्ते में उसने कुछ देखा हो?"

"नहीं, ऐसा तो कुछ नहीं बताया।" रिनारा ने गर्दन हिलाकर मना करते हुए कहा।

खाक़ नहीं बताया, मन ही मन जमाल ने सोचा। ज़्यादा देर हुई तो उसकी नौकरी पर भी आंच आ सकती है इसलिए अब डी.सी.पी. साहिबा इस मामले से निपटें। यदु का घर इस गली में आख़िरी था, बस दिखाने के लिए उसने बगल वाली गलियों के एकाध घरों के दरवाज़े भी खटखटा दिए। लेकिन ना कोई सफलता मिलनी थी और ना ही मिली। भागकर वह वापिस वारदात की जगह पर पहुँचा। डी.सी.पी. यादव अपनी गाड़ी में बैठ रही थी। उसने फूलती हुई साँस के साथ अपने पर्चे को नूपुर यादव की ओर बढ़ाया जिस पर यदु नाथ का पता लिखा हुआ था। "एक यही मिला है जो सुबह-सुबह घर से निकला हुआ था और शायद जिसने कुछ देखा हो। बाक़ी लोग तो, जैसा कि वे बता रहे थे, सन्तोष पाल की चीख़ से ही जगे।"

डी.सी.पी. यादव ने पर्चा पकड़ा और कहा–"इसे रिपोर्ट कहते हैं?"

उसके ड्राइवर ने जमाल की ओर देखकर खीस निपोर दी।

"रिपोर्ट अभी बन रही है। मुझे लगा, यह जानकारी शायद आपके काम की हो।"

"...काम की हो!" हल्की आवाज़ में ड्राईवर बुदबुदाया, लेकिन जैसे ही डी.सी.पी. की नज़र उस पर पड़ी वह झट से चुप हो गया। उसने गाड़ी स्टार्ट की और फिरकी की तरह गाड़ी मोड़ी और अगले ही क्षण जमाल गली में अकेला खड़ा था।

पुलिस का क़ाफ़िला मौक़ा-ए-वारदात से अपने साथ सारी चीज़ें उठाकर ले गया था–लाश, गैस का चूल्हा, कड़ाही... अब बस गली के आवारा कुत्ते इन्तज़ार कर रहे थे कि कब जमाल भी वहाँ से निकले और वे बिना रोक-टोक के कड़ाही से बाहर गिरे गली में पड़े घी-तेल को चाट सकें।

"जमाल!" प्रिया अपने घर के दरवाज़े से उसे बुला रही थी।

"अभी नहीं आ सकता हूँ। अभी के अभी रिपोर्ट बनाकर देनी है।"

“मेरे पास एक आईडिया है।”

प्रिया और उसके अनोखे आईडिया! जमाल को प्रिया तो बहुत भाती थी लेकिन उसके आईडिया जमाल के लिए सँभालने बहुत ही मुश्किल हो जाते थे। लेकिन प्रिया और उसके पिता के आगे वह कोई मौक़ा नहीं गँवाना चाहता था इसलिए वह घर के अन्दर चला गया। वहाँ रसोई के फ़र्श पर सन्तोष बैठा हुआ था और बालों में हाथ फेरते हुए बुदबुदा रहा था–“सब बर्बाद हो गया। सब कुछ ले गए। सब कुछ। अब मेरा काम कैसे चलेगा? कब वापिस मिलेगा?... हाँ, जमाल... आख़िर कब?” इस पर प्रिया बोल पड़ी–“और तो और अब पुलिस बोल रही है कि बापू ने ही सर्जनों के उस बादशाह को मारा है। यहाँ घर में भी उन्होंने तलाशी में सब कुछ उलट-पुलट कर दिया है।”

“लेकिन कुछ मिला तो नहीं ना, और बापू भी तो यहीं ही है।”

“पर कब तक? तुम्हें कुछ करना ही होगा। पता तो करो, कैसे यह महान हस्ती इस जगह पर अवतरित हुई। सुनने में यह भी आ रहा है कि पुलिसवाले उसकी गाड़ी ढूँढ रहे थे। लेकिन गाड़ी उसके वसन्त विहार वाले आलीशान बंगले में ही खड़ी मिली। मतलब वह उस चकमक वसन्त विहार से यहाँ चल कर तो नहीं ही आया होगा, है कि नहीं? अब यहाँ खड़े-खड़े मुझे ऐसे मत देखते रहो... हर कोई जानता है कि विक्रम खान कहाँ रहता है, यह ख़बर तो अख़बारों में भी छप चुकी है। कुछ करो!... एक काम करते हैं, टैक्सी स्टैन्ड पर जाकर पता करते हैं।”

“अच्छा... और तुम्हें लगता है कि डी.सी.पी. यादव ख़ुद यह काम नहीं करेगी।”

“अरे तुम पहल तो करो!... तुम्हारी जगह अगर तुम्हारे थानेवाला राजेश होता तो कब का खोजबीन करने ख़ुद निकल गया होता।” राजेश की महत्त्वाकांक्षा और प्रिया के दबाव ने यह असर दिखाया कि वह अगले कुछ पलों में तफ़्तीश के लिए टैक्सी स्टैंड पहुँच गया। संजय वन के सामने ग़ैरकानूनी तौर पर उनकी गाड़ियाँ लगी हुई थीं–चार ऑटो और एक टेम्पो।

वहाँ खड़े ऑटोवालों को पुलिसवाले को आता देख कोई ख़ुशी नहीं हुई। आगे बढ़कर प्रिया ने प्यार से धमकाया–“अगर थोड़ा साथ दोगे, तो पुलिस से परेशानी नहीं होगी।”

उनमें से सबसे लम्बे कद वाले ने जवाब दिया–“अगले तीन महीनों तक का चढ़ावा पुलिस को मिल चुका है, ठीक है?”

पुलिसवाले लगभग हर छह से बारह महीनों में आते थे और हर बार वही पुरानी कहानी – कुछ ही दिनों में सबकुछ जैसे का तैसा–बस पुलिसवालों की दक्षिणा बढ़ जाती थी।

"देखो, मुझे कोई मतलब नहीं है तुम यहाँ अपना ऑटो लगाओ या नहीं। मैं बस यह जानना चाहता हूँ कि कहीं तुम लोग किसी रईस बाप की औलाद को अपने ऑटो में बिठाकर यहाँ तो नहीं लाए थे? वह मशहूर प्लास्टिक सर्जन विक्रम खान, तुम लोग जानते ही हो, वसन्त विहार में ही रहता है।" जमाल ने अपनी बात समझाने की कोशिश की।

चारों ऑटोवाले हँसने लगे और बोले-"हम किसी रईस बाप की औलाद को यहाँ नहीं लाए... हा हा... और तुम्हें सच में लगता है कि ऐसा कोई ऑटो में बैठकर कहीं जाएगा?"

"सुनो, हँसना बन्द करो! क़त्ल का मामला है। समझे?" गुस्साकर प्रिया ने कहा। चारों अब और ज़्यादा हँसने लगे। वो भी प्रिया पर। जमाल आगे बढ़ा और बोला–"समझ नहीं आ रहा है क्या? या फिर बुलाऊँ अभी थाने से और पुलिसवाले, तब पता चलेगा कि ससुराल में अगले दिन कटेंगे।"

"यह छुटकी तुम्हारी गर्लफ्रेंड है क्या?"

प्रिया इसका जवाब देना चाहती थी लेकिन तभी जमाल बोल पड़ा–"सही सही बता दो, नहीं तो कल सुबह तक यहाँ से तुम्हारा बोरिया-बिस्तर बंध जाएगा।" जमाल ने डी.सी.पी. यादव की तीखी नज़र की नकल करने की कोशिश की। जमाल के इस रौद्र रूप को देखकर सभी की हँसी छू-मंतर हो गई। उनमें से एक बोला–"कल शाम मैं किसी को वसन्त विहार ले गया था। हाँ, लेकिन वह कोई सूटबूट वाला नहीं था। उसने तो एक मैली सी वर्दी पहनी हुई थी।"

"किस तरह की वर्दी? पुलिस वाली?"

"नहीं, पुलिस वाली नहीं... वह ऐसा लग रहा था कि जैसे एयरपोर्ट पर झाड़ू पौछा लगाता हो, फिनायल की बोतल और घोड़े की लीद की तरह महक रहा था। और उसकी कमीज़ पर एक निशान बना हुआ था, ऐसे एक तिकोना सा..."

"अगर उसे देखोगे तो क्या पहचान लोगे?"

"ये नीची जाति वाले सब एक जैसे ही तो दिखते हैं!"

"अच्छा, और तुम कौन से बहुत बड़े पण्डित हो?" प्रिया ने जवाब दिया।

जमाल बोल पड़ा–"इस तरह तो हम कहीं नहीं पहुँच पाएँगे।"

"सही कह रहे हो। एयरपोर्ट ही जाना पड़ेगा।" प्रिया बोली।

"और कैसे जाएँगे?"

प्रिया ने उस लड़के की ओर इशारा करते हुए कहा–"हम इसके साथ जाएँगे।"

जमाल ने अपने दाँत भींचते हुए कहा–"इतने पैसा नहीं है मेरे पास।"

"अगर यह चाहता है कि इसका धंधा चलता रहे, तो इसे हमें लेकर चलना ही पड़ेगा। तुम चाहो तो यह सारे ऑटो थाने में जब्त करवा सकते हो, है ना?" मामला आगे बढ़ता देख उनमें से सबसे बड़े वाले ने हाथ जोड़े और साथ चलने के लिए तैयार हो गया। और प्रिया फिर से मुस्कुराने लगी।

दिल्ली के ख़तरनाक ट्रैफ़िक में से रास्ता बनाकर वे एक ऑटो में इन्दिरा गांधी अंतर्राष्ट्रीय हवाई अड्डे की ओर रवाना हो गए। शायद जमाल और प्रिया कभी इतने क़रीब नहीं बैठे होंगे जितने ऑटो की छोटी सी सीट पर आज बैठे थे। जमाल ने प्रिया के साथ बिताए इन पलों का बहुत लुत्फ़ उठाया–हालाँकि जिस तरह से ऑटो चल रहा था यह उसकी ज़िन्दगी के आख़िरी पल भी हो सकते थे। भीड़ को चीरते हुए वे एयरपोर्ट के प्रस्थान वाले हॉल में घुस गए और ऑटोवाला उनके पीछे-पीछे। जमाल ने वहाँ के गार्डों से यदु के बारे में पूछा, मगर उन्होंने बस सिर हिला दिया। फिर एक कैफ़े में काम करने वाली औरत से पूछने पर उसने हाथ से इशारा करके एक दुबले से आदमी को दिखाया जो फ़र्श पर पोंछा लगा रहा था।

"वही है–यदु!"

"मुझे तो लगा था वह सिक्योरिटी में काम करता है।"

"हाँ, यही तो उसकी पत्नी की तमन्ना है।"

ऑटोवाला बोल पड़ा–"यही है वह आदमी।"

"जिसको तुम लेके आए थे?"

"हाँ, वही तो है... क्या अब मैं जा सकता हूँ?"

"नहीं," जमाल बोला–"पहले उससे बात करना है।"

लेकिन जैसे ही सफ़ाईवाले ने अपनी ओर भागते हुए जमाल को देखा, तो वह पलटकर वहाँ से खिसकने लगा। ऐसे में उसकी बाल्टी उलट गई और बदबू वाला फिनायल का पानी पूरे फ़र्श पर फैल गया, जिस पर जमाल फिसल गया और कालीन की तरह नीचे बिछ गया। यह देखकर प्रिया ने अपनी साड़ी को सँभाला और यदु के पीछे भागने लगी। मगर थोड़ी ही दूर पर सिक्योरिटी वालों ने प्रिया को पकड़ लिया क्योंकि उन्हें लगा कोई सुरक्षा में सेंध लगाकर अन्दर घुसने की कोशिश

कर रहा है। अच्छा तमाशा बन गया था–कुछ एक यात्री चलते चलते रुक गए और ज़ोर-ज़ोर से हँसने लगे। कोई आधे घण्टे की बातचीत के बाद सुरक्षाकर्मियों की ग़लतफ़हमी को सुलझाया गया और तब वे लोग सब शान्ति से एयरपोर्ट से वापिस आ गए। वापिस आकर वे तीनों थंग्कू के चाय के खोखे पर बैठे और अपनी दिन की थकान और निराशा को मीठी चाय में डुबा दिया। थंग्कू भी बाकियों की तरह बस्ती में एक तिरपाल और लकड़ी के फट्टों से बने मकान में रहता था। लेकिन कई बरसों से रहने की वजह से उसकी बस्ती में इज़्ज़त थी।

"मुझे डी.सी.पी. यादव को फ़ोन करना होगा। ख़ैर जो भी हो यदु की हरकतें तो संदेहास्पद हैं। नहीं तो हमें देखकर वह भागता क्यों?" जमाल ने पूछा

"मालिक, हम तो पुलिस को देखकर हमेशा ही भागते हैं।" थंग्कू बोला।

"सेहत के लिए भी अच्छा ही होता है।"

"या तो यही ख़ूनी है, या फिर इसने कुछ तो देखा है? लेकिन यह बात समझ नहीं आ रही कि यह वसन्त विहार क्या करने गया था? बहुत अजीब बात है। तुमने इसे कहाँ उतारा था?" प्रिया ने ऑटोवाले से पूछा।

"कोई गली या चौक था। हो सकता है वह उस सर्जन के यहाँ जाना चाहता था। और फिर उसने उसको मार दिया होगा और..."

"हा हा... और लाश को उठाकर हमारे घर ले आया होगा?" प्रिया बोली–"अब ऐसा तो नहीं हो सकता है कि लाश को ऑटो में डालकर चला हो?!"

"सही कह रही हो। एक लाश तो तुम जैसे मूर्खों के मूर्ख को भी दिख जाएगी।"

ऑटोवाला उठा और उसने जमाल की ओर हज़ार की एक नोट बढ़ा दी और कहा–"सुनो, बच्चे, यह पकड़ो और अगले कुछ महीनों तक हमें शान्ति से धंधा करने दो!"

जमाल ने पैसे वापिस थमाए और कहा–"अच्छा, यह किस ख़ुशी में?"

थंग्कू ने बीच में ही पैसे लपक लिए और कहा–"तुम लोगों पर वैसे भी मेरा उधार है। यह इधर ही दे दो!"

"सही बात है, भाई!" ऑटोवाला बोला और थंग्कू इस पर हँस पड़ा।

जमाल ने थंग्कू को चाय के पैसे पकड़ाए। अब उसे थकान महसूस हो रही थी। मन तो कर रहा था कि इसी जगह अपना सिर प्रिया के कंधे पर रखे और सो जाए।

"चलो, चलो, उठो! घर चलो, मैं दाल बना रही हूँ। और मुझे बापू का ध्यान भी रखना है। और तुम्हें उस यदु के बच्चे को पकड़ना है।"

सूरज अब आसमान में ऊपर चढ़ आया था, लेकिन धूलभरी सड़कों पर उसकी गर्मी कम ही महसूस हो रही थी, बस धुंध छँट गई थी। जमाल और प्रिया ने उस चौड़े शहीद जीत सिंह मार्ग को अपनी जान पर खेलकर पार किया। वैसे भी गाड़ी वाले रास्ता पार करते लोगों को देखकर अक्सर ब्रेक की जगह रेस दे देते हैं।

एक घण्टे बाद जमाल प्रिया के घर के सामने बैठकर दाल चावल खा रहा था। खाते खाते वह सपने ले रहा था कि कितना अच्छा भविष्य होगा कि वह ख़तरों से खेलकर मुजरिमों को पकड़ेगा और प्रिया उसके लिए खाना बनाएगी। गर्मागर्म दाल खाकर उसे बहुत बढ़िया लग रहा था–मन कर रहा था कि वह अब सो ही जाए कि अचानक खिड़की से बाहर गली के कोने में एक चेहरे पर उसकी नज़र पड़ी। एक चेहरा जो इतना बदसूरत और घिनौना था कि कोई उसे देख भी ना सके। बस एक पल के लिए उसे वह दिखा और फिर ग़ायब। अगर अपनी छोटी सी ज़िन्दगी में उसने कुछ देखा था जिस पर शक़ किया जाना चाहिए तो वह यही था।

जमाल झट से उठा और उसकी कटोरी फ़र्श पर गिर गयी और टूट गयी। प्रिया रसोई से निकली और बहुत गुस्सा हुई। लेकिन जमाल का पूरा ध्यान सिर्फ़ बाहर गली की तरफ़ था। "वह कौन था गली में, इतना बदसूरत, इतना घिनौना कि जिसका चेहरा ही देखा ना जा सके?"

"क्या?!"

"क्या नहीं... कौन?!"

"वह? वह तो यदु का बेटा है, काणिया, अगर मैं ग़लत नहीं हूँ तो उसे देखकर किसी का भी ख़ून जम जाए। उसका भी चेहरे का ऑपरेशन होना चाहिए आखिर इतना बदसूरत है कि उसकी शादी ही नहीं हो सकती। जबकि उसकी माँ का मानना है कि उसकी भी शादी धूम धाम से होने वाली थी और अच्छा दहेज भी मिलता। कौन मानेगा इस बात को?"

"प्रिया, मुझे कैसे भी यदु को ढूँढना होगा। कटोरी की चिन्ता मत करो, मैं सिंह की दुकान से तुम्हारे लिए एक नई खरीद दूँगा, जब तनख़्वाह मिलेगी।"

"मैं भी चलूँगी।"

"हाँ, ठीक है।" जमाल ने बिना यह समझे कि प्रिया सिंह की दुकान से कटोरी लाने की बात नहीं कर रही है जवाब दिया। वह भागकर गली के छोर तक पहुँचा, पीछे पीछे प्रिया भी लहलहाती साड़ी में भागती हुई आ रही थी। बिना दरवाज़ा

खटखटाए उसने भड़ाक से घर का दरवाज़ा खोल दिया और कहा–"पुलिस ने तुम्हें चारों तरफ़ से घेर लिया है। कोई अपनी जगह से नहीं हिलेगा। मुझे काणिया और यदु की तलाश है। बुलाओ उन्हें!"

प्रिया ने आँखें मटकाते हुए कहा–"थोड़ा सा कम फ़िल्मी!"

रिनारा पिछले कमरे से आई और बोली–"क्यों शोर मचा रहे हो? मेरा पति एयरपोर्ट पर है और मेरा बेटा अपनी पत्नी के साथ बंबई में रहता है। वहाँ रेलवे में उसकी बढ़िया नौकरी है, क्योंकि उसका ससुर रेलवे में सुपरवाइज़र है।"

"झूठ मत बोलो, रिनारा!" प्रिया बोली "जमाल ने अभी अभी गली में काणिया को देखा है।"

"चल झूठी!"

"तू झूठी!"

तभी घर के पिछले हिस्से से खिड़की के खुलने और खुसफुसाहट की आवाज़ आई और फिर एक ज़ोर की आवाज़ हुई। जमाल फौरन टेढ़े-मेढ़े घरों के बीच से रास्ता बनाते हुए भागा। पर उसे बाप बेटे की कमीज़ का बस पिछला भाग ही दिखाई दिया, जो दीवार फाँदकर भाग गए थे। जमाल के मुँह से गाली निकल गई। उसने अपने वॉकी टॉकी पर सूचना दी और थाने से मदद माँगी। और वैसे भी गलियों की इस भूलभुलैया में किसी का अकेले पीछा करना कोई समझदारी नहीं थी। वह वापिस घर में आया और उसे अपनी आँखों पर यक़ीन नहीं हो रहा था। प्रिया और रिनारा आपस में धक्का मुक्की कर रहे थे। एक बार प्रिया रिनारा को मारती, फिर रिनारा प्रिया को। जमाल ने रिनारा को धक्का दिया और वह आलू की बोरी की तरह फ़र्श पर जा गिरी।

"अब बस बन्द करो! रिनारा, तुम्हारा बेटा यहीं है, चुपचाप बताओ क्यों?"

"नहीं है, मैंने कहा ना कि वह अभी..."

जमाल ने अपनी लाठी निकाली और रिनारा सहम गई।

"जल्दी बताओ, तुम्हारा पति वसन्त विहार में उस सर्जन के यहाँ क्या कर रहा था? उसका इरादा क्या था?"

"वह वहाँ नहीं था। हम ऐसे लोगों को जानते भी नहीं हैं। हम तो बहुत गरीब लोग हैं।"

"तुम्हारे घर में टीवी भी है। अब ज़्यादा बनो मत!" प्रिया ने कहा।

"निकलो मेरे घर से", रिनारा ने चिल्लाकर कहा, "अभी के अभी निकलो!"

"नहीं, जब तक मैं तुम्हारे पति और बेटे से बात नहीं कर लेता हूँ, तब तक नहीं जाऊँगा।" जमाल ने कहा। प्रिया इसका समर्थन करते हुए बोली–"सही बात!"

रिनारा ने अपने होंठों को भींचकर ऐसा भाव दर्शाया कि मानो दोनों के दोनों घुसपैठियों से वह एक साथ निपटने वाली है।

लेकिन जमाल और प्रिया एक भी इंच हटने को तैयार नहीं थे।

"मैं यहाँ हूँ," तभी एक काँपती हुई आवाज़ आई। कमरे में यदु नाथ आया और उसने कहा "मैं ही था। मैंने ही उस डॉक्टर को मारा है।"

रिनारा की आँखें यह सुनकर फटी की फटी रह गई, "तुमने?"

जमाल के सामने था एक मजबूर आदमी और उसके कपड़ों से आती फिनायल की दुर्गंध।

"उसे अपने करमों का फल मिला है," यदु बोला।

जमाल ने अपना नोटपैड निकाला और लिखने लगा, "और तुमने उसका ख़ून कैसे किया?"

"मैंने उसका सिर खौलते हुए तेल में डुबो दिया था, हाँ लेकिन उससे पहले मैंने अपने इन्हीं हाथों से उसका गला घोंट दिया था।"

"अच्छा, और वह यहाँ तक कैसे पहुँचा था? क्या तुम ऑटो में उसे लेने उसके घर गए थे?"

"नहीं।"

"तब कैसे?"

यदु ने नज़रें झुकाकर मदद के लिए अपनी पत्नी की ओर देखा जो उसे हिकारत भरी नज़रों से देख रही थी।

"तुम्हारा वज़न तो पचास किलो भी नहीं है, फिर तुम्हारे लिए एक हट्टे कट्टे आदमी के सिर को तेल की कड़ाही में डुबोना कैसे मुमकिन हुआ? कैसे? कोई जादूगर हो क्या?", जमाल ने सवाल किए।

यदु ने अपने होंठ दबाए और अपना सिर हिलाया। उसकी आँखों से आँसू छलकने लगे। माहौल में ग़म सा छा गया था। सभी की साँसें जैसे थम गईं। कमरे में हवा इतनी भारी बन गई कि बाहर गली से आता शोर अब सुनाई भी नहीं दे रहा था।

"बेटा कहाँ है तुम्हारा?" प्रिया ने पूछा। भले ही उसने हल्की सी आवाज़ में पूछा लेकिन ऐसा लगा कि जैसे इस सवाल के ज़रिए किसी ने बन्दूक़ चलाई हो।

"कहाँ है वह?" जमाल ने पूछा।

रोते रोते यदु ने कहा, "बस स्टैंड पर।" यह कहने की देरी थी और रिनारा ने आगे बढ़कर अपने पति को एक ज़ोर का तमाचा रसीद कर दिया। जमाल ने अपने वॉकी टॉकी पर अपने साथियों को वहाँ जाने के लिए कहा और दो मिनट के अन्दर अन्दर दो हवलदार काणिया को हथकड़ी में बाँधे घर में ले आए। जमाल काणिया को पास से देखकर एकदम चकित रह गया। उसकी नाक मुड़ी हुई थी, एक गाल दूसरे गाल से ज़्यादा नीचे लटक रहा था, एक आँख सूजी हुई थी और आधी बन्द थी।

प्रिया बड़े गौर से काणिया का चेहरा किसी पक्के जासूस की तरह पढ़ रही थी–"इसके चेहरे पर यह जो घाव के निशान हैं, ये कुछ हफ़्ते पहले नहीं थे। और इसका गाल भी ऐसे लटका हुआ नहीं था। कहीं से लड़ झगड़कर आ रहे हो क्या, काणिया?"

काणिया ने सिर हिलाकर मना किया।

"फिर क्या हुआ है?" जमाल ने पूछा–"जल्दी बको अब!"

यदु ने तो सुबकते हुए हाथ जोड़ लिए। आख़िर में रिनारा के मुँह से फूटा –"हमारी सारी कमाई उसने ले ली थी। सब कुछ, हर चीज़ जो हमने जोड़ी थी,... हमें उसकी वजह से बहुत कर्ज़ा भी हो गया था। शादी के लिए काणिया को एक नया चेहरा मिलना था। उस सयाने डॉक्टर ने हमसे हमारा सारा पैसा ले लिया। लेकिन जब ऑपरेशन होना था तो उसने अपने किसी जूनियर डॉक्टर से काम करवाया। और अब देखो मेरा बेटा कैसा दिखता है, किसी राक्षस जैसा!...हे देवी माँ, हमारी रक्षा करो.... शादी में जैसे ही दुल्हन ने इसका चेहरा देखा, तो वह तो भाग खड़ी हुई। और उसने तो सारा दहेज वापिस माँग लिया... हमने तो रिश्ता करवाने वाले को भी काणिया की सबसे सुंदर फ़ोटो दी थी।" रोते रोते उसने अपनी साड़ी के पल्लू से एक फ़ोटो निकालकर दिखाई।

"लेकिन यह तो ऋतिक रोशन की फ़ोटो है।" प्रिया बोली और जब उसने देखा कि जमाल को कुछ समझ में नहीं आया तो उसने बताया, "हीरो है... कोई हैरानी की बात नहीं तुम्हारी दुल्हन काणिया को देखकर क्यों भाग गई थी।"

यदु अपने चेहरे से आँसू पोंछते हुए बोला–"मैं गया था डॉक्टर के पास। अपने... हम बस अपने पैसे वापिस चाहते थे। उसने कहा कि वह चेहरा ठीक कर देगा, लेकिन उसके डेढ़ लाख और लगेंगे। और फिर उसने मुझे धक्के मरवाकर बाहर फिंकवा दिया।"

इस पर रिनारा यदु को हड़काते हुए बोली, "अरे, हरामखोर तुझे देखकर उन्हें लगा होगा कि वे तुझसे निपट सकते हैं। मेरे साथ उनकी नहीं चलती!" यदु रिनारा के एक एक शब्द पर और भी सहमता जा रहा था।

"लेकिन विक्रम खान यहाँ पहुँचा कैसे?" जमाल ने पूछा।

"मैंने उसके क्लीनिक फ़ोन किया और कहा उसका बेटा खतरे में है–यह बात उसे बता देना!" रिनारा कहकर ज़ोर ज़ोर से हँसने लगी।

"और वह सच में आ गया?"

"हाँ, उसके बेटे की बात थी ना... आता क्यों नहीं!"

"कैसे?"

"टैक्सी से। और टैक्सीवाले ने अन्दर गली में आने से मना कर दिया था। तो वह शहीद जीत सिंह मार्ग से दारू के नशे में लड़खड़ाता हुआ यहाँ आ गया था। शायद किसी पार्टी से आ रहा होगा।"

"फिर क्या हुआ?"

"मैंने कुछ कहा नहीं, बस उसे मारना शुरू कर दिया... एक डंडे से और फिर उसके सिर पर दे मारा। सीधा जाकर जलेबीवाले सन्तोष की कड़ाही में जा गिरा। और उसके बाद मैंने गैस ऑन कर दी और तब तक इन्तज़ार किया जब तक वह भुन ना गया। उसके बाद मैं घर आयी और यदु के लिए नाश्ता बनाया।"

"वह डंडा कहाँ है?"

रिनारा ने हँसते हुए भट्टी की ओर देखा, जहाँ पर ठंडी राख पड़ी थी।

"और उसकी घड़ी और अँगूठियाँ?"

"वह तो सिंह की दुकान पर हैं। सोने की अच्छी कीमत देता है वह।"

प्रिया ने सिर हिलाते हुए कहा–"बिलकुल समय बर्बाद नहीं किया तुमने, है ना? और उसका बटुआ? उसे भी कहीं ठिकाने लगाया है क्या?"

रिनारा ने अपनी साड़ी के पल्लू से पाँच हज़ार रुपए और दो क्रेडिट कार्ड निकालकर मेज़ पर रख दिए – "इससे ज़्यादा उसके पास नहीं थे।"

"और यदु तुमने क्या लाश देखी थी, जब तुम काम पर जा रहे थे?"

यदु ने सिर हिलाकर हाँ का इशारा किया।

"और तुम्हें पता चल रहा था कि क्या मामला है?"

उसने हामी भरी।

"और काणिया, तुम क्या कर रहे थे?"

"मैं तो बस सो रहा था।"

"हाथ दिखाओ अपने," जमाल ने कहा, और उसकी बाँहों को ध्यान से देखने लगा। उनपर हर जगह जलने के निशान थे जो गर्मागर्म तेल गिरने पर बनते हैं। रिनारा के हाथ और बाजू भी कई जगह से जले हुए थे। यदु के हाथ सिर्फ़ लाल हो रखे थे और उनमें से फिनायल की महक आ रही थी।

"तुम दोनों ने ही यह किया है।" प्रिया बोली।

"नहीं, काणिया ने कुछ नहीं किया है। मेरे प्यारे बेटे का कोई कसूर नहीं है," रिनारा चिल्ला पड़ी।

प्यारा बेटा बस मुस्कुरा रहा था।

"जाँच में सब पता चल जाएगा, देखना," जमाल ने कहा "दूध का दूध और पानी का पानी हो जाएगा।"

यह सुनकर रिनारा का रंग फीका पड़ने लगा और काणिया की भी हँसी रुक गई। यह सब देखकर यदु ज़मीन पर बैठ गया और बेचैन होकर आगे पीछे झूलने लगा। प्रिया ने उसकी पीठ को सहारा दिया और कहा–"चलो, मैंने दाल और चावल बनाए हैं। बापू तुम्हें अपना अच्छा दोस्त मानता है..."

"अभी यह सब नहीं प्रिया", जमाल दोनों मौजूद हवलदारों की तरफ़ पलटा जो अब तक सिर्फ़ मुँह खोलकर सारा प्रकरण देख सुन रहे थे–"पैसा सँभालो और हथकड़ियाँ लगाओ! रिनारा नाथ और काणिया नाथ, तुम दोनों को विक्रम खान के क़त्ल के जुर्म में गिरफ़्तार किया जा रहा है। यदु नाथ, तुम्हें मामले की पूछताछ के लिए साथ थाने चलना होगा। तुम्हें भी प्रिया, साथ चलना होगा। हम डी.सी.पी. यादव के पास चल रहे हैं। चलो!"

जमाल ने प्रिया की आँखों में ख़ुद के लिए बढ़ती इज़्ज़त देखी। अगले कुछ दिनों में शायद उसे हेड कांस्टेबल बना दिया जाए या क्या पता कहीं वह असिस्टेन्ट सब-इन्स्पेक्टर ही ना बन जाए और फिर सब लोग अख़बारों में उसकी तस्वीर को निहारेंगे। शायद विक्रम खान का परिवार भी उससे मिलने आए और आकर उसकी तारीफ़ करे कि कितनी बख़ूबी उसने यह मामला सुलझाया है और उसकी इस सेवा के एवज में उसे थोड़ा मेवा भी चढ़ा दे।

लेकिन यथार्थ में चीज़ें थोड़ी अलग हुईं। जमाल को बस हेड कांस्टेबल तक ही प्रमोशन मिला। लेकिन अब उसके कंधों पर तमगे लग गए और एक पिस्तौल भी मिल गई। उसकी गर्व से मुस्कुराती फ़ोटो तो नहीं, लेकिन टाइम्स ऑफ़ इंडिया के पहले पन्ने पर तीन दिनों तक डी.सी.पी. यादव की छवि विराजमान थी। और रही बात विक्रम खान के परिवार से मिलने वाले सेवा के मेवे की–वह भी शायद डी.सी.

पी. यादव की झोली में ही आ गिरा। वैसे यह कभी किसी को पता नहीं चलेगा। और हाँ, एक ख़बर में कहीं सातवीं लाइन में जमाल की प्रशंसा के दो शब्द भी एक बार प्रकाशित हुए थे।

लेकिन इसके अलावा भी कुछ हुआ जो किसी ने सोचा नहीं था। और प्रिया ने तो बिलकुल नहीं। उसे एक चिट्ठी मिली जो एक सरकारी चपरासी उसके लिए लेकर आया था। उसमें कहा गया था कि वह अगली बार पुलिस में भर्ती होने वाली परीक्षा में भाग ले और नीचे दस्तख़त ख़ुद डी.सी.पी. यादव ने किए थे।

"तुम सच में वहाँ जाओगी?" जमाल ने प्रिया के घर दाल चावल खाते खाते पूछा।

"हो सकता है!"

"लेकिन... पुलिस की नौकरी औरतों के लिए नहीं होती है।"

"मगर डी.सी.पी. यादव तो ऐसा नहीं सोचतीं।"

"तुम्हें कैसे पता?"

"उन्होंने मुझसे यही कहा।"

"कब कहा उन्होंने?"

"जब मैंने यह फ़ॉर्म भरा। उन्होंने हर लड़की को जिसने फ़ॉर्म भरा था प्रोत्साहित किया और आगे बढ़ने की प्रेरणा दी।"

"तब मैं तुमसे शादी नहीं कर पाऊँगा। मेरी नौकरी बहुत ख़तरनाक और मुश्किल है और मुझे घर का माहौल एकदम शान्त चाहिए, जहाँ कोई मेरा इन्तज़ार करे और ना कि कोई पुलिसवाली, जिसका मैं इन्तज़ार करूँ। क्योंकि वह लगी होगी किसी केस की तहक़ीक़ात में बजाए खाना बनाने के।"

"जमाल, अगले तीन सालों में मैं कम से कम असिस्टेन्ट सब-इन्स्पेक्टर तो बन ही जाऊँगी। और अगर तुम चाहो, तो तुम तब हमारे बच्चों और घर के खाने का ध्यान रख सकते हो।"

सन्तोष ने उन दोनों की प्यार वाली बहस को रोका और उन दोनों के लिए ताज़ी ताज़ी जलेबी ले आया। "भगवान का शुक्र है! घर में दो दो पुलिसवाले हैं। इससे बेहतर और कुछ नहीं हो सकता था। मैंने कोई अच्छे करम किए होंगे।"

"आपको सिंह की दुकान में नई कड़ाही मिल गई थी न?"

जमाल ने शक़ की निग़ाहों से जलेबी से टपकती चाशनी को देखते हुए कहा और बदले में प्रिया से सिर पर थपकी पा ली।

रण्डी की औलाद

बिलरबेक 1841

सत्ताईस! मानो या ना मानो आज यीशु की सत्ताईस भेड़ें प्रार्थना के लिए मौजूद थीं। पादरी आन्टोन हेसेलमान ने सिर हिलाते हुए योहानीस चर्च का पीछे का दरवाज़ा बन्द कर दिया। वे लोग अपनी टोपी और घूँघट के नीचे से कैसे संदेह भरी नज़रों से झाँक रहे थे! उन लोगों ने एक दूसरे से कितनी सावधानी से दूरी बना रखी थी! बिलरबेक में कई महीनों से आंत्र ज्वर चल रहा था और उसका डर ख़ुद बीमारी से ज़्यादा खौफ़नाक तरीके से फैल रहा था।

इस दौरान वह हमेशा साहस और विश्वास का उपदेश देता रहता था। ख़ासकर उसका यह उपदेश कि "तू अपने पड़ोसी से अपने समान प्रेम कर" काफ़ी व्यापक संकेत था। क्योंकि बहुत से लोग अपने रिश्तेदारों की भी देख-भाल नहीं करना चाहते थे, फिर पड़ोसियों की बात तो छोड़ दो। पिछले सप्ताह किसी ने एक अधमरे आदमी को बिना किसी हिचकिचाहट के एक बोरे में डाल कर चर्च के दरवाज़े के सामने छोड़ दिया था।

आन्टोन हेसेलमान ठंड से ठिठुर रहा था। वह तेज़ी से अहाता पार करके पादरी-आवास में पहुँच गया, अपने लबादे को खूँटी पर फेंक, अपने हर दिन पहनने वाले कोट को डाला और शेड से कोयले ले आया।

वर्ष 1841 में जून का महीना ज़्यादा ठंडा और ज़्यादा आर्द्र था। वेस्टफेलियन किसान उसे मेष-शीत बोल रहे थे और बेफ़िक्र थे, क्यूंकि खेतों में अनाज की पैदावार अच्छी थी। हालाँकि, बिलरबेक में लोगों का मानना था कि ऐसे मौसम को शैतान लाता है। और इस आंत्र ज्वर को भी जो कि शायद ठंड की वजह से फैलता चला गया, बजाय इसके कि सर्दियों की वह महामारी बसंती हवा में ख़त्म हो जाये।

यहाँ तक कि वहाँ के डॉक्टर ख़ुद को बहुत अच्छा महसूस नहीं करने का नाटक करते हुए अंगीठी पर आग ताप रहे थे। पादरी हेसेलमान ही इकलौता था जो बीमार लोगों से मिलने जाता था, उन्हें दवा देता, ललाट से पसीना पोंछता, उनके साथ प्रार्थना करता। किसी-किसी दिन काम उसकी क्षमता से ज़्यादा होता था।

पर हाँ, आज से उसे सहयोग मिलने वाला है। कोएस्फेल्ड की लगभग 16 साल की अनाथ, नन्ही लुईज़ उसकी सहायता करने के लिए मान गई थी। बिलरबेक उसका वतन था। लगता है भगवान को भी बात समझ में आ रही थी।

पादरी हेसेलमान ने कमरे में अंगीठी को जलाया, रसोई घर से रोटी, मक्खन और सेब की मदिरा ले आया, कुर्सियों और गद्दियों को ठीक किया। लुईज़ को महसूस होना चाहिए कि उसका यहाँ स्वागत है।

"नीचे उतरो! आगे पैदल ही जाना होगा।" टाँगेवाले ने अपने टाँगे को योलम्युह्लेन फाटक के सामने रोक दिया।

लुईज़ समझ गई थी, ऐसा क्यूँ। उसने अपने होंठ भींच लिए और टांगे से उतरकर कीचड़ से सने रास्ते को पार कर घास की पट्टी की ओर बढ़ गई।

"क्या करना है इस शहर में, जहाँ पर कोढ़ है! क्या तुम अपनी छोटी सी ज़िन्दगी को बर्बाद करना चाहती हो?" टांगेवाले ने ज़ोर देते हुए पूछा।

"आंत्र ज्वर कोई कुष्ठ रोग नहीं है।" लुईज़ ने हलके से मुस्कुराने की कोशिश

की, ठीक वैसे ही जैसे पादरी हेसेलमान मुस्कुराता है और ठीक उसी समझदारी से जवाब भी देने की कोशिश की। "यह उतनी संक्रामक नहीं है अगर मालूम हो कि इससे कैसे बचना है। और वही लोग इससे मर रहे हैं जिनका ग़लत तरीके से इलाज हो रहा है।"

"क्या बोल रही हो!"

और यही भगवान की इच्छा है, लुईज़ ऐसा कहना चाहती थी। लेकिन टाँगेवाले ने और आगे नहीं सुना, घोड़े को घुमाया और चला गया।

आसमान ने घने बादलों से ढकना शुरू कर दिया था, दोपहर के सूरज की किरणें चमकदार धब्बों सी लुईज़ के रास्ते में पड़ रही थीं। वह शहर के फाटक से होते हुए म्युह्लेन रोड से गुजरते हुए गिरजा-स्थान की तरफ़ बढ़ गई। लगता था कि कुछ भी नहीं बदला है : दाईं ओर लकड़ी की बीम वाला घर जिसके टूटे हुए पलस्तर पर लताएँ चढ़ी हुई थीं, बाईं तरफ़ पत्थर का घर, जिसकी छत के नीचे अबाबील के घोंसले चिपके हुए थे। सिवाय इसके कि आज सड़क पर कोई इन्सान नहीं था।

या फिर? बीते समय की तरह यह वो दुबली-सिकुड़ी औरत तो नहीं थी जो अहाते से बाहर आकर मोरी में गन्दा पानी उड़ेल रही थी और बड़बड़ा रही थी : "तू ऐसे क्या घूर रही है हरामज़ादी?" और ये वो लड़के तो नहीं थे जो एकजुट होकर लुईज़ के पीछे-पीछे चलते हुए चिल्ला रहे थे : "छोकरी, छोकरी, डायन की टोकरी?" एक जानी-पहचानी बेचैनी ने उसकी छाती को जकड़ लिया और उसके गले तक पहुँच गई। उसने अपनी दुशाला को थोड़ा कसा और वहाँ से भागी, तब तक भागती रही जब तक वह पादरी के घर तक नहीं पहुँच गई।

"मैं तहे दिल से तुम्हारा शुक्रिया अदा करता हूँ कि तुम आई हो। तुम्हें ज़रूर भूख लगी होगी।" पादरी आन्टोन हेसेलमान ने लड़की से हाथ मिलाया। आज वह डरी और घबराई हुई लग रही थी, उसके बावजूद उसने जो बनाया था उसे उसने चाव से खाया और पिया। पादरी ने एक भूरे गत्ते की जिल्द में लिपटी किताब को उठाया जो उसने कुछ समय पहले ही ख़रीदी थी और उसमें से बहुत कुछ पढ़ कर सुनाने लगा। "लाइपत्सिग के योहान योर्ग नामक प्रोफ़ेसर ने इसे लिखा है," उसने बताया। "उन्होंने आंत्र ज्वर के बारे में बहुत कुछ पता किया है।"

इसके बाद उसने लुईज़ से बुलवाया कि बुख़ार होने पर क्या-क्या करना है : बीमारों को पानी देना है क्योंकि बहुत से लोग बुख़ार की वजह से नहीं बल्कि पानी की कमी होने की वजह से तकलीफ़ में होते हैं...बीमारों से सांत्वना देकर बात

करना है जिससे उनका हौसला बना रहे...पसीने को सिरका मिले पानी से पोंछना है... कपड़े को सिरके में भिगो कर पाँव पर लपेटना है...उसे ख़ुशी थी कि लुईज़ ने सब याद कर लिया है। पसीने को सिरका-पानी से पोंछते हैं...कपड़े को सिरके में भिगाते हैं और पैरों को ढकते हैं...वह ख़ुश हुआ कि उसने सभी बातों पर ध्यान दिया था।

"तुम केवल धार्मिक ही नहीं हो बल्कि सीखने को आतुर भी हो, लुईज़। बीमार लोगों की देखभाल करना अपनी ज़िन्दगी का मकसद बना लो! ऐसे तुम भगवान की दूत, उसका साधन बन सकती हो। किसी पादरी से बहुत अलग नहीं।"

उसने सिर हिलाया, उसकी आँखें चमक रही थीं।

"अगर तुम चाहो तो तुम आज से ही काम शुरू कर सकती हो। लोक सेवा अधिकारी हेक्क की विधवा को सहायता की ज़रूरत है, उसके परिवार में कोई नहीं है। वह लड़कियों के स्कूल में अध्यापिका थी, निस्संदेह तुम उसको जानती हो।"

"अध्यापिका?" लड़की ने अपनी नज़रें झुका ली, हिचकिचाई, दवाइयों से भरा बक्सा लिया और चली गई।

वह मुस्कुराते हुए लुईज़ को जाते हुए देख रहा था। अपनी उम्र के हिसाब से वह काफ़ी गम्भीर और पतले होंठों एवं सपाट गालों की वजह से कम आकर्षक थी। लेकिन जोश से पूरी तरह भरी हुई थी। पादरी हेसेलमान ने यह सुनिश्चित किया था कि वह अपने नाना-नानी के देहान्त के बाद कोएस्फेल्ड के अनाथालय में आ जाए, जहाँ उसकी माँ के बारे में कोई नहीं जानता था। जल्द ही वह उसके लिए बेनेडिक्ट कॉन्वेंट में जगह सुनिश्चित करा देगा।

विधवा हेक्क! लुईज़ सन्न रह गई जैसे ही उसे याद आया, 5 साल की और डरी हुई, ख़ुद को कक्षा के दरवाज़े पर इंतज़ार करते हुए देखती है, पीली आँखें और मोटी तर्जनी के निशाने पर पाती है, कमरे से आती हुई तीखी आवाज़ को सुनती है : "अब से हमलोगों के बीच में एक रण्डी की औलाद है। उसकी माँ के लिए प्रार्थना करो, जिसने ख़ुद के साथ इन्साफ किया और तालाब में डूब गयी!" उसके बाद तर्जनी ने सबसे पीछे वाली बेंच की तरफ़ इशारा किया कि लुईज़ को वहाँ बैठना होगा। अकेले। दो वर्षों तक।

मकान नम्बर 20 का दरवाज़ा खुला हुआ था, अन्दर जाने पर चूँ-चूँ की आवाज़ आई। पसीने, पेशाब और पाख़ाने की दुर्गंध लुईज़ को गलियारे से रास्ता बता रही थी, जिसके किनारों पर धूल और कालिख जमी हुई थी। सोने वाले कमरे

में एक काया पड़ी हुई थी, बिस्तरे पर पसरी और कम्बलों में लिपटी हुई, जिसका सिर एक कढ़ाईदार तकिये पर टिका हुआ था।

"कौन है वहाँ?" काया हांफ रही थी।

लुईज़ का दिल बहुत तेज़ी से धड़क रहा था। बिना कुछ बोले वो अन्दर गई, पुराने फ़र्नीचरों, मैले-कुचैले बिस्तरों को गौर से देखा, उस घिनौने चेहरे को पहचान लिया जो इतने सालों में पूरी तरह से बदशक्ल हो चुका था। पीली धुँधलाई हुई आँखें गहरे कोटरों से झांक रही थीं, वे कठोर होंठ झुर्रियों से घिरे हुए थे, भूरे बाल ललाट और कनपटी पर सटे हुए थे।

लुईज़ मुड़ी, खिड़की खोली, शौच करने वाला तसला खाली किया, किसी बुनकर की उँगलियों की तरह वह एक जगह से दूसरी जगह भागने लगी, ज़रूरत के सामान को इकट्ठा किया : कुएं से पानी, रसोई से सिरका, सन्दूक से कुछ कपड़े। उसने सब कुछ मेज़ पर व्यवस्थित कर दिया।

वह भद्दी शक्ल उसे देख रही थी। "कौ-कौन हो तुम?" "मैं हूँ...। मैं लुईज़ हूँ।"

"कौन?"

लुईज़ से आगे एक भी शब्द नहीं निकला। बस हाथ वह सब कुछ करते रहे जो उन्हें करना था, बक्सा खोलना, हर्बल मिश्रण की बोतल को पकड़ना, मापने वाले चम्मच...।

"हाँ, अब मैं देख रही हूँ, तुम ह-हो...," भद्दी शक्ल ज़ोर-ज़ोर साँस लेने लगी और बिस्तर से उठ गई।

लुईज़ डर गई, बोतल गिर गई और दवाई बहने लगी।

"... तुम लुईज़ हो... रण्डी की औलाद... शैतान का बीज... वह औलाद जो कभी पैदा नहीं होनी चाहिए थी...," शिक्षिका अकड़ गई, चुप-चाप पड़ी रही। परन्तु वह घिनौनी आवाज़ लुईज़ के सिर में गूँज उठी : रण्डी की औलाद... शैतान का बीज... उसने अपने कानों को ढँक लिया, आवाज़ गूँजती रही। लुईज़ के दिल से हिंसक ग़ुस्सा बाहर निकल आया, उसकी बाहों, उसके हाथों में समा गया। उसने वह कढ़ाईदार तकिया उठा ली और उस अचंभित भद्दी शक्ल को दबा दिया, भद्दी शक्ल को वापिस बिस्तर पर दबा दिया, दोनों हाथों से ज़ोर से... ज़ोर से... दबाती रही..., जब तक छटपटाना बन्द नहीं हो गया।

उसने झिझकते हुए तकिये को उठाया। शिक्षिका हेक्क स्थिर पड़ी हुई थी,

उसका झुर्रीदार मुँह चौड़ा खुला हुआ था।

लुईज़ के सिर में कोलाहल बन्द हो चुका था। वह कांप रही थी, ख़ुद को शान्त किया, तकिए को दुबारा से शिक्षिका के सिर के नीचे रख दिया। और चली गई।

हवा उठने लगी थी, लम्बी सड़क पर छोटी टहनियों को उड़ा रही थी। लुईज़ ने अंधकारमय, बिना तारों के शाम के आकाश को देखा। वह शिक्षिका को कुछ दवा देना चाहती थी। मदद करना चाहती थी, मारना नहीं। और उसके बावजूद उसने मार दिया। क्यूँ? क्यूँकि वह अब भगवान का साधन थी? क्यूँकि भगवान ऐसा ही चाहता था? साधन–यह कैसा शब्द है! लुईज़ को हथौड़ों के बजने, रंधे और आरी के चलने की आवाज़ सुनाई दे रही थी और आग में चिमटों की चमक दिख रही थी।

पादरी हेसेलमान पहले ही सो चुका था। लुईज़ को टेबल पर ब्रेड, पनीर, दूध और एक पर्ची मिली। उस पर लिखा था कि वह दोपहर एक दरिद्राश्रम में था और थक गया है। भूरे रंग के जिल्द वाली छोटी किताब ड्रेसर पर पड़ी हुई थी। उसने उसे उठाया और पढ़ने लगी : 'साल 1813 में आंत्र ज्वर और इसका उचित इलाज'। इसमें केवल यह नहीं बताया गया है कि बीमारों की देखभाल कैसे की जानी चाहिए, बल्कि यह भी बताया गया है कि किन-किन चीज़ों से बिलकुल बच कर रहना चाहिए : सरसों का मलहम, मादक पदार्थ, ठन्डे पानी से नहाना और और भी बहुत कुछ। लुईज़ आधी रात तक पढ़ती रही।

उसके बाद के दिनों में लुईज़ घर-घर जाती रही। लेकिन उस योजना के अनुसार नहीं जो पादरी हेसेलमान ने उसके लिए तैयार की थी। बल्कि, वह उन रास्तों पर चलती जो उसके पैरों ने उसे दिखलाए, वहाँ दस्तक देती जहाँ उसका मन कहता। लुईज़, रण्डी की औलाद?–नहीं, किसी ने उसे नहीं पहचाना या फिर उसे पहचानना नहीं चाहा। वह जहाँ भी जाती थी, लोग चैन की साँस लेते और ख़ुश होते थे, उसे रोगियों के पास ले जाते थे, जिन्हें संक्रमण के डर से अस्तबल में, तहखानों में, छत के कमरे में रखा गया था।

"भगवान ने तुमको भेजा है," लोग उसका अभिवादन करते। "ऐसा ही है," लुईज़ जवाब देती।

उसे सताने वाले बहुत सारे लोगों को बीमारी ने बिस्तर पकड़वा दिया था : दर्जी की पत्नी, जो जब कभी भी लुईज़ को सड़क पर देखती थी तो अपना रास्ता बदल लिया करती थी। वो बेकरी वाला जिसने उसे तब तक इन्तज़ार करवाया जब

तक कि सारी ब्रेड बिक नहीं गई। वह जवान लोहार जिसने उसे एक बार पकड़ा था और दूसरे लड़कों के साथ थूक से निशाना लगाने का अभ्यास करने के लिए उसे एक पेड़ से बांध दिया था। उन महिलाओं में से एक जो यह सब हँसती हुई देख रही थी।... लुईज़ सरसों का चूर्ण, शराब और ठंडा पानी मँगवाती। और बिलरबेक में आंत्र ज्वर अब भी फैल रहा था, प्रतिदिन और मौतें हो रही थीं।

×××

कमरा ठंडा था, अँगीठी बुझ गई थी। पादरी हेसेलमान सोफ़े पर पड़ा सो रहा था। लुईज़ निढाल सी एक गद्‌दीदार कुर्सी पर बैठ गई, उसे अजीब सी मतली महसूस हो रही थी। फ़र्श पर लाइपत्सिग के प्रोफ़ेसर की छोटी किताब बिखंरी, फटी हुई पड़ी थी। उसके बगल में एक टूटी हुई हर्बल मिश्रण की बोतल।

पादरी हेसेलमान को अवश्य ही क्रोध का दौरा पड़ा होगा। लालटेन अभी भी जल रही थी, उसकी रोशनी उसके पसीने से तर ललाट पर चमक रही थी। लुईज़ खड़ी हुई, क़रीब गई, ध्यान से उसकी छाती पर से कपड़े को हटाया, छोटे-छोटे काले धब्बों को देखा और उसे इस बात पर विश्वास ही नहीं हुआ। "पादरी हेसेलमान! उठो!" उसने उसको कंधे के सहारे पकड़ा और उसे हिलाया।

उसने पलकें झपकाईं और दर्द से मुँह बना लिया।

वह उसके गालों को तब तक सहलाती रही जब तक उसने आँखें नहीं खोल दीं।

"लुईज़, तुम–अच्छी बच्ची। आ गई तुम," उसने उदासी के साथ कहा और वापस सो गया।

अच्छी बच्ची? पूरे जीवन में कभी भी किसी ने लुईज़ को अच्छी बच्ची कह कर नहीं बुलाया। नाना-नानी ने भी नहीं, जिनके लिए वह हमेशा से ही एक "बोझ, एक आपदा थी।" बहुत हुआ तो कोएस्फेल्ड में नन उसे साहसी और मेहनती बुलाती थीं। अच्छी बच्ची? हाँ, उसने यही कहा था। लुईज़ को तपिश महसूस हुई, आग सी तपिश। ख़ुशी से? फिर चक्कर आने लगा, बहुत ज़ोर से चक्कर आने लगा। घबराहट से?

वह घुटनों के बल गिर गई, हाथों को जोड़ा और रोने लगी। "हे भगवान, उसे जीने दो .."

उसने फिर से ख़ुद को सम्भाला, हिम्मत बनाई। वह उसे बचाएगी, उस इकलौते इन्सान को जो उसके प्रति हमेशा दयालु था। वह जानती थी कि उसे क्या

करना है : खिड़की खोलना, सिरका लाना, कपड़े लाना, मिश्रण की बोतल ले कर आना। जल्द ही वह उठ जाएगी और सब कुछ, सब कुछ ठीक कर देगी। वह बस थोड़ी देर आराम करेगी ताकि यह मतली कम हो जाए और वह ठीक हो कर काम पर लग जाए, भगवान के अच्छे साधन के रूप में।

हाँ, बस थोड़ी देर आराम।

ऐतिहासिक पृष्ठभूमि

आन्टोन हेसेलमान, बिलरबेक में कैथोलिक पादरी, एक वास्तविक किरदार है। 24 जून, 1841 को तथाकथित आंत्र ज्वर (आधुनिक : टाइफ़ाईड) से पीड़ित होने के बाद उसकी मृत्यु हो गई। सरकारी दस्तावेज के अनुसार, वह उस क्षेत्र का लगभग एकमात्र व्यक्ति था जिसने बीमारों की देखभाल की थी। 1840 में शहर में यह संक्रामक रोग फैलना शुरू हुआ था और 1842 तक बार-बार फैलता रहा। 1841 के वसन्त और शुरुआती गर्मियों में विशेष रूप से बड़ी संख्या में मौतें हुईं। लाइपत्सिग के प्रोफ़ेसर योहान योर्ग द्वारा लिखित '1813 में आंत्र ज्वर और निजी और सैन्य डॉक्टरों के लिए इसका एक उपयुक्त उपचार' शीर्षक वाली पुस्तिका भी वास्तविक है। कोएस्फेल्ड में वास्तव में एक अनाथालय भी था। अन्य पात्र, घटनाएँ और सामंजस्य काल्पनिक हैं।

"रण्डी की औलाद" को 2013 में क्ओ-वाडिस लघुकथा पुरस्कार मिल चुका है।

क़ातिल हेफ़ेक्न्यॉफ़्ले

11 मार्च 2010

व्युर्टेम्बेर्ग इलाके का छोटा सा ज़िला बाड हेर्रेन्आल्ब एक लम्बी घाटी के अन्त में स्थित है। वहाँ तक सफ़र करना अब बाडेन के कार्ल्सरूहे से ट्राम द्वारा आसान बन गया है।

हालाँकि प्रदेश की राजधानी श्टुट्गार्ट से देखा जाये तो इस कस्बे का रास्ता, जिसके केन्द्र से ब्लैक फॉरेस्ट की सात घाटियाँ दिखती हैं, लोगों को बहुत असुविधाजनक लग सकता है। श्टुट्गार्ट रेलवे स्टेशन से कोई सीधा रेलमार्ग और कोई मोटरमार्ग नहीं है जो शहर के निवासियों को इस रमणीक जगह से जहाँ खनिजयुक्त पानी का सोता है, आसानी से जोड़ता हो।

यही कारण है कि इस पर्यटक स्थल के प्रबंधकों के हिसाब से बहुत सारे कमरे खाली हैं, बहुत सारे बिस्तर जिनमें कोई सोने वाला नहीं है, बहुत सारे रेस्टोरेंट पर्यटकों की प्रतीक्षा कर रहे हैं।

"इन्सानों से रीते रेस्टोरेंट, खाली कमरे, जो मैं होता तो ए न होता," फ्रांत्स फ़्राउ अपनी पत्नी से ज़ोर से बोला, जो कि हमेशा की तरह क्या ही कर सकती थी। जब भी वह उत्साहित होता था अन्जाने में उसकी स्वाबियाई बोली उसकी सुलझी हुई जर्मन भाषा के ताने में बाना बन जाती थी। देखा जाए तो यह मज़ाकिया और सुखद लग सकता था लेकिन वह इतने आक्रामक तरीके से बोलता था कि भाषा किसी हथियार की तरह सुनाई पड़ती थी। "जब मैं सोचने लगूँ... इनके मत्थे ही नहीं पड़ता कि करना क्या है। जब मैं हमारे होटल का प्रबंधन किया करता था और उसके बाद भी जब मैं इस पर्यटक स्थल के प्रबंधन का निदेशक था... वहाँ पर फुर्ती थी।"

"बार का नियमित रूप से परिक्षण किया जाता था। नियमित बैठकें होती थी। सभी इमारतें बाहर से एक दूसरे से मेल खाती थीं। बाहरी क्षेत्र भी साफ़-सुथरा रहता था। हर महीने के लिए निर्धारित विषय का तत्परता से पालन किया जाता था। ज़्यादा प्रवासी मज़दूरों को काम पर नहीं रखा जाता था। ए अपेक्षा की जाती थी कि सभी को जर्मन भाषा समझ आनी चाहिए। बार में स्वाबियाई तौर-तरीके और सहज भाव। रात में सड़कें सुरक्षित हुआ करतीं थीं। फटा-फट। और आज यहाँ ऐसी उद्यमशीलता है जैसी जर्मन लोकतान्त्रिक गणराज्य में थी और इसीलिए ए सब बावलों की तरह हैरान हैं।"

और सच में ऐसा है। एक समय का यह बहुत सुन्दर पर्यटक स्थल जहाँ लोग रोग उपचार आदि के लिए आते थे और जहाँ सम्पन्न लोगों के मकान ब्लैक फॉरेस्ट की विलासिता दर्शाते थे आज मानो सो सा गया है। और हालाँकि प्रभावशाली श्रीमान फ़्फ़ाउ के शासन काल के बाद के प्रबंधकों ने भी भरपूर कोशिश की, लेकिन दोपहर की चाय के समय आयोजित नृत्य कार्यक्रम में और वहाँ की मुख्य बाज़ारों में अधिकतर वरिष्ठ लोग ही चक्कर लगाते दिखते हैं। जवान और ज़्यादा जोशीले घुमक्कड़ इस पर्यटक स्थल के पार्क के बीच से तेज़ी से गाइस्टाल की दिशा में बढ़ जाते हैं–यह घाटी और भी अधिक दूरदराज़ है लेकिन साथ ही और बेहतरीन देहाती–और–टॉयफ़ेल्सम्यूले या वन प्रदेश में अन्य गन्तव्यों तक मार्च करते हैं, जिन्होंने इस छोटी सी जगह को इतनी सघनता से घेरा हुआ है, जैसे कि वे इसे अपने हाथ में सुरक्षात्मक रूप से पकड़े हुए हों।

अब तक पर्यटकों के पास थोड़ा आराम करने के लिए वहाँ कुछ मामूली

से कैफ़े ही हुआ करते थे, लेकिन जब से 'इल ट्रेसोरो' अस्तित्व में आया है, लोग गाइस्टाल की ओर राह पकड़ लेते हैं–कारण, पेट पूजा। पहले के समय में यह अकल्पनीय था जब गाइस्टाल में अधिकतर स्वाबियाई व्यंजन उपलब्ध हुआ करते थे।

पाक कला सम्बन्धी इस घाटी के सकारात्मक विकास के लिए केवल 'इल ट्रेसोरो'–वह शान्त और सुसज्जित रेस्टोरेंट जिसकी इतालवी पृष्ठभूमी को जैतूनी हरी और पीली-भूरी तस्वीरें सलीके से उजागर करती थीं–ज़िम्मेदार नहीं था, बल्कि ख़ास तौर से उसकी मालकिन थी। हालाँकि, सिन्योरा मॉन्तेविचेल्ली अब युवा नहीं थी, मगर उसमें कुछ ऐसा था जिसकी पूछ इस पारंपरिक और थोड़े उदास से रोग और चिकित्सा संबंधित पर्यटक स्थल में ज़्यादा थी। कारण, यह बहुत दुर्लभ है : स्तर। सुन्दरता। आकर्षण। शान्त, परिपक्व कामुकता।

यही वजह है कि इस रेस्टोरेंट में 'हेर्रेन्आल्ब का भविष्य है' नामक मंडली अपनी बैठक नियमित रूप से और ख़ुशी-ख़ुशी करती थी। बिल्कुल आज की ही तरह। एक महिला और छह पुरुष, जो उस छोटे शहर की पर्यटक सम्भावनाओं को नज़र में रखते थे।

"भुने हुए आर्टिचोक वाली यह फूसीलीनी नूडल लाजवाब है," हेरबेर्ट क्लोस्टर्स का मानना था। क्या वह उन भिक्षुओं का वंशज था जो कभी हेर्रेन्आल्ब में काम किया करते थे? इस सवाल का जवाब न देने में वह ख़ुश था। शायद किसी भिक्षु का बीज होने की वजह से उसमें कुछ गूढ़ता थी। और उसकी राशि और चिकित्सा संबंधी रत्नों की दुकान को भी इससे नुक़सान नहीं था।

"मैं केवल सलाद लूँगा!" शहर का स्थूलकाय मेयर ह्यूबर्ट ग्रैह ख़ुद भी इस पर्यटक स्थल के चिकित्सा केन्द्र का अतिथि हो सकता था। या इस मंडली की इकलौती महिला सदस्य और फ़ार्मासिस्ट रेनिका श्टैफ़ेल के यहाँ ख़रीदारी कर सकता था।

रेनहोल्ड ब्रूमिस्टर और उसका भाई वाल्टर, दो दुबले-पतले, कुछ हद तक बिना चेहरे वाले पुरुष, जो एक समान सोने के चश्मे और काले कोट के साथ जुड़वां की तरह दिखते थे। वे अनुभवी आर्किटेक्ट थे जो ब्लैक फॉरेस्ट के इस शहर के नवनिर्मित वृद्धाश्रमों को ऐसा रूप देने की कोशिश में थे कि वे वयोवृद्ध लोगों को आकर्षित करें कि वे यहाँ एक फ़्लैट खरीद लें। दोनों ने मीट लिया था और साथ में हर्ब वाला मक्खन और ट्रूफ़ल मशरूम वाले आलू।

यहाँ के पुनर्वास केन्द्र का प्रमुख डॉक्टर एरिक श्टाइगर कार्पाचिओ का आनंद ले रहा था, एक जोखिम भरा व्यंजन क्योंकि इसमें माँस को कच्चा परोसा जाता है, जिसे, "हर जगह नहीं खा सकते, बस आपके ही यहाँ, प्रिय सिन्योरा मॉन्तेविचेल्ली।"

फ्रांत्स प्फ़ाउ, एक समय में एक होटल का मालिक–आज उसी इमारत में पुनर्वास केन्द्र चलता है–फिर कई वर्षों तक इस शहर के प्रबंधन का निदेशन, अब एक रूढ़िवादी पार्टी का स्थानीय राजनेता, जिसे किसी भी और चीज़ से उतना प्यार नहीं था जितना स्वाबियाई भोजन से और जिसे घर पर उसकी पत्नी सहमते हुए परोसती थी। "पता नहीं कैसा बना है?" लेकिन सिन्योरा मॉन्तेविचेल्ली के यहाँ उसने बेधड़क इतालवी ढंग से बना मीट मँगवाया और न उसे कोई अफसोस था न उसकी अन्तरात्मा उसे कचोट रही थी। वह औरत बहुत ही आकर्षक थी। किचन बेदाग साफ़ था। और मेज़ पर सबकुछ साफ़ सुथरा था। सब कुछ अच्छा था। लगभग स्वाबियाई। "जर्मन खाना तो मैं अपने घर पर भी खा सकता हूँ," उसने तारीफ़ करते हुए कहा, "लेकिन हर्ब के साथ बना यह मीट कुछ अलग है और बढ़िया है।"

"सज्जनों," सिन्योरा मॉन्तेविचेल्ली जहाँ मंडली की बैठक चल रही थी वहाँ एक खाली कुर्सी पर आकर बैठ गई और अपनी सुडौल उंगलियों से एक नैपकिन को मोड़ने-खोलने लगी, "मुझे हमेशा जर्मनों के बारे में ग़लत धारणा थी।"

मेज पर सभी की साँस रुक गई।

"जर्मन पुरुषों के बारे में। वे बुरे नहीं होते, सच कह रही हूँ न?" बोलते समय 'र' को ज़ोरदार और आकर्षक तरीके से घुमा कर बोला गया था। "मगर हम लोगों के यहाँ पहले कहा जाता था कि जर्मन पुरुषों में... क्या कहते हैं, मर्दपन नहीं होता?"

"मर्दानगी?" क्लोस्टर्स ने भौंहें सिकोड़ दीं। उसके छह बच्चे थे। मर्दानगी नहीं?

"लेकिन अब मेरी सोच बदल गई है। इटैलियन पुरुष। हुँह। वे हाथियों की तरह ज़ोर से तुरही बजाते हैं और दिखावा करते हैं, लेकिन जब जब वाकई ज़रूरत पड़े, तो वे चूहों की तरह ग़ायब हो जाते हैं अपने... क्या कहते हैं... बिलें में?"

"बिलों में?" रेनिका श्टैफ़ेल ने 'सभी संस्कृतियाँ समान हैं' वाली मुस्कान बिखेर दी, उसकी कोशिश थी कि ऐसा न लगे कि वह उपदेश दे रही है।

"ओह, स्कूसी..."

"काश मैं इतालवी उतने अच्छे से बोल पाता जितना आप जर्मन बोलती हैं सिन्योरा!" एरिक श्टाइगर ने उसकी ओर सिर झुकाया। उसका अपनी पत्नी से अलगाव हो गया था और उसने बहुत पहले ही इस श्रेष्ठ इतालवी रेस्टोरेंट की सम्भ्रान्त मालकिन से मेल बढ़ाने की कोशिश की होती, लेकिन लोग कहते थे कि उसका पति अमीर है और रौबदार, वह सिसिली का रहने वाला है और उसके हाथ में कई डोर हैं...।

"प्रिय सिन्योरा मॉन्तेविचेल्ली, आपके विचार में यह परिवर्तन कैसे हुआ?" दोनों आर्किटेक्ट में से एक ने पूछा। दूसरे भाई ने साथ ही साथ सिर हिला दिया।

"लुइजी, एक और तिरामिसु ले आओ! ये हमारी तरफ़ से। यही कहते हैं न? तो, जब एक इटैलियन को खतरा दिखता है... दूर से... वह शेर होता है। जब वह उसके सामने होता है, तो वह एक चूहा बन जाता है। हमला करने वाले अपराधी को दो पर्स और ख़ुद की पत्नी को भी ख़ुशी-ख़ुशी दे देगा, बस उसपर कोई हाथ न पोंछे।"

"हाथ न साफ़ करे," रेनिका श्टैफ़ेल ने मुस्कुराते हुए सुधारा।

"हो सकता है यह आपका मानना हो, सिन्योरा," क्लोस्टर्स बुदबुदाया। "लेकिन नैतिक साहस, यह हमेशा बहुत ही व्यक्तिगत बात है।"

"शायद ऐसा ही हो?" रेस्टोरेंट की मनमोहक मालकिन ने संदेह से चारों ओर देखा, फिर फ्रांत्स फ़्फ़ाउ को देखकर यूं मुस्कुराई जिस तरह से उसे देखकर लम्बे समय से कोई औरत नहीं मुस्कुराई थी। और उसका सीना चौड़ा हो गया।

"टाँय टाँय, नैतिक साहस! भला कौन बात हुई तो?" फ्रांत्स फ़्फ़ाउ ने अपने धाकदार तरीके से कहा, इससे उसे एक क़िस्म की इज़्ज़त तो मिल गई थी, लेकिन हर जगह दोस्त नहीं, वह बीच-बीच में फिर से अपनी मूल बोली में उतर आ रहा था। "खरी बात हुई : या तो मैं गीदड़ हुआ, तब तो मैं जो हो रहा है उसमें शामिल हूँ और बच लूँ। दूसरों को जलती आग में गिरने दूँ। या फिर मैं मर्द हुआ, तब मैं उन गुंडे मवालियों का रास्ता रोक लूँ जो मुझे या मेरे लोगों को डरा धमका रहे हैं। हम ब्लैक फॉरेस्ट के लोग हैं और हमें अंधेरे से कौन डर। चाहे जो भी हो जाए। हमारे परदादे तो भालू से सामना करते थे।"

"हमें डर कैसा, सिवाय इसके कि पर्यटक न आएँ," मेयर ग्रैह ने मज़ाक़ करने की कोशिश की और अपने ब्रीफ़केस से कुछ दस्तावेज निकाले। "मेरे पास यहाँ क्रिसमस रोशनी के लिए डिज़ाइन हैं, और मेरा आग्रह है कि हम निर्णय ले लें।"

"मैं आपके काम में बाधा डालना नहीं चाहती, लेकिन आप बेशक मर्द हैं! हमें आपसे सीख लेनी चाहिए।" सिन्योरा मॉन्तेविचेल्ली उठने लगी, उसने फ्रांत्स फ़्फाउ की बाजू को हौले से दबाया, मानो कोई वादा कर रही हो और फिर वह लचकते हुए वहाँ से चली गई और वेटर की स्वादिष्ट तिरामिसु की प्लेटें परोसने में मदद करने लगी।

"जो भी हमारा गिरेबान पकड़ने की कोशिश करेगा उसे फ्रांत्स फ़्फाउ के मुक्के का सामना करना पड़ेगा। आप इस पर भरोसा कर सकते हैं। ठीक उसी तरह जैसे डोबेल इलाके में सर्दियों में बर्फ़ गिरती ही गिरती है और जैसे श्पेत्सले स्वाबिया से ही आता है।" और उसकी ज़ोरदार हँसी गूँज उठी।

मेयर ग्रैह कोशिश में था कि आख़िरकार उसकी योजनाओं को अमल किया जाए। "मेरा सुझाव है कि इस बार सभी व्यापारियों को साथ देना चाहिए। बिना किसी अपवाद के। हम स्वाबियाई हैं, किफ़ायती हैं लेकिन इस बार कोई किफ़ायत नहीं होगी। "और इस साल का नारा होगा : ब्लैक फ़ॉरेस्ट में क्रिसमस, पहले ही जैसा!"

"बहुत बढ़िया!"

दोनों आर्किटेक्ट मुस्कुरा रहे थे। "आशा है कि शहर वाले रेलवे कनेक्शन के बिना नहीं। क्या आपको याद है, पाँच साल पहले तक भी..."

शाम संबूका के एक जाम के साथ समाप्त हुई। या शायद दो। चाहे जो भी हो, हर किसी ने 'इल ट्रेसोरो' और उसकी मालकिन को सबसे प्रिय यादों में रखा।

6 जून 2010

कितना बढ़िया है कि मण्डली ने यह निर्णय लिया कि फ्रांत्स फ़्फाउ के पैंसठवें जन्मदिन के उपलक्ष्य में होने वाला जलसा यहाँ होगा। सिन्योरा की ही बदौलत मेयर को यह ख़याल आया था जब वह अपने परिवार के साथ वहाँ खाने आया था और सिन्योरा ने तीनों बच्चों को मज़ेदार सी हैट से सजी आइसक्रीम मुफ़्त में पेश की थी।

"मैं एक अजनबी नहीं रहना चाहती," वह विनम्रता से बोली। "मैं चाहती हूँ कि मैं समुदाय में योगदान करूँ। बस टैक्स से ही नहीं, अपने ताक़त और अपने क़ाबिलियत से भी, आप समझ रहे हैं?"

रोल कर के बोले गए 'र' ने पलड़े को भारी कर दिया। मेहमान कहाँ बैठेंगे और उनके स्वागत में शैंपेन होगा आदि के बारे में सिन्योरा से फ़ौरन और लाभप्रद तरीक़े से बात हो गई।

लेकिन वास्तविक आश्चर्य तो पार्टी की शाम को था। उस दिन के मेन्यू पर विराजमान मुख्य व्यंजन सिन्योरा के देश का नहीं बल्कि खाँटी स्वाबियाई था : ब्यॉफ्फ़ ला मॉत्त के साथ हेफ़ेक्न्यॉफ़्फ़ले, आकर्षक ढंग से किसी महिला के हाथ से लिखित।

फ्रांत्स प्फ़ाउ बहुत गदगद हो गया और प्रभावित।

अपने सम्मान के दिवस पर दिए जाने वाले अनेकों भाषणों का उसे कम और इस विशेष व्यंजन का जो उसे कभी-कभार ही नसीब होता था काफ़ी इन्तज़ार था। मांस : गाय का कन्धा। गहरी रंगत, मसालेदार, मुँह में घुल जाने वाला। और मैरीनेड : पिसी चीनी दमदार रेड वाइन में घुली हुई! तीन दिनों तक मांस उसमें रखा गया था। और उसपर कॉन्यैक ब्रांडी, चक्र फूल, ज्यूनिपर बेरी, दालचीनी, अदरक, सेलेरी और गाजर से बना शोरबा। हेफ़ेक्न्यॉप्फ़ले, खमीरी रोटी मुलायम थी मगर ऐसी नहीं कि बिखर जाये। पता चल रहा था कि अंडे और बढ़िया मक्खन से बनी है।

"क्या तुम लोगों को पता है," उसने चबाते-चबाते अपने आसपास के लोगों को बताया और गुलदस्तों को थोड़ा सा दूर किया, ताकि सभी उसके लाल, भरपूर चेहरे को देख सकें, जिसके माथे पर पसीने की बूँदें चमक रही थीं, "कहा जाता है कि यह व्यंजन बवारिया में 19वीं सदी की शुरुआत में बना था। उस समय, जब लोगों ने प्रशिया और ऑस्ट्रिया वासियों के ख़िलाफ़ फ्रांसीसियों के साथ गठबंधन किया था। इसका सही नाम 'बफ़ आ ला मोद' है।"

लोगों ने ताज्जुब से सिर हिला दिया, फ्रांत्स प्फ़ाउ ने सामने की ओर झुककर धीमे आवाज़ में कहा, "एक फ्रांसीसी व्यंजन मगर स्वाबियाई पाककला का बेहतरीन उदाहरण! जैसा कि आप सब जानते हैं, मैं आमतौर पर विदेशियों का पक्षधर नहीं हूँ–या जो शायद यह सुनना पसन्द करें, उन व्यक्तियों का जिनका प्रवासी अतीत है–ये हमारी संस्कृति में धीरे-धीरे घुसपैठ कर रहे हैं और हमारे खजाने को खाली कर रहे हैं। लेकिन सिन्योरा और यह ब्यॉफ्फ़ यहाँ आराम से रह सकते हैं।" गड़गड़ाती हँसी। "बहुत ही स्वाद है।" उत्साह की वजह से वह फिर बीच-बीच में स्वाबियाई बोली बोलने लगा था : "बिलकुल सही।"

समूह में सहमति थी।

"हाँ, लेकिन, मेरी ख़ूबसूरत इटैलियन लेडी," फ्रांत्स प्फ़ाउ का ट्रोलिंगर शराब की हर गिलास के साथ मिज़ाज और भी बढ़िया हुआ जा रहा था, "आख़िर आपने इतना बेहतरीन स्वाबियाई खाना बनाना कहाँ से सीखा है? हर निवाले में यह तो साफ़

पता चल रहा है कि यह खाना आपने बनाया है न कि आपके रेस्टोरेंट के किसी चंपू ने। क्या मैं आपको अपने घर की रसोई की चाबी सौंप सकता हूँ?" और उसने ख़ुद को सिन्योरा की कमर में हाथ डालने की अनुमति दे दी।

सिन्योरा ने नज़ाकत से ख़ुद को मुक्त किया। "सिन्योर फ़्फ़ाउ, यह सम्मान बहुत ज़्यादा है। कोई भी इटैलियन महिला कभी भी किसी स्वाबियाई महिला की तरह का स्वाबियाई खाना नहीं बना सकती।"

"बिल्कुल नहीं। मुझे कहना ही होगा : यह हो सकता है। आज से!" फ़्फ़ाउ ने गिलास उठाई और सबकी ओर देखते हुए बोला। "उठा ले प्याले, मेरे प्यारे!" और गरजती आवाज़ में हंसने लगा। फिर रुक गया और कुछ सुनने लगा।

बाक़ी सब के भी कान खड़े हो गए थे। रेस्टोरेंट के बाहर शान्त सड़क पर असामान्य आवाज़ सुनाई दे रही थी : टायरों से चीं की आवाज़। किसी कार का दरवाज़ा खट्ट से बन्द हुआ। फिर एक और का। गिट्टी पर कदमों की आवाज़। चरमराहट। फिर दरवाज़ा खुल गया और काले रंग के कपड़े और झीने मोज़े का मास्क पहने हुए तीन आदमी कमरे में डरावनी गति से फैल गए।

उनके पास वे हथियार थे जो खिलौनों की तरह नहीं दिखते थे, खतरनाक रूप से असली, और सबसे डरावनी बात यह थी : पता चल रहा था कि उन्हें प्रयोग में लाया जाता है। वैसे कोई भी मेहमान उस समय इस स्थिति में नहीं था कि यह समझ सके।

"क्या हो रहा है? जाओ। आप कौन हैं?" सिन्योरा स्तब्ध हो गई थी। धीरे-धीरे उसने अपने शब्द इतालवी में दोहराए।

"इतालवी नईं। चुप्प! पैसा लाओ। घड़ी। गहना। जल्दी, जल्दी!" झीने मोज़े का मास्क पहने हुए अगुवा की आवाज़ गूँज गई, बोलने के लहजे से लगता था कि शायद पूर्वी-योरोप से है।

"अरे नहीं!" रेनिका के मुँह से निकला और फिर उसकी आवाज़ थम गई। मेयर ने उठने की कोशिश की, लेकिन एक आदमी ने उसकी ओर अपनी पिस्तौल तानी, और वह अशक्त सा फिर अपनी कुर्सी पर बैठ गया। वेटर्स मोम के पुतलों में बदल गए थे। दोनों आर्किटेक्ट वैसे ही स्कूली बच्चों की तरह बर्ताव कर रहे थे, जब शिक्षक किसी को जवाब देने के लिए चुनता है : उनकी नज़रें धरती की ओर इस उम्मीद से गड़ी हुई थीं कि वे अदृश्य रहें।

एक आदमी ने अपने खाली हाथ में गोनी बोरी पकड़ी हुई थी और वह घड़ियाँ,

आभूषण, अंगूठी और पर्स इकट्ठा करने लगा। अगर कोई देने से इंकार करता, तो उसे अपनी पिस्तौल दिखा देता। "चलो! मोबाइल भी। सब अपना मोबाइल दो!"

"ये तुम क्या कर रहे हो? ये मेरे मेहमान हैं।"

"मुँह बन्द, वरना... बकवास नहीं। क्रेडिट कार्ड। कैश। सब दो!"

"नहीं, नहीं। हम यह नहीं होने देंगे...," बेचारी सिन्योरा की आँखें उसके रेस्टोरेंट में चारों तरफ़ भटक रही थीं।

उनमें से एक ने अपनी पिस्तौल ऊपर उठाई और बार के पास के एक आईने पर गोली चला दी। काँच चूरचूर हो गया। महिलाएँ चीख़ उठीं।

"तुम मेरे रेस्टोरेंट को तबाह कर रहे हो। मेरे मेहमानों को परेशान मत करो। कैश लो, लेकिन... कोई तो कुछ करो! मर्द, कोई है यहाँ मर्द?"

"एक मिनट रुको, तुम...," किसी ने आवाज़ दी। सिन्योरा की भटकती नज़र फ्रांत्स फ़्फ़ाउ पर टिक गई। उस पर जो कमरे में इस नाम का एकमात्र हक़दार था। सबको यह पता था, क्योंकि उसने सबको यह बताया हुआ था। वह मुश्किल से उठा, शराब के नशे में झूमता हुआ। "तुम साले भदेस वालों, भगौड़ों... दफा हो जाओ यहाँ से अभी के अभी। किसी को तो इस देश को साफ़ रखना है! निकल जाओ यहाँ से। सब कुछ रख दो अभी के अभी।" फ्रांत्स फ़्फ़ाउ लड़खड़ाता हुआ अगुवा की तरफ़ आगे बढ़ा।

"पीछे हटो नहीं तो गोली मार दी जाएगी," वह अपने झीने मोज़े वाले मास्क के पीछे से बौराकर चिल्लाया।

"अच्छा, बढ़ो आगे, मारो गोली। हिम्मत तो करो जाहिल। हमें चैन से रहने दो और निकलो यहाँ से। जाओ अपने बाल्टिक देश में, जहाँ से आए हो।" फ़्फ़ाउ रुका नहीं, झूमते हुए आगे बढ़ने लगा।

पर यह उसका इस ज़िन्दगी में आख़िरी क़दम था। बगल से एक गोली आकर उसे लगी। सिर्फ़ एक। ज़्यादा आवाज़ भी नहीं हुई। पर काफ़ी थी। फ़्फ़ाउ अजीब तरीक़े से ऐंठ गया, उसके हाथ फड़फड़ा उठे, वह किसी चरखी की तरह घूमा और एक कुर्सी लिए हुए ढह गया। उन आदमियों के मुँह से किसी विदेशी ज़ुबान में कोई आवाज़ निकली, उन्होंने माल पटक दिया और बाहर भाग गए। दरवाज़े भड़भड़ाकर बन्द हुए, टायरों से चीं की आवाज़ निकली और कोई इंजन चालू हो गया।

"वे फ़रार हो रहे हैं, मैं बाहर जाता हूँ," ग्रैह चिल्लाया। "गाड़ी का नम्बर नोट करना होगा!"

कुछ दिलेर लोग भी मेयर के पीछे दरवाज़े की तरफ़ भागे।

"सिर्फ़ बैक लाइट दिख रही है," ग्रैह ने निराश होकर कहा। "और ओझल सी एक कार। मैं नम्बर प्लेट नहीं पढ़ पाया। पुलिस को बुलाओ। तुरन्त।"

"इस बोरे पर तो पक्का उँगलियों के निशान नहीं होंगे। और न ही दरवाज़े की कुंडी पर। कहीं भी नहीं। उन्होंने दस्ताने पहने हुए थे।" क्लोस्टेर्स ने प्रतिक्रिया दी जैसे ही सब आदमी वापस रेस्टोरेंट में आये। "वो पेशेवर अपराधी थे। और हेर्रेन्आल्ब में जो एक पुलिस चौकी है भी, वो सभी प्रमुख सड़कों पर नियन्त्रण नहीं कर सकती है। अगर वो चालाक हुए तो वो डोबेल की दिशा में आगे बढ़ गए होंगे। उन्हें वहाँ कोई नहीं पकड़ेगा।"

तभी पीछे रेनिका ने ज़ोर से चीख़ मारी। बाक़ी औरतों और मेहमानों में एकमात्र डॉक्टर के साथ वो फ्रांत्स फ़्फ़ाउ को संभाल रही थी। "मुझे लगता है," उसने सिसकते हुए कहा। "मुझे लगता है कि फ़्फ़ाउ अब नहीं रहा।"

"दियो मियो ऐसा नहीं हो सकता!" सिन्योरा फुसफुसाकर बोली। "मैं तो बर्बाद हो गयी। ऐसी बदनामी। अच्छा हुआ कि वो इटैलियन नहीं थे। मैं ख़ुद को मार देती अगर मेरे अपने ही लोग..." और वह इतना रो रही थी कि बहुत मुश्किल से उसे शान्त करवाया गया।

"नहीं इटैलियन नहीं थे। ये तो पक्का है।" सभी चशमदीदों ने पुलिस के आगे इस बात की पुष्टि की।

बात तो पक्की थी क्योंकि सिन्योरा मॉन्तेविचेल्ली ने ऐसा कहा था। और उसे तो यह मालूम होगा।

जून 11, 1985

"अच्छा, तो... इटली में इसी को हेफ़ेक्न्यॉप्फ़ले कहते हैं।"

"मैंने कोशिश की थी, श्रीमान फ़्फ़ाउ!"

"कोशिश करना ही काफ़ी नहीं है!" वह भारी-भरकम आदमी दहाड़ा, उसने पतली-दुबली कुक को एक तरफ़ धकेला और साथ ही उसके कूल्हे पर हाथ फेर दिया। "अगर मैं किसी दूसरे देश में हूँ और जहाँ दरअसल मुझे सिर्फ़ सहन किया जा रहा है और कोई मुझे, एक अस्थायी स्टाफ को कोई स्थानीय व्यंजन बनाने देता है, तो उस व्यंजन को पूरे सम्मान के साथ बनाना होता है, समझ आया!"

"जी।"

"नहीं। तुम्हारा बनाया हर खाना लगता है कि नेपेल्स के किसी ढाबे का है। तुम इटली-विटली के लोग चाहे सुबह से ही जैतून का तेल पीने लगो लेकिन मेरी रसोई में यह नहीं चलेगा। सिर्फ़ मक्खन, क्रीम और बेहतरीन जर्मन सूरजमुखी का तेल।"

"जैतून का तेल तो मेहमान..."

"उस तरह के मेहमान मुझे नहीं चाहिए। लचर कहीं के। तुम्हें निकाल दिया गया है। तुम्हारा परखने का समय असफल रहा। जाओ अपने कागज़ात और शेष मजदूरी लो और फिर श्टुट्गार्ट से मिलान की अगली ट्रेन ले लो। समझी?"

"मुझे एक और मौक़ा दें। आप जानते हैं कि फ्रेंको और मेरी सगाई हो गई है और अगर मेरे पास यहाँ पर नौकरी नहीं रहेगी तो..."

"लो अब ए भी, खरगोशों की तरह उपद्रव मचाना और फिर खाना ख़राब कर देना। निकलो बाहर। निकलो। और मेरे सामने फिर से कभी मत आना!"

एलिसा रोमरिनो अपने बॉस को किचन से बाहर जाते हुए देखने लगी। सारे रसोइये उसे देख रहे थे। तिरस्कारपूर्ण। और कुछ उसके दुख पर ख़ुश थे। केवल फ्रेंको की आँखें गम्भीर थीं।

"मैं घर वापस जा रही हूँ फ्रेंको। नहीं, मैं अब कोई और नौकरी नहीं ढूँढूँगी। मैं यहाँ नहीं रहना चाहती। लेकिन–मैं वापस आऊँगी! एक दिन मैं वापस आऊँगी, फ्रेंको। और यही वह दिन होगा जो फ़्फ़ाउ के पत्थर पर लिखा होगा।"

"किस पत्थर पर?" फ्रेंको ने पूछा।

"उसकी क़ब्र के पत्थर पर!" लड़की ने कहा और आकर्षक ढंग से मुस्कुरा दी।

बदमाश लड़की

आग में लिपटा हुआ वह लड़का मेरी तरफ़ बढ़ रहा है। उसका मुँह भाड़ जैसा खुला हुआ है। वह चिल्ला रहा होगा, लेकिन मुझे उसकी आवाज़ सुनाई नहीं देती। हड्डियों पर से उसकी खाल उधड़ रही है। आग की लपटें उसके बालों में भड़क रही हैं। मैं भागूँगी नहीं, किसी भी पल वह मुझे बाहों में भर लेगा।

मेरा मोबाइल बज रहा है, मैं घबरा कर उठती हूँ। अपना चेहरा पोंछती हूँ। सात बज रहे हैं। स्कूल जाना है। मुझे ख़ुद नहीं पता, कि क्यूँ रोज़ मैं अपना अलार्म सुबह के लिए सेट करती हूँ। क्या डरावने सपनों को तोड़ने के लिए? ताकि माँ को लगे कि मैं स्कूल जाती हूँ? अलार्म बन्द करती हूँ। करवट लेती हूँ। गहरी साँसें भरती हूँ और छोड़ती हूँ। ऐसा लगता है कि हमारे कमरे की हवा ठहर सी गई है, मेरी बहनें पहले ही से उठ चुकी हैं। इस बात पर भी ध्यान जाता है कि नींद का ख़ौफ़ स्कूल जाने के ख़ौफ़ से ज़्यादा बड़ा है। मैं उठती हूँ, पहले पर्दे खोलती हूँ और फिर खिड़की। बर्फ़ मिली बारिश। जैसे बर्फ़बारी के पहले की प्रस्तावना। बस कुछ ज़्यादा धूसर, गीली और अपनी बनावट में पानी से ज़्यादा नज़दीक। कपड़े पहनती हूँ और बाथरूम में जाती हूँ। दांत ब्रश करती हूँ और मुँह धोती हूँ। फ्रिज में खाना ढूँढती हूँ। बियर की बोतलों के सिवा कुछ नहीं है। जार में कुछ सिरके वाली शिमला मिर्च और दवाइयाँ जो एक्सपायर हो चुकी हैं। डबल रोटी बग़ैर किसी और चीज़ के भी ठीक है।

निचली मन्ज़िल पर रहने का फ़ायदा : अगर लिफ़्ट ख़राब हो जाये, क्योंकि उसमें कोई आग से खेल रहा था, तो सीढ़ियाँ नहीं चढ़नी पड़तीं।

नुक़सान : सब हमारे दरवाज़े के सामने मूतते हैं।

यही वह बदबू है, जिससे मैं अपने घर को पहचानती हूँ। यही मुझे ख़ुशामदीद कहती है और यही अलविदा। माँ नहीं सोतीं, पर लेटी रहती हैं। जब मिलते हैं तो बस लड़ाई होती है। मैं घर की दहलीज़ एक लम्बी डग भरकर पार करती हूँ और

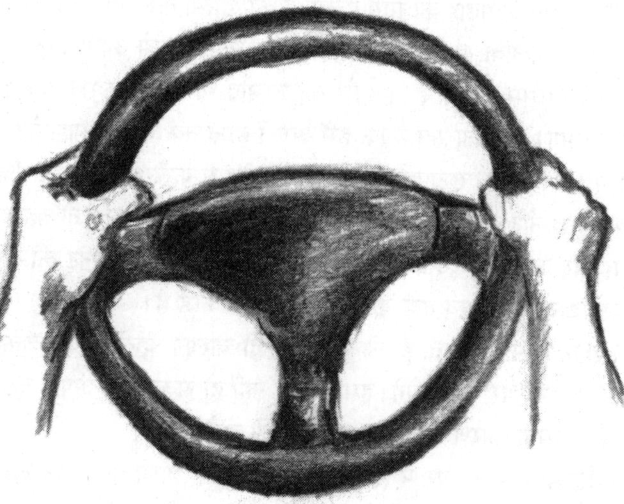

उन दीवारों के सामने से गुज़रती हूँ जो इतनी सारी गालियों से पटी हुई हैं कि वे दीवारें दिखाई भी नहीं पड़तीं। इन गालियों का निशाना हम ही हैं। रोज़ देखो तो ध्यान भी नहीं जाता उन पर। अपने अपार्टमेंट के ब्लॉक का दरवाज़ा अपनी कोहनी से खोलती हूँ। सच में, दस नम्बर बिल्डिंग के लफ़ंगे लड़कों ने अपने बलग़म से पूरी जगह सड़ा रखी है।

मेरा नाम...इस पर और चर्चा बाद में। मेरे घर वाले मुझे यूडी बुलाते हैं। और मेरे सहपाठी यहूदी। मैं ख़ुद को जे.डी. पुकारती हूँ। घड़ी की तरफ़ देखती हूँ। घड़ी का चेहरा मुझ पर चीख़ रहा है। साफ़ है कि मैं लेट हो गई हूँ। नोएबर्ट मुझे हैरान सा देख रहा है। वैसे किसी को भी चकित कर देने में मैं माहिर हूँ। वह कुछ भी नहीं बोलता, वह चाहता है कि मैं क्लास में रहूँ, शायद उसमें अपने पेशे के प्रति अब भी ईमानदारी बची हुई है। वैसे यह भी हो सकता है कि मैं ग़लत सोच रही हूँ। मैं एक कुर्सी पर बैठ जाती हूँ। मैं इतने नागे मारती हूँ कि क्लास की सीटों का क्रम मुझे हर बार बिलकुल नया लगता है। कई बार तो ऐसा लगता है कि सहपाठी ही नये हैं। यह साल दोहरा रही हूँ। वे सारे मुझसे छोटे हैं, यह बात भी मुझे बहुत सताती है। नोएबर्ट ब्लैक बोर्ड पर कुछ लिख रहा है। क्या मिस्त्री भाषा है? मेरी बला से! मिस्त्री? कोई भाषा होती भी है? इस बात का न पता होना भी मुझे मेरी बेवक़ूफ़ी का एहसास कराता है। मेरा निरन्तर चलने वाला द्वन्द्व : इस एहसास की दवा पढ़ाई है। लेकिन

स्कूल मेरे अन्दर की पढ़ाई की सारी इच्छाओं का ख़ात्मा कर देता है। इतना बेवक़ूफ़ मैंने स्कूल के अलावा ख़ुद को कहीं नहीं पाया। नोएबर्ट मुझे आवाज़ लगा रहा है। मैं उसे बस गुमसुम ताकती हूँ। हद है! वह उम्मीद भी कैसे कर सकता है कि मुझे कुछ पता होगा। वह बता रहा है कि हमें अगले हफ़्ते तक एक असाइनमेंट लिखना है। वह पूछता है कि मैं छूटा हुआ पाठ्यक्रम कैसे पूरा करूँगी। अटेंडन्स रजिस्टर है और वह कुछ नोट बनाता है। बाक़ी उसे घूर रहे हैं। इससे अच्छा तो यह होता कि वह मेरा सिर क़लम कर देता। मैं उठ कर चली जाती हूँ। दस मिनट की क्लास के बाद। शायद यह मेरा अब तक का सबसे लम्बा रिकार्ड है।

मैं शहर में सफ़र करती हूँ, बिना टिकट। दो चालान पहले ही कट चुके हैं। पर हम वैसे भी उन्हें भर नहीं पायेंगे। हमारा कुछ नहीं हो सकता। मैं अपना दुखड़ा रोने लगती हूँ, जिसके कारण आम तौर पर वह मुझे जाने देते हैं।

मेयरिंगडाम सड़क पर मैं 'हर सामान एक यूरो' वाली दुकान के खुलने तक उसके आस पास वक़्त काटती हूँ। कुछ भिखमंगे अपने स्लीपिंग बैग से रेंग कर बाहर आते हैं। उनमें से एक, मेट्रो की सुरंग के ऊपर वाले जाल पर बैठा हुआ है। मुझे उससे जलन होती है कि उसे मेट्रो की सुरंग की गर्म हवा मिल रही है। यह हवा ज़मीन के नीचे से निकल कर ऊपर की तरफ़ चढ़ती है। परसों बड़ा दिन है और मुझे अभी भी तोहफ़े ख़रीदने हैं।

हनुका त्योहार से दो माह पूर्व सैम्यूएल एयरलिशर को उसके स्कूल के क़रीब आग लगा दी गयी। उसने स्कूल जाना तो पहले ही से छोड़ दिया था। उसको स्कूल से छुट्टी दे दी गयी थी। उसके माता-पिता की विनती पर। उसका क़द एक सौ पचहत्तर सेन्टमीटर था, काले छोटे बाल थे। अपनी मौत के समय उसने एक गहरे हरे रंग का स्वेटर पहना हुआ था जिसके सिंथेटिक धागे उसकी चमड़ी के साथ पिघल गये थे। जींस का तो जल कर कुछ नहीं बचा था। फ़ोरेंसिक डॉक्टर ने माता पिता को राय दी थी कि वे अपने बेटे को आख़िरी बार न देखें। पिता ने तो राय स्वीकार कर ली पर माँ ने नहीं।

मैं 'हर सामान एक यूरो' वाली दुकान में बहुत वक़्त गुज़ारती हूँ। एक यूरो में क्या-क्या मिल सकता है, यह सोच कर बहुत हैरानी होती है। बालों का ब्रश, जुराबें, बर्तन धोने का साबुन, ब्रांडेड मिठाइयाँ, सजावट का सामान, प्यालियाँ, हाँडियाँ, डब्बे, पॉलिश और हेड्फ़ोन। एक यूरो, इस सीमा के अन्दर मैं बड़े आराम से घूम फिर सकती हूँ। अपनी बहनों के लिए कुछ ख़रीदना तो आसान काम है। आन्ना के

लिए एक मोबाइल कवर और मिरियम के लिए कलरिंग बुक। गिफ़्ट पेपर मैं नहीं ख़रीदूँगी। मेरे अपार्टमेंट ब्लॉक के पास ही रखी रद्दी की पेटी में कोई सुन्दर सा काग़ज़ मिल जाएगा। सबसे ज़्यादा समय मुझे माँ के लिए तोहफ़ा ख़रीदने में लगता है। एक मोमबत्ती उठाती हूँ और वापस रख देती हूँ। यह उन्हें उस शमादान की याद ना दिला दे जो हमने कब का काग़ज़ में लपेट कर कहीं रख दिया है। चॉकलेट उठाती हूँ। ये चलेगा। हम बड़ा दिन मनाते हैं। कोई और त्योहार हम कभी नहीं मनाते। हम अच्छे जर्मन नागरिक हैं, न कि वो जो लोग हमें समझते हैं, मैं क़ीमत अदा करती हूँ। उस बटुए को घूरती हूँ जो उसने मुझे तोहफ़े में दिया था। मैं इसे अपनी जान से ज़्यादा सम्भाल कर रखती हूँ। इसलिए नहीं क्योंकि इसमें पैसे हैं, बल्कि इसलिए कि उसका दिया हुआ मेरे पास बस यही है, यह और उसका एक स्वेटर। वैसे ये सामान इतना ज़्यादा भी नहीं है, अगर इस बात पर ग़ौर करें कि हम एक दूसरे को काफ़ी समय से जानते थे।

बाहर सड़क पर पहुँचते ही मुझे लगा कि वापस मुड़ जाऊँ। सामने से युवा और समाज कल्याण विभाग की कार्यकर्ता आ रही थी। हम दोनों ही अपनी रोज़मर्रा की दुनिया से बाहर हैं। वो मुस्कुरा रही हैं, मानों हम लम्बे समय से नहीं मिले। क्या दो महीने के अन्तराल को बहुत लम्बा समय माना जा सकता है? पानी की बूँदे उनके चश्मे के ऊपर चिपकी हुई हैं। वह जानती हैं कि मैं नाग़ा मार कर आयी हूँ। ये सच मेरे सिर पर एक साइरन की बत्ती की तरह चमक रहा है। वरना हम इस समय यहाँ कैसे मिल जाते। पर वह ये बात बोलती नहीं। यह बात बड़े बड़े अक्षरों में चमक रही है, पर वह उससे बच कर साफ़ निकल जाती हैं। हेलो जूडी! उन्होंने कहा, और पूछा कि मैं कैसी हूँ। अनुरोध किया कि मैं कभी उनके दफ़्तर आऊँ। फिर अपने हाथ में पकड़े हुए बेकरी के लिफ़ाफ़े को मुझे थमा दिया। कहने लगीं कि उन्होंने कुछ ज़्यादा सैंडविच ख़रीद लिए थे। मैं चुप रहती हूँ, क्यूँकि बोल कर ज़लील होने के बजाय, चुप रहना ज़्यादा आसान है। वह आगे बढ़ गयीं। मेरा बहुत जी हुआ, कि वहीं डूब मरूँ, लेकिन बर्फ़ और पानी काफ़ी नहीं थे।

यहूदी सूअर। शुरुआत में, जब वे स्कूल के मैदान में उसके पास से गुजरते थे, तो बस धीरे से पुकारते थे। बाद में घर लौटते समय चिल्ला कर। वह उन गाली देने वाले लड़कों को जानता तक नहीं था। *हरामी यहूदी, यहूदी फ़रेबी।* कितनी सारी नयी गालियाँ बना सकता है कोई, नए नए रूपान्तरों के साथ, धर्म और गालियों के एक से बढ़कर एक जोड़। कल्पना कम नहीं पड़ती थी। और हर बार हिटलर वाली

सलामी दी जाती। उसके बाद स्वास्तिक वाले निशान, दरवाज़ों, कॉपियों और पेंसिल बॉक्सों पर। सैम्यूएल पहले तो चुप रहा, बचता रहा, फिर एक दिन उसने शिकायत कर डाली। अपने सहपाठियों से अपील की। टीचरों से मदद की गुहार लगाई। अपने माता पिता को इस बारे में बताया। स्कूल ने माता पिता को ख़त लिखा। इस ख़त में यह शंका जताई गयी कि इस प्रकार का यहूदी या सामी विरोधी उत्पीड़न कोई सोच भी कैसे सकता है। प्रिन्सिपल ने प्रश्न उठाया कि सैम्यूएल ने यह सब अनुभव किया भी है या नहीं। साथ ही साथ आरोप लगाया कि यह सब मशहूर होने के टोटके हैं। उस ख़त के एक एक शब्द से ऐसा लग रहा था कि यह जताने का भरपूर प्रयास किया जा रहा है कि परेशानी की कोई बात नहीं है। इस सब के कुछ समय बाद ही सैम्यूएल एयरलिशर को स्कूल के बाद पीटा गया। उसकी आँख नीली पड़ गयी थी और निचला होंठ फट गया था। क्या ये मामला उत्पीड़न का था, या बस हम-उम्र लड़कों के बीच की 'थोड़ी बहुत हाथापाई', जो हद से बाहर निकल गयी। प्रिन्सिपल और दूसरे बच्चों के माता पिता ने यह सवाल उठाया। छात्र चुप रहे। 'तिल का ताड़' और 'दूर के ढोल सुहावने' जैसे मुहावरे सुनने को मिले।

एक कैफ़े में मैं टॉयलेट में जाती हूँ। वहाँ कपड़े बदलती हूँ। अपनी हुडी और जींस को बैग में ठूँसती हूँ। आइलाइनर लगाती हूँ और मस्कारा भरती हूँ। कुअरफ़ुरस्टेनश्त्रासे पहुँच जाती हूँ। उस सड़क की औरतें मुझे जानती हैं। यह उनका धंधा, उनकी जगह है, इस कारण मैं वहाँ खड़ी नहीं रह सकती। बस इस चौराहे से आगे मैं एक दीवार से टेक लगा कर खड़ी हो जाती हूँ। पंद्रह मिनट बाद एक गाड़ी आकर रुकती है। खिड़की का शीशा नीचे होता है। सींग के बने फ्रेम वाला ऐनक और टाई पहने एक आदमी मुझे जाँचती हुई नज़रों से देखता है। मैं मुस्कुराती नहीं हूँ। उसूलन। गाड़ी महँगी है, चमड़े की सीटें, चिकनी लकड़ी की साज सज्जा। हम एक दाम पर राज़ी होते हैं। वह रियर-व्यू मिरर में देखता है, मैं दाएँ बाएँ देखती हूँ। इसके बाद मैं गाड़ी में बैठती हूँ।

एक बात मैंने अच्छे से समझ ली है, कोई अगर अच्छा महँगा सूट पहने हुए है, इसका यह हरगिज़ मतलब नहीं है कि वह कोई सज्जन पुरुष है। कोई शर्मीला तुम्हें काफ़ी कठोर तरीक़े से जकड़ सकता है। चुटकुले सुनाने वाले भी तुम्हारी पीछे से मार सकते हैं। पर अधिकतर लोग ठीक ही होते हैं, पैसे दे देते हैं। ज़्यादातर को तो इस बात का ज्ञान होता है कि तुम उनकी बेटी बराबर हो। यह बात उनको किसी लड़की के साथ सोने से रोकती नहीं। यह विरोधाभास तो हज़म करना पड़ेगा। मेरे

पास एक सुपरमार्केट में नौकरी हुआ करती थी, अलमारियाँ साफ़ करने की। मुझे जँची नहीं।

"मुझे पैसे नहीं चाहिए," मैं ख़ुद को कहते हुए सुनती हूँ।

सूट वाला आदमी कहता है : "फिर क्या चाहिए?" उसकी आवाज़ में थोड़ी हैरानी है।

"क्या यह गाड़ी चला सकती हूँ?"

इस वक़्त वह अपनी पैंट की ज़िप बन्द कर रहा है। पहले तो उसने सिर हिलाया, फिर मुस्कुरा दिया।

वह मुझे दिखाता है और मैं देखती हूँ कि गाड़ी कैसे चलती है। इंजन शुरू करना, क्लच लगाना, गियर बदलना, ऐक्सेलरेटर दबाना, और हाँ बीच वाला ब्रेक होता है। रेवे मार्ट की पार्किंग में हम सीटें बदलते हैं। मैंने पूछा कि कहीं उसे काम पर तो नहीं जाना। "बाद में", वह जवाब देता है। मुझ पर इतना भरोसा, मुझे विश्वास नहीं होता। वह बग़ल की सीट पर बैठा है और हामी में अपना सिर हिला रहा है। मैं डैश बोर्ड का बटन दबाती हूँ। एक भारी भरकम आवाज़ के साथ गाड़ी स्टार्ट हो जाती है। एक क्षण के लिए मुझको ख़ुशी का एहसास होता है।

मैं गाड़ी पार्किंग में लगाती हूँ और हम बाहर निकलते हैं। चाबी उसे वापस करती हूँ। बिना कुछ कहे, वह ड्राइवर की सीट पर बैठता है और गाड़ी घुमा कर चला जाता है। सुपरमार्केट से लगी हुई एक बेकरी है। मैं वहाँ से हॉट चॉकलेट लेती हूँ और जाकर एक मेज़ के पास बैठ जाती हूँ। अच्छा लग रहा है। गर्म महसूस हो रहा है। क्रिसमस आराम से आ सकता है।

सैम्यूएल एयरलिशर गेशविस्टेर शोल् ग्रामर स्कूल की ग्यारहवीं क्लास में पढ़ता था। उसके सहपाठियों में से एक लड़के ने पेट्रोल पम्प से पेट्रोल ख़रीदा। उसका दोस्त लाइटर साथ में लाया। यह दोस्त छुप छुप कर सिगरेट पीता था। उसके माता पिता प्रोफ़ेसर थे और सिगरेट पीना बिलकुल पसन्द नहीं करते थे। तीसरे दोस्त ने बाक़ियों को समझाया, कि विडिओ बनाना भी ज़रूरी है। उसको अपने पिता से कुछ दिनों पहले ही एक आई फ़ोन एक्स तोहफ़े में मिला था। पोस्ट पेड। उसके कैमरे से सबसे अच्छी क्वालिटी में फ़ोटो और विडिओ आने पक्के थे।

स्कूल बंक करने वाले एक दूसरे को पहचानते हैं। वह खेल के मैदान में एक बेंच पर बैठा था। यह तब की बात है, जब उसने उत्पीड़न के बारे में बात करना शुरू नहीं किया था। मैं झूला झूल रही थी। ज़ाहिर है कि वह खेल के मैदान के

लिए उमर में ज़्यादा बड़ा था। गिरजाघर के घण्टे ने समय बताया। हवा ठंडी और साफ़ थी। थकी सी धूप घरों की दीवारों पर चढ़ रही थी। हमने एक दूसरे को कुछ देर तक ग़ौर से देखा। फिर न जाने कब मैं उसके पास जाकर बैठ गयी और उसे एक सिगरेट दी। मुझे कूल जो दिखना था। मैं ख़ुद शायद ही कभी सिगरेट पीती थी। पर आशिक़ों और ग्राहकों को देने के लिए अपने पास सुट्टा हमेशा रखती थी। ऐसा करने से मैं ज़्यादा बड़ी दिखती थी। लोगों को लगता था कि मैं किसी मालदार घर से आयी हूँ। सब कुछ इमेज का खेल है। सुट्टा पिलाने वाली तोपची लड़की। सैम्यूएल ने धन्यवाद कहा और मना कर दिया। बहुत धीमी आवाज़ थी उसकी। पतली उँगलियाँ और नैन नक़्श पेरगामान अजायबघर की किसी संगमरमर की मूर्ति जैसे। कभी कभी बर्लिन के अजायबघर सबके लिए बिना टिकट खोल दिए जाते थे। ऐसे ही किसी दिन मैं वहाँ गयी थी। हम थोड़ी देर के लिए चुप रहे। कहीं एक पवई चिड़िया अपनी ज़िन्दगी के हाल पर गाना गा रही थी। क्रोएत्सबेर्ग इलाक़े की कोई माँ अपने बच्चे को गाड़ी में मैदान में घुमा रही थी। किसी से फ़ोन पर बात कर रही थी और फिर वापस पलट गयी।

मुझे भी अब बस जाना ही था। "तुम यहाँ अक्सर आते हो?" मैंने उससे पूछा। वह बोला : "हमेशा।"

तीसरी मुलाक़ात में उसने मुझे अपना नाम बताया। चौथी बार में मैंने उसका हाथ छुआ। पाँचवी बार मुझे बहुत देर होते होते रह गयी, क्योंकि बिना टिकट आ रही थी और पकड़ ली गयी। उनतीस फ़रवरी को हमने पहली बार किस किया। मुझे ठंड लग रही थी। उसने अपना स्वेटर उतार कर मुझे दे दिया, मैंने उसे पहन लिया। कभी वापस नहीं किया। उसने कभी उसके बारे में पूछा भी नहीं। जब और लोग क्लास में बैठे होते थे, हम क्रोएत्सबेर्ग के पार्कों और खेल के मैदानों में बेंचों पर एक दूसरे को क़िस्से कहानियाँ सुनाया करते थे। सब कुछ सुनाने के बाद ही जान में जान आती थी। सब सुनाने के बाद हम ख़ुद को एक दूसरे के साथ अकेले महसूस करते थे। यह बताते थे कि हमें स्कूल से बेहद नफ़रत है और क्यूँ। हम क्या बनना चाहते थे और क्यूँ। वह इज़राइल जाकर बसना चाहता था। क्या अनोखी जगह है।

वह बोला : "मैंने उनका कुछ नहीं बिगाड़ा।"

"इज़राइल जाने के लिए पैसे चाहिए", मैंने ऐतराज़ जताया।

थोड़ी मुश्किल से उसने अपना बटुआ बाहर निकाला और मुझे थमा दिया, "अगर तुम्हें भी साथ चलना है तो यह पेशगी के तौर पर रख लो।"

तेरह यूरो और चौबीस सेंट में सपने सज जाते हैं।

मैं एक फ़ोटो बूथ में बैठी हूँ। शीशे में मेरी शक्ल दिख रही है। चार बार रोशनी चमकती है। पर्दा हटाती हूँ और तस्वीरों के सूखने का इंतज़ार करती हूँ।

मार्था को मैं धंधे से जानती हूँ। वह हर चीज़ की कलाकार है। हमने नग़द और ड्राइविंग लाइसेन्स की अदला बदली की। बाक़ी की तीन फ़ोटो उसने लौटा दी।

उसने मुझे आँख मारी, "उम्मीद है तुमने काफ़ी प्रैक्टिस कर ली होगी।"

"फ़िक्र मत करो," मैंने जवाब दिया।

मेरा लगभग दिवाला निकल गया है, पर फ़र्क़ नहीं पड़ता।

घर पहुँचती हूँ और देखती हूँ कि माँ कुछ अजीब ढंग से चुप हैं। कुछ ठनठना रहा है, शायद गिलास। किचन में जाती हूँ। वह ख़ाली टेबल टॉप के सामने बैठी हैं। जब से पापा हमें छोड़ कर गए हैं ज़्यादातर ऐसे ही बैठती हैं। वह पूछती हैं कि मेरा दिन कैसा रहा। मैं झूठ बोलती हूँ और कहती हूँ : "अच्छा था।" मैं पूछती हूँ कि उनका दिन कैसा था। उन्होंने भी झूठ बोला और कहा : "ठीक था।" मुझे पता है कि वे बोतलें छुपाती हैं। यह है वह आम ज़िन्दगी जिसके लिए हम सब कुछ दाँव पर लगा देते हैं। मेज़ पर बियर की बोतलों की पेंदियों के निशान हैं। एक दूसरे से कुछ छिपाना इस खेल का हिस्सा है। मोमबत्ती की लौ खिड़की के काँच में अपने अक्स के सामने थिरक रही है। झूठमूठ की जम्हाई लेती हूँ और कहती हूँ कि मैं थकी हुई हूँ। उनके होंठों के कोने थर्राते हैं और आँखों में नमी भर जाती है और इससे पहले कि वे रोना शुरू कर दें मैं वहाँ से निकल लेती हूँ। उनके आँसुओं में कुछ शिकायत छुपी है। हम सब से शिकायत। जबकि हमने कुछ किया भी नहीं। अपने कमरे में तोहफ़ों की पैकिंग करने के लिए जाने से पहले, मैं अपनी पैंट की जेब में चाबी को टटोलती हूँ। एक दिन और।

"चार नन्हे सुअर,
जो तीन को सूझी दंगे की,
सो भून दिया चौथे को,
तो बचे बस तीन।"

जब क्रिसटीयान सैम्यूएल के चेहरे और पेट में घूसे मार रहा था, तब यही गाना गाया जा रहा था। फिर वह ज़मीन पर गिर गया। हाईको एक कनस्तर साथ में लाया था। पेट्रोल से उसने सैम्यूएल को सराबोर कर दिया। मार्को ने लाइटर खोला और सैम्यूएल के स्वेटर में आग लगा दी। इधर हाईको मार्को को और भड़का रहा

था और उधर क्रिसटीयान नयी नयी गालियों की ईजाद कर रहा था। उसने अपने फ़ोन की फ़ोटो ऐप खोली और विडिओ वाला बटन दबा दिया। आई फ़ोन एकदम फ़र्राटेदार काम करने लगा। शुरुआत में तस्वीर थोड़ी हिल-डुल रही थी, क्योंकि तीनों चिल्ला रहे थे। शायद वे ये देख कर हैरान हो गए थे कि इन्सान कितनी तेज़ी से आग पकड़ता है। या शायद वे केवल उत्साहित थे। अब कहना मुश्किल है। आग में लिपटा हुआ सैम्यूएल उठा और लड़खड़ाता हुआ सड़क पर पहुँच गया। एक कार समय रहते ब्रेक नहीं लगा पायी। ख़ैर जो भी हो। सनसनीख़ेज़ ख़बरें छापने वाले बिल्ड अख़बार में इस घटना को पहले पन्ने पर जगह मिली।

मैंने उसका स्वेटर पहन रखा है। इसमें उसकी महक है। ऐसा लगता है मानो उसके शरीर ने मेरी त्वचा को ढक रखा है। कई हफ़्ते बाद बिना किसी सपने के नींद आयी है। माँ टीवी के सामने बैठी ऊँघ रही हैं। मैं किचन की मेज़ के सामने बैठ जाती हूँ। स्कूल के पर्चे को रगड़ कर बराबर कर रही हूँ। माँ ने स्कूल प्रोग्राम और पी टी एम में जाना कब का छोड़ दिया है। वह वोट डालने भी नहीं जातीं। पर यह कहना ठीक न होगा कि यह पार्टी सिर्फ़ इसी कारण दिन प्रतिदिन और मज़बूत होती चली जा रही है। माँ को कुछ पता नहीं चलता, उस प्रार्थना सभा की भी कोई ख़बर नहीं। बड़े दिन में अब एक हफ़्ता बचा है। सब गिरजा जाएँगे। आज हनूका का आख़िरी दिन है। जेब में चाबी टटोलती हूँ, दरवाज़ा खोलती हूँ, बदबू को अनदेखा करती हूँ। सड़क के किनारे चलते चलते किराए की गाड़ी तक पहुँचती हूँ। मर्सेडीज़ की स्प्रिंटर गाड़ी है, उत्कृष्ट जर्मन तकनीक। गाड़ी का दरवाज़ा खोलती हूँ और उसमें बैठ जाती हूँ। बेल्ट न लगाने का फ़ैसला करती हूँ। क्लच को उसकी अन्तिम सीमा तक दबा कर छोड़ती हूँ, दूसरे पैर से ब्रेक दबाती हूँ, चाबी घुमाती हूँ। पहला गियर लगाती हूँ, ऐक्सेलरेटर दबाती हूँ और गाड़ी को निकालती हूँ। घंटों लगे, पर आख़िरकार मैंने गाड़ी उस छोटी सी जगह से निकाल ली। सामने वाली गाड़ी के मडगार्ड में एक खरोंच लग गई, लेकिन पहली बार गाड़ी चलायी है, सो ठीक है! धीमे धीमे चलाती हूँ, और फिर बड़ी सड़क पर तेज़ी पकड़ती हूँ। तेज गति के कारण अगर मैं पकड़ी जाती हूँ, तो कोई बात नहीं। चालान कई हफ़्तों बाद पहुँचेगा। क्या फ़र्क़ पड़ता है। पुलिस का मुझे कोई डर नहीं। ड्राइविंग लाइसेन्स के अनुसार तो मेरी उमर उन्नीस है। वैसे भी मैं जल्द घर छोड़ दूँगी।

रात जल्दी आती है, दिन को खाकर। साथ में बर्फ़ भी लाती है! विंडस्क्रीन वाइपर चलाना सीखने में मुझे अच्छा ख़ासा समय लगता है। उससे भी ज़्यादा समय

हेडलाइट का बटन ढूँढ़ने में। दो बार रास्ता भटकती हूँ। इस देरी से मेरी घबराहट बढ़ती है। वक़्त कम है, पर तभी गिरजा दिखायी दे गया। घंटियों की आवाज़ वैसी ही है जैसे उस दिन थी, जब हम मैदान में मिले थे। मैं सड़क का किनारा पकड़ के चलती हूँ। भारी भरकम एस यू वी के साथ मैं भी दूसरी क़तार में खड़ी हो जाती हूँ, हज़ार्ड लाइट को ऑन करती हूँ। वे स्कूल के सामने मिलने वाले हैं और फिर इकट्ठे गिरजा जाएँगे। स्मरणोत्सव नाम दिया गया है इस सभा को। मुझे पता है कि उसके घर वाले वहाँ नहीं होंगे। वे डरते हैं। दूसरे कई लोगों की तरह। इसी तरह शुरुआत होती है आतंक की। नहीं! जब सब डर गए तो समझ लो कि अब बहुत देर हो चुकी है।

मैं इन्तज़ार करूँगी जब तक कि वे फाटक के सामने इकट्ठे नहीं हो जाते। हत्यारे एक बार भी हिरासत में नहीं लिए गए। एक आध लम्हा गुज़रने के बाद वे अपने माता पिता, सहपाठियों और शिक्षकों के साथ कोने से आते हुए दिखते हैं। उनमें से कुछ ने मशालें पकड़ी हुई हैं। कुछ गा रहे हैं। चुप लोगों की एक जमात, जो अभी–और बाद में–ज़ोर से सुनाई देगी। मैं स्टियरिंग व्हील पर अपनी पकड़ और मज़बूत करती हूँ। बिलकुल शान्त हूँ। ऐक्सेलरेटर पर पैर जमाती हूँ। पहले एक बार और फिर कई बार दबाती हूँ, ताकि इंजन अच्छे से आवाज़ करे। गिरजे के घंटों और गाने की आवाज़ के बीच आवाज़ शायद ही पहुँचे। वह मेरे ज़ेहन में है। वह मुझे रोकना चाहता है। मगर अब, हम या वो, कुछ भी नहीं बचा। उसने उन लोगों का कुछ नहीं बिगाड़ा था। फिर मैं ब्रेक छोड़ती हूँ, ऐक्सेलरेटर दबाती हूँ, क्लच दबा कर गियर लगाती हूँ। स्पीडोमीटर की सुई गति के कारण नाच जाती है। मैं चिल्लाती हूँ : "यूडिथ ड्रार्यफुस तुम लोगों को लेने आ रही है।"

बस कुछ ही मीटर और, फिर क्रिसमस है।

ऑस्टहाइम का फ़रिश्ता

पुलिस के भोंपू का बजना ख़त्म हो गया था। पूर्वी श्टुट्गार्ट की छतों के ऊपर एक हेलीकॉप्टर अब भी घर्र-घर्र कर रहा था, पुलिस की नीली-सफ़ेद गाड़ियाँ चुपचाप सड़कों पर दौड़ रही थी। मैंने पुलिस प्रमुख क्रिस्टोफ़ वाइनिंगर को फ़ोन किया।

"स्वाबियन रिपोर्टर लीज़ा नेर्त्स बोल रही हूँ। वहाँ पर क्या चल रहा है?"

"मैं तुम्हें यह नहीं बता सकता। प्रेस कार्यालय को कॉल कर लो," लेकिन फिर उसने यह भी बता दिया : "हाकश्त्रासे में एक मनी कूरियर की डकैती, अपराधी सशस्त्र, नकाबपोश, फ़रार, शायद पैदल।"

मैंने अपने डाशहण्ड कुत्ते के बाहर घुमाने के आग्रह को मान लिया। वह नेकारश्त्रासे के घरों के कोनों पर लगे पेशाब के निशानों का पीछा कर रहा था, मैं उन लोगों पर नज़र दौड़ा रही थी, जो सिटी रेलवे के ऊँचे उठे प्लेटफ़ार्म पर खड़े थे, हिजाब पहने एक तुर्की महिला, ज़ेपेलिन-हाई स्कूल के युवा दोपहर की कक्षा के बाद पहली सिगरेट पी रहे थे और फिर वह श्ट्योकआखश्त्रासे होते हुए विला बर्ग के पार्क में पहुँच गया। रास्ते में बेंच पर एक बूढ़ी औरत बैठी थी, इस गर्मी के लिए उसके कपड़े कुछ ज़्यादा ही मोटे थे, कुछ दिनों से घाटी में बसा यह शहर उबल रहा था। पैरों पर मोज़े, घिसे हुए जूते, बालों में दरिद्रता। अपनी पतली बांहों से उसने अपनी गोद में एक प्लास्टिक का थैला दबाया हुआ था और बहुत ज़ोर से कराह रही थी।

"आप ठीक हैं ना?" मैंने पूछा।

नीली आँखों ने मुझे चौंक कर देखा।

"क्या मैं आपकी मदद कर सकती हूँ?"

सिपिओन ने उसकी तरफ़ दुम हिलाई। एक मुस्कान उसके चेहरे पर बिखर गयी। "कितना प्यारा बच्चा है, हमारे पास भी इसी तरह के तार-बालों वाले

डाशहण्ड हुआ करते थे।" मैं उसके बगल में बेंच पर बैठ गई और ख़ुद को हवा करने लगी।

"क्या आपने कुछ देखा? पास में ही उन्होंने एक मनी कूरियर को लूटा है।"

बुढ़िया ने मेरी तरफ़ देखा। "कितना होगा?"

"मुझे यक़ीन है कि बहुत ही होगा अगर किसी को कूरियर रखने की ज़रूरत पड़ती है।"

"पैसे को देखकर तो यह बताना मुश्किल है कि वह कहाँ से आया," उसने कहा और प्लास्टिक बैग को अपनी छाती से लगा लिया।

"कैसा दिख रहा है?" मैंने पूछा।

वह बैग के ऊपरी भाग में टटोलते हुए बोली। "मैं यूरो की आदी नहीं हो पा रही हूँ। बहुत सारी पीली और बैंगनी नोटें।"

"दो सौ और पाँच सौ। ये दुर्लभ हैं।"

उसने ध्यान से सिर हिलाया। "मैंने पहले एक भी नहीं देखी है।" फिर उसने मेरी तरफ़ देखा। "उसने इसे चर्च के कूड़ेदान में डाल दिया था। जवान छोकरा था। मैंने सोचा, ये जवान लोग क्या कुछ नहीं फेंक देते? शायद ये मेरे काम आ जाए। मेरे लिए बहुत कुछ काम आ सकता है। मुझे नाममात्र की पेंशन मिलती है। और अगर मेरे काम न आ सके तो शायद किसी और के ही काम आ जाए।"

"तो, क्या यह आपके काम आ सकता है?" मैंने पूछा।

बूढ़ी औरत ने आह भरी। और मानो भाग्य के प्रहार के ख़िलाफ़ नालिश हो, "हाय रे! इससे क्या क्या नहीं किया जा सकता। मेरी बेटी, उसे नई साइकिल मिल सकती है, और नाती को कितने लम्बे समय से कम्प्यूटर चाहिए, और नातिन घुड़सवारी सीखना चाहती है।"

"और आप?"

"ओह, मैं एक बूढ़ी औरत हूँ, मुझे अब ज़्यादा कुछ नहीं चाहिए। नए जूते बढ़िया रहेंगे, ऑर्थोपेडिक वाले, ताकि मेरे पैर की उँगलियों में हर समय इतना दर्द न हो। और हाँ, एक वॉशिंग मशीन।... पुरानी वाली इतनी ज़ोर-ज़ोर से चलती है कि मुझे लगता है कि वो पूरी रसोई में कूदने लगेगी।" नीली आँखें चमकने लगीं, "और मैं कभी लेक कॉन्स्टेंस जाना चाहूँगी। और एक होटल में रहना, फिर मैं फ़िल्मी सितारों की तरह अपने कमरे में रात का खाना मँगवाऊँगी। और पानी के सफ़ेद जहाज से उस पार स्विट्ज़रलैंड जाऊँगी। जब मैं एक छोटी लड़की थी, तो हम एक बार लेक कॉन्स्टेंस स्थित नॉननहॉर्न गए थे। वहाँ मुझे प्यार हो गया, कुछ वैसे ही जैसे जीसस को मछुआरों से प्यार था, मैं भी उस मछुआरे के बेटे से प्यार करने लगी जिसके यहाँ से हम धुएं में पकी मछलियाँ लाते थे।"

मैंने यह हिसाब लगाने की कोशिश की कि कितने दशक पहले उसकी जवानी हुआ करती थी। तब तो मेरा जन्म भी नहीं हुआ था। मुझे पचास के दशक के बारे में वापस सोचना पड़ा। फ़ॉल्क्सवागेन बीटल में अवकाश यात्राएँ करनी पड़ती थी और तब उन दिनों जींस भी नहीं पहनी जाती थी।

"और तब क्या होगा अगर मैं सिर्फ़ एक या दो या तीन ले लूँ? क्या कोई नोटिस करेगा? या फिर यह गिना हुआ है और अगर कुछ कम हो तो किसी की नौकरी जाएगी? कोई शाखा प्रबन्धक, कोई लेखाकार। उनके भी तो परिवार हैं न?"

"अभी, सब कुछ ग़ायब है," मैंने कहा। "और इसके लिए किसी को नौकरी से नहीं निकाला जाएगा।"

वह हँस पड़ी। "क्या यह हास्यास्पद नहीं है? इतना पैसा और कोई ज़िम्मेदार नहीं है। कूरियर कम्पनी, उसने बीमा करवाया होगा और बीमा कम्पनी भुगतान कर देगी। या फिर कूरियर वाले आदमी को नौकरी से हाथ धोना पड़ेगा?"

"बिल्कुल नहीं। और हाँ, नौकरी से निकालना होगा तो किसी भी मामले में निकाल देंगे। इससे कोई फर्क नहीं पड़ता कि पैसा वापस आता है या नहीं।"

उसने हामी में सिर हिलाया। "क्या आप को भी कुछ चाहिए? मेरे पास अभी

बहुत है।" वह ख़ुशी से झूम उठी। "मुझे आपको कुछ देने में ख़ुशी होगी।"

"मैं इसका क्या करूँगी? क्या और कपड़े खरीद लूँ?"

उसने मुझे एक औरत की नज़र से देखा, जिसे मेरी जींस, शर्ट और कान के हीरे को देख कर समझ आ गया था कि मैंने उनके लिए कितने पैसे ख़र्च किये होंगे।

"आप क्या केवल कपड़ों के बारे में सोच रही हैं? क्या आपके अन्दर कोई बड़ी इच्छा नहीं है? हर किसी की कोई बहुत बड़ी इच्छा होती है। मेरा मतलब है सिर्फ़ वही वाली नहीं कि, जो भी हो बस स्वस्थ रहें। जब मैं एक जवान लड़की थी, तो मेरे दिल में सबसे बड़ी इच्छा थी कि मैं एक दिन अमरीका जाऊँ और कैडिलैक में सवारी करूँ।"

"मेरी सबसे बड़ी इच्छा थी कि मेरा अपना घोड़ा हो," मैंने कहा। "वह भी सच हो गया। मेरे पति स्वाबियन ऐल्प के एक स्टड फ़ार्म के मालिक के बेटे थे। लेकिन घोड़ों के साथ गधे की तरह काम करना पड़ता है। और फिर मेरे पति की मृत्यु हो गई। पोर्श कार से एक्सीडेंट हो गया था उनका।"

"ओह, मुझे उसके लिए खेद है।"

"मुझे अब नहीं रहा। मुझे काफ़ी कुछ विरासत में मिला है।"

"और उस पैसे का क्या करती हैं?"

"मैंने उसे काम पर लगाया हुआ है।"

"ठीक है, मेरे पति तो लापता हो गए और मेरे लिए दोनों बच्चे छोड़ गए। मैं एक डिपार्टमेंटल स्टोर में बतौर सेल्स गर्ल काम करती थी। बुरा नहीं है! सिवाय इसके कि मैंने कभी भी दिन का उजाला नहीं देखा। लेकिन हमें रिजेकटेड सामान मिल जाता था। हम साल में एक बार इटली भी जाते थे।"

"और आज आपकी सबसे बड़ी इच्छा क्या होगी?" मैंने पूछा। "वास्तव में कोई बड़ी सी–सिर्फ़ लेक कॉन्स्टेंस पर सप्ताहांत वाली नहीं।"

वह अपनी गर्दन तिरछी करके पार्क को देखते हुए कुछ सोचने लगी। एक ब्लैकबर्ड केंचुओं को घास से बाहर निकाल रही थी। "अगर मेरे पास वास्तव में बहुत पैसा होता... वास्तव में बहुत... तो मैं... तो मैं पहले अपने बच्चों की देखभाल करूँगी। मैं उनके लिए एक घर खरीदूँगी... सभी के लिए घर। और फिर मैं एक संस्था स्थापित करूँगी जो केवल हमारे लिए होगी, छोटे लोगों के लिए होगी... जिनका गुज़ारा मुश्किल से ही होता है। अगर कोई कुछ करना चाहेगा तो यह संस्था

ऋण देगी। मेरी पड़ोसी, उसे ऊन की ज़रूरत है कि वह स्वेटर बुन सके और उसे फिर बेच सके। इस तरह की चीज़ों के लिए।"

"बढ़िया, लेकिन आपने अपने बारे में नहीं सोचा।"

बूढ़ी औरत हँस पड़ी। "जब मैं दूसरों की मदद कर सकती हूँ तो मुझे अपने बारे में क्या और क्यों सोचना है। यह दुनिया की सबसे ख़ूबसूरत चीज़ है। ख़ुश चेहरों को देखना। यही आप अपने लिए करते हैं, है ना? अचानक मैं ऑस्टहाइम का फ़रिश्ता बन जाऊँगी।" वह हँस पड़ी। "मैं अपने बुढ़ापे में, महत्त्वपूर्ण और सार्थक हो जाऊँगी, और लोग आते रहेंगे। मुझे एक कार्यालय भी स्थापित करना होगा, मेरे पास फिर से कुछ करने के लिए होगा। अख़बार वाले आकर मेरा इंटरव्यू लिया करेंगे। और मुझे यह अच्छा लगेगा।"

"तो शुरू कीजिए," मैंने कहा।

"लेकिन अगर मैं अभी पैसे बैंक में ले जाऊँ, तो वे मुझसे पूछेंगे कि मुझे यह कहाँ से मिला।"

"आपको कहीं न कहीं इन पैसों को वैध बनाना पड़ेगा।"

"और वह कैसे करते हैं?"

"एक छोटी सी दुकान खोल लीजिए, जहाँ आप न इस्तेमाल होने वाली वस्तुएँ, कबाड़, दादी-नानी के बर्तन, पुरानी किताबें रख लीजिए–और फिर दावा कीजिए कि आप बहुत सारी चीज़ें बेच रही हैं। और हर कुछ महीने पर बैंक में ख़ासी रक़म जमा कर दीजिए।"

वह हँसने लगी। लेकिन तभी जीवन के रंगों से भरे उसके चेहरे पर एक छाया फैल गई। "लेकिन यह पैसा किसी न किसी का तो था।"

मैं सोचने लगी। "ज़्यादातर जब बड़ी नोटें होती हैं तो यह रोज़ की आमदनी नहीं होती। हो सकता है कि किसी ने नक़द में कुछ भुगतान करने के लिए श्ट्योकआख में बैंक से पैसे लिए हों। शायद आयकर से बचने के लिए या यह रिश्वत है।"

"क्या होगा अगर किसी परिवार के मुखिया ने इसे खाते से निकाला हो क्योंकि वह इसे घर खरीदने के लिए इस्तेमाल करना चाहता हो? और अब वह सब कुछ खो चुका है।"

"बीमा कम्पनी भुगतान करेगी इसका। इसलिए उसने कूरियर सर्विस किराए पर ली, है ना?"

"मेरी बच्ची क्या आपको इस बात का कोई अन्दाज़ा है कि नहीं कि दूसरों

का सामान क्या है? बीमा कम्पनी ज़रूर उन लोगों से उगाही कर लेगी जो बीमा खरीदते हैं।"

"शायद यह पैसा डकैती से आया ही न हो," मैं मुस्कुरा दी। "अन्यथा यह एक सूटकेस में होता। और इसे खोलना और एक बैग में रखना इतना आसान नहीं है। ऐसा भी हो सकता है कि कोई व्यक्ति हो जिसे अब इस पैसे की ज़रूरत न हो और उसने उसे फेंक दिया हो।"

"कोई पैसे नहीं फेंकता!" बूढ़ी औरत सचमुच गुस्से में थी। "भला ऐसा कहाँ होता है?"

"लोग मसलन किसी फ़ालतू चीज़ पर पैसे उड़ाने के अलावा हर दिन क्या करते हैं? और अब उनमें से एक ने सोचा कि बन्दरगाह में यॉट रखने से अच्छा है कि वह इसे फेंक दे–इसमें भी काम करना पड़ता है और पैसे ख़र्च होते हैं। इन्सान हमेशा कहता है कि पैसा आपको ख़ुश नहीं रखता है।"

बूढ़ी औरत ने आह भरी, "ओह ओह! और अब ये मेरे गले पड़ गया!"

मुझे नहीं पता कि उसने क्या फ़ैसला किया, क्योंकि सिपिओन चलने लगा था और मुझे आगे बढ़ना पड़ा। जब मैं पार्क का चक्कर लगाकर लौटी तो बेंच खाली थी।

फ़ुश्ली नाच

घोंचू और रगड़ू

छुरी बिना किसी भी अड़चन के माँस में घुस गई। माँस का कटा हुआ टुकड़ा उसकी धार से ऐसे लिपट गया कि मानो वह उस धातु को चूमना चाहता हो। झीना सा। हाँ उसे ठीक ऐसा ही होना चाहिए। हैम की वह स्लाइस जो टोबिआस हिर्त्सबर्गर तश्तरी पर परोस रहा था, उसी कपड़े की तरह दिख रही थी जिसपर उन लोगों ने रोज़गार विनिमय संस्था के उस बकवास पुनर्प्रशिक्षण के प्रयास के दौरान काम सीखा था। हाँ बिल्कुल। हैम गुलाबी-गेरुए रंग के मलमल की तरह दिख रहा था।

यह छुरी बेमिसाल थी, हर उस इन्सान का सपना जो किसी को मारना चाहता हो। मगर टोबिआस इसका इस्तेमाल सिर्फ़ इस हैम के लिए करेगा। कितनी शर्म की बात है। उसे इस तरीके की हत्या का फ़ैसला करना चाहिए था, जिसमें वह निपुण था। बिल्कुल। प्राणियों का संहार।

यह पेचीदा काम था और इसमें उसके जैसा कोई दूसरा उस्ताद नहीं। उसने छुरी गर्दन की नस से छुआई होती, थोड़ा ख़ून बहने दिया होता और इस सूअर को पता चल जाता कि उसका क्या हश्र होने वाला है। क्योंकि इसने भी यही काम सीखा था। फिर उसने इसे बताया होता कि वह बेरहम, मतलबी सूअर है और अब उसके लिए उसी सज़ा का समय आ गया है जो सभी दूसरों को रगड़ने वालों को मिलनी चाहिए।

बिल्कुल। और फिर माक्स प्रामिनगेर जो उसे ज़िन्दगी भर सीढ़ी की ऊँचाइयों से नीचे गर्द में कुचलता आया है, हैरतज़दा नज़रों से देखता हुआ ज़मीन पर गिर जाता, और इससे पहले कि उसका शरीर ढप्प से गिरता वह मर चुका होता। पर इसके बजाय टोबिआस को इसपर भरोसा करना होगा कि इन्टरनेट में मिली सलाह

ठीक थी। क्योंकि उसको पहले से विस्फोट करके देखने का न तो समय मिला न ही मौक़ा। क्या बेवकूफ़ी है।

टोबिआस ने गहरी साँस ली और सफ़ेद, अंडाकार स्नैक्स की प्लेट जिसमें हैम की स्लाइस रखी हुई थी उस जाने-पहचाने मांसल, माणिक की अंगूठी वाले जनाने हाथ की ओर बढ़ा दी। "मुझे अब और नहीं लेना चाहिए... हाँ... नहीं तो मेरा डाइट प्लान पूरा चौपट हो जाएगा... हा, हा, हा।" इंग्रिड प्रामिनगेर के हाथ को देखकर लगता था कि उसके लिए खाली प्लेट भी ज़्यादा है, हैम के टुकड़े की तो बात ही छोड़ दो। उसकी चर्बी उतारने की ज़रूरत है। शायद उसे पेशा बदल लेना चाहिए, बिल्कुल। वैसे भी कसाई और कॉस्मेटिक सर्जन में कुछ ज़्यादा अन्तर नहीं है। क्या बेवकूफ़ी है। इस तरह के बेकार के ख़याल उसे तब ही आते हैं जब उसका गला सूख रहा होता है। उसे जल्द से जल्द कुछ पीना होगा।

"यह कितना बेमिसाल है, वाकई बहुत लज़ीज़। शायद मुझे एक और टुकड़ा...?" उस मांसल हाथ ने फिर से प्लेट उसकी तरफ़ सरका दी।

और इंग्रिड प्रामिनगेर की आवाज़ जो अब वापस अपने साधारण स्वर में आ गई थी उसके कानों में चुभ रही थी। वह भूल चुका था कि वह कितनी पैनी है। टोबिआस ने नज़रें ऊँची कीं और वे रॉ-सिल्क की सफ़ेद ड्रेस से निकली आ रही उसकी उतार-चढ़ाव लेती भारी छाती से जा टकराईं। छोटी बाजुओं में से उसकी ऊपरी बाँह फट पड़ रही थी, पेट पर चोली कसी हुई थी। मूँगे की माला का लाल रंग और ऊँचे जूड़े में बंधे उसके लाल रंगे हुए बालों का रंग बेमेल थे। उसकी हरी आँखें चमचमा रही थीं और उसके होंठ भीगे से थे। इंग्रिड प्रामिनगेर ने टोबिआस को देखते हुए दो बार अभिवादन में गर्दन हिलाई। उसने उसे अब भी पहचाना नहीं था जबकि वह उसे सीधे देख रहा था।

टोबिआस ने फिर से छुरी चलानी शुरू कर दी। स्टेनलेस स्टील की निर्बाध चाल को महसूस करते हुए उसने अपने जानी दुश्मन की माँ की ओर देखा जिसकी नज़र सूअर की टाँग से बने हैम के उस बड़े टुकड़े पर केन्द्रित थी जिसे उसने अपने हाथों में पकड़ा हुआ था। वही पुराना तौर तरीक़ा। माना कि ट्रेनिंग किये हुए काफ़ी समय बीत चुका है लेकिन अपने बेटे के दोस्त को तो उसे पहचानना चाहिए। हो सकता है वो उसे पहचान रही हो लेकिन दुआ सलाम करने की ज़हमत नहीं उठाना चाहती या फिर वाकई नहीं पहचान रही हो–दोनों ही सूरत में वह बेहद घमण्डी है। जैसे ये पूरा झुण्ड।

टोबिआस ने अब उसकी ओर हैम के तीन टुकड़े रखी तश्तरी बढ़ा दी और मौक़े का फ़ायदा उठाते हुए उन मेहमानों को गौर से देखने लगा जो ब्रुनविर्ट के बगीचे में शैम्पेन की गिलासें लिए इधर-उधर खड़े हुए थे। ब्रुनविर्ट, कुएँ पर ढाबा–क्या बेकार नाम है, लगता ही नहीं कि कोई दामी रेस्टोरेंट हो। इस बीच बगीचा ठसाठस भर गया था। खाने से लदी मेज़ों और बार टेबलों के इर्दगिर्द न्यूयॉर्क से लेकर ज़ाल्त्सबुर्ग तक के कई महंगे बुटीकों के गर्मियों के लिबास लहरा रहे थे। ऐसा लग रहा था कि इस एनर्जी ड्रिंक निर्माता ने जिसका मुख्यालय ब्रुनविर्ट के सामने था, ज़ाल्त्सकामरगूट के इलाक़े के सभी रईसों को यहाँ फ़ुशल झील पर आमंत्रित किया हुआ था। टोबिआस ने गहरी साँस भरी। देखा जाए तो यह मौक़ा इसके लिए बिल्कुल माफ़िक था कि वह अपने गुप्त सपने को अमली जामा पहना दे और इन सभी घिनौने बड़पेटों को एक बार में हलाल कर दे। इन सभी मतलबी सूअरों का साफ़ हो जाना ही ठीक है। हाँ बिल्कुल, उसे कई सारे कार बम बनाने चाहिए थे। और मान लो उनकी पड़ताल न कर पाने की वजह से कोई एक न भी फटे तो भी एक आध और लाश की सम्भावना तो बढ़ ही जाती। ख़ैर माक्स प्रामिनगेर की मौत से एक शुरुआत तो होगी।

वैसे ज़्यादा अनुमान लगाने की ज़रूरत नहीं थी, ब्रुनविर्ट के मालिक कार्ल ने उसे अचानक केटरिंग के लिए बुला लिया था। टोबिआस ने खीसें निपोरीं। शायद काटी को उसके साथ सेक्स में मज़ा आया होगा, उसका चीख़ना बस उस खेल का एक हिस्सा था। वरना उसका बाप उसे काम थोड़ी न देता, एकदम ससुर बनके। बिल्कुल। अब उसके लिए आख़िरकार मौक़ा आ गया है। वह साबित कर देगा कि वह इस रेस्टोरेंट के लिए मुनासिब दामाद है। उस बेवकूफ़ कुतिया ने "नहीं, प्लीज़ नहीं," कह कर उसे चिन्ता में डाल दिया था। ब्रुनविर्ट ने उसका दिमाग़ ठीक कर

दिया होगा। बिल्कुल। वह कुछ ही देर में यहाँ पार्टी में आएगी, उसे अपनी बड़ी, हरी आँखों से मानो चूमेगी और फिर वह उसे स्टोर में दिखला देगा कि वह उसका खेल समझ गया है।

उसकी नज़रें उन पतले कन्धों पर टिक गईं। ये रहा सूअर। अच्छा है। अब उसे बस टाइमर को जलाने की देरी थी... मगर जिसे देखो वही हैम माँग रहा है... नहीं, अभी उसके पास समय है, माक्स प्रामिनगेर इतनी भी जल्दी फ़रार नहीं होने वाला... वैसे कौन जाने... टोबिआस चीख़ पड़ा।

रगड़ू और गैन्डी

माक्स प्रामिनगेर ने घूम कर देखा। उसकी नज़रें गर्मियों के लिबास पहनी औरतों और लिनेन के सूट पहने आदमियों के बीच से गुज़रती हुई चीख़ के कारण को ढूँढने लगीं। हित्र्सबर्गर टोबिआस सूअर की टाँग से बने हैम के पास खड़ा अपने दाहिने हाथ से बाएँ अँगूठे को दबाए हुए था, उसकी उँगलियों के बीच से ख़ून की फुहार निकल रही थी। उससे और क्या उम्मीद कर सकते हैं। हो न हो ये घोंचू फिर से टल्ली होगा।

और वो उसके बग़ल में खड़ी हुई है। उसकी नज़रें अपनी हैम की प्लेट और ख़ून बहते हाथ के बीच घूम रही हैं। माक्स उसकी ओर पीठ फेर कर खड़ा हो गया और यूं मुस्कुराते हुए झील की तरफ़ देखने लगा कि जैसे उसने इससे ज़्यादा सुन्दर कुछ देखा ही न हो। यह मुस्कुराहट उसने बहुत समय तक और बेहद ध्यान लगाकर सीखी थी क्योंकि किसी को भी यह अनुमान नहीं लगना चाहिए कि वह कितना बेचैन है। बाद में सही मौके पर इस मुस्कुराहट को खरा उतरना पड़ेगा। साथ में आँखों में खोया सा भाव जिससे ऐसा लगे कि कोई भला-भोला सा अपने ख़यालों में तल्लीन है। इस खोए हुए भाव को सीखना कठिन था क्योंकि यह तभी आता है जब आप दूर देख रहे हों। आईने में इसकी जाँच नहीं हो पाती। मगर उसकी नयी, चुसवाने का मज़ा देने वाली परी, सोन्या ने चुदाई के बाद अनिश्चित से भाव से उससे पूछा था कि वह किस सोच में पड़ा हुआ है और यूं साबित कर दिया था कि उसका इस तरह से देखने का तरीक़ा बिल्कुल निखालिस है। वैसे अभी उस खोए से भाव का मौक़ा नहीं आया था, जिसे वह उस लम्हे में घबराहट में बदल देगा जब वह हांफते हुए गिर जाएगी।

वह फिर से हित्र्सबर्गर और अपनी माँ की तरफ़ मुड़ गया। उसे उन मांसल

गालों को वैसे ही चूमना होगा जैसे वह हमेशा अभिवादन के लिए करता आया है। वह उसके लाल रंगे बालों की तारीफ़ करेगा, कहेगा कि उसे ख़ुशी हुई कि वह समय से गार्डन-पार्टी के लिए आ पाई। सबकुछ एकदम सामान्य लगना चाहिए। उसे उस अपेक्षा और आवेश पर जो अपनी माँ को देख कर अभी उस पर हावी हो गए थे लगाम लगानी होगी। माक्स कुछ कदम उनकी ओर बढ़ गया। हित्र्सबर्गर कलप रहा था। हैरत की बात है कि उसे इतने सम्भ्रान्त मेहमानों के सामने यह करने में शर्म भी नहीं आ रही। वे अब उसे कभी भी केटरिंग का काम नहीं देंगे। वैसे यह एक अजूबा ही था कि ब्रुनविर्ट ने उसे इस गार्डन-पार्टी के लिए काम दिया। हरेक को मालूम है कि हित्र्सबर्गर पूरा घोंचू है जिसने अपनी ज़िन्दगी में हर काम को बिगाड़ा है। ख़ैर माक्स के लिए तो यह ठीक ही है। अब इस हैम वाली दुर्घटना के बाद कोई भी उसकी ओर उँगली नहीं उठाएगा कि उसने वोकेशनल कॉलेज के अपने साथी को अपने खाद्य पदार्थ के कारोबार में दूसरा, तीसरा, या दसवां मौक़ा नहीं दिया।

ख़ासतौर से उसकी माँ। ख़ैर वह तो अब वैसे भी कभी लेक्चर नहीं झाड़ेगी। जब देखो उसे ही सब कुछ ज़्यादा अच्छे से मालूम होता है। वह फिर किसी गैन्डी की तरह उसकी पीठ पर सवार है, अपनी स्थूल बाँहों में उसको जकड़ा हुआ है और "मेरे बच्चे, तुम्हीं तो मेरे सबसे प्यारे हो", बोल-बोल कर उसको साँस नहीं लेने देती। वह कभी उसके लिए परियाँ नहीं ढूँढ कर लाएगी... वैसे उसे मानना पड़ेगा कि सोन्या अपने काम में माहिर है। उन गुड़ियों से बेहतर जिन्हें वह आमतौर पर अपने लिए खोजता रहा है। फिर भी। उसकी माँ पक्की छिनाल है। पर हो सकता है पिता की संगत में उसकी यह आदत लग गई हो। हाँ ज़रूर वही उनके बिस्तरे के लिए खिलौनों का इंतज़ाम करती होगी, नहीं तो वे उसके पास ही थोड़ी न बने रहते। आख़िर वे कितने आकर्षक और अमीर हैं। और दिलकश भी। देखो कैसे उस बड़े टिलिया के पेड़ से टेक लिए खड़े हैं और बीच-बीच में अपने घने, सफ़ेद बालों में उँगलियाँ फिरा रहे हैं, एकदम सधी हुई हल्की सी मुस्कुराहट, अधमुंदी आँखें जिन्होंने फ़ाइनैन्स अंडर सेक्रेटरी की नई पत्नी को एक छोटे से निवाले में तब्दील कर दिया था।

दोनों आला दर्जे के लोग। सुनहरी चमक वाली भूरी ज़ुल्फें, गहरी नीली आँखें, फूले हुए होंठ, चुस्त बदन, डॉल्चे एण्ड गबाना वाला डिजाइनर सूट और मानोलो ब्राण्ड की ऊँची एड़ियों के जूतों में बंधे सुडौल पाँव, इस पार्टी में एलेना सबसे उम्दा माल थी। जल्द ही, हाँ वह जल्द ही अपने पिता की बजाय उन ए वन लेडीज़ को

बजाएगा, बस एक बार इस गैन्डी से पीछा छूट जाए। फिर वह चैन की साँस ले सकेगा।

माक्स ने अपनी हर रोज़ वाली मुस्कुराहट ओढ़ ली और बाँहों को झटका। अपने हाथों को पैंट की जेब में डाल कर वह सीधा अपनी माँ और हिर्त्सबर्गर की तरफ़ बढ़ गया। अगर वह ख़ुद को इस मूर्ख को बचाने वाले महान आदमी की तरह पेश करता है तो शायद एलेना का ध्यान उसपर जाये। उसे अब इन फ़ालतू की परियों के बजाय कुछ और चाहिए था। वैसे बाक़ी लोगों की ही तरह उसकी माँ का ध्यान भी हिर्त्सबर्गर की चोट की वजह से कहीं और था। यह एकदम माफिक वक़्त था कि वह अपनी माँ की गिलास में ज़हर की बूँदें टपका दे।

उसके एक हाथ में शैम्पेन की गिलास थी और उसमें उसका हैन्डबैग भी झूल रहा था और दूसरे हाथ में उसने हैम की प्लेट पकड़ी हुई थी। वह इधर-उधर देख रही थी कि कोई मदद करने आ जाए। जैसे ही उसने माक्स को देखा उसका चेहरा खिल गया।

गैन्डी और ठरकी

अरे, यह तो उसका बच्चा है, हमेशा की तरह बिल्कुल ऐन वक़्त पर। अच्छा है। इंग्रिड प्रामिनगेर ने अपने बेटे को मुँह पर चूमा, गिलास और हैम की प्लेट उसके हाथ में थमा दीं। "क्या तुम यहाँ थोड़ी देर के लिए ध्यान रख सकते हो, मैं जल्दी से कार्ल को बुला लाती हूँ। उसके पास ज़रूर कहीं न कहीं मरहम पट्टी का सामान होगा, कार्ल..."

"मैं जाता हूँ माँ।"

"अरे नहीं, तुम मुझसे ज़्यादा ताकतवर हो, माक्स बच्चे तुम घाव को अच्छे से दबाओ, ख़ूब अच्छे से, अपने दोस्त की मदद करो।" उसने अपने बेटे के गाल को सहलाया और टोबिआस के कंधे को। कितनी ख़ुशक़िस्मती की बात है कि कार्ल ने न जाने क्यों पार्टी के लिए इस अनाड़ी को काम पर लगाया है। इस घिघियाते हुए रोंदू को। अपने रिरियाने से उसने सभी मेहमानों का ध्यान अपनी ओर कर लिया है। देखो वो लोग मकान के अन्दर से भी चले आ रहे हैं। अच्छा है। और उस ठरकी बुड्ढे, उसके प्यारे हर्बर्ट ने भी अपनी आँखें अंडर सेक्रेटरी की उस सूखी हुई लुगाई की न के बराबर छाती से हटा ली थीं और टोबिआस को कलपते हुए देख रहा था। यही मौक़ा है। वह कार्ल को नहीं ढूंढेगी और इसके बजाय वह उस कमरे में दबे

पाँव चली जाएगी जहाँ सबके ओवरकोट रखे हुए थे और जो बेशक खाली पड़ा होगा और बिल्कुल आराम से अपने पति की दमे की दवाई की भरी हुई शीशी के बदले एक खाली शीशी रख देगी। उसकी शेखी ही उसका ख़ात्मा कर देगी। हुँह। वह सैकड़ों बार उससे कह चुकी है कि वह दवाई का स्प्रे अपने पास कोट की जेब में रखा करे। लेकिन वह जेब में भद्दा उभरा हुआ सा झलकता है और इस तरह सबका ध्यान अपनी ओर खींचता है। और फिर यह तो हो ही सकता है कि उसकी कोई सखी उससे इस बारे में पूछ ले। और फिर उसे यह मानना पड़ेगा कि वह कोई उम्दा हमेशा चौका मारने के लिए तैयार बन्दा नहीं है। नहीं, उसका प्यारा हर्बर्ट यह मानने को कभी तैयार नहीं होगा। घिनौना, ठरकी कहीं का।

वह जल्दी से मेहमानों वाले भाग में अन्दर चली गई क्योंकि उस मकान की दूसरी तरफ़ कार्ल की परेशान सी आवाज़ गूंज रही थी। उसका दिल ज़ोर से धड़क रहा था। वह पूरे समय बिल्कुल शान्त रही थी, इतनी तनाव-मुक्त जितनी बहुत समय से नहीं, उसने आख़िर फ़ैसला कर लिया था कि वह अपनी तकलीफ़ों को अन्त दे देगी। इतने बरसों में पहली और आख़िरी बार वह अपने पति पर हावी होगी। न कि वह उसपर। और अब उसका दिल धड़क रहा है। मानो उसे अपनी हिम्मत से डर लग रहा है।

इंग्रिड रुक गई और उसने अपने चेहरे से बाल की एक लट हटाई। वह कुछ सोच रही थी। उसके प्यारे हर्बर्ट ने इस पर भी नहीं ध्यान दिया कि उसके बालों में अब दूसरा लाल रंग था। उसी तरह जैसे उसने पिछले बरसों में किसी भी बदलाव पर ध्यान नहीं दिया था।

इंग्रिड बरामदे के दरवाज़े की ओर मुड़ गई। काठ की भूरी दीवारों वाली उस अंधेरी जगह में दूसरों की नज़र उसपर नहीं पड़ेगी क्योंकि बाहर बगीचे में सब लोगों की आँखें सूरज की तेज़ रोशनी से चुँधियाई हुई थीं। अच्छा है। वह एक बार फिर पूरे चैन से अपने दुश्मन को देख सकेगी। फिर से हिम्मत जुटा सकेगी। देखो वह कैसे गुमान से उस टिलिया के पेड़ से टेक लिए खड़ा है। और अब अपने सफ़ेद बालों में उँगलियाँ फिरा रहा है। इस बात का साफ़ इशारा कि मामला अपनी मंज़िल पर पहुँच गया है, कि उसे अपने बिस्तर के लिए नया शिकार मिल गया है।

नहीं फ़ालतू के तलाक़ से बिल्कुल भी काम नहीं चलेगा। वह पैसा तो भीख बराबर होगा। उन करोड़ों रुपयों का इससे क्या मुक़ाबला कि उसे फैशन अकैडमी की अपनी पढ़ाई छोड़नी पड़ी। उसने उसकी कम्पनी के लिए वारिस पैदा किया है

और अपनी फ़िगर को नुकसान पहुँचाया है। और बाद में अपने सपने को अंजाम देने और फ़ोटोग्राफ़र बनने का मौक़ा उसके विधान सभा के सदस्य की पत्नी के अस्तित्व में खो गया था। ऐसी पत्नी जो उसके साथ गाँव-गाँव डोलती फिरी है और जिसने उसके लिए वोट जुटाया है। और बंगलों और गाड़ियों का उसकी ग़ैरत से क्या मुकाबला, जिसे इंग्रिड ने ख़ुद अपने पाँव तले कुचल दिया कि लोगों के सामने झगड़ने या फिर तलाक़ से कहीं उसके प्यारे हर्बर्ट के पुनर्निवाचित होने का मौक़ा न बिगड़ जाए। उसका आत्मसम्मान। हुँह। उन घिनौनी सेक्स पार्टियों के बारे में सोचकर जो वह उसके लिए आयोजित करती आई है उसका मन ख़राब हो जाता है। और उन मौक़ों पर भी वह उसे छूता तक नहीं है, बरसों से नहीं। यहाँ तक कि एहसान जतलाने के लिए भी वह उसे छू नहीं सकता। पर एहसान शब्द तो वह जानता भी नहीं है, तो फिर जताएगा क्या। उसके हिसाब से तो यह ज़ाहिर सी बात है कि लोग उसके लिए सबकुछ करें। उसके लिए तो वह बस पाँव की जूती है जिसे उसी तरह नज़रअन्दाज़ किया जा सकता है जैसे उनके हॉल में रखी वह मेज़ जिसे वह अक्सर देख ही नहीं पाता। शुक्र है कि उसके पास उसका बच्चा माक्स है। उसकी ख़ातिर उसे अपने आत्मसम्मान को फिर से हासिल करना होगा... और देखो अब तो उसका प्यारा हर्बर्ट, सब लोगों के सामने उस अंडर सेक्रेटरी की लुगाई के हाथ भी सहला रहा था। हमेशा की तरह। और अस्थियों की वह ठठरी कैसे पिघली जा रही है।

हाँ लेकिन टिलिया में फूल आए हुए हैं। जल्दी ही इस ठरकी को अपनी ऐलर्जी की दवा की ज़रूरत पड़ेगी। जो वहाँ नहीं होगी। वैसे ही जैसे कुछ समय में वह भी वहाँ नहीं होगा। वह इंग्रिड की ओर देख रहा था। वह अँधियारे में और अन्दर समा गई और उस कमरे की ओर दौड़ गई जहाँ ओवरकोट रखे थे। हर्बर्ट के गर्मी वाले हल्के ओवरकोट की ओर।

ठरकी और कलमुँही

इंग्रिड फिर से घूर रही थी। अच्छा है। वह पेड़ से हटा, एलेना के दूसरी तरफ़ चला गया, मानो वह उस कलपते हुए हैम काटने वाले को और भी अच्छे से देखना चाहता हो, मगर असल में वह सिर्फ़ एलेना के कूल्हे पर हाथ फिराना चाहता था। उम्मीद है कि उसकी पत्नी ने यह देख किया होगा हालाँकि वह अन्दर अंधेरे में ग़ायब हो गई है। बिना इंग्रिड के इस सब में कोई मज़ा नहीं आता। एलेना। उसने फिर से उसके

कूल्हे को पकड़ लिया। यह कूल्हा उसकी मिल्कियत है, सिर्फ़ और सिर्फ़ उसकी। वैसे ही जैसे इस कूल्हे वाली औरत। वैसे ही जैसे इस औरत का अंडर सेक्रेटरी पति। और ब्रुनविर्ट का मालिक भी जो उसे हमेशा इस इज़्ज़तदार वर्ग के बारे में सभी जानकारी देता आया है। वैसे ही जैसे इस अंडर सेक्रेटरी की बहन भी उसकी ही थी, वही भली सी ऐनी, लेस्बियन, जिसे आसानी से ब्लैकमेल किया जा सकता है, जिसकी विदेशी ऋण और शेयर बाज़ार की नब्ज़ पर पकड़ थी। वैसे ही जैसे आमतौर पर सब उसकी सम्पत्ति थे। उसका बेटा, बेटे की सखियाँ, तकरीबन सभी औरतें, पूर्व और वर्तमान मंत्रियों की पत्नियाँ या कम से कम उनकी बेटियाँ, वैसे ही जैसे मंत्री ख़ुद भी, वैसे ही जैसे सबसे अहम कंपनियाँ और एक फुटबॉल क्लब। उसके पास इसका बूता था। वे बचने की कोशिश करते थे, मगर उनके लिए यह मुमकिन नहीं था... वे बचने की कोशिश करते थे... सिवाय एलेना के। उसने कोई प्रतिक्रिया ही नहीं दी थी।

हर्बर्ट प्रामिनगेर फिर से पेड़ के तने की ओर मुड़ गया और उसे देख कर मुस्कुराने लगा। एलेना ने अधमुँदी आँखों से देखते हुए उसे नज़रअंदाज़ कर दिया और अपने सिगरेट का कश लेने लगी। अच्छा, तो वह जताना चाहती है कि वह भले घर की महिला है जो फ़्लर्ट नहीं करती।

"मोहतरमा, मैं आपको बताना चाहूँगा कि आपका... कूल्हा काफ़ी सेक्सी है।"

एक आधी-अधूरी सी मुस्कुराहट और उसने फिर से उसे नज़रंदाज कर दिया।

"क्यों एलेना, क्या तुम्हें भी यहाँ उतना ही उबाऊ लग रहा है जितना मुझे?" उसने आँख मिचकाई। एलेना ने अपनी एक भौं उठाई और दूसरे मेहमानों को देखने लगी। उसने उसाँस ली, घड़ी की ओर देखा और फिर से सिगरेट का कश लिया। उसकी यह नज़र मानो कहीं अनन्त में देख रही थी और फिर झील में शाम के सूरज की झिलमिलाहट में उलझ गई। आख़िर क्या हो रहा है? अभी कुछ देर पहले तो वह उसकी हर द्विअर्थी बात का जवाब आराम से दे रही थी। लगता है यह कलमुँही थोड़ा खेल-खिलवाड़ चाहती है। पर उसका यह इरादा बिल्कुल भी नहीं था ख़ासकर कि जब पहले ही इतना बतियाना हो गया है।

वह अपनी नज़रें धीरे-धीरे उसकी आँखों से लेकर उसकी गर्दन और फिर उसकी शर्ट के गले से झलकते उसके स्तन पर फिराने लगा। "मैं तुम्हें कुछ दिखाना चाहता हूँ...," वह उसे देखने लगी। चलो, कुछ तो हुआ। उसने फिर से अपनी भौं उठा दी थी।

"एलेना... तुम्हें तो ज़रूर अमलतास पसन्द होगा।" एलेना ने उसाँस ली। "नहीं, सच में, वहाँ मकान के पीछे एक बड़ा सा पेड़ है।" और वैसे अब समय आ गया था कि वह इस टिलिया के पेड़ से दूर हो जाए। नहीं तो उसे अपनी दमे की दवाई की ज़रूरत पड़ जाएगी। मगर ज़ाहिर सी बात है कि यह तो वो उसे बता नहीं सकता।

और अब ये बन्दी अपनी गर्दन उठा कर फिर से घड़ी देख रही है। मानो कि वह उसके साथ मकान के पीछे जाकर कोई कृपा कर रही हो। वह आख़िर किस गुमान में है? और देखो अब कितने इत्मीनान से झील को निहार रही है। और वो यहाँ किसी छोटे, मूर्ख, भीख माँगते छोकरे की तरह खड़ा हुआ है। कुत्ती कमीनी। वे सब की सब कलमुँही हैं। सभी। देखो एलेना के साथ कंधे से कन्धा सटा कर खड़ी हैं और उसे देखकर हँस रही हैं कि मानो उसके साथ हमबिस्तर होकर वे उसपर एहसान करेंगी। नहीं, ये बिल्कुल ग़लत है। हर्बर्ट ने अपनी आँखें मलीं। अपनी कनपटियाँ। बिल्कुल ग़लत। वह उनकी ज़िन्दगी में मज़ा लाता है। आख़िर मर्द है वह। एलेना वापस मुड़ी और उसकी ओर देखकर सिर हिला दिया। कलमुँही आख़िरकार मकान के पीछे की ओर चल ही दी।

कलमुँही और सर्द कुतिया

उम्मीद है कि वह खुल्लम खुल्ला उसके पीछे-पीछे चल देगा। देखा जाये तो ख़ुद को निर्दोष साबित करने के लिए इस बूढ़े पद्दू के साथ सीधी-साफ़ मस्ती से अच्छा कोई और उपाय नहीं हो सकता। इससे अच्छा कुछ और नहीं हो सकता था। क़िस्मत उसके साथ थी। हर्बर्ट प्रामिनगेर को अपनी लार टपकाती मस्ती में यह भी नहीं पता चलेगा कि उसने अपनी पैन्ट की जेब में रखे बम के रिमोट का बटन कब दबा दिया है। और वह उसके निर्दोष होने की गवाही दे देगा क्योंकि उसे अपनी हर जीत के बारे में चीख़-चीख़ कर बताना होता है। यही तो वह है जिसकी बदौलत वह तन कर चल पाता है और इस बात की शर्मिंदगी को कि अब वह उसके बिस्तरे के खिलौने की तरह जानी जाएगी, वह किसी तरह मिटा देगी।

एलेना रुक गई और सबको दिखाते हुए प्रामिनगेर की तरफ़ घूम गई, उसने इसपर ध्यान नहीं दिया कि उसका बेटा माक्स और चोट खाया हैम वाला आदमी उसे किन नज़रों से देख रहे थे।

प्रामिनगेर का बेटा हमेशा किसी भूखे कुत्ते की तरह लगता है। माक्स बच्चा।

अच्छा मज़ाक़ है। हो न हो यह भोंदू अपनी मोटी माँ से अब भी अपना पिछवाड़ा साफ़ करवाता होगा। और अब ब्रुनविर्ट का मालिक भी उधर उस कोने से चला आ रहा है जैसे उसे भी किसी ने यहाँ बुलाया हो और उन दोनों आदमियों की नज़रों का पीछा करते हुए उसे देख रहा है। और बुड्ढे प्रामिनगेर को। और भी मेहमान उसकी और इस पद्दू की ओर देखने लगे थे। अब काफ़ी गवाह हो गए। वह मुस्कुराई और मकान के पीछे ग़ायब हो गई।

यहाँ पर घने पेड़ थे और सिर्फ़ एक ही जगह ऐसी थी जहाँ से झील साफ़-साफ़ दिख रही थी। एलेना ठीक उसी जगह मकान की दीवार से टेक लगाकर खड़ी हो गई और घड़ी देखने लगी। अगर उसकी प्यारी ननद ऐनी अचानक बीमार नहीं हो गई या अपनी किसी सखी के यहाँ गुलछर्रे नहीं उड़ा रही होगी तो चार मिनट में वो यहाँ झील के छोर पर पहुँच जाएगी।

प्रामिनगेर उधर कोने से हाँफता हुआ चला आ रहा था। एलेना ने गहरी साँस ली। उसे कोई शक न हो इसलिए मरता क्या न करता उसके साथ खिलंदड़ी करनी पड़ेगी। कम से कम उसका पर्फ़्यूम अच्छा है, हल्की सी संतरे की ख़ुशबू और उसके मुँह से बास भी नहीं आती। उसने अपना सिर दीवार से टिका दिया और आँखें बन्द कर लीं। मर्दों को यह हमेशा लुभावना लगता है। यह अदा ही उसके श्रीमती अंडर सेक्रेटरी बनने की प्रक्रिया में पहला कदम बनी थी। शाबाश, उसे उस बुड्ढे की महक आ रही थी। हाँ, अब उसने अपनी बाँहें उसके कंधों के दाहिने और बाएँ तरफ़ दीवार पर टिका दी हैं। अब वो उसे किसी भी वक़्त चूमेगा। एलेना ने आँखें खोलीं और अपनी आधी झुकी पलकों से उसे देखा। वह उसे देखकर हँस रहा था। कैसी घिनौनी हँसी है, एकदम सड़कछाप, मगर उसे लगता है कि यह बहुत सेक्सी है, बूढ़ा चुगद। ख़ैर। उसे क्या फ़र्क़ पड़ता है, उसे तो बस अगले तीन मिनटों के लिए उसकी ज़रूरत है... हाँ ठीक है, चार मिनट अगर धमाके के बाद सदमे के कारण आगोश को भी जोड़ लिया जाए। एलेना ने फिर से आँखें बन्द कर लीं। झील के ऊपर नारंगी-पीला बादल... उसने धीरे-धीरे अपनी पलकें ऊपर कीं और मुस्कुराने लगी। बुड्ढे ने एक दो बार अपनी भौंहें ऊपर-नीचे कीं। शायद वह सोच रहा था, वह उसकी वजह से मुस्कुरा रही है कि उसने उसे जोश दिला दिया है। अब वो उसके कान की तरफ़ झुक गया और फुसफुसाने लगा "कलमुँही कहीं की।" हाँ, उसे वाकई लग रहा है कि उसकी अनिच्छा सिर्फ़ दिखावा थी। ये कितना बेवकूफ़ है। और उबाऊ... नारंगी-पीला बादल। अरे वाह। कितनी हैरानी की बात है कि जेब

में रखने वाली शराब की बोतल में भी कितना बारूद समा सकता है। उसकी प्यारी ननद, सर्द कुतिया कहीं की, वाकई ख़ुद को अक़्लमंद समझती है और सोचती है कि उसे उसकी मक्कारी की कोई सज़ा नहीं मिलेगी। अगर ऐनी सच में अक़्लमंद होती तो पैसा भेजने में जो घपला हुआ था उसके लिए उसने पहले निजी निवेशकों का पैसा लौटाया होता न कि बड़े अफ़सरों का। और अब यह बुड्ढा उसको चाट रहा है। छि। यही बहुत है कि उसे अपने अंडर सेक्रेटरी से भी यह नियमित तौर पर सहना पड़ता है।

दो मिनट। कम से कम पारिवारिक बंधन को तो अहमियत मिलनी चाहिए थी। मगर अपनी प्यारी ननद को वह कभी पसन्द नहीं आई। "प्यारे भाई तुम्हें क्या लगता है ये कैसा मालूम पड़ेगा अगर मैं अपने भाई की पत्नी, अंडर सेक्रेटरी की पत्नी को पहले पैसा लौटाऊँ?" और ज़ाहिर सी बात है कि वह मान गया क्योंकि उसको घाटे के पूरे पैमाने का अन्दाज़ा भी नहीं था। वह पूरा पैसा जो वह लीष्टेनष्टाइन पहुँचा आई थी, बच नहीं पाया। और अब वह फिर से श्रीमान-महा-उबाऊ अंडर सेक्रेटरी पर आश्रित हो गई है। लेकिन अगर उसकी बहन मर जाती है तो उसकी सारी संपत्ति उसके भाई को मिल जाएगी। और आगे चल कर उसकी हो जाएगी। अपने पति के लिए उसके दिमाग़ में जल्द ही एक अच्छी, छोटी सी दुर्घटना आ जाएगी। और अब यह बूढ़ा सांड उसे चूमने में लग गया है। वह हल्के से उसके निचले होंठ को चबा रहा है। उसकी गुस्ताख जीभ उसके दांतों को उकसा रही है। एलेना ने महसूस किया कि उसका मुँह खुल गया है और उसकी जीभ प्रामिनगेर की जीभ के साथ नाच रही है। उसका सीना कस सा गया है। हे भगवान ये क्या हो रहा है? और अब उसकी साँस भी तेज़ चल रही है। उफ्फ़ ये क्या माजरा है?... एक मिनट... पचपन सेकण्ड... उसने अपने हाथों को किसी तरह ऊपर निकाला और उसे ख़ुद से दूर धकेल दिया। वह तेज़-तेज़ साँस ले रहा था और अपनी भौंहें सिकोड़ रहा था। ये क्या चूतियापा है, वह ख़ुद भी बिल्कुल हैरान थी। पर वह यह बिल्कुल भी नहीं होने दे सकती।

एलेना को उसके कंधों के पीछे झील दिख रही थी। सूरज की रोशनी में उसकी आँखें चुँधिया रही थीं। उसे तो यह भी ध्यान नहीं था कि इसी समय सूरज डूबने वाला है। पर हाँ... उधर... हाँ, वहाँ एक पाल दिख रहा था। एलेना का हाथ अपनी पैन्ट की जेब के पास पहुँच गया–और प्रामिनगेर ने उसकी कलाइयाँ पकड़ लीं, उसे दीवार से सटा दिया। और उसे चूमने लगा। उसका दिल ज़ोर से धड़कने लगा।

उसका ध्यान अपने स्तन पर गया। वे सख़्त हो गए थे। बिना कुछ किये ही। वैसे तो उसे कितना कुछ करना पड़ता है लेकिन अभी ये बेईमान इस साले, बूढ़े सांड के सामने कैसे खड़े हो गए थे। नहीं, ऐसा कैसे हो सकता है। उसने अपनी बायीं कलाई छुड़ाई और अपनी पैन्ट की जेब ढूँढने लगी–तभी बुड्ढे ने उसे एक तमाचा जड़ दिया। उसके रोंगटे खड़े हो गये। कमीने रोंगटे। ये कैसे हो सकता है! वह हँस पड़ी। प्रामिनगेर उसे घूर रहा था, उसका चेहरा लाल हो गया था। वह मुश्किल से साँस ले पा रहा था। क्या बेहूदगी है। उसने एलेना को फिर मारा। उसके जिस्म में नीचे कुछ हरकत हो रही थी, उसकी सिसकारी निकल गई। वह और ज़ोर से हँस पड़ी। यह पहला आदमी था जो उसे मज़ा दे रहा था। और पहला इन्सान जिसे वह मारना चाहती थी। वह अपना हाथ पैन्ट की जेब की ओर ले गई, धीरे-धीरे जेब की छोर पर पहुँची, कोशिश करने लगी कि अन्दर तक पहुँच जाए... प्रामिनगेर ने अपने हाथ उसकी गर्दन पर रख दिए और ज़ोर से दबा दिया।

सर्द कुतिया और बिगड़ैल गुड़िया

सूरज उसकी पीठ के पीछे चमक रहा था। वैसा ही जैसा उसने अनुमान लगाया था। अगर किसी का दूर झील में नाव के पाल पर ध्यान जायेगा भी तो उन सबकी आँखें चुँधियाई हुई होंगी। और अगर नहीं भी चुँधियाई हुई होंगी तो उन्हें एक अनजानी नाव दिखेगी और जिसपर कोई जाना-पहचाना नम्बर नहीं होगा। अगर औरत अक़्ल से कोई योजना बनाए तो क़त्ल इतना भी मुश्किल नहीं है। उसका माली इस बात की गवाही देगा कि वह पूरे समय अपने बिस्तर में पड़ी हुई थी, आख़िर उसने ही उसे अपनी बाँहों का सहारा दिया था जब वह उलटी कर रही थी। उस भयानक पेय, बबूने की चाय की बदौलत। उसकी ख़ुद की नाव जेटी में बंधी हुई थी और वह नाव जो उसने झील के दूसरे छोर से 'उधार' ली थी, उसके मालिक विएना में रहते थे और उसे इतनी जल्दी नहीं खोजेंगे। उसके जूते और उसका जैकिट सब वहीं थे जहाँ उन्हें होना चाहिए। और पेरिस जहाँ से उसने अपने नए कपड़े ख़रीदे थे वहाँ ज़ाल्त्सबुर्ग की पुलिस पूछने नहीं जाएगी।

ऐनी ने बन्दूक़ की नली को सहलाया। उसने अपने निचले होंठ को काटा। उसका रूसी सम्पर्क हथियार के बदले मुआवजे की अपेक्षा कर रहा था। और बस यही उसके लिए एक सरदर्दी थी। पर वह इसका भी कोई उपाय सोच लेगी। लोग उसे यूँही सर्द कुतिया थोड़ी न बुलाते हैं। ऐनी ने बन्दूक़ उठाई और निशाना साधने

वाली जगह से देखने लगी। ब्रुनविर्ट में पार्टी पूरे ज़ोर-शोर से चल रही थी। यहाँ तक कि हर पार्टी की तरह यहाँ भी एक-दूसरे को चूमने में मशगूल एक जोड़ा दीवार से टेक लिए खड़ा था। एक-दूसरे को ज़ोर से जकड़े हुए। देखो कहीं वे एक दूसरे का गला ही न घोंट दें। और उधर क्या चल रहा है? थोड़ी सी हलचल, छोटा प्रामिनगेर और एक कैटरर जिसने अपने हाथ को ऊपर किया हुआ है। उसमें से ख़ून बह रहा है, ये बढ़िया है। सबका ध्यान सिर्फ़ जख्मी पर रहेगा न कि कौन जाने कहाँ से आई गोली पर। ये कौन है...

ऐनी ने बन्दूक़ नीचे कर दी और गहरी साँस ली। यह तो बस कार्ल है जो अभी-अभी मकान से बाहर आया है। बाप न कि उसकी बेटी। पर रूपरंग के मामले में काटी बिल्कुल अपने बाप पर गई है। वैसी ही हरी आँखें, वैसी ही काली ज़ुल्फ़ें। बस काटी के नैन-नक्श ज़्यादा सुडौल हैं। जैसे किसी शहज़ादी के। उसकी शहज़ादी के। जो बिगड़ैल गुड़िया है और जिसे जाना होगा।

ऐनी ने फिर से हथियार उठा लिया और बगीचे के चप्पे-चप्पे को छानने लगी। काटी का कहीं अता-पता नहीं है। उसका बाप मेहमानों के लिए निर्धारित मुस्कान ओढ़े हुए उन्हें हँसी मज़ाक़ करते हुए बार टेबल की ओर ले गया, फिर कैटरर को डाँटते हुए एक तरफ़ ले गया और उसकी पट्टी कर दी।

ऐनी ने अपना सिर नीचा कर लिया। सब कुछ कितना ही आसान होता अगर... वह कोई अदना सा इन्सान होती। कार्ल को वह ज़रूर पसन्द आती। उसे समलैंगिकता से कोई ऐतराज नहीं। मगर यह असली समस्या नहीं है। वह तो यह है कि काटी उसे पसन्द करती है। मगर उसे प्यार नहीं करती। और अब इतनी उलझन में है कि अपने अनुभवों के बारे में किताब लिखना चाहती है। अपने अनुभवों के बारे में ख़ूब तमाशा दिखाना चाहती है। कुछ चूमना और थोड़ी सी नज़दीकियाँ, ये अनुभव थोड़ी न हो गए। वैसे कौन जाने ये नर्क की औलाद इनका क्या बना डाले। इंग्रिड ने ऐनी को काटी की किताब लिखने की योजना के बारे में बताया था और वह उत्सुकता के मारे फटी भी जा रही थी। ख़ैर लगता है अभी सबको उसके संबंध और किताब में क्या लिखा होगा इसके बारे में पता नहीं चला है। और ऐसा ही रहना चाहिए। अगर काटी भी उसे प्यार करती होती तब वह हर तरह का ख़तरा मोल लेने को तैयार होती। बता देती कि वह समलैंगिक है। मगर बीस साल की एक औरत के लिए जो अपनी जवानी में लेस्बियन होने का अनुभव बस आज़माना और बतौर लेखिका कामयाब होना चाहती है वह कतई अपना सब कुछ नहीं लुटाएगी। इस

हरी आँखों वाली चुड़ैल ने उसे सीधे इस्तेमाल किया था। उसके दिल को रौंद दिया था। अचानक उससे सम्पर्क ख़त्म कर दिया और उसे यह मौक़ा भी नहीं दिया कि वह पूरी बात समझ भी पाए या कम से कम अलविदा कह पाए। ऐनी ने अपने चेहरे से आँसू पोंछे और फिर से बन्दूक़ उठा ली। बस कुछ ही मिनटों की बात है और काटी मकान से बाहर आ जाएगी। मेहमानों से हँसते-हँसते बात करती और अपनी गज़ब की ज़ुल्फ़ों से खेलती हुई जिनका रंग आबनूस की लकड़ी जैसा है। फिर वह बन्दूक़ का घोड़ा दबाएगी, अपनी जेब में रखी शराब की बोतल से लंबा घूंट लेगी और सबकुछ ख़त्म हो जायेगा।

बिगड़ैल गुड़िया और घोंचू

अभी मौक़ा है। उसे बस घर से बाहर जाना होगा और उँगली से उसकी ओर इशारा करना होगा। वह उसका कुछ नहीं बिगाड़ पाएगा, वह घायल था। वह सबकी नज़रों के सामने उसपर आरोप लगा सकेगी। उसे यह करना होगा। यह सुनिश्चित करना होगा कि वह उसकी ज़िन्दगी से दफ़ा हो जाये। यह कितना असहनीय था कि उसके पिता ने उसे यूँही काम दे दिया। यूँही। कि वह अच्छा कसाई है, अच्छा खानसामा है। उन्हें इससे कोई मतलब नहीं कि दूसरे लोग क्या कहते हैं, कि वह नाकामयाब है, कि वह घोंचू है।

काटी ने अपनी जींस पर हाथ फेरा और अपनी सफ़ेद टी-शर्ट के ऊपर। जिसके सफ़ेद पतले कपड़े में से उसकी ब्रा झलक रही थी। उसने खूँटी पर से वास्केट उतारी और ख़ुद को उसमें समा दिया। उसे तुरन्त पुलिस के पास जाना चाहिए था। हाँ। फ़िल्मों में हमेशा यही बताया जाता है। हर औरत को बलात्कार के बाद पुलिस के पास जाना चाहिए। हर हाल में।

काटी काँप उठी। उसे फिर से मितली आ रही थी। वैसे ही जैसे पाँच हफ़्ते पहले, जब वह मुश्किल से चल पा रही थी क्योंकि उसकी टाँगों के बीच भयानक जलन हो रही थी। क्या उसे हूबेर के पास जाना चाहिए था, वही जिसे वह बचपन से जानती है? उस मोटे हूबेर को, जिसकी वर्दी का कोट हमेशा खुल जाता है, बताना चाहिए था कि टोबिआस ने उसके साथ क्या किया? नहीं। नहीं। बिल्कुल भी नहीं। वह उस बारे में अब कतई बात नहीं करना चाहती। और अगर सच कहें तो वह टोबिआस पर सबके सामने आरोप लगा भी नहीं पाएगी। वह यह कर ही नहीं पाएगी। यह सोच कर ही उसका जी कैसा तो हो रहा था। क्योंकि यह घोंचू कोई घोंचू नहीं

बल्कि दुष्ट और कपटी है, वह उसके हर वाक्य का दूसरा अर्थ निकाल देगा। और अन्त में वही वो कमीनी होगी जो एक निर्दोष आदमी का मुँह काला कर रही थी। नहीं वो उसपर सबके सामने आरोप नहीं लगा पाएगी। उसे अपने पुराने इरादे पर ही अमल करना होगा और किताब लिखनी होगी। काटी अपनी चोटी से निकली एक लट से खेलने लगी। उसे निहारने लगी। ऐनी उसके बालों के रंग की तुलना हमेशा आबनूस की लकड़ी से करती थी...

घर में एक कराह सुनाई दी। उस घायल गाँडू की कराह। काटी ने लम्बी साँस भरी और हँस पड़ी। वो कितनी बेवकूफ़ है कि उसने यह सोचा भी नहीं। उसे इसके लिए कुछ करने की ज़रूरत भी नहीं है कि टोबिआस उसकी ज़िन्दगी से दफ़ा हो जाए। क्योंकि उसने अपनी उँगली में चोट लगा ली थी, अब उसके पिता उसे यहाँ से दफ़ा करा देंगे। वह सब कुछ भूल सकेगी। अभी वह यहाँ से चली जाएगी। झील का एक चक्कर लगाने। जब वह वापस आयेगी तो सब कुछ बस एक बुरा सपना भर होगा। काटी वापस मुड़ी और दरवाज़े की ओर बढ़ गई। उसने दरवाज़े के कुंडे को दबाया। उसके पिता हँस रहे थे। वह स्तब्ध थी। उसके पिता बाहर हँस रहे थे। और टोबिआस हँस रहा था। वह गाँडू कहीं नहीं जाने वाला। काटी ने अपना सिर दरवाज़े से टिका दिया। उसकी टाँगों के बीच भयानक जलन हो रही थी कि मानो वह दर्द वापस आ गया हो। उसे बताना पड़ेगा। उसे। बताना पड़ेगा। सब लोग उसके साथ खड़े होंगे क्योंकि बलात्कार अब कोई छोटा-मोटा अपराध नहीं रह गया। वह सब कुछ पूरी बारीकी से बतायेगी और सबके सामने उसको मज़ा चखायेगी। और माना कि इस बात को कई हफ़्ते बीत गए हैं और अब इसका कोई जिस्मानी सबूत नहीं बचा है, और उसे अगर कोई सज़ा नहीं भी मिली तो भी वह बर्बाद तो हो जाएगा। हाँ सिर्फ़ किताब लिखने से कुछ नहीं होगा। उसे उसपर सीधा हमला करना होगा, शायद वह तब फिर से आज़ाद हो जायेगी। शायद वह तब ऐनी को फिर से फ़ोन कर सकेगी। उसे उसकी याद आती थी। मगर ऐनी के लिए उसे साफ़ होना पड़ेगा। बार-बार देर तक नहाने से कोई असर नहीं हुआ था।

उसे किसी तरह अपने सपनों में टोबिआस की कठोर कसाई उँगलियों और उसके बर्बर लिंग से पीछा छुड़ाना होगा। वही लिंग जिसने उसकी अन्तड़ियों को चीरते हुए उसके फेफड़े और दिल को भेद दिया था। बार-बार और फिर एक बार। जब तक कि उसको साँस लेना भी मुश्किल हो गया और उसको उलटी हो गई। काटी उस दरवाज़े तक बढ़ गई जहाँ से बगीचे में जाते हैं। वह दरवाज़े की चौखट

पर रुक गई, उसे ज़ोर से पकड़ लिया। भेदना। बार-बार। सूरज की रोशनी में उसकी आँखें चौंधिया गईं। वह नीचे घास पर उतर आई, अपनी आँखों को छाया दे दी। कई शक्लें उसको घूर रही थीं। लेकिन इससे पहले कि वह उनमें से किसी का भी नाम सोच पाती वे किसी दूसरी शक्ल में बदल जातीं। ये शक्लें, एक-दूसरे की तरह लगने लगी थीं। वे बदल जातीं और एक चेहरा बन जातीं। उसका चेहरा। वह पसीने की बूँदों से ढका हुआ था। भेद रहा था, बार-बार। अन्दर और बाहर। अपने उन्माद में उसपर झुक गया था। काटी उसकी तरफ़ बढ़ रही थी, *सब लोग सुन लो, ये कोई घोंचू नहीं पूरा गाँडू* है। मगर उसके होंठ हिले ही नहीं। उसने उन्हें काटा कि वह आरोप को ज़ुबान पर लाने के लिए उन्हें मजबूर कर सके।

तभी टोबिआस ने उसकी ओर देखा। फिर से वही वाली मुस्कुराहट। अन्दर। बाहर। अन्दर। बाहर। *अब शान्त भी हो जाओ। मुझे मालूम है कि तुम्हें यह पसन्द है।* अन्दर। बाहर। उसके दाँत सूरज की रोशनी में दमक रहे थे। अन्दर। बाहर। बार-बार बिना रुके। टोबिआस फिर से उन्माद के उफान पर था। सबकुछ दमक रहा था। पसीना। उसके पूरे शरीर पर पसीना। वैसे ही जैसे टोबिआस के चेहरे पर। वह चमक उसके सिर के अन्दर भर गई। कुछ फूट पड़ा। आसपास की सारी शक्लें उस चमक में ग़ायब हो गईं। बस माँस के बगल में रखी छुरी से सूरज की रोशनी प्रतिबिंबित हो रही थी। उसने उसे उठा लिया और भोंक दिया। अगले ही पल उसे अपने सिर में यकायक तेज़ दर्द हुआ। उसकी आँखों से नीचे पसीना बह रहा था, वह लाल था। उस परदे के पीछे से उसे थोड़ी दूर पर एक नारंगी-लाल बादल दिखा।

घोंचू, रगड़ू, गैन्डी, ठरकी, कलमुँही, सर्द कुतिया और बिगड़ैल गुड़िया

इंग्रिड प्रामिनगेर टोबिआस हिर्त्सबर्गर को ज़मीन पर गिरते देख चीख़ उठी। वह एक तरफ़ लुढ़क गया। उसने दोनों हाथों से अपने पेट को दबाया हुआ था, उसके चोट लगे अंगूठे पर बंधी झक्क सफ़ेद पट्टी लाल हो रही थी। इंग्रिड प्रामिनगेर काटी के सिर से उफनते ख़ून को देखकर फिर से चीख़ उठी।

सब ठीक है, कोई दिक्कत की बात नहीं। बस ज़्यादा उत्तेजित नहीं होना है। क्योंकि अब जब उसका प्यारा हर्बर्ट टिलिया के फूल की ऐलर्जी की वजह से दम तोड़ेगा तो किसी को भी फ़र्क़ नहीं पड़ेगा। अच्छा है। उसकी मौत ही अहम बात है। उसने अपने शैम्पेन की लम्बी घूट ली। इस भयावह परिस्थिति में लोग इस साधारण मौत को सिर्फ़ खेदजनक मानेंगे। वह क़िस्मत की या दरअसल उन लोगों

की शुक्रगुजार थी जिन्होंने इन गजब की हत्याओं को सरंजाम दिया। उसको चक्कर आ रहा था। उसने मकान की दीवार की टेक ली। उसका पति वहाँ मकान के पीछे लड़खड़ा रहा था और छटपटा। बिल्कुल प्लान के मुताबिक। सभी मेहमान इधर से उधर डगमगा रहे थे, कोई उसके चिल्लाने पर ध्यान नहीं दे रहा। मगर वह बार-बार अपने हाथों को क्यों देख रहा है कि मानो वे बहुत मैले हों? उसे ख़ुद इतना चक्कर क्यों आ रहा है। और जी मिचला रहा है। शाबाश, अब वह झूमता हुआ अतिथि कक्ष की ओर जा रहा है और जल्दी ही वह उस कमरे में जायेगा जहाँ सबके ओवरकोट रखे हैं और उस चीज़ की खोज में जो वहाँ नहीं है पूरे कमरे को तहस-नहस कर देगा। वह बार-बार रुक रहा था और हाँफ रहा था। अच्छा है।

उस अंडर सेक्रेटरी की वह छोटी, सूखी हुई लुगाई कहाँ रह गई? कहीं ऐसा तो नहीं कि उसे उसके प्यारे हर्बर्ट के साथ सेक्स में वाकई इतना मज़ा आ गया कि वो अभी भी मकान के पीछे अपनी सन्तुष्टि में मस्त है। नहीं, ज़रूर वो इस मामले को छुपाने की कोशिश में लगी होगी और हर्बर्ट के बाद लोगों के बीच में आएगी। उसे अपनी तबीयत बहुत ख़राब लग रही थी। उसकी टाँगों ने काम करना बन्द कर दिया था। वह दीवार से सरक कर ढेर सी हो गयी। उसकी नज़र धुँधला गयी। उसने एक दो बार पलकें झपकाईं। उसका प्यारा हर्बर्ट पागलों की तरह अपने हाथों को लगातार अपनी पैन्ट पर रगड़ रहा था और फ़िर उसने अपनी छाती पकड़ ली। उसकी आँखें निकल आयी थीं। अच्छा है।

मितली से उसके पेट में ज़ोर की मरोड़ पड़ रही थी। उसका बच्चा कहाँ चला गया? उसे अपनी माँ को थामना चाहिए, वह लेटना चाहती है। देखो वहाँ खड़ा तो है बगीचे के फाटक के पास। और उसे कितने अजीब तरीक़े से देख रहा है। उसने अपना हाथ उसकी ओर बढ़ाया, उन दोनों की नज़रें मिल नहीं पाईं क्योंकि दूसरे मेहमान उसके चेहरे के सामने इधर-उधर भाग रहे थे और चीख़ रहे थे। और सबसे ज़ोर से कार्ल चीख़ रहा था जो अपने अँगूठे को अपनी बेटी के सिर के छेद पर फेर रहा था कि मानो वह उस चोट को छू कर ग़ायब कर देगा। बस उसका बच्चा माक्स ही बिल्कुल शान्त था। वह उसे देख कर मुस्कुराने लगा। वह वापस नहीं आया, उसकी मदद नहीं की, बस उसे देखकर मुस्कुराता रहा। अपनी गाड़ी में बैठ गया।

धमाका।

तुर्की के मख़मली टीले

मैंने उन्हें आते हुए देखा था। लेकिन वह नाव नहीं देखी, जिससे वे आये होंगे। मेरा होटल बन्दरगाह के ठीक सामने है। मैं बार काउन्टर के पीछे खड़ा था और पार्लर के दरवाज़े पाटम पाट खुले थे। इस मौसम में रात को भी ज़्यादा ठंडक नहीं होती, इसलिए थमी हुई हवा के बदले ताज़ी हवा लाने का यही एक तरीक़ा है। मैंने उन्हें हाथों में हाथ लिए उस पक्की सड़क से इस ओर आते हुए देखा। वे थोड़ा झूमते हुए चल रहे थे जैसे आमतौर पर नाव के लम्बे सफ़र के बाद लोग चलते हैं। पर जैसा कि पहले ही कहा था, मुझे कोई नाव नहीं दिखी। उन्हें देख मैंने सोचा कि वे बस यहाँ से बिना रुके गुज़र जायें। न जाने क्यों मैंने ऐसा सोचा?

दूर से वे काफ़ी अच्छे कपड़े पहने हुए नज़र आ रहे थे, आमतौर पर इस टापू पर परदेसी लोग ऐसे कपड़ों में नज़र नहीं आते। और जब वे नज़दीक पहुँचे, तब भी उनमें कुछ ख़ामी नज़र नहीं आयी। मुझे लगा कि उनकी उम्र पैंतीस और चालीस के बीच में होगी। आदमी लिनेन की पैंट पहने हुए था जो अब बहुत साफ़ नहीं लग रही थी, साथ ही उसके कंधे पर एक सेलर बैग था।

बस यहाँ से बिना रुके गुज़र जाएँ, पर वे बार के दरवाज़े के सामने आकर ठहर गए और पल भर के लिए अन्दर मेरी ओर देखने। अब मैं उन्हें वहाँ ऐसे खड़े हुआ देखता हूँ–दरवाज़े के बीच में, पीछे नीला गगन और सामने शरीर की अंधेरी काया, सिर थोड़ा आगे की ओर झुकाए, मानो कुछ सूंघ कर खोज रहे हों, पर बेशक यह ख़याल बकवास था। फिर वे अन्दर दाख़िल हो गए।

मैंने बियर पम्प साफ़ करने में व्यस्त होने का दिखावा किया। वे और क़रीब आए और बार के पास एक मेज़ पर बैठ गए। उनके बैठने से पहले, पत्थर के फ़र्श पर कुर्सियाँ घिसने की आवाज़ आयी। मुझे ख़याल आया कि मैंने उनके कदमों की आहट नहीं सुनी थी। इस कारण मैंने उनकी ओर देखा और मुझे पता

चला कि वे कैन्वस के जूते पहने हुए थे। फिर मैं उनके पास उनका ऑर्डर लेने चला गया।

उन्होंने एक बोतल रोज़े वाइन ऑर्डर की। लेकिन मुझे फ़ौरन एहसास हो गया कि वे मुझसे बस यही नहीं चाहते थे। उन्हें बस देखने भर की देर थी और यह पता चल जाता।

वह औरत नाज़ुक और दुबली-पतली थी और उसके धूप से तपे चेहरे पर थकान नज़र आ रही थी। लेकिन यह उसका थका हुआ चेहरा नहीं, बल्कि उसकी बड़ी-बड़ी, सुरमई आँखें थीं, जो उस समय सख़्त और साथ ही साथ परेशान हो मेरी ओर देख रही थीं। एक ऐसी नज़र से, जो मेरे सबसे भयानक ख़यालात को सही साबित कर रही थी।

मुझे ऐसा लगा कि मुझे पता था, लेकिन उस पल यह बिलकुल भी न बता पाता कि मुझे आख़िर क्या पता था। क्योंकि उनकी तरफ़ से कोई और इशारा नहीं आया, हालाँकि मैं उनकी मेज़ के पास कुछ और लम्हे इंतज़ार करता रहा।

फिर मैं वाइन लेने चला गया, और जब वापस आया तो क्रिस्टॉस आ चुका था। वह हर सुबह यहाँ नाश्ते के लिए हाज़िर होता है। मतलब अपनी एस्प्रेसो और ऊज़ो पीने के लिए और शाम की ख़बरों के बारे में बातें करने के लिए ("आजकल हमारी खाल उतारने के लिए वे लोग, नए-नए ढंग निकालने लगे हैं।") और फिर वह

समंदर के तट पर अपनी कोठरी में वापस चला जाता है। वह मछुआरा है। हालाँकि उसको मछली पकड़ने पर पाबन्दी लग चुकी है (उसे इसके एवज़ में मुआवज़ा मिला था, जो बैंक में पड़ा हुआ है, और कम होता जा रहा है और एक दिन हवा में गुम हो जाएगा) फिर भी वह वहीं तट पर रहता है। मैं यह कह सकता हूँ कि मुझे नहीं पता कि वह वहाँ क्या करता है, लेकिन यह सरासर झूठ है।

मैंने उन दोनों को गिलास और वाइन लाकर दिये और फिर क्रिस्टॉस के पास उसका नाश्ता लगाने चला गया। मेरा ध्यान इस बात पर गया कि वह दोनों को ग़ौर से ताक रहा था और फिर उसने मेरी तरफ़ सवालिया निगाह से देखा। मैंने हल्के से अपने कन्धे उचकाए और धीरे से कहा, पता नहीं।

क्रिस्टॉस वहीं बैठा था, जहाँ वह हमेशा बैठता था–बार की ओर पीठ किये और चेहरा खुले दरवाज़े की ओर। मेरा अनुमान है कि नाश्ते के समय भी वह समंदर को अपनी आँखों से ओझल नहीं होने देना चाहता। उसने धीरे से कहा–अरे यार! और मैंने पूरी बात समझे बिना ही उसके साथ अपनी सहमति जता दी।

हमने एक बड़े जलसे का इंतज़ाम किया था। नहीं, उसने एक बड़े जलसे का इंतज़ाम किया था। सैलानियों के लिए नये रिज़ॉर्ट बनाए जा रहे थे, इस बात की ख़ुशी में पार्टी तो बनती है। बैंकर, आर्किटेक्ट (नहीं नहीं, मैंने उसके साथ कोई नैन मटक्का नहीं किया था), कुछ निवेशक, ख़रीदार और उनकी पत्नियाँ ही होंगे। जलसे को फिर आगे खिसकाना पड़ा क्योंकि उसके घूँसे ने मेरे चेहरे पर निशान छोड़ दिए थे। उसने इस बात की माफ़ी माँगी थी। मुझे फिर एक ब्रेस्लेट मिल गया। इन ब्रेस्लेट में से एक दो को तो मैं क़रीब क़रीब साथ लाने वाली थी। जलसा फिर दो हफ़्ते बाद हुआ, देर शाम समंदर के किनारे एक होटल में। उस रात बहुत गर्मी थी और हवा भी काफ़ी तेज़ चल रही थी। एक दूसरे की बात समझने के लिए ऊँची आवाज़ में बात करनी पड़ रही थी, ताकि यूनानी रेंबेटिको संगीत और देवदार के पेड़ों से गुज़रती हवा की आवाज़ के बीच अपनी बात सुनाई जा सके। मेरी ड्रेस का रंग काला था। मैंने उसे बताया कि मैं ब्रेस्लेट पहनना भूल गयी। मेहमान आ चुके थे और उसने आगे कुछ नहीं कहा।

मैं उसे ग़ौर से देख रही हूँ, वह अपने प्रशंसकों से घिरा हुआ है। वह उन सब में सबसे लम्बा है। लम्बा क़द, गर्दन के पीछे बंधे लम्बे काले बाल और काले कपड़े। जब हवा उसकी ढीली क़मीज़ से टकराती है तो उसका पेट साफ़ नज़र आता है। यह कैसे मुमकिन है कि वह अपने मेहमानों के जैसा मोटा नहीं दिखता। ऐसा लगता

है कि वह चाहे तो उन सब को चारों ख़ाने चित कर दे। और वे सब ऐसे दिखते हैं कि जैसे उन्हें इस बात का पूरा अन्दाज़ा हो। उनकी बीवियों में उसे कोई दिलचस्पी नहीं। कभी कभी वह मेरी तरफ़ एक नज़र डालता है और हँस पड़ता है। मैं भी पलट कर हँस देती हूँ। मेरे कानों में कुछ गड़बड़ है। मेरे सामने खड़ी औरत क्या कहना चाहती है, मुझे समझ में नहीं आ रहा। वह बनी ठनी खड़ी है, और दिन की रोशनी में भी ऐसी ही लगेगी जैसे उन सब मर्दों की बीवियाँ लगती हैं, जिनके साथ वह कारोबार करता है : काफ़ी लिपी पुती, कठोर, और मुँह पर केवल एक भाव, या तो गुस्से से भरा, या हार माना हुआ, मतलबी या रोती हुई सूरत लिए हुए। हर कोई अपने मुँह पर कोई एक भाव लिए हुए है। और मैं उसके भाव के मुताबिक़ उसके वैवाहिक जीवन का क़िस्सा सुना सकती हूँ। मेरे सामने वाली औरत मेरी तारीफ़ में कुछ कहना चाहती है कि मेरी ड्रेस अच्छी है और यह बड़ी सुघड़ बात है कि मैंने साथ में कोई ज़ेवर नहीं पहना। मैं हँस कर उसको नज़रंदाज़ करती हूँ और रेंबेटिको गानेवालों के पीछे टेंट से बाहर जाने वाले तंग रास्ते पर नज़र डालती हूँ, क्यूँकि वहाँ मेरा प्रेमी खड़ा है, उसको मैंने आज तक नहीं देखा था लेकिन फ़ौरन पहचान लिया।

दोपहर की हलचल ख़त्म हो चुकी थी, पर वह वहाँ तब भी बैठी हुई थी। उसका साथी वहाँ से ग़ायब था, न जाने कब गया। इतना कुछ हो रहा था, उन पर ध्यान ही नहीं गया। क्रिस्टॉस भी जा चुका था। मैंने उस पर निगाह डाली, तो वह मुझे न देखने का ढोंग करने लगी। मुझे अन्दाज़ा था कि उसे वहाँ ऐसे अकेले बैठने में परेशानी थी। इसलिए मैं उसके पास जाकर खड़ा हो गया। शायद वह अपनी किसी इच्छा का इज़हार करे। मैं वहाँ कुछ कहे बिना खड़ा रहा। उसने ऊपर मेरी ओर देखा और कहा : "क्या प्लीज़ आप ज़रा ऊँचा बोल सकते हैं, प्लीज़?"

मैंने कुछ भी नहीं बोला था।

फिर उसे एक गिलास पानी चाहिए था। मैंने उसे लाकर दिया और बार के पीछे अपनी जगह पर लौट गया। उसके पास खड़े होने की कोई वजह नहीं बची थी।

दोपहर की गर्मी में खिड़कियों के सामने वाले लकड़ी के शटर बन्द हो जाते हैं। रोशनी सिर्फ़ दरारों से होकर अन्दर आती है और क्योंकि सूरज से सीधा सामना नहीं होता, ऐसी कल्पना की जा सकती है कि बाहर के मुक़ाबले अन्दर गर्मी कम है। असलियत में सिर्फ़ अंधेरा ज़्यादा है। दरवाज़े खुले थे और बन्दरगाह की दीवार और होटल के बीच की जगह मुझे दिख रही थी। हमेशा की तरह आज भी वह इस समय ख़ाली थी।

एक घण्टा या शायद दो गुज़र गये होंगे, यह दिन का ऐसा समय था जब कोई भी हरकत नहीं होती, इसलिए समय को नापना मुश्किल होता है। जब वह आदमी, जिसके साथ वह आयी थी, दोबारा दिखाई दिया, उस समय मैं उस औरत के पास जाने ही वाला था। मैंने इस बात का अन्दाज़ा लगा लिया था कि वह इस बीच किस काम से गया था और यह भी कि वह इस काम में नाकाम रहा था। वह थका हारा नज़र आ रहा था, लेकिन औरत के पास आते समय थोड़ा तन गया और उसकी ओर देख कर मुस्कुरा दिया। फिर वे एक संग बैठ गए और खुसुर फुसुर करने लगे। इधर मैं दुआ में व्यस्त था। जी हाँ मैं दुआ कर रहा था कि काश इससे पहले कि दोपहर ख़त्म हो और शाम के शुरुआती मेहमान आने लगें, वे यहाँ से दफ़ा हो जाएँ। जैसे ही वह आदमी खड़ा हुआ और उसने मेरी ओर देखा, मुझे पता चल गया कि मेरी दुआ क़ुबूल नहीं हुई।

मुझे ऐसा लग रहा था कि बार के पीछे वाला आदमी यह पहले से जानता है कि हम कौन हैं, फिर भी मुझे वह भरोसेमंद लगा। वैसे भी यह तो सच है कि गेनिया इस द्वीप पर अजनबी नहीं थी। हाँ, वह मुझे नहीं जानता इसका मुझे यक़ीन था। पर शायद उसने कहीं से सुना था... ख़ैर चूँकि बार ख़ाली था, बस एक बूढ़ा बैठा हुआ था और इसके अलावा कोई भी नहीं था, तो मैं वहाँ से चला गया। मुझे पता था कि गेनिया कुछ समय के लिए वहाँ सुरक्षित रहेगी और मुझे यह भी अन्दाज़ा था कि आगे मुश्किलें आने वाली हैं। लेकिन कितना मुश्किल होगा, यह मुझे नहीं पता था। मैं कुछ घण्टे यहाँ-वहाँ घूमा पर हर जगह बस नाकामी ही मिली। पहले बैंक गया, तो वहाँ अभी तक पैसा नहीं पहुँचा था, और अन्दाज़ा यही था कि अभी आने में कुछ और दिन लगेंगे। उन्हें समझाना बेकार था कि मैं और इंतज़ार नहीं कर सकता। इसके विपरीत, जब मैं और ज़्यादा ख़ुशामद करने लगा तो मैनेजर की आँखों की चमक ने मुझे यक़ीन दिला दिया कि वह काम में और देरी कराने में नहीं हिचकिचाएगा। लेकिन पैसे के बिना मुझे एक कमरा मिलना सम्भव नहीं था। लग रहा था कि मकान मालिकों ने आपस में एकमत होकर तय कर लिया हो :

किराया एडवाँस में!

पैसा नहीं है? तो कमरा नहीं। अगली और उससे अगली जगह भी मुझे यही जवाब मिला। मेरे ख़याल से मैं ऐसी ख़तरनाक गर्मी में कभी भी इतना नाउम्मीद होकर नहीं भटका हूँ। न जाने कब मैं वापस आ गया। जब होटल पहुँचा तो कुछ पल दरवाज़े पर ही खड़ा रहा। वहाँ बैठी थी वह, मेरी ज़िन्दगी का प्यार। उस पर नज़र

डाली तो चैन मिला। मेरे फ़्लैट में हमने दो दिन गुज़ारे थे। पब वाली रात की अगली सुबह वह आयी थी। पार्टी में तो हमने बहुत कम बात की थी। जिन दोस्तों के साथ मैं वहाँ आया था वे अकेला ही नहीं छोड़ रहे थे। उन्होंने उसके पति से मेरी पहचान करवायी। मेरे लिए तब यह बात साफ़ थी कि वह नौकरी जो उसने मुझे ऑफ़र की थी, मैं नहीं ले सकता था। मैं उससे उसकी पत्नी छीनने वाला था जिसकी वजह से मुझे उसपर दुःख हो रहा था। कुछ देर उससे बातें की। मुझे लग रहा था कि वह चाहे तो बेरहम और ज़ालिम हो सकता है, पर मुझसे वह दोस्ताना ढंग से पेश आ रहा था, एक शिष्ट मेज़बान की तरह। जलसा अपने शबाब पर था, चारों ओर काफ़ी शोर था। हर तरफ़ चीख़ पुकार, हँसना, नाचना गाना चल रहा था। इन सबके ऊपर तमारिस्क के पेड़ों में गर्म तूफ़ानी हवाएँ और नीचे लहरें जो साहिल से टकरा रहीं थीं। एक बार मैं उसके पास एक मिनट के लिए खड़ा रहा, और हमारे चारों ओर, सिर्फ़ हमारे चारों ओर ख़ामोशी थी। तब उसको मैंने अपना पता बताया। मुझे मालूम था, मैं उसकी हिफ़ाज़त करूँगा, चाहे कुछ भी हो। जब वह आयी तो मैं जाग रहा था। मैं सोया नहीं था। जब भूचाल आया हो तो, नींद कहाँ आती है।

वह मेरी तरफ़ बढ़ा, धीमे-धीमे, मानो वह मुझे फ़ैसला करने का समय देना चाहता हो। वह बैठी रही और हमारी ओर देखती रही। वह गम्भीर दिख रही थी, साथ में एक अकड़ भी थी, और उसकी यह अकड़ मुझे इस परिस्थिति के अनुकूल नहीं लग रही थी। जब वह मेरे सामने आकर खड़ा हो गया तो मैंने सोचा आख़िरकार वे ज़रूरतमंद लोग हैं, ऐसी भी क्या अकड़। उसने कहा, हमें एक कमरा चाहिए, और हमारे पास पैसा नहीं है। पर पैसा आने वाला है, और जब आएगा तो हम अदा कर देंगे और चले जाएँगे। आप हमारी आख़िरी उम्मीद हैं।

उसकी पीठ के पीछे क्रिस्टॉस दरवाज़े से दाखिल हुआ, मुझे देखा और सिर हिलाया। मैंने एक बार फिर उस औरत की ओर देखा। वह अब अपना सिर झुकाए बैठी थी। शायद उसने क्रिस्टॉस को देख लिया था। वह बहुत बेसहारा लग रही थी। मैंने उस आदमी को देखा और कहा : बड़े बेवकूफ़ हो यार, उम्मीद करता हूँ कि तुम्हें पता है कि तुम क्या कर रहे हो। ऐसा कहते समय मैं नहीं जानता था कि हम दोनों में कौन ज़्यादा बड़ा बेवकूफ़ है।

चाबियाँ काउन्टर के नीचे दराज़ में रखी हुई होती हैं। मैंने दराज़ खोला और उसमें से तीन नम्बर कमरे की चाबी उसे दे दी। यह हमारा सबसे अच्छा कमरा है, भले ही इसमें भी और कमरों की तरह पलंग और कुछ छोटी मोटी चीज़ों के

अलावा कुछ नहीं है। लेकिन दोनों दरवाज़े समंदर की ओर खुलते हैं और साहिल पर देवदार के पेड़ काफ़ी अच्छे लगते हैं, ख़ास तौर से तूफ़ान या चाँदनी में। मैंने सिर से इशारा कर सीढ़ियों से जाने वाला रास्ता दिखाया। उसने शुक्रिया कहा और वापस उस औरत के पास चला गया। फिर वे सीढ़ियों से ऊपर चले गए, पलट कर मुझे एक बार भी नहीं देखा।

उसके बाद क्रिस्टॉस मेरे पास आया और थोड़ी देर चुप खड़ा रहा। अगर तुम्हारे पास तुम्हारी नाव होती, मैंने कहा, और उसने जवाब दिया : अगर मेरे पास एक नाव होती... हमने एक दूसरे को देखा और उसने ग़ुस्से में मुझे बातें सुनानी शुरू कर दीं कि मैं एक जज़्बाती गधा हूँ, और मुझे नहीं पता कि मैं किस मुसीबत में पड़ रहा हूँ, और अपनी ज़िन्दगी को दांव पर लगा रहा हूँ, और कुछ और सच्चाइयाँ जो मुझे पहले से पता थीं। उसके कुछ पुराने सहकर्मी वहाँ पहुँचे, तब जाकर वह चुप हुआ। वे यहाँ रोज़ शाम कुछ राउंड तावली खेलने आते हैं।

कम से कम तुमने उन्हें यह तो बता दिया होगा कि दिन में वे अपनी शकल न दिखाएँ। और यह सवाल भी उठता है कि इस सब का कुछ फ़ायदा होगा भी या नहीं, तावली बोर्ड की ओर जाते हुए उसने ज़रा सी तेज़ आवाज़ में कहा।

बाद में सब ख़त्म होने के बाद उसने मुझे बताया कि उसने इस दौरान टापू पर यहाँ वहाँ पूछताछ की है। हर जगह यह सुनने में आ रहा है कि उसने अपने पति को छोड़ दिया है। और सब इस बात का इंतज़ार कर रहे हैं कि अब वो क्या करने वाला है। स्तावोस के बारे में सबको पता है कि अगर चीज़ें उसकी मर्ज़ी से न हों तो वो क्या कर सकता है, और यह भी कि वह अपनी पत्नी के पीछे पागल है।

तीन दिन तक सब कुछ शान्त रहा। शायद उन्होंने क्रिस्टॉस की बातें सुन ली थीं इसलिए दिन के समय वे सामने नहीं आ रहे थे। मैं एक ट्रे में नाश्ता उनके कमरे के सामने छोड़ देता था। जब सारे ग्राहक शाम को चले जाते तब वह नीचे आता। ट्रे वापस करता और एक डोंगा सूप ऊपर ले जाता। सुबह वह डोंगा कमरे के दरवाज़े पर ख़ाली मिलता। क्रिस्टॉस से बातें छुपाना सम्भव नहीं था, लेकिन अब वह कुछ नहीं कह रहा था। चौथे दिन सुबह औरत का प्रेमी नीचे आया। उसने बताया कि वह बैंक जा रहा है और रास्ते में कुछ फल ख़रीद लेगा। वह नाश्ता नहीं करना चाहती थी। जब वह वापस आएगा तो कमरे का बिल चुका देगा और वे वहाँ से चले जाएँगे।

दरवाज़े पर उसकी मुलाकात क्रिस्टॉस से हो गई, जिसने उसपर कोई ध्यान नहीं दिया। वह अपनी जगह जाकर बैठ गया और मैंने उसका नाश्ता उसे लाकर दे दिया।

क्या आख़िर बात बन गयी, उसने पूछा।

लगता तो ऐसा ही है, मैंने कहा।

हमने कुछ और बातें की और उसके बाद मैं अपने काउन्टर पर लौट गया। हम दोनों ही को चिन्ता तो थी, पर इस बारे में हमने कोई बात नहीं की।

लगभग एक घंटा और गुज़रा था कि स्तात्रोस आ गया। होटल अब ख़ाली नहीं था। क्रिस्टॉस जाने ही वाला था, लेकिन दरवाज़े पर उसकी झूमती हुई काया देख कर रुक गया। क्यूँकि वह इतना लम्बा चौड़ा था और झूम रहा था, कुछ देर तक दरवाज़े के बीच की जगह को उसने पूरा भर दिया। रोशनी उसके पीछे थी, इसलिए उसका चेहरा मुझे सिर्फ़ एक काले धब्बे जैसा लग रहा था। लेकिन वह थोड़ा क़रीब आया और तब मैंने देखा कि उसकी आँखें सुर्ख़ लाल थीं। वह ज़रूर कई दिनों से सोया नहीं होगा, सिर्फ़ पी रहा होगा। बड़ी मेहनत और ज़ोर लगा कर ही वह सीधा खड़ा रह पा रहा था। मेरी ओर ध्यान दिए बिना वह बार काउन्टर के पीछे आया, सीधे हाथ से शेल्फों का सहारा लिया, जिससे कुछ गिलास ज़मीन पर गिर गए और एक बोतल वाइन उठा कर मेरी तरफ़ बढ़ा दी। मैंने बोतल खोली और उसे लेकर झूमता हुआ वह दरवाज़े के पास वाली एक मेज़ की ओर चला गया। वहाँ जाकर वह एक कुर्सी पर गिर गया। एक पल के लिए चारों ओर घूरा और ज़मीन पर थूका और वाइन पीने लगा। मैंने क्रिस्टॉस को देखा, वह मेरे पास आ गया।

मैंने उसको एक और दो नम्बर कमरों की चाबी दे दी।

बन्द कर दो, मैंने धीमे से कहा, तीन नम्बर भी कर देना। क्रिस्टॉस तुरन्त ऊपर चला गया। वापस वह उसी पल लौटा जब उस औरत का प्रेमी दरवाज़े पर पहुँचा। उसने मुझे तीनों चाबियाँ दे दीं और बार काउन्टर पर आकर खड़ा हो गया।

उस औरत का प्रेमी मुस्कुराते हुए हमारी ओर आया, मैंने तिरछी आँखों से देखा कि कुछेक ग्राहक बार से बाहर जा रहे थे। दो सैलानी जोड़े बैठे रह गए थे।

कितना देना है मुझे? उसने पूछा।

उसे वाक़ई कोई अन्दाज़ा नहीं था। जब बोतल उसके सिर से टकरायी तब तो वह मुस्कुरा रहा था। और वह ज़मीन पर क्रिस्टॉस के पैरों के सामने ढेर हो गया।

मैं उसको ढूँढ निकालूँगा, स्तात्रोस लड़खड़ाती जुबान से बोला और डगमगाता हुआ सीढ़ियों से ऊपर चला गया। ना तो क्रिस्टॉस और ना ही मैं अपनी जगह से बिलकुल भी हिले। हमने ऊपर दरवाज़े पीटने की आवाज़ें सुनीं, कुछ ढहने की आवाज़ आयी, शायद वह गिर गया होगा। शायद उसने एक दरवाज़े से अन्दर घुसने

की कोशिश की होगी और गिर गया होगा। फिर वह सीढ़ियों पर दिखा, सतर्कता से मगर डगमगाता हुआ नीचे उतरने लगा। ठीक वैसे जैसे शराबी लोग होश के किसी पल में कुछ ज़्यादा ही सतर्क हो जाते हैं और हास्यास्पद ढंग से झूमते हैं।

तुम चाबी ले सकते हो स्तात्रोस, मानो मैंने पागलपन के दौरे में उससे कहा। बहरहाल क्रिस्टॉस मुझे ऐसे ही देख रहा था कि जैसे मैं पागल हो गया हूँ।

चाबी...स्तात्रोस लड़खड़ाती ज़ुबान से बोला, वे बचेंगे नहीं, दोनों के दोनों। उसने अपने पैर से ज़मीन पर गिरे हुए आदमी को लात मारी, और दरवाज़े से झूमता हुआ बाहर चला गया।

हमने उस औरत के प्रेमी से पैसे का बड़ा हिस्सा ले लिया और उसको अस्पताल पहुँचा दिया। बहुत समय लगा, पर शायद वह बच गया हो। हमारे गाँव में चिकित्सा सेवा काफ़ी समय से बचत के नाम पर बन्द है। रात को क्रिस्टॉस ने उस औरत को होटल से लिया और अपनी नाव पर ले गया। वैसे भी उन दोनों के लिए एक साथ उस नाव में पर्याप्त जगह न हो पाती। तुर्की और हमारे बीच की समंदर की चौड़ाई सिर्फ़ हज़ार मीटर की है। सैलानियों के लिए यह काफ़ी आकर्षक बात है। वे साहिल पर खड़े होकर समंदर के दूसरे छोर के मख़मली टीलों को निहारते हैं। वहाँ असलियत में क्या होता है उसकी उन्हें कोई जानकारी नहीं, ना ही कोई दिलचस्पी भी। रात को यह पानी थर्मल इमेजिंग कैमरों से लैस हेलिकॉप्टरों की निगरानी में रहता है। जब यह कहानी घटी, उस समय जर्मन पाइलट ड्यूटी पर तैनात थे, जो ज़्यादा ही सचेत होते हैं। क्रिस्टॉस ने कभी भी इस बारे में खुल कर बात नहीं की, पर मुझे पता है कि उसकी नाव पर केवल एक ही इन्सान के लिए थर्मल शील्ड मौजूद है। क्रिस्टॉस ज़रूर पहली बार ही किसी को हमारे टापू से तुर्की तक ले गया था। आमतौर पर वह कुर्दों या अफ़ग़ानों को ले जाता है।

उन पैसों से औरत के लिए यह मुमकिन हो गया होगा कि वह तुर्की में अपना गुज़ारा कर ले। पता नहीं दोनों बाद में फिर कभी मिले भी कि नहीं। शायद यह इश्क़ की बात है। क्रिस्टॉस और मैं कभी-कभी उनके बारे में बात करते हैं, लेकिन अक्सर नहीं। हमें इश्क़ में कोई महारत नहीं।

लुगदी रसोई

नहीं, ये झुर्रियां नहीं हैं, ये मेरे जीवन की पटकथा की पंक्तियाँ हैं!

हालाँकि सच कहूँ तो, मैंने अपनी ज़िन्दगी की अलग सी ही कल्पना की थी। कुछ डोरिस-डे की कॉमेडी या ऑड्रे-हेपबर्न की प्रेमकथा सी। लेकिन वह तो कुछ ऐसी थी जैसे मैं एक विशाल सिनेप्लेक्स में किसी ग़लत हॉल में पहुँच गयी हूँ और वहाँ 'पिलो-टॉक' या 'टिफ़नी के नाश्ते' के बजाय, अब टोबे हूपर की 'टेक्सास चेनसॉ नरसंहार' चल रही हो। कोई अट्ठारह वर्ष से ऊपर वाला संस्करण नहीं, बल्कि निर्देशक का वह ख़ून ख़राबे से भरा कुछ ज़्यादा ही लम्बा कट, जिसे आपको इक्यासी साल का होने के बाद ही देखना चाहिये, चूँकि उन भयावह सपनों को झेलने के लिए अब आपके पास ज़्यादा साल नहीं बचे होंगे।

बस एक फ़र्क़ था, मैं वह ब्लॉन्ड नहीं थी जो चिल्लाते हुए उस चेनसॉ हैवान से दूर भाग रही हो।

मैं ख़ुद वह चेनसॉ हैवान थी।

वैसे यहाँ बात रूपकों में हो रही है। मैं कभी भी चेनसॉ से काम नहीं करती। आख़िर मैं स्वाबियाई हूँ। चेनसॉ से हमेशा ख़ूँरेजी फैलेगी और फिर मैं हर-हफ़्ते-सफ़ाई की अपनी वंशागत आदत से मजबूर पोंछने पांछने लग जाऊँगी। अपराध स्थल को मैं ख़ून से लथपथ तो नहीं छोड़ सकती। यह मुझे मानसिक तौर पर बहुत खटकता है। इसलिए मेरे यहाँ आपको सिर्फ़ साफ़ सुथरी लाशें मिलेंगी। कह तो दिया लेकिन यह भी मानना पड़ेगा कि तकनीकी रूप से बिलकुल साफ़ लाश जैसा कुछ नहीं होता–थोड़ा सा ख़ून, डर से निकला पेशाब या मुँह पर झाग हमेशा ही रह जाता है। लेकिन आमतौर पर आप ख़ुश हो सकते हैं अगर आप मेरे हाथों मरते हैं : बिना-देरी, बिना-दर्द, बिना-गंद! इसी सिद्धान्त के साथ मैं बीस से अधिक वर्षों से स्वतंत्र रूप से काम कर रही हूँ, हालाँकि यह आज भी एक पुरुष-प्रधान विभाग है,

पर मेरा धंधा बढ़िया चल रहा है। मैं एक मंझी हुई खिलाड़ी हूँ, मुझे लगा अब मुझे कुछ भी आश्चर्यचकित नहीं कर सकता और मैं सेवानिवृत्त होने तक, लेक कॉन्स्टेंस या ब्लैक फॉरेस्ट में मध्यमवर्गीय गुमनामी के प्रतीक किसी पंक्तिबद्ध घर में पहुँचने तक, ऐसे ही काम करती रहूँगी।

पर अभी मंज़िल दूर है!

"नेले? बेकन के और टुकड़े?"

लगभग एक घण्टे से मैं बेकन के चौकोर टुकड़े करने में लगी थी। इससे पहले, एक घण्टे से ज़्यादा समय तक मैं बासी पाव रोटी को काटती रही। मैंने सोचा था कि एक रेस्तराँ की रसोई में काम करना ज़्यादा विविध होगा पर मैं तो सिर्फ़ एक सहायक ही थी। टुकड़े करने वाली सहायक।

"बेकन के टुकड़े? कृपया करेंगी क्या?"

ज़ोर से, लेकिन आग्रह नहीं, बल्कि एक प्रश्न चिह्न।

वहाँ जो इतने प्यार से डाँट रहा था वह हमारा मालिक था, वोल्फ़गांग ब्युर्त्सेले। लम्बे, काले बाल, और गरुड़ सी नाक वाला। असल में रेस्तराँ की रसोई के लिए कुछ ज़्यादा ही अच्छा सलूक और ज़्यादा ही अमन तलब। आख़िर कैसे वह सिर्फ़ अपने प्यारे व्यवहार के दम पर इतना आगे बढ़ सकता है? असल में उसने अपनी ज़िन्दगी ख़ूब अच्छी बनाई है। वह इस सहस्राब्दी में दुनिया भर में माउल्ताशे बनाने वाले पाँच दिग्गजों में से एक था।

आख़िरकार, स्वाबियाई माउल्ताशे यूरोपीय संघ के कानून के तहत–स्वाबियाई व्यंजनों के प्रमुख के तौर पर संरक्षित था। और किसी भी ऐरे गैरे नत्थू ख़ैरे को

सॉसेज, अंडे, ब्रेड, अज़मोद, प्याज़ और लीक से भरे गुलगुलों की स्वाबियाई माउल्ताशे से बराबरी करने की अनुमति नहीं थी। तुरन्त ही बावर्ची की टोपी पहने उन दिग्गजों के बीच 'सर्वश्रेष्ठ' माउल्ताशे के लिए झगड़े भड़क उठते।

इस बीच ब्युर्त्सेले और उसकी गरुड़ सी नाक बाक़ी प्रतिस्पर्धियों से दो हाथ आगे थी। और वह लगभग निश्चित रूप से श्टुट्गार्ट में लगने वाले खाद्य मेले में 'सर्वश्रेष्ठ स्वाबियाई माउल्ताशे' के तौर पर चुना जाएगा। मतलब वह नहीं, बल्कि उसका माउल्ताशे बनाने का नुस्ख़ा।

लेकिन कोई इसे रोकना चाहता था।

"इसे एक नई चुनौती के रूप में देखें!"

मेरे बेनाम मुवक्किल ने मुझसे फ़ोन पर–बेशक सुरक्षित लाइन पर–फ़रिश्तों की ज़ुबान और श्टुट्गार्ट वाली ऊँचे दर्जे की स्वाबियाई बोली में बात की। अपनी नेक-नियत को साबित करने के लिए उसने मेहनताने का एक तिहाई मेरे केमैन आइलैंड खाते में अग्रिम रूप से जमा करवा दिया था, हालाँकि मैंने इस काम के लिये अभी हाँ नहीं बोला था। बेशक, इस सलीके से मैं काम करने के लिए प्रेरित ज़रूर हुई।

"मैं भाड़े की हत्यारिन हूँ, कोई कॉर्पोरेट जासूस नहीं," मैं हिचकिचाने के अन्दाज़ में बोली। एक हाई-टेक ऑडियो जैमर की बदौलत वह मेरी आवाज़ पहचान नहीं सकता था।

"यह कोई इतना भी बड़ा काम नहीं है। आप रसोई में छुप कर घुसिए, माउल्ताशे बनाने की विधि को चुराइये, बावर्चियों को मार दीजिए। बस ख़त्म।"

मुझे संदेह था कि यूक्रेनवासी बोरिस या एडवले एडेबुंडो–हमारे समय के दो सबसे कुख़्यात भाड़े के हत्यारे–इस काम को स्वीकार करते। वे राष्ट्राध्यक्षों और बड़े आतंकवादियों और ड्रग सरगनाओं को मारते थे, माउल्ताशे के बावर्चियों को नहीं।

लेकिन यह काम मुझे आकर्षक लग रहा था। एक वजह, मुझे माउल्ताशे बहुत पसन्द है और जिसे मैं इस मिशन के दौरान पर्याप्त खा सकूँगी। दूसरी कि मैं स्वाबियाई हूँ और मुझे अब जाकर अपने उद्गम में फिर से काम करने का मौक़ा मिला है। आपने अन्दाज़ा तो लगा ही लिया होगा, स्वाबिया में सुपारी देने के ज़्यादा मामले नहीं हैं। एक स्वाबियाई असल में शान्त स्वभाव का होता है और सक्रिय रूप से अन्तिम समाधान ढूँढ़ने के बजाय इंतज़ार करता है कि मुश्किलें ख़ुद ही ख़त्म हो जायें। उसे हर उस चीज़ पर भी सन्देह होता है जिसमें पैसा–बल्कि बहुत सारा पैसा ख़र्च हो।

कुछ शब्दों में कहा जाये, तो मैंने बात मान ली।

"ठीक है, मैं करूँगी!"

'कुक की कातिल करछुल' शीर्षक श्टुट्गार्ट टाइम्स के स्थानीय ख़बरों के पिछले पन्ने पर छाया हुआ था, जब वाइब्लिंगेन का शोर्ष नैगेले अपनी रसोई में मृत पाया गया, उसकी कनपटी के बीचोंबीच सूप की करछुल से वार किया गया था।

उसे मैंने मारा था।

ख़ुद को काफ़ी सेक्सी स्टाइल में पेश करके मैंने नैगेले के साथ रेस्टोरेंट बन्द हो जाने के बाद की मुलाक़ात तय कर ली थी–बहाना यह कि मैं बावर्चियों के लिये ख़ास बने कुकिंग रेंज के निर्माता की एजेंट हूँ–फिर शैम्पेन का दौर, साथ में ड्रेस के गले से दिखते उतार-चढ़ाव और बेडरूम वाली गुटरगूँ आवाज़, नतीजा यह कि मैंने तक़रीबन बिना किसी मुश्किल के माउल्ताशे बनाने की विधि हासिल कर ली, बाक़ी रूटीन था।

जब रॉटवाइल का हेरमान लाइब्ले अपने शीतागार में सीधे दिल में लगी गोली के साथ दो सूअरों की खाल के बीच लटका हुआ पाया गया तो स्थानीय ख़बरों के पहले पन्ने पर श्टुट्गार्ट टाइम्स ने एक प्रसिद्ध और लोकप्रिय प्रमुख रसोइए की मौत पर अफ़सोस जताया कि वो अपने अत्यधिक प्रशंसित स्वाबियाई-माउल्ताशे को बनाने की विधि को अपने साथ क़ब्र में ले गया। बिलकुल ग़लत। वो नुस्ख़ा, जो उसके कार्यालय में एक पिन बोर्ड पर टंगा था, मैंने चुरा लिया था।

लेकिन तीसरे रसोइए, बीबेराख के एग्लॉफ फ़्लाईडेरेर की लाश मिलने के बाद तो मामले ने तूल पकड़ लिया। बिल्ड अख़बार के श्टुट्गार्ट संस्करण में बड़े अक्षरों में यह शीर्षक 'स्वाबियाई-माउल्ताशे माफ़िया के हमले' छपा। क्योंकि 'पुलिस आयोग स्वाबियाई-माउल्ताशे' को यह पता चल गया था कि बावर्चियों को न सिर्फ़ भयानक तरीक़े से मारा गया था बल्कि ज़ाहिर होता है कि उनके पुरस्कृत माउल्ताशे को बनाने की विधियों को भी चुराया जा रहा था।

अब केवल दो रसोइए बचे थे, और मेरे मुवक्किल ने मुझे स्पष्ट निर्देश दिए थे कि वह किस क्रम में उन दोनों की हत्या करवाना चाहता था : पहले ब्युर्त्सेले, फिर ब्र्युडर्ले।

"ये लीजिए, बेकन के टुकड़े," मैंने ब्युर्त्सेले से कहा और कटोरा उसकी तरफ़ बढ़ा दिया।

"ठीक है, इसे कृपया वहाँ रख दो। और अपने ब्रेक के बाद तुम बैरबेल की

बर्तन धोने में मदद करोगी, ठीक है?" ब्युर्त्सेले ने मुझ पर बिलकुल भी ग़ौर नहीं किया। हर जगह की तरह यहाँ भी कर्मचारी तेज़ी से बदले जाते थे। ज़्यादातर लोगों के पास तो सामाजिक सुरक्षा बीमा भी नहीं था।

"ठीक है," मैंने कहा, और साँप की तरह रसोइयों और बैरों की हलचल के बीच से गलियारे की तरफ़ निकल गई। पर बाहर बगीचे में बने धूम्रपान क्षेत्र में जाने के बजाय–मैं पिछले दिनों से यही जताती आयी थी कि मैं ब्रेक में सिगरेट पीते हुई श्टुट्गार्ट घाटी के नज़ारे का लुत्फ़ उठा रही हूँ–मैं चुपके से ऊपर सीढ़ियों की ओर 'आम रास्ता नहीं' क्षेत्र में घुस गयी।

कुछ दिन पहले ही मेरे मुवक्किल ने मेलबॉक्स पर काफ़ी ज़ोर देकर काम में तेज़ी लाने को कहा था; उसके हिसाब से कुछ भी जल्दी नहीं हो रहा था। मेले की घड़ी भी आने ही वाली थी। और हालाँकि मैं आमतौर पर जल्दी की बजाय निपुणता से काम पसन्द करती हूँ–एक और स्वाबियाई गुण–मैं उसे आज शाम को सर-अंजाम देना चाहती थी। साफ़ कहें तो, सिर कलम करना चाहती थी। पहले विधि, फिर मौत।

लेकिन ब्युर्त्सेले के कार्यालय से मुझे दो कटु निराशाएँ हुईं। पहली कि वह साफ़-सुथरा था। दूसरी कि उसमें एक तिजोरी थी। नैगेले, लाइब्ले और फ़्लाईडेरेर के वहाँ एक रचनात्मक उथल-पुथल फैली हुई थी और अतिप्रिय माउल्ताशे की विधि सामने ही मौजूद थी। ब्युर्त्सेले के यहाँ, न ही मेज़ पर कुछ था और न ही पिन बोर्ड पर कुछ भी टंगा था। उसकी मेज़ की दराज में मुझे सभी काग़ज़ात की एक सूची मिली : रसीद फ़ोल्डर–बाएँ शेल्फ में, स्टाफ फ़ोल्डर–बीच वाले और दाएँ शेल्फ में, विधियों का फ़ोल्डर–तिजोरी में।

सचमुच तिजोरी में। ज़रा मुझे कोई बताये, आख़िर कौन माउल्ताशे विधि को तिजोरी में बन्द करके रखता है? जवाब, ब्युर्त्सेले।

मैं किसी इन्सान को 212 अलग-अलग तरीक़ों से मौत के घाट उतार सकती हूँ, पर एक तिजोरी तोड़ना मेरे बस की बात नहीं है। बेशक इसका मतलब ये कि उसकी विधि तक पहुँचने के लिए मुझे ब्युर्त्सेले को यातना देनी होगी। यातना देना मेरे काम का एक असहज हिस्सा है। लेकिन हर काम में कुछ चीज़ें ऐसी तो होती ही हैं जो आप वास्तव में करना पसन्द नहीं करते हैं : सूची बनाना, उपकरण साफ़ करना, यातना देना।

मैंने गहरी साँस भरी।

पैरों की आहट सुनाई पड़ी।

ब्युर्त्सेले के कार्यालय से भागने का कोई रास्ता नहीं था, और छुपने के भी बेहद सीमित विकल्प। मैं पुराने ज़माने की ठोस लकड़ी की मेज़ के पीछे छिप सकती थी, लेकिन फिर अलमारी की तरफ़ वाले रास्ते में रुकावट आ जाती और मेरा भंडाफोड़ हो जाता। या मैं खिड़की के पास फ़र्श तक की लम्बाई वाले मख़मली पर्दों में लिपट सकती थी। अब कीटनाशक पाउडर की गंध वाले पर्दों का ही सहारा है, वैसे समय गँवाने का वक़्त भी नहीं बचा था।

तभी दरवाज़ा खुला और ब्युर्त्सेले ने प्रवेश किया। एक आदमी के साथ, मैंने भारी कदमों की आहट से अनुमान लगाया। और उसके तुरन्त बाद गहरी आवाज़ में।

"वोल्फ़, तुम पागल हो!"

"मैं पाग़ल नहीं हूँ! किसी ने हम माउल्ताशे-मर्दों को निशाने पर रख लिया है। लाइब्ले, नैगेले और अब फ़्लाईडेरेर–यह संयोग नहीं हो सकता! इतना तो तुम्हें भी समझ में आ रहा होगा!"

"सब बकवास। मुझे तो यह भी नहीं समझ आ रहा कि तुम्हें क्या हुआ है।"

चूँकि स्वाबिया में कुल पाँच ही विशिष्ट रसोइये थे, इसलिए मेरी पैनी बुद्धि ने यह निष्कर्ष निकाला कि गहरी आवाज़ मेरे अगले और आख़िरी शिकार की थी : कुर्ट ब्र्युडर्ले।

ब्र्युडर्ले का रेस्टोरेंट घाटी के दूसरी तरफ़ श्टुट्गार्ट के किल्लेसबर्ग पर था, और जब आप श्टुट्गार्ट की रेस्टोरेंट गाइड में बी एंड बी पढ़ते हैं, तो इसका मतलब हमेशा ब्र्युडर्ले और ब्युर्त्सेले होता है : बढ़िया स्वाबियाई व्यंजनों के लिए दो अव्वल दर्जे के ठिकाने।

"चलो कुछ पीते हैं," मैंने ब्र्युडर्ले को कहते सुना। ब्युर्त्सेले ने सहमति में गहरी साँस ली। बिही के शॉट पहले गिलास और तुरन्त बाद पुरुषों के हलक़ में उतर गए।

अब जब मुझे हाथ पर हाथ रखकर इंतज़ार करने की सज़ा मिली थी तो मैं सोचने लगी कि किसने मुझे सुपारी दी होगी। कोई दूसरे दर्जे का माउल्ताशे रसोइया जो ख़ुद को आगे बढ़ाने के लिए पहले दस्ते से छुटकारा पाना चाहता था? सम्भव, लेकिन अकल्पनीय। औसत शेफ़ इतनी कमाई नहीं कर पाते कि वे मेरे रेट का पाँचवा हिस्सा भी दे पायें। ख़ासकर जब मैं थोक काम के लिए कोई छूट भी नहीं देती।

पर्दों के कीटनाशक पाउडर से मेरे नथुने भर गए। मैंने नाक सिनकी।

"तो? अब सब ठीक या अभी भी किसी बड़े माउल्ताशे षड्यंत्र के बारे में सोच रहे हो?" ब्र्युडर्ले ने पूछा।

मैंने फिर से सिनका।

"मुझे एक और चाहिए!" ब्युर्त्सेले ने कहा।

"आछीं!" मेरी नाक से आवाज़ आई।

अब मामला बिगड़ गया।

योजना में सहज बदलाव से मुझे नफ़रत है!

"हिलना मत!" मैं चिल्लाई, और हाथ में बेरेटा लिए झटके से पर्दे के पीछे से बाहर आ गयी। कम से कम यही मेरा लक्ष्य था। लेकिन उसी वक़्त मेरी एड़ी पीले पड़े पर्दे में फंस गई, मैं बुरी तरह लड़खड़ाई, सीधा उड़ते हुए पॉलिश की हुई मेज़ पर पहुँच गई, अपने सने हुए एप्रन में पूरी तरह से फिसलते हुए वोल्फ़गांग ब्युर्त्सेले की गोद में जा गिरी, जिससे घबराहट में शराब की बोतल छूट गई। ब्र्युडर्ले, जो बस अपने दूसरे प्याले को गटकने वाला था और इस उद्‌देश्य से कुर्सी के पिछले दो पैरों पर सन्तुलन बना रहा था, अपना सन्तुलन खो बैठा और फ़र्श पर धम से जा गिरा।

इस स्टिल लाइफ तस्वीर में–मैं एक रसोइये की गोद में सिर रखे, दूसरा रसोइया मेरे पीछे फ़र्श पर लेटा हुआ, चारों ख़ाने चित्त–एक विशाल ढाँचा बिना किसी चेतावनी के प्रकट हो गया, इतनी गर्मी के बावजूद बुनी हुई टोपी पहने, हाथ में एम॰जी॰ फ़ोर साधे।

"हिलना मत!" घुसपैठिए ने भी भारी आवाज़ और थोड़े अलग लहजे में बोला और अपने घातक हथियार को ब्युर्त्सेले के सीने पर रख दिया।

क्या मैंने पहले भी बताया है कि मुझे योजनाओं में अचानक बदलाव बुरा लगता है?

एम॰जी॰ फ़ोर एक हल्की मगर मज़बूत बहुउद्‌देशीय मशीन गन है, औसतन 750 राउन्ड प्रति मिनट चलाने वाली। यानी हम में से प्रत्येक के लिए 250 शॉट थे। इससे बच पाने की सम्भावना अथाह कम थी। मुझे जल्दी ही कुछ करना था।

तो मैंने गोली चला दी। अपनी बेरेटा के साथ मेरे पास एम॰जी॰ फ़ोर के ख़िलाफ़ केवल एक मौक़ा था क्योंकि वह टोपी वाला सेकण्ड के एक अंश के बराबर ही झिझका था। शायद उसने सोचा होगा, कि हम यहाँ कौन सी रासलीला कर रहे हैं।

मेरी गोली उसे ठीक भौंहों के बीच लगी।

निश्चित होने के लिए मैंने एक गोली उसे सीने में मारी। और गले में भी। उसके ख़ून के फ़व्वारे फ़िल्म में दिखाने लायक़ थे।

मेरे बगल में ब्र्युडर्ले ने फ़र्श पर उलटी कर दी।

ब्युर्त्सेले पीला पड़ गया, लेकिन क़ाबू में रहा।

मैं उठी, लाश के पास गयी और उसे ज़ोर से लात मारी। यह द्वेष नहीं बल्कि जीवन की गारन्टी थी। इससे पहले कि आप किसी मृत व्यक्ति को पीठ दिखाएं, आपको हमेशा पहले यह सुनिश्चित करना चाहिए कि वह वास्तव में मर चुका है।

बोरिस मर चुका था।

बेशक मैंने उसे तुरन्त पहचान लिया था। और बातों के अलावा इस वजह से, क्योंकि उसने अपने नाम को दोनों हाथों की बाज़ूओं पर गुदवाया हुआ था। ज़ाहिर है, मेरे मुवक्किल ने मुझ पर विश्वास खो दिया था और एक प्रतियोगी को काम पर रख लिया था।

मैं हाथ में बेरेटा लिए दोनों रसोइयों की ओर मुड़ी।

कुछ फ़ैसला होना था।

मुझे गरुड़ सी नाक वाले लम्बे, काले-भूरे बालों वाले पुरुष पसन्द हैं, जो माउल्ताशे भी बना सकें और ब्युर्त्सेले क्या माउल्ताशे बनाता था! वह माउल्ताशे-देव था! बस कमी थी तो एक औरत के साथ की। मुमकिन है उसके नाम ने संभावित आवेदिकाओं को डरा दिया होगा। भला कौन सी महिला ब्युर्त्सेले कहलाना चाहेगी?

"ध्यान से सुनो," मैंने उसके सामने खड़े होते हुए कहा। "किसी ने मुझे स्वाबिया के पाँच सर्वश्रेष्ठ माउल्ताशे रसोइयों को मारने का काम दिया है। कोई अन्दाज़ा, कि वह कौन हो सकता है?"

इस बीच, ब्र्युडर्ले बेहोश हो गया था। आश्चर्यजनक है कि कितने रसोइये ख़ून नहीं देख सकते। यानी, वे इन्सान का ख़ून नहीं देख सकते। और दुख की बात है कि बोरिस का ख़ून अभी भी बहुत बह रहा था। लकड़ी की फ़र्श को फिर से पॉलिश करवाना पड़ेगा।

दूसरी ओर, ब्युर्त्सेले पूरी तरह से जगा हुआ था। जो मेरी राय में उसका एक और अच्छा गुण था।

"तो यह मेरे लिए थी?" उसने पहले मेरी बेरेटा की नली में और फिर मेरी आँखों में देखते हुए कहा। मैं बताना चाहूँगी कि उसकी आँखें किसी हिमनदी की तरह नीली थीं और जिनमें सुनहरी बिन्दुएँ थीं।

मैंने महसूस किया कि मैं पिघल रही हूँ, कि मेरा पेशेवर भविष्य अब से बिल्कुल अलग दिखाई देगा : कुट्टेल्न, नियरले, बूबाश्पित्सले और माउल्ताशे जैसे

स्वाबियाई व्यंजनों से भरपूर। मैं बनूँगी रसोइये की बीवी!

लेकिन पहले मेरे मुवक्किल वाले मामले को सुलझाना बाक़ी था, नहीं तो 'जनम जनम का साथ हमारा' जिसकी कल्पना मैं पहले से ही ईस्टमैन कलर में कर चुकी थी, सिर्फ़ कुछ पल का होगा।

कौन था वो रहस्यमयी मुवक्किल? माउल्ताशे माफ़िया?

और फिर मुझे याद आया कि यूक्रेनी बोरिस के मंच पर आने पर मुझे क्या अजीब लगा था।

"मैं तुम्हें बचाऊंगी," मैंने ब्युर्त्सेले से वादा किया।

"आख़िर बोरिस ने अपनी मशीन गन से केवल ब्युर्त्सेले को ही निशाना क्यों बनाया? बताइए? आपको क्यों नहीं?" मैंने तुरन्त ब्र्युडर्ले से जानना चाहा। "क्या आपका नाम मौत की सूची में सिर्फ़ ध्यान भटकाने के लिए था? क्या आप शुरू से ही चौथे मृत माउल्ताशे रसोइये के बाद मुझे सूली पर चढ़ा देना चाहते थे?" मैंने ब्र्युडर्ले को दोनों कानों से पकड़ा और उसका सिर फ़र्श पर पटक दिया।

"अ...," ब्युर्त्सेले ने सहम कर आपत्ति जताई, लेकिन मैंने उसे "मुझे सम्भालने दो!" कहकर चुप करवा दिया।

मल्टीटास्किंग वास्तव में मेरा खेल नहीं है, और जब मैं ब्युर्त्सेले को गर्दन घुमा के देख रही थी, ब्र्युडर्ले पर मेरी पकड़ सेकण्ड के एक अंश के बराबर ढीली पड़ गई। ब्र्युडर्ले, हराम-ज़ादे ने अपने घुटनों को एक झटके के साथ ऊपर उठाया और उन्हें मेरी पीठ में दे मारा। मैं आगे की तरफ़ गिर गई, जिसका फ़ायदा ब्र्युडर्ले ने मेरे नीचे से बाहर खिसकने और उठ खड़े होने के लिए उठाया। बेरेटा मेरे हाथ से फिसल गई और जब मैं उसे टटोल रही थी, ब्र्युडर्ले ने दरवाज़ा खोला और दालान में भाग गया।

मैं पीछे-पीछे।

मुझे दौड़ते हुए बेरेटा को फिर से छुपाना पड़ा क्योंकि मेरे पास उन सभी के लिए पर्याप्त गोलियां नहीं थीं जो सीढ़ी के आस पास थे और जिन्हें मुझे गोली मारनी पड़ती कि वे इस घटना के गवाह होते।

ब्र्युडर्ले रसोई में घुस गया। लोगों के अस्त-व्यस्त झुण्ड में–मुख्य भोज का समय शुरू हो गया थ–किसी ने ध्यान नहीं दिया कि हम दोनों एक दूसरे का पीछा कर रहे हैं। दौड़ते हुए ब्र्युडर्ले ने दीवार पर लगे ब्रैकेट से घोंघे पकाने वाला तवा खींच निकाला और मेरे सिर की ओर उछाल दिया। लेकिन मैं ठीक समय पर

झुक गई और फ़ौरन ब्र्युडर्ले और डाइनिंग रूम के निकास द्वार के बीच कूदने में कामयाब रही। ब्र्युडर्ले दाहिनी ओर खिसक लिया, एक संकरे गलियारे में पहुँच गया और वहाँ का दरवाज़ा खोल दिया।

यह आदमकद डीप फ्रीज़र का दरवाज़ा था।

मैंने उसे अन्दर धकेल दिया और हम दोनों के बीच का दरवाज़ा बन्द कर लिया।

वोल्फ़गांग कमाल का रसोइया है, लेकिन उसमें किसी भी तरह की दृढ़ता का अभाव है। दूसरी ओर मैं एक घटिया शेफ़ हूँ, लेकिन दस के बराबर दृढ़ता रखती हूँ। एक जोड़े के तौर पर हम एक-दूसरे के अत्यंत पूरक हैं। वोल्फ़गांग ने भी इसे बहुत जल्दी पहचान लिया। मेरी बदौलत वह बहुत समय से माउल्ताशे का अपराजित राजा है।

ब्र्युडर्ले और बोरिस कुछ समय डीप फ्रीज़र में रहे। और मैं क्या कहूँ? हमने उनसे टुकड़ों में छुटकारा पाया। एक अच्छी रसोई में आप कुछ भी उपयोग कर सकते हैं–उबाल के, कतली में काट के या भरावन के रूप में।

समय के साथ, एक या दो बेक़द्र रेस्टोरेंट समीक्षक या झगड़ालू मेहमान भी सूची में जुड़ गए। माउल्ताशे में भरने के लिए मांस की ज़रूरत हमेशा होती है।

हर महान रसोइए के पीछे बन्दूक़ वाली कोई होनी चाहिए।

माउल्ताशे राजा ब्युर्त्सेले के पीछे मैं हूँ।

तब भी आपको मेरी सलाह यही है : अगर आप श्टुट्गार्ट में हमारे गौरमे रेस्टोरेंट आयें और आपका पेट संवेदनशील हो, तो शाकाहारी माउल्ताशे मंगवाएँ। कौन जाने...

वो कौन थी?-लीडिया

हैम्बर्ग,
30 साल पहले

"क्या विकृति है," पुलिस अधीक्षिका कार्ला ग्रोथ बड़बड़ाई और तस्वीरों को ध्यान से एक के ऊपर एक रखने लगी। सबसे पहले घटनास्थल के इलाक़े को दर्शाने वाली, फिर घटनास्थल को दर्शाने वाली और आख़िर में घटनास्थल पर मौजूद हर वस्तु, चिन्ह, सुराग की तस्वीरें। व्यापक से विवरण तक। इस सारी उथल-पुथल में भी कुछ कायदा।

उसने तस्वीरें कीबोर्ड के बग़ल में रखीं और अपने सामने मेज़ पर रखे मॉनिटर को देखने लगी। डेढ़ घण्टे से जिस फ़ॉर्म को वह खोले बैठी थी उस पर बड़े अक्षरों में लिखा था **मौक़ा-ए-वारदात** की रिपोर्ट। अब तक उसने एक भी अक्षर टाइप नहीं किया था। बजाय इसके वह इस सोच में डूबी थी कि उसके सहकर्मी और वह कहाँ से जाँच-पड़ताल शुरू कर सकते थे। कार्ला ग्रोथ अपनी कलाई-घड़ी की कुंडी को लगातार उलटी ओर घुमा रही थी जिसकी वजह से एक धातुई तीखी आवाज़ निकल रही थी, जो कमरे में गूँज रही थी।

किर्र-किर्र-किर्र-किर्र-किर्र

जहाँ उसके अग़ल-बग़ल वाले कुछ ही देर में कुंडी की लगातार होती इस खटखट से भड़क उठते थे, उसे इससे सुकून मिलता था।

किर्र-किर्र-किर्र-किर्र-किर्र

फ़ोन की घंटी बजती है और उसे उसके ख़यालों से निकालती है। "हैलो?"

"कहाँ ग़ायब हो गईं?" हैम्बर्ग आपराधिक विभाग का महानिदेशक जानना चाहता था। "प्रेस-कॉन्फ्रेन्स बीस मिनट में शुरू हो रही है! हम सब सिर्फ़ तुम्हारा ही इन्तज़ार कर रहे हैं!"

"बस आ रही हूँ। क्या तुमने मौक़ा-ए-वारदात की तस्वीरें देख लीं?"

"तस्वीरों में मुझे कोई दिलचस्पी नहीं है! फ़िलहाल ज़रूरी बस यह है कि हम इस प्रेस-सम्मेलन से निपटें। कल शाम जो हुआ वह जंगल में आग की तरह फैल चुका है। सम्मेलन कक्ष खचाखच भरा हुआ है।"

"मैं अभी इस मामले के बारे में कुछ भी नहीं कहना चाहती। तुम्हें तस्वीरें देखनी चाहिए, तब तुम समझोगे कि मैं क्या कहना चाहती हूँ।"

"मैंने अभी-अभी तुमसे कहा न कि तस्वीरों से मुझे घंटा फ़र्क़ नहीं पड़ता! तुम इस घटना की पड़ताल कर रही हो और प्रेस को इसी वक़्त मामले के बारे में कुछ बताओगी! सही शब्द चुनने के लिए तुम्हारे पास अभी दस मिनट हैं!"

"यह सही नहीं है," कार्ला ग्रोथ ने विरोध किया, पर अगले ही पल टेलीफ़ोन लाइन कट गयी।

गहरी साँस भरते हुए उसने फ़ोन रखा, अपनी लेदर चेयर से उठी और उन कुर्सियों के पास गयी, जिन्हें वह बीती रात अपनी मेज़ के बग़ल में जोड़कर कुछ घण्टों की नींद ले पाई थी। कुर्सियों को उसने फिर उनकी जगह पर वापिस रखा। फिर खिड़की पर गयी और सामने के भवन परिसर को देखने लगी। वहाँ नियॉन लैम्प उन सहकर्मियों पर एक अजीब रोशनी फेंक रहे थे जो मामले के शुरुआती तथ्यों को इकट्ठा कर रहे थे।

किर्र-किर्र-किर्र-किर्र–किर्र

कार्ला ग्रोथ उन्हें देखती रहती है, तभी एक अधिकारी उसे देखकर हाथ हिलाती है। वह भी जवाब में हाथ हिला देती है, मुड़ती है और वापिस आकर बैठ जाती है। वह एक बार फिर उन तस्वीरों को हाथ में लेकर देखती है। "क्या विकृति है!" वह बड़बड़ाती है और फ़ोन की ओर मुड़ती है। उस इकलौते नम्बर को मिलाती है जो

उसे रटा हुआ है, थोड़ी ही देर में उसका पति फ़ोन उठा लेता है।

"हैलो, कार्ला बोल रही हूँ।"

"हे भगवान! तुम ठीक तो हो?"

"हाँ, मैं बस तुम्हारी आवाज़ सुनना चाहती थी।"

"क्या?"

उसके पति की आवाज़ से यह साफ़ था कि यह जवाब सुनकर वह कितना कुढ़ गया। "कल शाम तुमने फ़ोन पर मुझे कहा था कि तुम लोगों के पास एक नया मामला आया है। पिछले सालों में ऐसी फ़ोन कॉल का मतलब होता था कि अब इसके बाद मुझे कई दिनों तक तुम्हारी कोई ख़बर नहीं मिलेगी। और आज तुमने मेरी आवाज़ सुनने के लिए फ़ोन किया?"

"हाँ, बिलकुल।"

"मुँह में दही जमा है क्या! अरे, हुआ क्या है?"

"मैं अभी अपना बैज और पिस्तौल सौंपकर घर आ रही हूँ।"

"क्या?" कार्ला ग्रोथ का पति पहले तो चुप हो गया, फिर थोड़े एहतियात से पूछता है : "क्या तुम लोगों ने मामला सुलझा लिया है?"

वह कुछ नहीं बोली।

उसे कोई शक नहीं था कि वह इस बारे में गम्भीर थी। "मैं बस तुमसे एक सवाल पूछना चाहूँगा। पूछ सकता हूँ?"

"हाँ, बेशक।"

"हत्या विभाग के अपने कार्यकाल में तुमने कितने मामले सुलझाए हैं?"

"याद नहीं। थे बहुत। बहुत सारे।"

"तो मैं दूसरे तरीक़े से पूछता हूँ : कितने मामले तुम लोग नहीं सुलझा पाए?"

"यह भी ठीक से नहीं बता पाऊँगी। मुझे लगता है थोड़े बहुत।"

"और कौन से मामले अब भी तुम्हारे दिमाग़ में घूमते हैं?"

वह कुछ देर सोचती है, फिर जवाब देती है। "मुझे चार मामले ही याद आ रहे हैं।"

"और अगर तुम अब घर आयी तो यह पाँच हो जाएँगे?"

"हाँ, बिलकुल हो तो जाएँगे।"

"तुमने हमेशा मुझसे कहा है कि मुजरिम के पकड़े जाने की सम्भावना शुरुआती दो दिनों में ही सबसे ज़्यादा होती है।"

"बेशक।"

"और तुम लोगों के पास अब और कितना समय है?"

कार्ला ग्रोथ ने आँखें बन्द कीं और आह भरी। "ऐसा लगता है कि अनंत-काल है।"

* * *

फ़ूल्ज़ब्यूटल जेल,
24 घण्टे और

क्लाउस होफ़्स्टेटर ने पिछले तीन पन्ने पलटे और पाठ एक बार फिर से पढ़ा। पढ़ते हुए उसने कुछ वाक्यों को पीले रंग के पेन से रेखांकित किया और थोड़ी थोड़ी देर पर सिर हिलाता रहा। "ओह आख़िरकार," कहकर उसने अन्त में आह भरी और लेख पर एक चेपदार नोट लगा दिया। फिर उसने खट से मनोविज्ञान की पाठ्यपुस्तक बन्द की और पीछे झुका। पिछले कुछ दिनों से वह पागलों की तरह एक विषय खोज रहा था, जिसपर वह अपने स्नातकोत्तर के शोध प्रबंध में काम करना चाहता था। उसे तुरन्त अपना प्रस्तावित विषय हागेन स्थित मुक्त विश्वविद्यालय भेजना था, क्यूँकि उसके प्रोफ़ेसर पहले भी इसके बारे में पूछ चुके थे।

'बच्चा गँवाने के बाद माँ-बाप के ग़म से उबरने के तरीक़े,' सन्तुष्टि से वह बुदबुदाया, "यह तो मैं पहले भी सोच सकता था।"

होफ़्स्टेटर खड़ा हुआ और खिड़की के पास गया। उसने खिड़की की सिल्ली पर कोहनियों के बल टेक लगायी। जब तक उसे सिंह तारामंडल नहीं दिखा तब तक वह अपनी नज़रें आसमान में दौड़ाता रहा।

जब थोड़ी देर बाद उसके पड़ोसी के यहाँ से सिगरेट का धुआँ उड़ते हुए आया तो उसने नाक सिकोड़ी। होफ़्स्टेटर और वह एक रॉक बैंड में साथ में संगीत बजाते थे और कल शाम लगभग 200 श्रोताओं के सामने अपना नया कार्यक्रम प्रस्तुत करने वाले थे। होफ़्स्टेटर ड्रम बजाता था और उसका पड़ोसी गाता था।

"और?" होफ़्स्टेटर ने पूछा। "कल के लिए घबरा तो नहीं रहे?"

"क्यों?" जवाब आया। "मैं कल जाकर बस अपना काम करूँगा। कुछ नया नहीं।"

"तुम्हें बिलकुल भी डर नहीं है कि तुम बोल भूल जाओगे?"

"भूलना चाहिए क्या?"

होफ़्स्टेटर ने उस बात को वहीं छोड़ दिया। उसने सिर झुकाया और दोनों हाथ अपने बालों में फेरे। अन्त में उसने पूछा : "क्या तुम्हें लगता है कि मैं बुरा इन्सान हूँ?"

* * *

हैम्बर्ग,
30 साल पहले

"मुझे एकदम नहीं लगा था कि तुम यह कर लोगी!" टेलीफ़ोन से इतनी ज़ोर से आवाज़ गूंजी कि पुलिस अधीक्षिका कार्ला ग्रोथ को फ़ोन अपने कान से एक गज दूर करना पड़ा। "मैं अब तक हमेशा यही सोचता था कि तुम्हें प्रेस-कॉन्फ्रेंस पसन्द नहीं। पर आज तो तुमने ख़ुद को ही मात दे दी!"

कार्ला ग्रोथ ने नज़र मॉनिटर से हटायी और लेदर चेयर पर बैठे बैठे पीछे झुक गई। "क्या मतलब?"

"मैं पूरी तरह से हैरान था कि तुमने कैसे उस नौसिखिए पत्रकार को मात दी," हैम्बर्ग अपराध शाखा के पुलिस महानिदेशक ने कहा। "मुझे तो बिलकुल नहीं पता था कि तुम इतनी कुशलता से ख़ुद को व्यक्त कर पाओगी। बोलना ख़ूब, पर कहना कुछ नहीं। वाक़ई कमाल कर दिया!"

"बस हमारी क़िस्मत अच्छी थी कि पत्रकार हमारे जवाबों से सन्तुष्ट हो गए।"

"तुम्हारे जवाबों से! अगर तुम यूँ ही करती रही तो मैं तुम्हारी तरक़्क़ी करके तुम्हें अब प्रेस-प्रतिनिधि बना दूँगा!"

"मुझे लगता है कि यह विचार अच्छा नहीं होगा।"

"बेशक यह विचार अच्छा नहीं है!" टेलीफ़ोन में से हंसी के साथ जवाब गूंजा। बेशक तुम वहीं रहोगी, जहाँ तुम हो। तुम्हारी सफलता के रिकॉर्ड देखते हुए मैं पागल ही होऊँगा जो तुम्हारा यहाँ से तबादला करूँगा।"

"अगर तुम्हें यही लगता है तो।"

"अब ध्यान से सुनो कार्ला। सरकारी वकील और मैं प्रेस-कॉन्फ्रेन्स से बहुत ख़ुश हैं। पर हम कल फिर से यूँ घुमा-फिरा के बात नहीं कर पाएँगे। हमें तथ्य मुहैया कराने पड़ेंगे–और वह ख़ास तौर से तुम पर निर्भर करता है। क्या तुम्हारे हाथ कुछ लगा?"

"सच पूछो तो नहीं। फ़ोरेंसिक विभाग का अभी तक कोई जवाब नहीं आया है।

आज दोपहर मुझे आंके हूबेर से मिलना है। यह वह गवाह है जिसे लाश मिली थी। कल शाम तो वह पूरी तरह से घबराई हुई थी। उम्मीद करती हूँ कि अब तक वह शान्त हो चुकी होगी और कुछ काम का याद कर पाएगी।"

"बस इतना ही?"

"अफ़सोस से इतना ही।"

"मेरे लिए यह काफ़ी नहीं है!"

"मैं जानती हूँ," कार्ला ग्रोथ बुदबुदाई। "मैं इसे बदल नहीं सकती।"

"तो दिमाग़ के घोड़े दौड़ाओ! वैसे अब मेरे पास क्राइम-सीन रिपोर्ट और तस्वीरें देखने का समय है। क्या रिपोर्ट पूरी हो गयी?"

"नहीं, मैं अभी लिख रही हूँ।"

"पौने घण्टे में मुझे पुलिस अध्यक्ष को मौजूदा हालात का ब्योरा देना है। उससे पहले मैं तुम्हारे पास आकर रिपोर्ट ले जाऊँगा।"

कार्ला ग्रोथ ने फ़ोन रखा और अपनी चमड़े की कुर्सी के आगे के किनारे पर सरक गई। "क्या बकवास है," उसने आह भारी और अपने मॉनिटर को देखने लगी।

मौक़ा-ए-वारदात की रिपोर्ट के पहले दो अनुच्छेद जिनमें शव मिलने के स्थल का सामान्य विवरण था, उसने प्रेस-कॉन्फ्रेन्स के तुरन्त बाद लिख दिए थे।

पर तीसरे परिच्छेद के लिए, जहाँ उसे शव के हालात का ब्यौरा देना था, उसके पास शब्द नहीं थे।

उसने आँखें बन्द कीं और हाथ गोद में रख लिए। उसके पास अब ज़्यादा समय नहीं था कि वह कल शाम की उन भावनाओं को, जो उसपर हावी हो रही थीं, शब्दों में बयान कर सके। उसकी उँगलियों के पोर कलाई-घड़ी की घुंडी की चमकीली धातु पर पहले हल्के से और फिर बहुत ज़ोर से फिरने लगे।

किर्र-किर्र-किर्र-किर्र-किर्र

गत वर्षों में उसने हर क़िस्म की हत्याओं के मामले में, जिनकी कल्पना की जा सकती है, काम किया है। भेजा निकाल देना, गला काट देना, फूली हुई धड़, अंग काट देना, जननांगों का अंगच्छेद उसके लिए आम बात हैं, और बर्बरता की यह सूची पन्ने दर पन्ने बढ़ती जा रही थी।

गत वर्षों में उसने अनगिनत क्राइम सीन रिपोर्टें लिखी थीं, और उसे कभी सही शब्द चुनने में तकलीफ़ नहीं हुई। कुछ मामलों में अपराधियों के हिंसक और निर्मम तरीक़ों ने उसे झकझोरा भी था, पर वह हमेशा एक अपेक्षित भावनात्मक दूरी बनाने

में सफल रही थी।

अब कार्ला ग्रोथ आगे की ओर झुकी और एक बार फिर अपराध स्थल की तस्वीरें हाथ में ले लीं। बहुत देर तक वह उन्हें पलट-पलट कर देखती रही, पर उसे कुछ समझ नहीं आ रहा था कि इस बारे में क्या लिखना चाहिए।

* * *

फ़ूल्ज़ब्यूटल जेल,
24 घण्टे और

"तो तुम अब मुझसे जानना चाहते हो कि तुम एक बुरे इन्सान हो या नहीं? क्या तुम फिर से उस बकवास के बारे में सोचने लग गए जो उस वक़्त अख़बारों में तुम्हारे बारे में छपा था?"

क्लाउस होफ़्स्टेटर ने तुरन्त जवाब दिया : "अख़बारों में मुझे कोई दिलचस्पी नहीं है। मैंने तुमसे तुम्हारी राय माँगी है।"

"अच्छा... हम्म... तुम्हारे बिना उस समय मुझे यह समझ न आता कि मेरी बीवी मुझे क्यों छोड़ गयी थी। तुम्हीं ने मुझे यह समझाया था।"

"और यह मुझे अच्छा इन्सान बनाता है?"

"ओह, ख़ैर... इसके अलावा तुमने मेरी तब भी मदद की थी जब मुझे निरीक्षक से मिलना होता था। तुम्हारे बिना मुझे यह बिलकुल पता न चलता कि उसे कैसे जवाब चाहिए। तुम्हारी वजह से मुझे सामाजिक सामंजस्य के लिए अनुकूल घोषित किया गया है।"

"यह भी मुझे एक अच्छा इन्सान नहीं बनाता," क्लाउस होफ़्स्टेटर ने जवाब दिया।

"पता नहीं... हाँ, यह ज़रूर है कि तुम यहाँ मौजूद बाक़ी सब से कहीं ज़्यादा चालाक हो।"

क्लाउस होफ़्स्टेटर ने आह भारी। "शायद यही मेरी समस्या है।"

"यह बताओ...," क्लाउस होफ़्स्टेटर ने एक छोटे अन्तराल के बाद अपने पड़ोसी की आवाज़ सुनी। "वह सब करने में कितना समय लगा था?"

"क्या मतलब है तुम्हारा?"

"तुम्हें पता तो है – लीडिया के साथ।"

"पता नहीं," क्लाउस होफ़्स्टेटर ने कंधे उचका दिए। "अगर वह जल्दी हो जाता तो ग़लत लगता।"

कुछ देर फिर सन्नाटा छा गया।

"तब तो... हाँ, तब तुम ज़रूर एक बुरे इन्सान हो।"

* * *

हैम्बर्ग,
30 साल पहले

"अगर मुझे पता होता कि मुझे वहाँ लीडिया मिलेगी तो ज़ाहिर है कि मैं झाड़ियों में कभी नहीं जाती," आंके हूबेर ने सिसकते हुए कहा।

पुलिस अधीक्षिका कार्ला ग्रोथ ने अपना हाथ उसके कंधे पर रखा। "आप उसे बहुत अच्छे से जानती थीं, है ना?"

"हम लोग लगभग रोज़ ही पार्क में मिला करते थे। जब मैं अपने कुत्ते के साथ घूमने जाती थी तब वह औद्योगिक प्रशिक्षण संस्थान जा रही होती थी। जब मेरा कुत्ता झाड़ियों में घुसा तो मुझे बिलकुल अन्दाज़ा नहीं था कि वहाँ लीडिया पड़ी होगी।"

"क्या आपको पिछले कुछ दिनों में कुछ अजीब लगा? किसी ने संदेहजनक व्यवहार किया हो?"

"नहीं, कुछ भी नहीं था।"

"हमें लीडिया के पास से कुछ भी बरामद नहीं हुआ। न तो बटुआ, न ही बस्ता, कुछ नहीं। क्या यह उसके लिए स्वाभाविक था?"

"नहीं, बिलकुल नहीं। उसके पास हमेशा एक बैग हुआ करता था, जो उसने ख़ुद बनाया था। थोड़ा चटकीला सा, जिसपर एक शेर बना था। वह शेर तारों से भरे आसमान की तरह टिमटिमाता था। क्या आपको वह बैग उसके पास नहीं मिला?"

* * *

फ़ूल्ज़ब्यूटल जेल,
24 घण्टे और

"असल में, तुम बाहर निकलने के बाद सबसे पहले क्या करोगे?"

क्लाउस होफ़्स्टेटर को ज़्यादा सोचना नहीं पड़ा: "सबसे पहले तो मैं पास्साऊ में एक घर किराए पर लूँगा, और फिर अपने स्नातकोत्तर के शोध प्रबन्ध पर ध्यान दूँगा–पर सबसे पहले तो मैं कुछ ढूँढूँगा ठोकने के लिए।"

पड़ोस की कोठरी से ज़ोर से हंसने की आवाज़ आती है। "कौन औरत होगी जो तुम्हारे साथ कुछ करना चाहेगी? 30 साल हवालात की हवा खाने के बाद!"

क्लाउस होफ़्स्टेटर ने उँगलियाँ ईंट की दीवारों में गड़ी उन लोहे की सलाख़ों पर धीरे-धीरे फेरीं। "उन औरतों में, जो मेरे साथ कुछ करना चाहती हैं, मुझे कोई दिलचस्पी नहीं है। न तब थी और न ही आज है।"

"लेकिन... लेकिन फिर तुम्हें पलक झपकने से पहले ही दुबारा सलाख़ों के पीछे फेंक दिया जायेगा।"

"नहीं, हरगिज़ नहीं!" क्लाउस होफ़्स्टेटर के चेहरे पर एक मुस्कान फूट पड़ी। "अगली बार मैं पकड़ा नहीं जाऊँगा। लीडिया से मैंने बहुत कुछ सीखा है।"

"तुम्हारा मतलब है कि..."

"इसके अलावा अगले कुछ महीनों में मुझे गहनता से अपने स्नातकोत्तर के शोध प्रबंध पर भी ध्यान देना है... उन तरीक़ों पर, जिनकी मदद से माँ-बाप बच्चा गँवाने के ग़म से उबरते हैं। उसके लिए ज़रूरी यही होगा कि शुरुआत से, मतलब गँवाने के समय ही वहाँ रहूँ, क्यों, ठीक कहा ना?"

* * *

हैम्बर्ग दैनिक संध्या का मुख्य पृष्ठ,
30 साल पहले

हैम्बर्ग के दरिंदे को धर दबोचा
पीड़िता के बैग ने पहुँचाया अपराधी तक

हैम्बर्ग : औद्योगिक प्रशिक्षण संस्थान में पढ़ने वाली लीडिया ओ. की निर्मम हत्या के दो दिन बाद पुलिस अधीक्षिका कार्ला ग्रोथ के अधीन विशेष आयोग ने बेहद संदिग्ध क्लाउस ह. को धर दबोचा। शुरू में ग़ायब हो चुके पीड़िता के बैग को लेकर कई गवाहों के बयान के बाद पुलिस को उस 24-वर्षीय अपराधी का सुराग़ मिला। "अपराधी घटना के बाद पीड़िता का बैग अपने साथ ले गया था," कार्ला ग्रोथ ने

दैनिक समाचारपत्र के सवाल के जवाब में पुष्टि की। "हमें लगता है कि उसके लिए यह बैग एक इनाम की तरह था, जो वह उस घटना की यादगार बना साथ ले गया था।" कल जब विशेष आयोग से परामर्श करने के बाद दैनिक समाचारपत्र ने उस बैग की तस्वीर छापी, तो कई गवाह सामने आए जिन्होंने क्लाउस ह. को उसके साथ देखा था। और वही उसकी गिरफ़्तारी की वजह भी बनी।

* * *

फ़ूल्ज़ब्यूटल जेल,
12 घण्टे और

आज रात भी क्लाउस होफ़्स्टेटर मुश्किल से ही सो पाया था। वह अपने बिस्तर पर लेटा एकटक छत को देख रहा था। एक नियॉन लैम्प से हल्की रोशनी आ रही थी। उसे अभी से ही उन चाबियों के गुच्छों की खनखन सुनाई देने लगी, जिससे जेल अधिकारी उसके साथी क़ैदियों की कोठरियों के दरवाज़े खोलते थे।

सुबह 6 बजे रिपोर्ट। नाश्ता, कसरत, काम, ओपन से पढ़ाई, शाम 8 बजे वापस कोठरी में – सालों से लगातार वही क्रम। इसी वजह से आज शाम का संगीत कार्यक्रम ज़्यादातर बैंड के सदस्यों के लिए एक बढ़िया परिवर्तन था।

लेकिन क्लाउस होफ़्स्टेटर के लिए इस कार्यक्रम का महत्त्व बहुत ही अलग था। उसने टाँगें मोड़ीं और हाथों से घुटनों को पीटने लगा, जैसे कि वह अपने ड्रम के सामने बैठा हो। उसकी नींद अपने कार्यक्रम की चिन्ता में तो बिलकुल नहीं उड़ी थी – बल्कि वह तो इस सोच में डूबा था कि आख़िरकार इतने सालों के बाद वह आज शाम पुलिस अधीक्षिका कार्ला ग्रोथ को फिर देखेगा।

* * *

हैम्बर्ग दैनिक संध्या की कार्यक्रम सूची,
8 घण्टे और

'सर्दी की मनहूसियत भगाएँ हट्टे-कट्टे मुंडे' के नारे के साथ फ़ूल्ज़ब्यूटल जेल का रॉक बैंड जनता को आज शाम एक कार्यक्रम के लिए आमंत्रित करता है। सभी कलाकार लम्बी सज़ा काट रहे मुजरिम हैं, जो हफ़्ते में दो बार डेढ़-डेढ़ घण्टे के लिए अभ्यास करते हैं। जेल द्वारा नियुक्त संगीत प्रशिक्षक लार्स ग्रोथ के संचालन में

‘हट्टे-कट्टे मुंडे’ शाम 7 बजे से एक रंगबिरंगा कार्यक्रम प्रस्तुत करेंगे जिसमें उनके ख़ुद के रचे गीतों के साथ-साथ मशहूर रॉक गीत भी शामिल हैं। कार्यक्रम जेल के बहुउद्देशीय हॉल में आयोजित किया गया है, कुछ टिकट अब भी टिकट-घर में उपलब्ध हैं।

* * *

फ़ूल्ज़ब्यूटल जेल,
आधा घंटा और

कार्ला ग्रोथ को उसका बेटा पहली पंक्ति में स्थित अपनी सीट पर ले गया। उसके बैठने के बाद बेटे ने उसकी छड़ी सीट के नीचे रख दी और मुस्कुराया। “आने के लिए शुक्रिया, माँ।”

“मुझे ख़ुशी है,” कार्ला ग्रोथ ने जवाब दिया, हालाँकि यह शब्द लब पर लाने में उसे तकलीफ़ हो रही थी।

लार्स जेल में संगीत प्रशिक्षक?
ख़ूनी, हत्यारों, बलात्कारियों का उपचार?
उसका अपना बेटा ही?

वह उस दिन के बारे में सोचती है जब वह चमकता हुआ उसे अपनी नयी नौकरी के बारे में बताता है। तब से अब तक उसने कई बार लार्स के इस फ़ैसले पर अपनी नाराज़गी ज़ाहिर की – हालाँकि लार्स इससे घबराया नहीं। कार्ला ने बस अपने दोनों के बीच में फ़ासले पैदा कर दिए।

“तुम बहुत प्यारी हो, माँ,” लार्स ने कह कर उसका गाल सहलाया। वह अच्छे से जानता था कि वह आज शाम क्यों आई थी : वह संगीत सुनने नहीं आई, बल्कि एक मिसाल क़ायम करने आई थी। उसकी ख़ातिर।

कार्यक्रम समय पर शुरू हुआ। हालाँकि संगीत कार्ला की पसन्द का नहीं था, पर वह संगीतकारों के बारे में अच्छे से जानती थी।

अन्तराल के ठीक पहले ‘हट्टे-कट्टे मुंडे’ के गायक ने अपनी पानी की बोतल उठाकर अपने होंठों पर लगायी।

बहुत बढ़िया, क्लाउस होफ़्स्टेटर ने चैन से सोचा और अपने पड़ोसी को पीते हुए देखने लगा।

एक बड़ा सा घूँट लो... फिर एक और... और अब सब ख़त्म कर दो।

जब गायक पेट में मरोड़ की वजह से अचानक गिर गया तो हलचल मच गयी। वह ज़मीन पर ऐंठने लगा और आँखें फाड़ साँस लेने के लिए तड़पने लगा। उसके मुँह से झाग निकलने लगा और उसका शरीर जकड़ने लगा। जेल अधिकारियों ने जल्दी से पर्दा गिरा दिया। उन्होंने मंच को सुरक्षित किया और एक डॉक्टर को बुलाया।

कार्ला ग्रोथ ने अपनी छड़ी पकड़ी और खड़ी हो गयी। वह जल्दी से मंच की ओर बढ़ी, सीढ़ियाँ चढ़ कर पर्दे से झांकने लगी : "लार्स?"

"मुझे कुछ नहीं हुआ, माँ! मैं ठीक हूँ!"

उसने चैन की साँस ली – और उसी पल एक ऐसी आवाज़ सुनी जो हैरानीपूर्वक उसे जानी पहचानी लगी।

"पुलिस अधीक्षिका जी! क्या मैं इतना बदल गया हूँ कि आप मुझे बिलकुल भी पहचान नहीं पाईं?"

कार्ला ग्रोथ घूमी।

"मैं क्लाउस होफ़्स्टेटर हूँ। हम लोगों की आख़िरी बातचीत 30 साल पहले हुई थी। आपकी एक मुवक्किल के बारे में। उसका नाम लीडिया था। अब आपको मैं याद आया?"

कार्ला ग्रोथ का चेहरा ज़र्द पड़ गया।

क्लाउस होफ़्स्टेटर दोस्ताना ढंग से मुस्कुराया। "मैं जल्द ही रिहा होने वाला हूँ और अपने स्नातकोत्तर के शोध प्रबंध के लिए आपकी मदद चाहूँगा।" क्लाउस होफ़्स्टेटर बहुत देर तक लार्स की ओर देखता है : शीर्षक है *बच्चा गँवाने के बाद माँ-बाप के ग़म से उबरने के तरीक़े*। आप अन्दाज़ा भी नहीं लगा सकतीं कि मुझे इस बात की कितनी ख़ुशी है।"

दहकती मिसाल

ऐसा भी हो सकता था :

ज़ारा रोटहाउट पेट्रोल पम्प पर पहुँची होती। उसी समय एक पक्षी ने उस आदमी पर, जो उस वक़्त पेट्रोल भरवा रहा था, हमला किया होता। वह गिर गया होता, कोई उसकी मदद के लिए दौड़ता, उकड़ूँ बैठे मददगार की पीठ के पीछे पेट्रोल तेज़ी से बह रहा होता। कैमरे का ऐंगल शुरू में सड़क के दूसरी तरफ़ से होता, फिर किसी ढकी हुई जगह से पेट्रोल पम्प पर केन्द्रित, जहाँ से वह पेट्रोल की धार ज़ारा की गाड़ी की तरफ़ धीरे-धीरे जा रही होती।

दूसरों पर अपने बेदाग़ बदन के प्रभाव से पूरी तरह वाक़िफ़, उसने अपनी क्राइस्लर का दरवाज़ा खोला होता, खुली जगह से पहले एक ऊँची हील निकलती, फिर दूसरी, फिर टाँगें, जो ख़त्म होने का नाम ही नहीं लेतीं, उसके बाद स्कर्ट का निचला सिरा जो किसी बेल्ट से ज़्यादा चौड़ा नहीं होता। तमीज़ से सटाकर रखी गयी उन टाँगों की अदा की बदौलत उसने दर्शकों को शीशे के पार स्कर्ट के सिरे के अन्दर की एक झलक का लुत्फ़ उठा पाने का मौक़ा न दिया होता।

हिचकॉक द्वारा निर्मित मूल प्रति 'द बर्ड्स' की तुलना में सृजन की पराकाष्ठा और नरक के गर्त का अन्तर बेहतर तरीक़े से दिखाया गया होता, चरम तक पहुँचने से पहले दृश्य को कुछ देर और खींचना ज़्यादा कारगर हुआ होता, क्योंकि शीशे के पार इकट्ठे हुए लोग साँस थामे, कुछ मनहूस पलों के लिए इस स्थिति में नहीं होते कि वे खिड़की को तेज़ी से खोल कर अभिनेत्री टिप्पी हेड्रेन को आगामी ख़तरे की चेतावनी दे सकें। "मैडम, भागिए!"

क़ीमती पल, जिसने पेट्रोल को उस सुन्दरी के पैरों से ठिठोली करने के लिए थोड़ा और वक़्त और जगह दे दी होती। आख़िरकार सीधी खड़ी हो वह अपने पर्स

में सिगरेट का डब्बा टटोलती है। किम ब्रांड? बिलकुल! मर्दों के हाथों के लिए कुछ ज़्यादा ही नफ़ीस। छरहरा और तीखा, सिर से लेकर सुलगते सिरे तक। हाँ, सुलगती चिंगारी। आग के साथ खेल। पूरा ध्यान सुन्दरी पर होता, आने वाली दुर्घटना को ध्यान में रखते हुए दर्शक को एक बार फिर जीवन की भव्य सुन्दरता देखने का मौक़ा मिला होता।

बेशक। सर ऐल्फ्रेड ने सारा काम कर लिया है। हालाँकि रोटहाउट और किम ज़्यादा सुन्दर रहे होते। बजाय उसके एक टोपी वाला और एक बेनाम सिगरेट। रोटहैंडल् ब्रांड कैसा रहता? शब्दशः सुर्ख हाथ–हाथों की उन मनहूस हरकतों के साथ वह ख़ूब जमता, और साथ में लाल लपटें। 'द बर्ड्स' के उस धधकती आग वाले सीन से पहले के चंद पल।

क्रिया का सम्भावनार्थक रूप यहीं तक–जो पिछली सदी के साठ के दशक के एक गोरे, अंग्रेज़, मर्द और प्रतिभाशाली निर्देशक की किसी प्रस्तावना से प्रेरित है।

निश्चयार्थक रूप अलग होता है। यहाँ उस फ़िल्म की तरह किन्ही पक्षियों को ज़िम्मेदार नहीं ठहरा सकते। और न ही चोंच लड़ाने को। न ही ईर्ष्या का कोई बहाना। न ही कोई दुःखद दुर्घटना। न ही सभी इन्द्रियों को सुन्न कर देने वाली उत्तेजना, जैसा कि यूरोप और अमरीका में आम बात है : दस सेंटिमीटर हील, सौ सेंटिमीटर उघड़ा शरीर, तीस सेंटिमीटर स्कर्ट, दस सेंटिमीटर सिगरेट। मेक-अप रहित, अनियन्त्रित सुन्दरता अकेली ही उत्तेजना के रूप में काफ़ी थी। सुन्दरता जो न तो दुपट्टे से और न ही परदे के पीछे छुपाई गई थी। कुदरती।

जब यूरोपवासी और अमरीकी सीधे खड़े होकर चलना सीख रहे थे मौक़ा-ए-वारदात पर विकसित सभ्यताओं ने लिपि और बियर ईजाद कर लिया था। सुमेरियों के बाद असीरियाई, फ़ारसी, मुस्लिम अरब, ख़लीफ़ा शासन आए। हारुन अर-रशीद, सभी शासकों में सबसे निर्दयी, कुवाँरियों का भक्षक, जो रोज़ एक योनिच्छद

छेदता था, कि अगले दिन उससे जुड़े सिर को कलम करवा दे। सिवाय उस एक के, जिसकी ज़ुबान एक हज़ार एक रातों तक रुकी नहीं, अपनी ज़िन्दगी के लिए बयान करती रही।

मंगोलियाई, उस्मानी, अंग्रेज़ एक के बाद एक कमान सम्भालते रहे, पहले कटार की धार की बदौलत और फिर भेजे या कलेजे में गोली के ज़ोर पर। तख़्तापलट करने वालों और बेरहम क्रांतिकारियों ने आख़िरकार एक तानाशाह के लिए तेल क्षेत्रों को खाली कर दिया, जिसने एक लम्बे समय तक कभी विकसित रही उस सभ्यता को ज़ुल्म, जंग और जाति को तूल देकर बरबाद कर दिया, तीन लाख लोगों की हत्या करवा दी, जब तक कि इन्सानियत से ज़्यादा तेल में दिलचस्पी लेने वाले एक महान देश के हस्तक्षेप से पहले उसे बिल में धकेला गया, फिर एक अधिकरण के समक्ष और आख़िर में फाँसी पर लटका दिया गया।

यह पृष्टभूमि है टिप्पी, रॉड और ऐल्फ्रेड के पचास साल बाद एक बिलकुल अलग पेट्रोल पम्प के दृश्य की।

पेट्रोल पम्प की ऐसी टोंटियाँ बहुत पहले ही ईजाद हो चुकी थीं जो अनियंत्रित रिसाव को रोकती थीं। हॉलीवुड के किसी निर्देशक ने ऐसे दग़ाबाज़ मंसूबे की कल्पना नहीं की थी। काल्पनिकता नहीं प्रतिगामी आक्रामकता, दमनकारी वास्तविकता ने निर्देशन की लगाम थामी हुई थी। 3 नवम्बर 2010 को बग़दाद में हारुन आर-रशीद के बेहद सुहावने अन्दाज़ का अनुसरण करते हुए एक आदमी ने पुरातन पितृसत्तात्मक प्रथा के अनुरूप एक औरत की प्रत्यक्ष ख़ूबसूरती की कुंठा, कि वह उसके क़ब्ज़े में नहीं थी, उस औरत पर निकाल दी। यह सिर्फ़ बग़दाद में रोज़मर्रा की बात नहीं है।

दो साल बाद दिल्ली में एक बस में छह कुन्ठित हिन्दुओं ने खड़े लिंग और लोहे के सरिए से एक छात्रा के निचले हिस्से को इस तरह चीर-फाड़ दिया कि बारह दिन बाद उसने तड़प-तड़प कर दम तोड़ दिया। इस बात की सज़ा कि लोगों को लगा कि वह उपलब्ध है, चाहे वह यह न भी हो। औरतों की सार्वजनिक मौजूदगी से मर्दानगी की सर्वशक्ति को लगी चोट के एवज में सामाजिक बहिष्कार। कुछ गैर-मामूली मिसालें जहाँ अन्तरंग सम्बन्धों में जब हत्या होती है तो आमतौर पर औरतों की ही। पुरुष अन्तरंग साथियों को ठुकराना, औरत के शरीर को क़ाबू करने का हक़ जो कभी उन्हें दिया गया था उसे वापिस छीन लेना – दुनिया भर में जोखिम भरा और ख़तरनाक।

ज़ारा बच गई।

पाठक समझता है कि जिसकी बात हो रही है उसे हर हाल में छद्म नाम देना होगा ताकि उस पर और उसके परिवार पर कोई आँच न आए। ज़ारा यहूदी जाति के पितामह अब्राहम की पत्नी, राजकुमारी, कुलमाता, लोक की मालकिन, नारी शक्ति और ख़ूबसूरती का प्रतीक है। ज़ारा तीन लाख गुना मारी गई यहूदी है। एक औरत। जवान और ख़ूबसूरत और इक्कीसवीं सदी में बग़दाद के एक सार्वजनिक पेट्रोल पम्प पर बिना पर्दे के खड़ी है। एक बैंक क्लर्क है। वह कुँवारी नहीं है। एक विधुर से विवाहित है, एक बिजली व्यापारी से। घर पर एक तीन साल का बेटा है और एक सौतेली बेटी, जिसकी माँ एक हमले में मर चुकी थी। बग़दाद में रोज़मर्रा की बात।

उसके उपनाम रोटहाउट का वही अर्थ है जो हत्यारे के हमले के बाद अब उसमें बाक़ी बचा था : सुर्ख चमड़ी

बीते दिनों में कई गिरजाघर जलाये गये थे।

उस औरत के बारे में हम क्या जानते हैं जो ग़लत समय पर ग़लत जगह खड़ी है? जो बग़दाद के बीचोंबीच एक पेट्रोल पम्प पर अभी एक गाड़ी से उतरी है? जिसकी बग़ल से कोई गुज़रता है जैसे नीची उड़ान लेता कोई पक्षी बगल से फड़फड़ा के निकला होता। ऐसा कोई, जिसके हाथ में एक बोतल है। उसकी ज़िन्दगी के बारे में वह क्या जानता था? उन ग्यारह-हज़ार-तीन-सौ-अट्ठानवे दिनों और रातों के चौबीस घण्टों के बारे में? उसके जन्म के, बचपन के, स्कूल के दिनों के, सपनों के, उसकी तकलीफ़ के, चाहत के, हँसी के, आवाज़ के, जब वह अपने बच्चे को लोरी सुनाती थी, उस बारे में, कि कैसे वह कभी-कभी सोचते हुए अपना बायाँ कान पकड़ती थी, कैसे उसका हाथ काँपा था जब उसने अपने पति की दुकान के ऋण समझौते पर हस्ताक्षर किया था?

आज उसकी हँसी बिगड़ी हुई है, आवाज़ जैसे कौवे की कांव कांव, हाथ पंजे जैसे। कच्चा माँस, त्वचा फटी हुई, मुखाकृति पिघली हुई, बाहरी हिस्सा झुलसा हुआ। अन्दर गहराई में कहीं दर्द है, जहाँ कभी दिल था।

ज़ारा रोटहाउट, वह सुन्दरी, एक पेट्रोल पम्प पर आई थी और उसने गाड़ी का दरवाज़ा खोल दिया था। सनसनीखेज़ तरीक़े से प्रदर्शित करने के लिए टाँगे नहीं थीं, उसने जींस पहनी थी, सब कुछ फ़ौरन हो गया, पर इससे भी बिलकुल फ़र्क़ न पड़ता कि वह कितना धीरे या जल्दी चली होती, कि उसने अपनी टाँग दिखाई होती या कमर मटकाई होती। उसने मेज़ पर नग्न नाच किया होता, यह सब कोई मायने नहीं रखता।

जब वह गाड़ी के बग़ल में खड़ी हुई थी तो उसके पैरों तक कोई पेट्रोल बहकर न आया, न ही उसके हाथ में कोई माचिस की तीली थी। इसके बावजूद अगले ही पल वह लपटों से घिरी थी। एक पेट्रोल-बम गाड़ी के आधे खुले दरवाज़े से टकराया और वह आग की चपेट में आ गई।

ज़ारा रोटहाउट बच गई।

हालाँकि अस्पताल के डॉक्टरों ने खाल और माँस के उस ढेर को लापरवाही से एक कमरे में फेंक दिया जहाँ उसके परिवार को उससे विदा लेनी थी। गाल की हड्डी पर पिघली हुई पलकें। सूखे हुए आँखों के टिशू। गले हुए दृष्टि-पटल। रिसता हुआ नेत्रकाचाभ द्रव। नथुने, होंठ, कान, बाल, खाल–ग़ायब। पचास प्रतिशत से ज़्यादा त्वचा की सतह – झुलस गई। पंद्रह प्रतिशत ही जानलेवा होती है। दो साल का लंबा सफ़र। पहले अस्पताल में उसे मरने के लिए छोड़ दिया गया। अगले में उसकी झुलसी हुई खाल को खुरचा, ज़ख्मों पर सिरका लगाया, उस नरक को दुबारा चीरा गया। प्रत्यारोपण, दवाइयाँ, विसंक्रमण, ख़ून की यूनिट? शून्य।

एक बहन जो ख़ुद कार-बम के एक टुकड़े को अपने सिर में घर की निशानी की तरह सहेजे हुए बर्लिन में दूतावास में काम करती है परिवार के दिमाग़ में यह बात डाल देती है कि यहाँ विशेषज्ञ हैं। माँ-बाप, भाई-बहन, दोस्त, पड़ोसी अपने घर, गाड़ी, फ़र्नीचर, कपड़े, गहने बेच देते हैं, रक्त, त्वचा दान करते हैं, जागते हैं, सेवा करते हैं, भीख माँगते हैं, जर्मनी में बीस से ज़्यादा शुरुआती ऑपरेशनों के लिए क़र्ज़ लेते हैं। जलने के बाद जहाँ जीवन मिल जाए। अस्तित्व के अधिकार, समन्वय, पुनर्जीवन, जीवन का मूल्य बढ़ाने, दुबारा इन्सान बनने के लिए। पुनः प्राप्त हुई पंद्रह प्रतिशत आँखों की रोशनी से आज उस हुस्न की मल्लिका को उस भयानक कुरूपता का पता चल जाता है, जिसके चलते टैक्सी-चालक सवारी बैठाने से मना कर देते हैं।

यह सब किस लिए?

इस दाग़दार, विकृत इन्सान का रोम-रोम जीवित रहने की इच्छा का, अतिमानवीय प्रयास का, सभी हदों को लांघते प्यार का, इन्सानियत का, राजसी सुन्दरता का सबूत देता है।

ऐकी होमो, क्या इन्सान है!

जुलाई की बर्फ़

तपती गर्मी, लाख डिग्री सेल्सियस! डामर की कौंध से मेरी आँखें चौंधिया रही हैं।

मेरी हालत ख़राब है गर्मी से और कल रात की वजह से भी, जो कुछ ज़्यादा जल्दी बीत गयी! जूली से झगड़ा हो गया था! ऊपर से जो कुछ चंद घण्टे मैं सो पाया, उसमें बहुत बुरा सपना देखा! सपने में देखा कि थी तो गर्मी ही पर इसके बावजूद बर्फ़ गिर रही थी! पता नहीं इसमें मुझे क्या डरावना लगा, बस यही पता है कि मैं पूरी तरह से थका-मांदा नींद से जागा! ऊपर से कल रात के खाने पर अन्तोन ने बार-बार इस बात पर ज़ोर दिया था कि रात की नींद पूरी होना कितना ज़रूरी है क्योंकि आज का दिन काफ़ी लम्बा होने वाला था! हम सुबह जल्द ही निकल गए, छः सौ किलोमीटर का सफ़र करने! दक्षिण से लेकर उत्तर तक, मानो पूरे देश को पार करने! अन्तोन ने अनुमान लगाया था कि अगर हम बहुत नहीं रुकें और रास्ते में सैलानियों के जमावड़े में न फंसें, तो हम दोपहर तक अपनी मन्ज़िल तक पहुँच जाएँगे!

वह ड्राइवर सीट पर बैठा है और मैं उसके बगल में! जूली एक अड़ियल बच्चे की तरह हाथ बांध कर पिछली सीट पर उकड़ूँ बैठी है और जानबूझ कर खिड़की से बाहर ताक़ने का दिखावा कर रही है। रेडियो पर बीटल्स "ओबलादि ओबलादा" गा रहे हैं। अन्तोन साथ में गुनगुना रहा है और उँगलियों से स्टीयरिंग व्हील पर ताल दे रहा है। मैं यह सोचना नहीं चाहता कि बीटल्स कथित तौर पर चार्ल्स मैनसन का पसन्दीदा संगीत बैंड था। शायद दुनिया का हर वह कमबख़्त इन्सान–जो इस वक़्त मेरी तरह बुरा महसूस न कर रहा हो, या जिसका जूली की तरह मूड ख़राब न हो, इस गाने पर गुनगुनाएगा और उँगलियों से ताल देगा। ख़ैर, मुश्किल से ही सही, पर मैं यह कर पाया। इसमें कोई शक नहीं कि जूली ने अपने शक्की मिज़ाज से मेरा दिमाग़ ख़राब कर दिया था। मैनसन, जिसने कभी ख़ुद कोई क़त्ल नहीं किया, जो

अपने चेलों को तबतक फुसलाता रहता जबतक वे उसके सारे बुरे काम निपटा न देते। इन्हीं सब विचारों में डूबे हुए मैं गर्दन हिलाने लगा—ना ना जूली ना, तुम ग़लत हो।

"सब ठीक, बेन?" अन्तोन ने पूछा। मुझे याद है कि उससे मेरी पहली मुलाक़ात से ही कैसे मुझे उसकी आवाज़ प्रभावित करती आई है। गहरी और दिलचस्प ढंग की थोड़ी सपाट सी। मेरे हिसाब से "नपी-तुली और सुकून देने वाली," वहीं जूली की नज़र में "अजीब और मशीन जैसी।" अन्तोन कभी चीख़ता चिल्लाता नहीं है। कभी नहीं। उसकी आवाज़ उसके क़ाबू में है, जैसे वह ख़ुद। वह उनमें से नहीं है जो बेक़ाबू होकर आपे से बाहर हो जाएँ। मेरे लिए "एक चट्टान जैसा," और अगर जूली के शब्दों में कहें तो "कोई वशीकरण करने वाला।"

कुछ समय पहले तक जूली ऐसा नहीं सोचती थी। वह अपने अस्तित्व के हर कतरे से आभारी थी कि हम बच कर अन्तोन के आत्मनिर्भर फ़ार्म पर आ पाए क्योंकि दूसरा विकल्प केवल जेल जाना होता। जूली और बेन, बोनी और क्लाइड का मामूली संस्करण। हम गाड़ियाँ चुराते और उनसे पूरे मुल्क में घूमते, कभी-कभी सुपर बाज़ार से कुछ चीज़ें चुराते—ख़ासकर भूख या प्यास लगने पर, या सिगरेट ख़त्म होने पर। और हाँ, कुछ छोटी-मोटी चोरी-चकारी भी की। पर फिर, बस एक महीने पहले ही हम एक पुलिस नाके पर इत्तफ़ाक़ से पहुँच गये। मेरे पास लाइसेंस

नहीं था। आता भी कहाँ से? आजतक कभी बनवाया ही नहीं। फिर पुलिस वालों ने हमारे उँगलियों के निशान लिए और हमें हर उस छोटी से छोटी चीज़ के लिए धर दबोचा, जो भी हमने आजतक किया था। दुर्भाग्य से ये सब मिलकर एक बड़ा पहाड़ बन गया था। वो तो सौभाग्य से फ़ैसला सुनाने वाला जज अन्तोन का अच्छा दोस्त निकला और इस मुक़दमे को इस शर्त पर रफ़ा दफ़ा कर दिया गया कि हम अन्तोन के फ़ार्म पर काम करने को राज़ी हों। अब हम यहाँ आलू और कद्दू की खेती करते हैं और अपना ख़ुद का शहद तक तैयार करते हैं। इसी सब के बीच जूली को लगने लगा है कि जज की अन्तोन के साथ कोई साँठ-गाँठ है। वह किसी कल्ट के बारे में बात करती है, जिसका सरगना अन्तोन है, और ज़ज जैसे दबदबे वाले लोग इसके क़दमों में कालीन की तरह बिछकर काम करते हैं। सब फालतू की बकवास!

"कुछ नहीं, बस थोड़ी गर्मी है।" मैंने अन्तोन को जवाब दिया और जबरन चेहरे पर मुस्कान बिखेर दी।

"जैसे ही आगे कुछ दिखेगा तो हम लोग उतर जायेंगे और मैं तब तुम्हारे लिए कोल्ड ड्रिंक खरीद दूँगा।" उसने तय किया। "पेट्रोल तो वैसे भी भरवाना ही पड़ेगा।"

मैंने हामी में सिर हिला दिया और आभार प्रकट किया। मुझे कोला पसन्द है। मेरे पापा ने मुझे कभी नहीं पीने दिया। न सिर्फ़ तब जब मैं छोटा बच्चा था, बल्कि बाद में भी, जब मैं चौदह-पंद्रह का हो गया था और मेरी उम्र के दूसरे लोग धीरे धीरे कोका कोला छोड़ बियर पीना शुरू कर चुके थे। बेन सोडे के साथ सेब का रस पीता है, नहीं तो उसे गुस्सा झेलना पड़ेगा। बेन सिर्फ़ वही करता है जो पापा कहते हैं, नहीं तो उसे पछताना पड़ेगा।

"चमचा कहीं का," जूली पिछली सीट से बड़बड़ायी। पता नहीं उसने यह अन्तोन को कहा जो कोका कोला वाली बात को उतना ही जानता था जितना कि मेरे बचपन की बाक़ी सभी चीज़ों के बारे में, या फिर मुझे क्योंकि मैंने अभी-अभी अन्तोन को धन्यवाद किया था। मैं बस उम्मीद करता हूँ कि अन्तोन ने यह न सुना हो। मैं नहीं चाहता कि जो कुछ उसने हमारे लिए किया है उसके बाद वह हमें नमक हराम समझे। मैं यह भी नहीं चाहता कि जूली की छवि उसकी नज़रों में ख़राब हो और वह उसे फूट डालने वाली साबित कर दे, या फिर इससे भी बुरी स्थिति में मुझे कहीं अपने और जूली में से किसी एक को चुनने को न कह दे। आख़िरकार मुझे भी तो उसके फ़ार्म पर काम करना अच्छा लगता है और मैं वहाँ से जाना नहीं चाहता।

मुझे वह समुदाय पसन्द है। वहाँ हम लगभग दर्जन भर लोग हैं जो व्यवस्था से बाहर आ गये हैं। मुझे खेत में काम करना पसन्द है, वहाँ होने वाली बातचीत पसन्द है, और साथ ही शाम को कैंप फ़ायर के आगे बैठना भी। पहली बार मुझे लगने लगा है कि मेरा अपना कोई 'घर' है।

दूसरी तरफ़ जूली है जिसे मैं बेहद प्यार करता हूँ। जूली और बेन, बोनी और क्लाइड का साथ, हमेशा और पूरी दुनिया के ख़िलाफ़। हमेशा-हमेशा के लिए, हमने एक दूसरे से वादा किया था।

"वहाँ देखो!" अन्तोन ने स्टीयरिंग व्हील से अपना हाथ हटाते हुए तर्जनी से एक गुजरते हुए साइनबोर्ड की तरफ़ इशारा किया, जो अगला पेट्रोल पम्प पाँच किलोमीटर बाद दर्शा रहा था। "आह बढ़िया!" मैंने कहा और अपना सिर बग़ल की खिड़की पर सटा लिया और उन चंद लम्हों के लिए अपनी आँखें मूँद ली, जिनमें आप अपनी ज़िन्दगी के बारे में सोचते हैं। मैं अपनी ज़िन्दगी को हज़ारों टुकड़ों वाली पज़ल की तरह देखता हूँ। इनमें एक टुकड़े में मेरे पापा हैं जो एक सफल व्यवसायी हैं, अपने फ़ैंसी सूट में, एक हाथ उठाये हुए। एक पहेली के टुकड़े में दिखता है–डिनर टेबल पर बैठा हुआ मैं, जहाँ चम्मच-छुरी ग़लत पकड़ने की वजह से मेरी गर्दन पर अभी घूसा पड़ा है। एक टुकड़े में मैं अपने कमरे में बैठ कर पढ़ रहा हूँ और मेरी उम्र के बाक़ी बच्चे गली में उछल कूद कर रहे हैं। पज़ल के एक टुकड़े में मैं अपने पापा को उनके अध्ययन कक्ष में एक अनजान महिला के ऊपर चढ़ा हुआ पाता हूँ, जो उनकी मेज़ पर पेट के बल झुकी हुई है और उसकी चड्डी उसके टखनों के बीच झूल रही है। इसी बीच मेरी माँ रसोई में खड़ी होकर आलू छील रही हैं और उनके चेहरे के भाव से लगता है कि उन्हें इस सब से कोई फ़र्क़ नहीं पड़ता बशर्ते उन्हें पर्याप्त मात्रा में शराब मिलती रहे।

और अब जब मैं इन सब टुकड़ों को एक साथ जोड़कर देखता हूँ तो एक पूरी तस्वीर उभर कर आती है, बस यह तस्वीर उस प्रारूप से नहीं मिलती जो उसके डिब्बे के ऊपर छपी थी। गज़ब गोरखधंधा है। मुझे सच में ख़ुद को जूली पर गुस्सा करने से रोकना होगा, जो मेरी ज़िन्दगी के बारे में सब कुछ जानती है और तब भी मुझे अपने शक से परेशान कर देती है।

"लो पहुँच गए!" अन्तोन स्टेशन की तरफ़ गाड़ी घुमाते हुए बोला। इधर ज़्यादा हलचल नहीं है, बस एक ही गाड़ी है। वह गाड़ी बन्द करता है और ज़्यादा देर न लगाने का वादा करता है।

मुश्किल से वह गाड़ी से निकला ही था और उसने दरवाज़ा बन्द किया ही था कि जूली तुरन्त सरक कर आगे की ओर आ गयी। "चलो भाग चलें!" मैंने कोई प्रतिक्रिया नहीं दी तो वह मेरी सीट की सिर टिकाने वाली जगह को हिलाने लगी। "प्लीज़ बेन, तुम जानते हो कि यहाँ कुछ तो सही नहीं है।"

"बस भी करो यार!" जल्दी से मैंने मुड़कर पीछे देखा। अन्तोन गाड़ी की टंकी में पैट्रोल की नली डाल रहा था। "वह बस उन्हें वापस लाना चाहता है," मैंने उसके आज के उद्देश्य को दोहराया। उन्हें : वे हमारे ही समूह के तीन अन्य सदस्य हैं जो जूली और मेरे फ़ार्म पर आने से थोड़ा ही पहले, चोरी-छिपे वहाँ से भाग गये थे। "क्योंकि वह जानता है कि वे ख़ुद को अकेले नहीं सम्भाल पाएंगे।"

"और जो सम्भाल भी लेते तो," जूली वापस चिढ़ कर बोली। "क्या तुम्हें कभी अचरज नहीं होता कि वे उसके बिना क्यों जीना चाहते हैं? और क्यों ही उनको भागने की ज़रूरत पड़ी जब इसके फार्म पर सबकुछ ही तथाकथित इतना अच्छा है तो?" उसने अपना सिर हिलाया। "एक कल्ट लीडर के यही लक्षण होते हैं और हमेशा ऐसा ही सुनने में आता है। जो लोग वहाँ से निकल जाते हैं उनका पीछा किया जाता है और फिर..."

"कल्ट लीडर! अरे यार जूली! और कितनी बार? अन्तोन का ख़ुद कोई परिवार नहीं है इसलिए उसने ये समुदाय बनाया है जहाँ..."

"वो तय करता है कि हम कब उठेंगे, कब और क्या नाश्ता करेंगे, कब हमें काम करना है और यहाँ तक कि कब हमें सोने जाना है। हमें तो सिगरेट पीना भी मना है।" वह दिखाने के लिए सिगरेट का पैकेट टटोलती है और अपनी स्कर्ट की जेब से लाइटर निकालती है।

"पागल हो गयी हो? इसे अभी वापस जेब में रखो, अभी की अभी!" मैंने फिर से अन्तोन को देखने के लिए नज़र घुमाई, शुक्र है कि वह दूर कहीं देख रहा था। जूली भुनभुनाती है पर बात मान लेती है। पर वह अभी भी बात को ख़तम नहीं होने देती।

"बेन ये सब नियम क़ानून एक ख़ास तरह की काबू में करने की आदत का हिस्सा हैं। वह हमें गढ़ रहा है। कौन जाने किस मक़सद से..." एक आवाज़ उसे रोक देती है–पैट्रोल पंप की नोज़ल से फक्क की आवाज : टंकी भर गयी थी।

"अभी, या कभी नहीं!" जूली कहती है। अन्तोन भुगतान करने के लिए कियोस्क की तरफ़ ओझल हो गया था। मैंने उसे पकड़ने की कोशिश की, पर कोई

फ़ायदा नहीं। वह पहले ही गाड़ी से बाहर कूद गयी।

"धत तेरी की!" मैं झटके से अपनी सीट बेल्ट हटाता हूँ, दरवाज़े का हैंडल खींचता हूँ और उसके पीछे निकल पड़ता हूँ। वह टॉयलेट की तरफ़ जा रही है, जो दायीं तरफ़ कियोस्क से सटा हुआ है। जूली के पीछे भागते हुए मैं काँच की खिड़की से अन्तोन की पीठ देख पाता हूँ। वह चिलर की किसी शेल्फ के आगे खड़ा है। ज़रूर मेरे लिए कोका कोला ढूँढ रहा होगा।

"जूली!" मैंने फुफकार कर कहा। पर हाईवे से आती गाड़ियों के शोर के बीच मैंने बेकार ही प्रयत्न किया। मैंने अपने क़दम तेज़ किये। जूली ने लम्बी स्कर्ट वाली गर्मी की ड्रेस पहनी थी और वो नंगे पाँव थी–अपने सैंडल उसने सफ़र के शुरुआत में ही उतार दिए थे। इसी वजह से उसकी गति मुझसे कम थी और उसके टॉयलेट तक पहुँचने से पहले ही मैं उसे पकड़ने में कामयाब हो गया। मैंने उसे बाँहों में जकड़ लिया।

"छोड़ो मुझे!" वह जंगली तरह से ख़ुद को छुड़ाने की कोशिश करती है, जिससे मेरी पकड़ और मज़बूत ही होती है। "तुम मुझे चोट पहुँचा रहे हो!"

"और तुम अन्तोन के साथ ग़लत कर रही हो।"

"अच्छा! तुम्हें भी उतना ही डर है बेन जितना कि मुझे। मैं यह महसूस कर सकती हूँ। तुम भी मेरी तरह अच्छे से जानते हो कुछ तो ग़लत हो रहा है। और इन लोगों को वापस लाने का ये प्लान,"-उसने शब्द को जैसे थूक दिया हो, "वास्तव में किसी हत्याकांड की साजिश है।"

चौंक कर मैं उसे छोड़ देता हूँ। उसके लिए नहीं जो उसने कहा – यह बकवास तो कई दिनों से सुन रहा था। उसकी आँखों में उभरने वाला भाव मुझे डरा रहा था। ये निराशा किसी अदृश्य हाथ की तरह मेरे दिल को जकड़ रही थी और किसी पुराने स्पंज की तरह निचोड़ रही थी। हम दोनों–हमेशा साथ और पूरी दुनिया के ख़िलाफ़। यह हमारे रिश्ते के बारे में था, मैं उसके चेहरे से ये समझ सकता था। वो यक़ीन नहीं कर पा रही थी कि कैसे हमारा वादा एक झटके में चूर-चूर हो रहा था और दूसरी तरफ़ अन्तोन भी बहुत कम समय में हमारे रिश्ते का एक हिस्सा बन गया था। पर मैं उसे बताना चाहता हूँ कि वो ग़लत है; कि मेरे लिए कोई कभी भी उससे ज़्यादा अहम नहीं हो सकता। अन्तोन बस मेरी ज़िन्दगी के एक दूसरे खाली हिस्से को भरता है। वो एक दोस्त है, जिससे मैं बात कर सकता हूँ, या शायद ऐसा पिता भी, जिसकी मुझे हमेशा से चाहत थी।

पर मैं यह सब नहीं बता पाया क्योंकि अचानक मेरे पीछे से आवाज़ आई। "सब ठीक?" अन्तोन ने पूछा।

जूली की आँखें चौड़ी हो गयीं और मैं पीछे घूम गया। वह हम लोगों से लगभग दस मीटर की दूरी पर खड़ा था और उसने हाथों और सीने के बीच दो कोका कोला और एक पानी की बोतल कसके पकड़ी हुई थी। इतनी दूरी से भी मैं देख सकता था कि वो कैसे संदेह की दृष्टि से हमें जाँच रहा था–आँखें आधी बन्द करके। मैंने जूली की तरफ़ वापस देखा, हम एक दूसरे को उलझन भरी नज़रों से देख रहे थे और एक दूसरे से होश में आने की भीख माँग रहे थे, हालाँकि फिर से ही दीवार पर सिर पटक रहे थे।

"हाँ, सब ठीक है।" हमने आख़िरकार उत्तर दिया, जैसे कि एक ही मुँह से बोला हो। और हम वापस गाड़ी की तरफ़ तेज़ी से बढ़ गए। अन्तोन भी हमारे पीछे आ गया लेकिन तब तक बाहर इन्तज़ार करता रहा जब तक कि हम दोनों ने गाड़ी में बैठकर दरवाज़ा बन्द न कर लिया। उसने मुझे मेरी कोका कोला थमाई और जूली की तरफ़ मुड़ा, जो अब फिर से अपनी चिड़चिड़े बच्चे वाली हाथ बांध कर बैठने की मुद्रा में आ चुकी थी। जूली ने बोतल लेने के लिए कोई प्रतिक्रिया नहीं की। अन्तोन बोतल उसके बग़ल में सीट पर रख देता है। इसके बाद हम अपने सफ़र पर आगे बढ़ गये।

"वे सब लोग जो मेरी ज़िन्दगी में आते हैं, उनमें से कुछ की ज़िन्दगी में एक समय आता है जब वो और नहीं झेल पाते।" कुछ देर बाद वह बात करना शुरू करता है। "कुछ छोटे मोटे जुर्म के लिए नज़रों में आ जाते हैं।" उसने मेरी तरफ़ देखकर बहुत कुछ कह देने वाले अन्दाज़ में मुस्कुरा दिया। "और फिर कुछ वो लोग होते हैं जो अलग ही काबिलियत रखते हैं, भले ही पहली बार उन्हें देखकर ऐसा न लगे। सच्चाई यह है कि ये तीनों किस्म के लोग जिनके बारे में हम बात कर रहे हैं, वे बड़ी मुसीबत में हैं।"

मेरा ध्यान जूली की तरफ़ गया जो पीछे मेरी सीट पर लात मार रही थी। देखा....

"तुम कह रहे थे कि तुम्हें पता है कि वे कहाँ छिपे हैं?"

"हाँ, वे सुदूर उत्तर में एक पुराने घर में हैं, एक बार मैंने उन्हें इसके बारे में बात करते सुना था, मुझे पूरा भरोसा है कि वे वहाँ मिलेंगे।"

"और फिर क्या इरादा है?"

"मैं उन्हें समझाने की कोशिश करूँगा कि अच्छा होगा अगर वे हमारे साथ वापस चलें।"

"और अगर वे ऐसा न चाहें तो?" अन्तोन ने मुझे कोई जवाब नहीं दिया।

"और अगर वे ऐसा न चाहें तो?" जूली मेरे सवाल को और गम्भीरता से दोहराती है। पर उसे भी कोई जवाब नहीं मिलता।

बाक़ी का सफ़र ख़ामोशी में बिताते हुए हम अपनी मंज़िल देर दोपहर तक पहुँचते हैं। अन्तोन ने गाड़ी खेतों की तरफ़ जाने वाले कच्चे रास्ते पर खड़ी कर दी। वह बोला कि वो घर बस कुछ 2-3 मिनट की दूरी पर है। वह अपना दरवाज़ा खोलता है और स्वाभाविक है मैं भी वैसा करता हूँ पर अचानक रुक जाता हूँ, जब जूली वहाँ से हिलने का नाम नहीं लेती।

"क्या हुआ?" अन्तोन पूछता है।

"मैं नहीं आ रही", जूली कहती है। "जो कुछ भी यहाँ होगा, मुझे उसमें शामिल नहीं होना।"

"बेन?"

मैंने अपनी तरफ़ के दरवाज़े को बहुत ज़ोर से धकेला, जो तेज़ी से जाकर लगा और अपने खाँचे में फिट हुआ तो आधी गाड़ी हिल गयी। जूली ने बस अपना सिर हिला दिया।

इसी दौरान, अन्तोन गाड़ी के पीछे की ओर जाकर डिग्गी खोलता है और एक थैला निकालता है। जब वह थैले की बद्दी अपने कंधों पर टांगता है तो मैं बड़ी बेचैनी से उसे देखता हूँ और पूछना चाहता हूँ कि उस थैले में क्या है। पर मैं ख़ुद को रोक लेता हूँ। वैसे भी यह सोचना बहुत बेतुका है कि थैले में कोई हथियार होगा।

हम कच्चे रास्ते पर आगे चलना शुरू करते हैं और एक ऊँचाई की तरफ़ बढ़ते हैं, जहाँ अन्तोन के हिसाब से रिहायशी इलाक़े से अलग-थलग वो घर मौजूद था।

"तुम्हारा वास्तव में क्या मतलब था जब तुम इन तीनों लोगों के मुसीबत में होने की बात कर रहे थे?" मैंने अब पूछा क्योंकि हम अब अकेले थे और उसकी हर बात को तोड़ मरोड़ कर अलग ही अर्थ लगाने के लिए जूली वहाँ नहीं थी।

"वे मुजरिम हैं बेन। कई दिल दहला देने वाले अपराधों के दोषी हैं।"

अच्छा! जूली ज़रूर अब इस पर उल्टा बड़बड़ाती–ऐसे कौन से अपराध? क्या उन्होंने तुम्हारे नियम क़ानून नहीं माने? क्या वे सुबह बहुत देर से जगे और समय से खेत पर काम करने नहीं पहुँचे?

मैं अभी और सवाल पूछना ही चाहता था कि वो अपना हाथ उठाकर उस इमारत की तरफ़ इशारा करता है, जो हम लोगों से सिर्फ़ कुछ मीटर की दूरी पर सामने उभर कर दिखती है। "वहाँ देखो!"

डूबते सूरज की रोशनी सामने से पड़ती है तो मैं तुरन्त तो नहीं देख पाता हूँ पर फिर..."हे भगवान!" किसी समय का दो मन्ज़िला घर, जो बड़े नीले प्लास्टिक के तिरपाल से ढका हुआ था। जहाँ कहीं तिरपाल ढीला है वहाँ नज़र पड़ती है तो, आग से झुलसे हुए अवशेष, जलकर काली हुई दीवारें और खाली जगहें जहाँ कभी एक समय खिड़की लगी रही होगी, दिखाई पड़ते हैं।

मैं चाहकर भी ये नहीं सोच पाता कि हमें यहाँ कोई मिलेगा।

"क्या तुम्हें पूरा भरोसा है कि..."

अन्तोन ने मेरे कंधे पर हाथ रखा। और बोला : "अब हम कई हफ़्तों से एक दूसरे को जानते हैं बेन। मैंने तुम्हें जेल जाने से बचाया और तुम्हें एक घर दिया।" मैंने आशंकित होकर हामी भरी और मैं ये सोचने से डर रहा था कि आगे अब वह क्या कहना चाहता है–कि मुझे उसका एहसान चुकाना चाहिए?

"आज वो दिन है जब तुम मेरा भरोसा जीतकर अपनी वफ़ादारी साबित कर सकते हो।"

वह मेरे कंधे से हाथ हटाता है और थैले में हाथ डालता है। एक हथियार बाहर निकलता है–एक पिस्तौल। मैं बस घूरता हूँ। मैं कभी बन्दूक़ तो कभी अन्तोन के चेहरे को, जिस पर अब एक लुभावनी मुस्कान खिल गयी थी, घूरता हूँ। वह मेरे हाथ में बन्दूक़ थमाता है और मेरी उँगलियों से उसे पकड़वाता है। अरे यार, जूली सही थी।

"मैं किसी को मार नहीं सकता, मैं ये कभी नहीं कर पाऊँगा।"

"तुम वही करोगे मेरे बच्चे, जो सही है। ये अच्छे लोग नहीं हैं।"

मैं अपने दोनों कन्धों के बीच फिर से उसका हाथ महसूस करता हूँ। वह मुझे प्रवेश द्वार की ओर धकेलता है जो एकदम झुलसी हुई स्थिति में है और बिना दरवाज़े के केवल एक काले पाताल जैसा लग रहा है। मैं अपना सारा ज़ोर अपनी पीठ पर लगाए जा रहे बल के ख़िलाफ़ लगा देना चाहता हूँ–भागना चाहता हूँ, वापस कार की तरफ़, और जूली को लेकर बस ग़ायब हो जाना चाहता हूँ। लेकिन मैं एक के बाद एक कदम आगे बढ़ा रहा हूँ–उस पाताल में, एक संकरे गलियारे से होकर जो

पहले शायद प्रवेशकक्ष था। दीवारों पर कुछ तस्वीरें भी लटकी हुई हैं, पर उनके शीशे टूट गए हैं और उनके पीछे जो चित्र हैं वे कालिख की वजह से पहचान में नहीं आ रहे हैं। मुझे कुछ बहुत कसैली गंध आ रही है, इतनी तेज़ कि मैं अभी उलटी कर दूँ। हालाँकि आग काफ़ी समय पहले लगी होगी, लेकिन दीवारें, फ़र्श और लकड़ी की चौखटें आदि अभी तक पूरी तरह से पेट्रोल की गंध से भरी हुई थीं। और ये तो सोचा भी नहीं जा सकता कि अब भी एक माचिस की तिल्ली यहाँ पर क्या कर सकती थी।

"अन्तोन!" जैसे ही मैंने कुछ दबी हुई आवाज़ें सुनी मैं धीरे से बुदबुदाया। मतलब ये सच है-वे सच में यहाँ हैं और उनमें से कोई एक हँस रहा है। ये एक तीखी आवाज़ थी, शायद किसी महिला की।

"डरो मत!" अन्तोन ने बस इतना कहा और मुझे उस ओर आगे तक ले गया जो कभी इस घर का भोजनकक्ष था। वहाँ हमें वो मिल गए। वे खाने की मेज़ पर बैठे हैं जो कि बाक़ी कमरों के मुकाबले शायद आग से बच गया था। यहाँ तक कि सफ़ाई से इस्त्री किया गया एक मेज़पोश वहाँ बिछा हुआ है, थालियाँ, छुरी-काँटा और मोमबत्ती अपनी जगह पर व्यवस्थित हैं। एक बर्तन में आलू रखे हैं जिनसे भाप निकल रही है, दूसरे बर्तन में बीन्स हैं। गोश्त के थाल में कुछ रखा है जो मुझे मीट लोफ़ जैसा लगा।

ज्यों ही वह औरत काँटे और छुरी की मदद से मीट लोफ़ को काटने के लिए मेज़ से उठती है, त्यों ही मुझे और अन्तोन को दरवाज़े के रास्ते में खड़ा हुआ देख लेती है। उसके हाथ से छुरी-काँटा दोनों गिर जाते हैं और वह डर से हाँफने लगती है।

अब बाक़ी लोगों की नज़र भी हम पर पड़ गयी।

एक आदमी और एक किशोर लड़का। वे दोनों भी उठ गए, उनके चेहरे आश्चर्य और भय से जम गए थे।

"क्या तुम उन्हें देख रहे हो?" अन्तोन ने मेरे कान में कहा।

मैंने गर्दन हिलाई, मेरे हाथ में बन्दूक़ हिल रही थी। वे लोग बुरे नहीं हो सकते, वे किसी आम परिवार जैसे लगते हैं।

"धोखा मत खाओ," अन्तोन ने कहा, मानो उसने मेरा दिमाग़ पढ़ लिया हो। "माइक को देखो।"

वह आदमी स्पष्ट रूप से घबरा गया। वो लम्बा चौड़ा था। उसके बाल लम्बे थे और दाढ़ी घनी थी जिससे वो एक विशालकाय भालू ज़्यादा लग रहा था, ना कि कोई तथाकथित संगीन अपराधी।

"माइक लगभग एक दर्जन से ज़्यादा औरतों का बलात्कार कर चुका है, और ये सिर्फ़ वो संख्या है जिनमें मुक़दमा दर्ज हो पाया था। और कॉलिन..."

उस किशोर ने किकियाने जैसी आवाज़ निकाली जो कि उसके लम्बे पतले आकार पर जम नहीं रही थी, पर शायद युवावस्था में आने वाले आवाज़ में बदलाव की वजह से थी?

"कॉलिन जब छोटा बच्चा था तब से ही जानवरों पर अत्याचार करता आ रहा है। पहले तो ये सिर्फ़ कीट-पतंगों तक सीमित था, जिन्हें यह लेंस से सूरज की रोशनी परावर्तित कर जला देता था, बाद में इसने बड़े जानवरों को भी नहीं छोड़ा। कुत्ते, बिल्लियाँ, भेड़ आदि को अपने यहाँ के एक किसान के चारागाह से..."

"प्लीज़, इसे चुप होने को कहो!" वह औरत मेरे सामने गिड़गिड़ाने लगी। वह शायद उम्र के चौथे दशक में होगी। एक आदर्श घरेलू महिला, बाल सलीक़े से कटे हुए, और एक अच्छी शक्ल जो भय से बिगड़े भावों से झांक रही थी।

मुझे एकाएक कौंधा–उसका नाम है...

"लिज़," मेरे मुँह से फूट निकला।

"हाँ," अन्तोन ने सहमति जताई। "प्यारी लिज़ जो इस घर को आग में झुलसाने के लिए ज़िम्मेदार है, जिसमें दो लोगों की मौत हो गयी थी," उसे आगे नहीं बोलना पड़ा।

"मेरे माँ-बाप!"

"बिलकुल सही कहा बेन। यह तुम्हारा बचपन का घर है, या फिर यों कहें कि इसमें से जो कुछ बचा है वो। क्या तुम्हें याद है?" उसने मुझे कंधे से पकड़ा और अपनी तरफ़ घुमाया ताकि मैं उसकी आँखों में देख सकूँ।

"माइक, कॉलिन और लिज़ ये तुम्हारे ही तीन व्यक्तित्व हैं बेन। और अब तक के तुम्हारे इलाज की सफलता के बाद, तुम इनसे छुटकारा पाने जा रहे हो।"

मैं मूक हो गया, मेरा पूरा शरीर थरथरा रहा था। अन्तोन ने आँखों को सिकोड़ा मानो वह मेरी अन्तरात्मा में झाँकना चाहता हो। "मेरा नाम डॉक्टर अन्तोन है, ये तो तुम्हें याद है, है ना? जज ने तुम्हें एक और मौक़ा दिया जब उसने तुम्हें जेल की बजाय मेरे संस्थान में भेजा, क्योंकि मैं उसे यह यकीन दिला सकने में कामयाब रहा कि तुम उन सब ग़लत कामों के लिए ज़िम्मेदार नहीं हो, असल में नहीं।"

"पर मैंने कभी...."

"तुमने किया है बेन! वास्तविकता में तुमने ये सब किया है। तुमने बचपन से

ही जानवरों को यातनाएँ दी हैं। बाद में तुमने इस घर को आग लगाई और अपने माँ-बाप को मार डाला। और तुमने कम से कम एक दर्जन महिलाओं के साथ बलात्कार भी किया है। यह किसी भी संदेह से परे है और डीएनए, उँगलियों के निशान और चश्मदीदों के बयान से पूरी तरह साफ़ है, और साबित हो चुका है। लेकिन कभी-कभी वास्तविकता को समझना मुश्किल होता है। ख़ासकर उन लोगों के सन्दर्भ में, जिनका व्यक्तित्व विभाजित होता है। तुम्हारे अलावा तीन और लोगों का व्यक्तित्व है तुम्हारे अन्दर।" वह भोजनकक्ष की तरफ़ इशारा करता है। उसकी आवाज़ सम्मोहित करने लगी। "तुम्हें इनसे छुटकारा पाना है बेन ताकि हम अपना इलाज जारी रख सकें।"

मैं अभी भी कुछ नहीं कह पा रहा हूँ। बस काँप रहा हूँ। जैसे मेरे हाथ में बन्दूक़ काँप रही है।

"मुझे निराश मत करो," अन्तोन फिर कहता है। "मेरी चिकित्सा पद्धति एकदम नई है और शायद चिकित्सा जगत में अभूतपूर्व। हम कोई नीरस चिकित्सालय नहीं हैं जहाँ मरीजों को सिर्फ़ दवाइयों से लाद दिया जाता है। हमारा एक आत्मनिर्भर फ़ार्म है जहाँ तुम्हारे जैसे लोग ज़िम्मेदार होना सीखते हैं और ऐसा माहौल पाते हैं जहाँ उनके लिए खुल पाना आसान होता है। तुम्हें भी तो हमारे यहाँ अच्छा लगता है, है कि नहीं?"

मेरे ख़्याल से मैंने हामी भरी। पहली बार मुझे घर के होने का अहसास होता है...

"आगे बढ़ो बेन! मुझे मालूम है कि तुम ये कर सकते हो।"

हथियार मेरे हाथ में है। धीरे, बिल्कुल धीरे मैं उसे कमरे की अन्दर की तरफ़ तानता हूँ। और फिर– धाएँ-धाएँ, गड़गड़ाहट, चीख़ें। लिज़ अभी भी मेज़ के नीचे रेंगने की कोशिश करती है, पर कोई फ़ायदा नहीं। मोमबत्ती की रोशनी में फ़व्वारे की तरह फूट कर बहता हुआ ख़ून काली बौछारों जैसा लग रहा था। मुझे नहीं मालूम कि ये सब कितनी देर चला। ऐसा लगा जैसे समय में एक गड्ढा था जिसमें हम गिर पड़े–गहरे और गहरे जब तक कि हम आख़िरकार धरातल से जाकर टकरा नहीं गये–किसी सबकुछ समेटे हुई खामोशी के बीच। काम ख़त्म हो गया।

"शाबाश मेरे बच्चे!" अन्तोन धीरे से मेरे हाथ में पकड़ी हुई बन्दूक़ लेता है जो अचानक हल्की लगती है, बहुत हल्की। और वो अपने असली आकार में भी नहीं लग रही थी। मुझे उसे देखना पड़ा ये समझने के लिए कि मैं कोई बिलकुल अलग

चीज़ पकड़े हुए था। एक गत्ते का फ़ोल्डर, एक मेडिकल फ़ाइल जिसपर मेरा नाम लिखा हुआ था। आश्चर्य से भरकर मैंने भोजनकक्ष की तरफ़ अपनी नज़र घुमाई। वहाँ कोई मेज़ नहीं थी, न ही कोई मोमबत्ती झिलमिला रही थी, न कोई लाश, न ख़ून। बस एक खाली कमरा, पूरी तरह कालिख से पुता हुआ, बाक़ी घर की तरह। मैं अन्तोन की तरफ़ वापस देखता हूँ। एक पल के लिए वो मुस्कुराता है, फिर उसके चेहरे के भाव बदल जाते हैं। फ़ोल्डर नीचे फ़र्श पर गिर जाता है, फ़ाइल के पन्ने सरसराहट करते हुए इधर-उधर बिखर जाते हैं, और एक लाल धब्बा अन्तोन की कमीज़ पर खिल उठता है और चंद क्षणों में इतना बढ़ता है कि उसकी हलके रंग की कमीज़ पर कोई और रंग नहीं बचता।

"बेन?" गिरते-गिरते वह हैरान सा भर्राई आवाज़ में बोलता है।

मैं अपना मुँह खोलता हूँ, उतना ही हैरान होकर, क्योंकि जूली अचानक वहाँ मौजूद थी। जूली, जो शायद चिंतित रही होगी और हमारे पीछे आ गयी होगी। जो दरवाज़े की चौखट के पीछे छुपी थी और सही पल का इन्तज़ार कर रही थी।

"तो ऐसा है डॉक्टर, कि तुम साफ़ तौर पे ग़लत सोच रहे थे।" वह कहती है और हँसती है, जब वो अन्तोन के सामने तन कर खड़ी हो जाती है और एक छोटी पर ख़तरनाक चाकू उसके सामने हिलाती है, जिसे उसने खेत में आलू की फसल काटने के बाद सबकी नज़रों से बचाकर जेब में रख लिया था।

"हम हमेशा से ही पाँच थे।"

अन्तोन ख़ून उगलता है, गले से गड़गड़ाहट, जैसे किसी गटर के अवरुद्ध होने की आवाज़। मुझे मितली आ रही है और मैं घूम जाता हूँ। जूली तुरन्त मुझे पकड़ने को वहाँ मौजूद थी और प्यार से मेरी पीठ सहलाने लगती है। "चलो बेन, इसे अकेले मरने दो!"

मैं उसे अपना हाथ पकड़ने देता हूँ और ख़ुद को घर से बाहर ले जाने देता हूँ। हम वापस कच्चे रास्ते पर जायेंगे, अन्तोन की कार लेंगे और बस फ़रार हो जायेंगे। जैसे ही हम बाहर पहुँचते हैं वह कहती है–"रुको ज़रा", और अपना लाइटर जलाती है और एक सिगरेट सुलगाती है। वह एक गहरा कश खींचती है और मुझे सिगरेट दे देती है। मैं गहराई से कश खींचता हूँ और सुक़ून महसूस करता हूँ। हमारे पीछे वो घर एक बार फिर से जल उठता है, गोधूलि को उजाला देते हुए। प्लास्टिक का तिरपाल पिघलने लगता है, राख के कण हवा में तैरते हैं।

"देखो बर्फ़ गिर रही है!" जूली चिल्लाती है और खिलखिलाते हुए दो तीन बार

गोल घूमती है। मैं उसे देखता हूँ। उसका उल्लास और उसकी सुन्दरता मेरे दिल को हल्का कर देती है। आख़िरकार वो ख़ुद को मेरी बाहों में डाल देती है और मैं उसके चुम्बन में आत्मसमर्पण कर देता हूँ।

आह जूली, मेरी जूली... हम दोनों, जुलाई की बर्फ़ में। हम दो, बोनी और क्लाइड की तरह, हमेशा साथ और दुनिया के ख़िलाफ़। तुम ही मेरा घर हो, मुझे किसी और घर की ज़रूरत नहीं।

तोहफ़ा

"छि हेनरी, क्या है ये?" गुस्से से सुलगती एवलिन ने अपने पति की आँखों के सामने एक सुनहरे गुलाबी रंग की चीज़ को दिखाते हुए पूछा। ऊपरी मंज़िल के गलियारे में लकड़ी के चिकने फ़र्श पर खिलौना कार के पहिए खड़खड़ाने की आवाज़ आ रही थी। "मैंने कहा था न, सोने जाओ।" एवलिन ने सीढ़ियों से ऊपर की ओर आवाज़ लगाते हुए कहा। "वरना मैं कहानी नहीं सुनाऊँगी!"

"ईव यार, बस भी करो!"

"क्या? तुम्हीं जाकर सुला दो उनको?" गुस्से में एवलिन ने कहा।

"नहीं, मेरा वो मतलब नहीं था।" हेनरी ने चुपचाप सिर हिलाते हुए उसके हाथ में रखे फ़ोन की ओर इशारा किया।

"मुझे बस करना चाहिए?" एवलिन ने गुर्राते हुए पूछा। "मुझे? हद है, जहाँ तक मुझे याद है, हमने इस बात पर सहमति बनाई थी कि तुम बस करोगे!"

"और वो मैंने कर दिया है!" हेनरी की आवाज़ में कोई गुस्सा नहीं था। उसके विपरीत, उसकी आवाज़ में थकान झलक रही थी।

"तो फिर मुझे समझाओ! मुझे कम से कम एक ढंग का कारण बताओ कि किस तरह उस विभाग में जहाँ सिर्फ़ मर्द काम करते हैं क्रिस्टल का दिल चिपका हुआ कोई गुलाबी रंग का फ़ोन तुम्हारे ऑफिस बैग में आ जाता है।"

"मुझे नहीं पता। समझीं?"

एवलिन हंस पड़ी। "कैसे तुम सिर्फ़ अपनी चिकनी चुपड़ी बातों से ही इतनी सारी लड़कियां पटा लेते हो? क्या बातें-वातें छोड़ छाड़ सीधा बिस्तर तक ले जाते हो?"

"ईव यार," थके हुए हेनरी ने चेतावनी देते हुए कहा, "अब छोड़ो भी।"

एवलिन की आँखें भर आईं। हमेशा यूँ ही होता आया है, शुरुआती बदहवासी

और ग़ुस्से के छटने के बाद वही मायूस कर देने वाला एहसास, उसने वही सब फिर से किया। उसने फिर से धोखा दिया। उनकी शादी, उनका परिवार, उनकी ज़िन्दगी–वो सब जो एवलिन ने उसके लिए खड़ा किया था – उन सबको उसने अपने पैरों के नीचे रौंद दिया। एक बात तो साफ़ थी कि एवलिन के बिना हेनरी को इन सब में से कुछ भी नहीं मिला होता। एवलिन के पिताजी की संपत्ति की बदौलत ही शहर के पॉश इलाके में उनका अपना एक मकान था। ये मेडिकल कॉलेज के उसके जान पहचान के लोगों की बदौलत ही हुआ था कि हेनरी अपने दोस्त की उस गलीज़ बेसमेंट वाली नौकरी को छोड़कर एक फलती फूलती फ़ार्मा कम्पनी के नेतृत्व तक की छलांग मार पाया था। एवलिन ने उसके दो अद्भुत बच्चों को जन्म दिया था – एक लड़का और एक लड़की, जैसा कि किसी पाठ्यपुस्तक में सिखाया जाता है। वह उन पर अपना सारा प्यार और ध्यान लुटाती आई है। पेरेंट्स-टीचर मीटिंग्स में जाना, बच्चों के स्कूल में होने वाले समारोहों के लिए मनों भारी केक बेक करना और उनके जन्मदिन पर उत्सव का आयोजन करना। वही हेनरी की माँ को फूल भेजती आई है और उसकी बहन से दोपहर के खाने पर मिला भी करती है। कुछ नहीं, इस सबके बदले उसे कुछ भी नहीं मिला, उसने हेनरी को उलाहना दिया। क्योंकि वह बस एक ही चीज़ चाहती थी और वह था हेनरी को ख़ुश रखना। ताकि हेनरी को यह न लगे कि उसने एवलिन से शादी करके कोई ग़लती की है।

"अब मैं ऊपर जा रही हूँ, बच्चों को सुलाने", कोशिश करके शान्त भाव से एवलिन ने कहा और इससे पहले कि हेनरी उसके आँसुओं को देख पाता, वह मुड़ गई। "क्या तुम चीज़ सूफ़्ले का ध्यान रख पाओगे? अगले पन्द्रह मिनट में उसे ओवेन में रखना है।" पैर को सीढ़ियों के सबसे निचले पायदान पर रखते ही वह एक क्षण के लिए रुक गई। मानो वह ख़ुद को इस तरह भावनात्मक रूप से संभाल लेगी, उसने सीढ़ी की रेलिंग को पकड़ा और तब उसे ध्यान आया कि उसने अब भी उस पराये फ़ोन को अपने हाथ में रखा हुआ है। उसने चमकते कवर पर कैमरा लेंस के पास चिपके हुए सस्ते से दिल को ध्यान से देखा और उसे दीवार के साथ लगी आर्ट डेको शैली में बनी नाज़ुक मेज़ पर रख दिया, जिसे उन्हें शादी पर उसके माँ-बाप की किसी संबंधी ने उपहार स्वरूप दिया था। हेनरी को देखे बिना, एवलिन हताश सी बुदबुदाई : "कर लो, जो करना है उसके साथ।" एवलिन को कोई रुचि नहीं थी, ना तो उस निराशा में जो हेनरी के चेहरे पर साफ़ झलक रही थी और ना ही उस हताशा में जिसमें वह अपने सिर में, जहाँ अभी कुछ ही बाल पके थे, उँगलियाँ फिरा रहा था। इन दोनों ही स्थितियों को उसने कई बार देखा हुआ है। और दोनों में ही वह काफ़ी बार ठगी गई है।

"विन्स्टन, अन्दर आ जाओ। मेरेडिथ, कितनी सुन्दर बात है कि आज हम दूसरी बार मिल रहे हैं!"

"मम्मी, वे लोग आ गये हैं।" नाताली का सिर उसके यूनिकॉर्न वाले कम्बल से बाहर निकला। "क्या हम उनसे मिल सकते हैं? बस थोड़ी देर के लिए?"

"मॉम, प्लीज़!" ईथन ने भी पास वाले बिस्तर से हाँ में हाँ मिलायी।

"नहीं, बिलकुल नहीं! तुम दोनों को तो कब का सो जाना चाहिए था।"

"पर, विन्स्टन अंकल तो बहुत कूल हैं, मॉम। उन्हें तो जादुई करतब भी आते हैं।"

"अगर वो कुछ पेश करेंगे तो मैं उसे तुम्हारे लिए फ़ोन में रिकॉर्ड कर लूंगी। ठीक है?" एवलिन नाताली के पास से उठी और उसका माथा चूमा, फिर ईथन की ओर गयी, जो कि उसके समझाने के बावजूद मुँह बनाए बैठा था। "अच्छे से सो जाओ, बड़कू। तुमसे बहुत प्यार है।"

"मुझे भी, मॉम", बड़बड़ाते हुए उसने जवाब दिया।

एवलिन ने छोटे-छोटे तिलों से भरे उसके चेहरे से बालों की लट हटाई। उसे हेनरी के पहाड़ी बादाम जैसे भूरे रंग के बाल मिले थे। उसके घने बिखरे हुए बाल

की लट जिन पर वह पहली मुलाकात से ही फ़िदा थी। दोनों ने ही अभी-अभी स्कूल की पढ़ाई पूरी की थी। नेपल्स के हवाईअड्डे पर वे साईनबोर्ड के सामने इन्तज़ार कर रहे थे और एक ही साँस में उन दोनों के मुँह से आवाज़ निकली थी जब उनकी घर जाने वाली फ्लाईट कैंसिल हो गई थी। उसके थोड़ी देर बाद वेंडिंग मशीन से निकाले सैंडविच के साथ टर्मिनल पर बनाए कामचलाऊ बिस्तर पर बैठकर हँसते हुए उन्होंने अपनी क़िस्मत पर चर्चा की थी। उसी क्षण एवलिन ने तय कर लिया था कि वो अब एक भी दिन हेनरी के बिना नहीं बिताएगी।

"डार्लिंग, ज़रा नीचे आओगी?" एवलिन ने हेनरी को नीचे से पुकारते सुना। "मेरेडिथ और विन्स्टन आ गए हैं।"

एवलिन ने अपनी झुंझलाहट भरी फुफकार को दबाया और बस आँखों को घुमाया कि बच्चे अंधेरे में यह देख नहीं पाएंगे। "गुड नाइट, बच्चों", वो फुसफुसाई और एक धीमी सी क्लिक के साथ दरवाज़े को अपने पीछे बन्द कर दिया।

"सो गये दोनों?" हेनरी ने पूछा, जो सीढ़ियों के नीचे अपनी पत्नी का इन्तज़ार कर रहा था।

"नहीं," एवलिन ने धीरे से कहा और अपनी हाई-हील्स पहनी, जो कि दरवाज़े के पास रखी हुई थीं। "और अगर वो सो भी गये होते, तो तुम्हारी नीचे से आती तेज़ आवाज़ के कारण फिर से जग गये होते।"

"माफ़ करो", अपराधबोध के साथ हेनरी ने अपनी ग़लती मानी।

एवलिन ने उसे गुस्से से दमक कर देखा।

"सच में! उस बारे में मैंने नहीं सोचा, ठीक है? क्या ऐसा नहीं हो सकता कि हम आज की शाम को इस तरह न बितायें? मेरा मतलब है, झगड़े और घूरती हुई नज़रों के साथ। इस शाम को लेकर तुम कितनी उत्साहित थीं।" और हिचकिचाते हुए हेनरी ने अपना हाथ उसकी ओर बढ़ाया।

अपनी बाज़ू को पीछे खींचने की चाह को एवलिन ने रोक लिया। वो सच कह रहा था; वाकई इस शाम को लेकर वह बहुत उत्साहित थी। वह विन्स्टन और उसकी पत्नी को पसन्द करती थी। ऐसा भी नहीं था कि वे लोग एक-दूसरे के साथ बहुत कुछ किया करते थे। वे लोग दोस्त नहीं थे, बस एक-दूसरे से अच्छी जान-पहचान थी। विन्स्टन और हेनरी साथ काम करते थे, जबकि मेरेडिथ पुलिस की अपराध-शाखा में थी। वे बेऔलाद थे, इसी वजह से वे दूसरों के बच्चों के प्रति कुछ ज़्यादा ही दरियादिली दिखाते थे। काउच-टेबल के ऊपर जामुनी लाल रंग के रिबन

में लिपटा बैंगनी रंग का तोहफ़ा इसी बात का स्पष्ट प्रमाण था।

"ठीक है।" एवलिन ने गहरी साँस ली। "तुम ठीक कहते हो। मुझे अपने मन की शंका का त्याग कर देना चाहिए ताकि मैं उन सकारात्मक चीज़ों की ओर रुख कर सकूँ जो भविष्य के गर्भ में छिपी हैं।"

कृतज्ञ भाव से हेनरी मुस्कुराया। "मैंने कभी सोचा नहीं था कि मैं ऐसा कहूँगा, मुझे ख़ुशी है कि हम साथ में थेरेपी में गए थे।"

"तुम सिर्फ़ दो बार साथ आए थे," एवलिन ने उसे याद दिलाया।

"हाँ, पर वही दो बार ज़िन्दगी को बदल देने का माद्दा रखते थे," एक शरारती हँसी के साथ हेनरी ने टोका।

उसकी लड़कपन से भरी चमकती आँखों के सामने एवलिन अपने आप को रोक नहीं पायी। और एक मद्धम मुस्कान के साथ बोली, "हाँ, उम्मीद करते हैं।"

और वह उसकी बाहों में समा गई।

"ईव, आई लव यू।"

"मी टू, डार्लिंग।"

जब हेनरी उसे चूम रहा था, तभी एवलिन ने टेलीफ़ोन वाली मेज़ की ओर देखा; वहाँ से वो मोबाइल फ़ोन ग़ायब था।

"खाना वाकई लज़ीज था!" सन्तुष्टि की गहरी साँस लेते हुए विन्स्टन ने कपड़े की नैप्किन को सामने सफ़ेद दमास्क बुनाई वाले मेजपोश के ऊपर रखा और अपनी कुर्सी पर टेक लगाकर बैठ गया। "हेनरी, एक औरत जो ऐसा खाना बना सकती है, उसके लिए मैं क़त्ल भी कर सकता हूँ।"

"सच में?" हँसते हुए मेरेडिथ ने अपने पति की ऊपरी बाज़ू पर एक चपत लगाई। "ऐसे में तो मुझे, जानेमन, तुम्हें गिरफ़्तार करना पड़ जाएगा।"

विन्सटन ने अपनी पत्नी के हाथ को पकड़ा और उन्हें अपने होठों के पास ले गया।

"तुम्हारे अलावा मैं भला किसके हाथों हाथकड़ी पहनना चाहूँगा?"

"ओह, तुम अभी से इतनी शराब पी चुके हो?" मेरेडिथ ने पति को झूठमूठ सी डाँटने वाली नज़रों से देखा इससे पहले कि वो अपने मेहमाननवाज़ की ओर देखती। "पर वाकई, प्रिय एवलिन, वो सूफ़्ले एक स्वप्न की भाँति था! मुझे नहीं लगता कि इससे बेहतर सूफ़्ले मैंने पहले कभी खाया है।"

"सुनो, सुनो! और वो भी एक ऐसी औरत से जिसने अपनी आधी ज़िन्दगी

फ्रांस में जी है।"

"पढ़ाई की है, जानेमन, पढ़ाई। और काश अभी मेरी उम्र उतनी होती जिसे मैं अपनी आधी ज़िन्दगी कह सकती।"

"फ्रांस में?" हेनरी ने शराब का एक घूँट भरा और तुरन्त दूसरा सवाल किया, "फ्रांस में कहाँ?"

"लियों।"

"मैंने लगभग एक फ्रांसीसी से ही शादी कर ली है," बड़े गर्व से विन्स्टन ने कहा।

मेरेडिथ ने एक प्रसन्न मुस्कान छोड़ी। "काश कि ऐसा होता। पर उसके लिए दुर्भाग्य से ना तो मेरे पास आकृति है न सुघड़ता। फिर भी फ्रांस से मुझे अत्यधिक प्यार है!"

"तो फिर क्या हुआ कि तुम्हें वापस आना पड़ा?" एवलिन ने पूछा।

मेरेडिथ की खनकती हुई हँसी अचानक से ग़ायब हो गई। उसने अपना गिलास हाथ में लिया और कम शब्दों में कहा, "परिवार में एक मौत", और शराब का एक बड़ा सा घूँट ले लिया। एवलिन और हेनरी एक दूसरे को झेंपती नज़रों से देखने लगे।

"चिकेन, सोच रही हूँ कि मैं जाकर चिकेन ले आती हूँ," सकुचाते हुए एवलिन ने कहा।

हेनरी उछल पड़ा। "रुको, मैं मेज़ खाली करने में तुम्हारी मदद करता हूँ।"

पर एवलिन ने पहले ही सूफ़्ले वाली कटोरियों और स्नैक्स वाली चार छोटी प्लेटों का बोझ अपने हाथ में उठा लिया था। "ठीक है, ठीक है, तुम हमारे मेहमानों के साथ रहो और उनकी खातिरदारी पर ध्यान दो।" वो हेनरी को चूमने के लिए उसकी ओर झुकी। इस चुंबन का जवाब उसने स्पष्ट रूप से तनावमुक्त होकर दिया।

रसोईघर के दरवाज़े को एवलिन ने कोहनी से खोला। अन्दर ज़मीन पर कुछ गिर गया। दरवाज़े के बीच से प्लेटों के बोझ का संतुलन बनाते हुए उसे समझ में आ गया कि यह हेनरी का काम पर पहन कर जाने वाला जैकेट था। खाने से पहले इसे उसने ज़रूर दरवाज़े के हैन्डल से लटकाया होगा। वो गुलाबी चमकने वाली चीज़ निकल कर बाहर गिर गई। एवलिन का संतुलन बिगड़ गया और आख़िरी क्षण में उसने प्लेटों को गिरने से बचाया। "धत्त," वो बड़बड़ाई। क्या सोचा था आख़िर उसने, उस फालतू चीज़ के साथ क्या हो गया था? वो हवा में ग़ायब तो हो नहीं

सकती थी। शायद हेनरी ने उसे अपने जैकेट की जेब में रख लिया था ताकि वो अगले दिन उसके मालिक का पता लगा सके।

एवलिन ने रसोईघर में सफ़ेद वार्निश की हुई मेज़ के ऊपर बर्तनों को रखा और जैकेट को उठाया। जैसे ही उसने फ़ोन को अपने हाथ में लिया, उसने पाया कि उसकी धीमी नीली रोशनी खुरदुरी टेराकोटा टाइलों पर पड़ रही थी।

दिल की एक ही धड़कन में एवलिन की आँखों में आँसुओं की बाढ़ आ गई। सपाट हाथ से उसने अलमारी को मारा, इतना तेज़ कि वह दर्द से कराह उठी।

"सब ठीक है, ईव?" बैठक से उसने हेनरी की फ़िक्रमंद आवाज़ सुनी।

एवलिन ने आँसुओं को दूर झटक दिया। "हाँ-हाँ," वो उतनी ही ख़ुशी से वापस आवाज़ लगा पायी, जितना कि गुस्से ने उसके गले से आवाज़ को निकलने दिया। "कुछ नहीं हुआ है। मैं बस टकरा गई। सब ठीक है।"

काँपते हाथों से उसने ओवेन वाले दस्ताने पहने और ओवेन से चिकेन, ग्लेज़्ड गाजर और प्रॉवॉन्स तरीक़े से बने आलू से लदी बेकिंग ट्रे को निकाला।

वो कर लेगी। वो इस शाम को अच्छे से अंजाम देगी, किसी को भी कुछ नहीं पता लगेगा। वो अपनी हताशा और निराशा को छुपा लेगी, जैसा कि उसने पहले भी कई बार किया है। और फिर जब सब ख़त्म हो जाएगा, जब विन्स्टन और मेरेडिथ अपने घर...

"प्रिय एवलिन, क्या सचमुच सब सही है? क्या मैं तुम्हारी कुछ मदद कर सकती हूँ?"

एवलिन मुड़ गई।

मेरेडिथ दरवाज़े से अन्दर झाँक रही थी। आश्चर्यचकित हो उसने एवलिन के गुस्से से लाल हो चुके चेहरे को देखा। "अरे, सब ठीक तो है?"

"मैं बिलकुल ठीक हूँ," ऊपर से मज़बूत होकर किसी तरह एवलिन ने जवाब दिया।

दहलीज़ पार करके मेरेडिथ रसोईघर में दाखिल हो गई और अपने पीछे दरवाज़े को बन्द कर दिया। "अगर मैं तुम्हारी बात को मान लूँ तो मैं एक बिलकुल बकवास पुलिस अधिकारी कहलाउँगी।" उसने एक किचेन टॉवल पकड़ा और एवलिन के हाथ से चिकेन ले लिया कि उसे मेज़ पर रख दे। फिर उसने एवलिन के हाथ से ओवेन वाले दस्ताने निकाले। एवलिन की जली लाल हथेली को देखते ही, जो दस्ताने के निकलते ही दिखाई पड़ी, मेरेडिथ ने अपनी भौं तिरछी की।

"क्या तुमने इससे पहले दस्ताने के बिना ही ओवेन से चिकेन को निकालने की कोशिश की थी?"

एवलिन ने जवाब नहीं दिया। मेरेडिथ ने उसे आहत और अवाक पकड़ लिया था। ज़िन्दगी में पहली बार एवलिन हेनरी का बचाव करने और अपनी शादी को बचाने में असमर्थ महसूस कर रही थी। उसकी नज़रें बार-बार उस फ़ोन की ओर जा रही थीं जिसे उसने मेज़ पर रख दिया था।

मेरेडिथ समझ गई। कम से कम करीब-करीब। "क्या है वो?"

"एक फ़ोन," अशक्त एवलिन ने जवाब दिया।

"वो मुझे दिख रहा है। लेकिन उससे क्या?"

"ये मेरा नहीं है," खामोश एवलिन ने कहा। "यह बस मेरे घर में है।"

"ओऽ अच्छा।" मेरेडिथ उसके पास गई। "क्या मैं इसे देख सकती हूँ?"

"कोई ज़बरदस्ती नहीं है, तकल्लुफ़ मत करो।"

मेरेडिथ ने फ़ोन को उठाया। उसने ध्यान से गुलाबी रंग के कवर और उसपर चिपके हुए चमकदार दिल को देखा। "क्या तुम्हें पता है, ये किसका है?"

"नहीं।" एक क्षण के लिए एवलिन हिचकिचाई, फिर उसने कबूल किया : "मुझे यह हेनरी के ऑफिस बैग में मिला, जब मैं उसके थर्मस को निकालने वाली थी। उसके गले में दर्द था, इसलिए मैंने उसे साथ में काढ़ा दे दिया था, लेकिन वो हमेशा उसे निकालना भूल जाता है," वह बोलना जारी रखती है, मानो उसमें से किसी चीज़ की कोई बड़ी भूमिका हो।

"मैं जानती हूँ, विन्स्टन भी ऐसा ही है," एक सौम्य मुस्कान के साथ उसने हाँ में हाँ मिलाई, और फिर गम्भीर होकर वह आगे बोलने लगी : "और इस तरह से तुम्हें यह फ़ोन मिला?"

"हाँ।"

"क्या तुम्हें हेनरी ने बताया कि यह उसके पास कहाँ से आया?"

"नहीं, उसने नहीं बताया। मेरा मतलब है," एवलिन ने ख़ुद को सुधारते हुए कहा, "इस चीज़ के लिए उसके पास कोई सफ़ाई नहीं है।"

"क्या पता शायद ग़लती से किसी का फ़ोन उसके बैग में गिर गया होगा?!" एवलिन फुफकार उठी।

"मुझे अन्दाज़ा लगाने दो : क्या उसने भी यही कहा था?" मेरेडिथ ने एवलिन को देखा जो हाँ में सिर हिला रही थी। एक क्षण के लिए मेरेडिथ विचार में पड़ गई।

बेचैन होकर वो दोनों हाथों से फ़ोन के साथ ओल-पोल कर रही थी। "एवलिन, सुनो, मैं बिलकुल भी नाक घुसेड़ना नहीं चाहती। बस ऐसा है कि विन्स्टन और हेनरी साथ में कभी-कभार बियर पीते हैं और ऐसे में कदाचित तुम लोगों की स्थिति के ऊपर कुछ टिप्पणी भी हो जाती है... यही कि तुम लोगों के बीच सब कुछ ठीक नहीं चल रहा है, कुछ सालों से..."

एवलिन के चेहरे पर भड़क झलक उठी। हाँ, उनको कुछ समस्या थी – पहले और जैसा कि लग रहा था, आज भी – पर ये उनकी निजी समस्या थी। उन लोगों ने शपथ ली थी कि थेरेपी के अतिरिक्त किसी भी और से इस बारे में चर्चा नहीं करेंगे। ख़ासकर बच्चों की वजह से। पर ऐसा लग रहा था कि शायद वो अकेले ही इस शपथ का पालन कर रही थी, जैसा कि अक्सर ही होता है।

निश्चय करके एवलिन ने अपने हाथ में किचेन टॉवल लिया और चिकेन से लदी ट्रे को उठाया। "मुझे लगता है कि हमें वापस बैठक में जाना चाहिए। हमारे पति ज़रूर हमारा इन्तज़ार कर रहे होंगे।"

"हेनरी बच्चों के पास है। ईथन ने बुलाया था। और विन्स्टन चुपके से बाहर चला गया, सिगरेट पीने के लिए...हे भगवान, काश वो अब इस लत को छोड़ दे।" मेरेडिथ ने आँखें गोल-गोल घुमाईं।

एक क्षण के लिए आश्चर्यचकित हो एवलिन खड़ी हो गई और उसने पूछा : "क्या विन्स्टन सिगरेट पीता है?"

"हाँ, सालों से। और इस बात को छुपाने में वो माहिर है। उसकी ये आदत शायद मैं कभी छुड़ा भी नहीं पाऊँगी।" ख़ैर वो कंधों को उचकाते हुए बोली, "मुझे लगता है कि हम में से हर किसी के पास एक गंदा, छोटा रहस्य होता है, जो हम दुनिया के साथ नहीं बाँटना चाहते हैं।"

"हो सकता है, पर एक पति जो डाक-टिकटों की भांति अपने प्यार की चालबाजियों को इकट्ठा करता है, उसकी तुलना में तुम्हारे पति के रहस्य को बर्दाश्त करना तो बहुत ही आसान है।"

"शायद," सहानुभूति प्रदर्शित करते हुए मेरेडिथ ने सहमति जताई। "हालाँकि अपने काम के अनुभव से मैं तुम्हें बता सकती हूँ कि इस मामले में तुम बिलकुल भी अकेली नहीं हो। अपने हाथ में फ़ोन को परखते हुए वो बोली : "और अगर तुम्हें इस मसले में थोड़ी सी भी राहत मिल पाए तो मैं यही कहूँगी कि तुम बिलकुल भी वह एकलौती पत्नी नहीं जिसका पति इतना शातिर नहीं होता कि अपने राज़ को छिपा सके।"

"और फिर आदमी पुलिस के पास पहुँच जाता है?"

"हाँ लेकिन मर्द नहीं... औरत। जुनूनी अपराध, ठुकराया हुआ प्यार.... बदले की भावना?" मेरेडिथ ने एक कठोर, कर्कश घुर-घुर की आवाज़ निकाली। "हाँ, ऐसा होता है। और फ़ोन," एक छोटे अन्तराल के बाद वो आगे बोली, "इन सज्जनों के खेल को बिगाड़ने का काम करते हैं। बहुत सारी धोखाधड़ी की बातें, बहुत सारी तस्वीरें.... मान लो कि वे पूरे के पूरे छप्पन भोग जो कि जाँच अधिकारी को पड़ताल के लिए चाहिए हों।"

मेरेडिथ बोल ही रही थी कि तभी एवलिन के मन में एक विचार आया। "और तुम लोगों को ये सारी चीज़ें मिलती कैसे हैं?"

"एक सॉफ्टवेयर विशेषज्ञ की मदद से। पर जहाँ तक पास-कोड की बात है, अगर सच कहूँ तो बहुत कम ही लोग पासवर्ड के मामले में बहुत चतुर होते हैं। बस उनके बच्चों, पत्नी, माता-पिता या फिर भाई-बहन का जन्मदिन डाल कर देखो और हो सकता है कि तुम फ़ोन को अनलॉक कर लो। बहुत हद तक यह काम कर जाता है!"

एवलिन ने फ़ोन की ओर देखा और कुछ सोचते हुए पूछा : "और अगर मुझे नहीं पता कि फ़ोन के मालिक के कौन ज़्यादा करीब है, तो?"

मेरेडिथ ने उसकी नज़रों का अनुसरण किया। दोनों महिलाओं ने फ़ोन के काले स्क्रीन को ध्यान से देखा जिसमें रसोईघर की मेज़ के ऊपर लटके रंग-बिरंगे काँच के लैम्प का गर्म प्रकाश झलक रहा था।

"अरे, अगर तुम्हारा अनुमान सही है तो उसके क़रीब के कम से कम एक व्यक्ति का जन्मदिन तो जानती ही होगी। क्या तुमने पहले यह कोशिश करके देखा?" सावधानी से मेरेडिथ ने आगे पूछा।

एवलिन ने चिकेन को रसोईघर की मेज़ पर वापस रखा। और वो साँस को अन्दर-बाहर करती, काँपती हुई, बेचैन हो अपनी मुट्ठी भींचने लगी।

"तुम्हें कोशिश करनी है?" मेरेडिथ ने पूछा और मोबाईल उसके सामने कर दिया।

एवलिन ने दृढ़तापूर्वक 'ना' में अपना सिर हिलाया। "नहीं! नहीं, मुझे ऐसा नहीं करना है। मैं ऐसा नहीं कर सकती।"

"ठीक है, कोई बात नहीं," शान्त करते हुए मेरेडिथ बोली और अपना हाथ पीछे खींच लिया। "मैं जानती हूँ कि बुरे के साथ बुरा बर्ताव नहीं करके महानता प्रदर्शित होती है। केवल इसलिए कि उसने तुम्हें धोखा दिया है, यह कोई कारण नहीं

कि तुम भी उसके विश्वास पर कुठाराघात करो। केवल इसलिए कि उसने तुम्हारी भावनाओं को ठेस पहुँचाई है, तुम्हें छला है, तुम भी उसके साथ..."

"अट्ठारह बारह," बेचैन एवलिन ने उसे बीच में ही टोक दिया। "लो, डाल कर देखो।" कांपते हुए उसके दोनों बाज़ू छाती के सामने एक-दूसरे से लिपट गए। साँस लेना उसे मुश्किल पड़ रहा था, विश्वासघात के बोझ के नीचे वह अपने को दबा महसूस कर रही थी।

मेरेडिथ ने एवलिन को अपने निर्णय पर दोबारा विचार करने के लिए एक क्षण दिया, फिर उसने होम बटन दबाया और फ़ोन की काली सतह के ऊपर अपनी उँगली को फिसल जाने दिया।

एवलिन साँस रोके हुए थी। उसके लिए यह देखना मुश्किल था, उसकी नज़रें डिस्प्ले से परे मेरेडिथ के टॉप पर बने जानवरों की डिज़ाइन पर पड़ीं जो बेवजह प्रसन्नचित थे। खीस निपोरते बन्दर जो उसकी भलमनसाहत की हँसी उड़ा रहे थे और उस शिद्दत का जिससे वह अपने वैवाहिक जीवन को बचाती आई है और जिससे वह बार-बार हेनरी का प्यार पाने के लिए संघर्ष करती रही है।

"छि," मेरेडिथ ने उसे उसके विचारों से बाहर निकाला।

फ़ोन का स्क्रीन बदल गया था। उस पर एक जवान औरत दिख रही थी। उसके बाल भी मेरेडिथ की तरह सुनहरे थे और उसने अपने चेहरे को एक सफ़ेद बिल्ली की रोएँदार खाल में छुपा रखा था। तस्वीर की गुणवत्ता बेकार थी : दानेदार और धुंधली।

मेरेडिथ तस्वीर को घूर रही थी। वो उद्विग्न प्रतीत हो रही थी। "पिन तो सही है", अनावश्यक रूप से उसने इस बात की पुष्टि की और गहरी साँस ली। "मुझे इस बात का अन्दाज़ा नहीं था।"

"पर मुझे था," धीमी आवाज़ में एवलिन ने उत्तर दिया। "क्या वहाँ मैसेजेस हैं? हेनरी के मैसेजेस?"

मेरेडिथ की तर्जनी फिर से फ़ोन के स्क्रीन पर चली। उसकी आँखें स्क्रीन के ऊपर-नीचे हो रही थीं। उसने हिचकते हुए एवलिन की ओर देखा, जो कि बाहों को ऐसे मोड़े हुए खड़ी थी, मानो ये ही वो चीज़ हैं जो उसे बिखर जाने से रोक रही हों।

"हाँ," मेरेडिथ चिंतित सी फुसफुसाई। "एक-दो," वो रुकी, "सच कहूँ तो बहुत सारे।"

एवलिन जब आगे बोली तो उसकी ठुड्डी थरथरा रही थी, "और तस्वीरें?"

"एवलिन, यार!" मेरेडिथ, जैसा कि दिख रहा था, अच्छा महसूस नहीं कर रही थी। "क्या वाकई इसकी ज़रूरत है? क्या तुम सचमुच अपने साथ ऐसा करना चाहती हो?"

"मैंने अपने साथ कुछ नहीं किया है। उसने मेरे साथ ऐसा किया है। अब मैं उसे और ऐसा नहीं करने दूंगी कि वो मुझे बेवकूफ़ बनाए।"

मेरेडिथ ने गहरी साँस भरी और दो बार फ़ोन के स्क्रीन पर टिप-टिप किया। एवलिन उसके चेहरे के भाव को गौर से देख रही थी। तकलीफ़ की जगह आश्चर्य ने ले ली थी और उसके बाद थी हैरानी। फिर मेरेडिथ ने उसे फ़ोन पकड़ा दिया। "मुझे लगता है बेहतर यही होगा कि तुम इन्हें ख़ुद ही देखो।"

"मैं.... नहीं, मुझे नहीं लगता," मना करते हुए भी एवलिन ने अपना हाथ बढ़ाया, पर उसकी नज़रें पहले से ही उनमें से एक फोटो के ऊपर पड़ चुकी थीं। वो हेनरी नहीं था। ना ही बिल्ली के साथ वाली वो जवान औरत। वो जिसे देख रही थी, वो वह ख़ुद थी। जीन्स और टॉप में खरीददारी करते समय, स्पोर्ट ड्रेस पहने हुए सुबह मैदान में जॉगिंग करते समय, क्रिसमस पर गिरजाघर में – बच्चों के साथ। उसके और बच्चों के बहुत सारे फ़ोटो। खेल के मैदान में, साइकिल चलाते समय, स्कूल के सामने। यहाँ तक कि घर पर बगीचे में भी। उसकी तमाम ज़िन्दगी, ख़ुशी के सारे पल – सब पर दूर से नज़र रखी गयी थी। किसी अजनबी के द्वारा।

"क्या.... क्या मतलब है इसका?" हकलाते हुए एवलिन ने मेरेडिथ को घबराई नज़रों से देखा।

"मुझे डर है, एवलिन, इसका मतलब ये हुआ कि तुम्हारे और तुम्हारे बच्चों के पीछे कोई पड़ा हुआ है।"

"नहीं," हांफते हुए एवलिन ने अपने पीछे रखी कुर्सी को छूकर महसूस किया। "पर क्यों? कौन है.... भला कौन ऐसा कर सकता है?"

"सच कहूँ? अपने काम के अनुभव से? ऐसा कोई जो विकृत तरीक़े से तुम्हारे पति पर अपना अधिकार जताता है।"

"डार्लिंग?"

एवलिन अचानक से खड़ी हो गई। और उसके पीछे कुर्सी ज़मीन पर धड़ाम से गिर गयी, तभी किसी ने दरवाज़ा खोला। वो हेनरी था।

"डार्लिंग, मुझे माफ़ करो। ईथन को बहुत बुरा सपना आया था, मुझे उसके

पास रुकना पड़ा। मैं उम्मीद करता हूँ कि तुम लोगों ने खाना खा लिया है।" उसका बोलना रुक गया जैसे ही उसकी नज़रें चिकेन पर पड़ीं।

"हरामखोर," एवलिन फुसफुसाई। "एक नम्बर का हरामखोर।" उसने धीरे-धीरे अपनी नज़रें उठाईं और सीधा अपने पति की आंखों में देखा। "मैंने तुम्हें प्यार किया, बहुत-बहुत ज़्यादा। हमारी पहली मुलाकात से ही मैंने तुमको लेकर कितनी ज़हमत उठाई। और तुम? तुमने मुझे बार-बार धोखा दिया। इतनी सारी औरतों के साथ। और मैं बेवकूफ़ थी, इतने सालों से मैं बहुत बड़ी बेवकूफ़ थी कि तुम्हें माफ़ करती रही। सही बात है, मैंने कहा था कि मैं तुम्हें दोबारा ऐसा नहीं करने दूंगी, पर मैं ऐसा दोबारा करती, बार-बार करती। पर ये...," उसने मेरेडिथ के हाथ से फ़ोन को झपटा और उसे हेनरी के सामने रख दिया। "अब तो हद हो गई है। यहाँ अब बात तुम्हारे या मेरे बारे में नहीं है। हमारे बच्चों की बात है। ये फूहड़ औरत, जो कोई भी है ये, अगर यह हमारे बच्चों के ऊपर नज़र रख रही है, तो अब बस, मुझसे और नहीं होगा। वो तुम्हें ले जा सकती है, तुम्हें उसके साथ जो भी करना है, करो।"

अवाक हेनरी फ़ोन को ताक रहा था। उसका चेहरा पीला पड़ चुका था। बिल्ली के साथ उस जवान औरत की तस्वीर फिर से दिखाई दे रही थी।

"आन्ने," हाँफते हुए वो बोला।

"वाह, क्या बात है, अब तो मुझे उस पगली का नाम भी पता चल रहा है," व्यंग्यात्मक अन्दाज़ में एवलिन बोली, पर हेनरी ने उस पर ध्यान नहीं दिया।

"नहीं," वो बुदबुदाया। फ़ोन उसके पसीने से भीगे हाथों में कांप रहा था। "वो तो मर चुकी है।"

"क्या?" एवलिन ने व्यंग्यात्मक अन्दाज़ में पूरी आँखें खोली। इस बार उसके झूठ हद से बाहर जा रहे थे। "लगता है तुम्हारा कोई पेंच ढीला है," फुफकारते हुए एवलिन बोली।

"नहीं," हेनरी ने भरोसा दिलाया, "ईव, सुनो मेरी बात। वो आन्ने है। आन्ने। याद है तुम्हें? बीस साल पहले, जब तुम और मैं पहली बार मिले थे..."

पर एवलिन उसे शायद ही सुन रही थी। "जानकर अच्छा लगा कि कम से कम अपनी प्रेमिकाओं के प्रति तुम सालों साल वफ़ादार रहते हो।"

"नहीं, ईव," हेनरी की आवाज़ मद्धम हो गई। दु:खी होकर उसने अपने हाथ में रखी तस्वीर को देखा। "उस समय तुम प्रेमिका थीं।"

पहले तो वो क्षण भर के लिए रुकी, फिर पूरे गुस्से में चिल्लाई : "अरे नहीं,

मेरी जान! नहीं, अब तुम मेरे सामने ऐसा नहीं कर सकते कि कहीं किसी पुरानी कहानी को खोदकर मुझे बलि का बकरा बना दो। वो केवल तुम हो, जिसने हमेशा धोखा दिया है, मैंने नहीं।"

"हाँ, तुम्हारी वजह से! क्योंकि तुम्हारे हर कुछ ने मुझे दिवाना बना दिया था। तुम आन्ने से बिलकुल अलग थीं, स्वच्छंद और निर्भीक...."

"मैंने तुमसे नहीं कहा था कि उसको मेरे लिए छोड़ दो!" उसको तुरन्त टोकते हुए एवलिन बोली। उसकी आवाज़ उखड़ गई थी। "मैं तो उसको जानती तक नहीं थी। मेरे लिए तो वो बस कोई एक लड़की थी। कहीं दूर दराज़ की।"

"नहीं, तुमने मुझसे नहीं कहा था," खिन्न भाव से हेनरी ने जवाब दिया। "तुमने मुझसे एक बार पूछा तक नहीं और आन्ने को लिख दिया। मेरे नाम से एक ख़त। तुमने उससे कहा कि मैं उसे छोड़ दूंगा क्योंकि मैं तुम्हारे साथ इतना ज़्यादा ख़ुश हूँ कि वो चाह कर भी मुझे कभी उतना ख़ुश नहीं कर सकती। हे भगवान, ईव, तुमने उसे हम दोनों की तस्वीर तक भेज डाली! और तुमने मुझे इस पूरे प्रकरण में एक गधे की भाँति खड़ा छोड़ दिया..."

"ताकि उसे आसानी हो, अपने आप को तुमसे अलग करने में!"

"उसने ख़ुदकुशी कर ली, ईव! तुम्हारे ख़त को पाने के दो दिन बाद। मैरी, उसकी बड़ी बहन, ने मुझे फ़ोन किया था। फ्रांस से। इसलिए नहीं कि उसे लगा कि मुझे पता होना चाहिए, बल्कि इसलिए क्योंकि वो यह बताना चाहती थी कि उसने मुझसे – हमसे अपनी बहन की मौत का बदला लेने की क़सम खाई है। एक बिलकुल अनजान औरत ने मुझे धमकाया था! उस समय मैं ठीक से बीस साल का भी नहीं हुआ था। और इन सबसे मैं रूबरू होने को तैयार था, बस तुम्हारे लिए! क्योंकि मैं तुमसे पागलों की तरह प्यार करता था।"

"अरे, हाँ! मुझे तो यह पहले से मालूम था!"

"ईव, बस तुम्हें बचाने के लिए ही मैंने ये सब नहीं बताया था। मैं नहीं चाहता था कि तुम्हें इस अपराधबोध के साथ जीना पड़े। तुम तो इतनी सुन्दर हो, बेदाग़ हो – एक बार अपने चारों ओर देखो! हमारी ज़िन्दगी को देखो : इसमें किसी कमी के लिए कोई जगह नहीं है। तुम हर शक के दायरे के बाहर हो, हर ख़ामी से परे हो...."

"पता है तुम्हें? ये सब वाहियात है," एवलिन आपे से बाहर हो चुकी थी। "यह पूरी बात वाहियात है। तुम्हारे झूठ, ये तस्वीरें.... ये घिनौनी कहानी, जो तुमने और तुम्हारी प्रेमिका ने मिलकर बनाई है। तुम लोग मिलकर मुझे डराना चाहते हो ना?

बधाई हो, तुम लोग सफल हुए। इसलिए अब अपना सामान बांधो और यहाँ से दफ़ा हो जाओ। हमारे बच्चों और मेरी ज़िन्दगी से बेदखल हो जाओ। मैं तुम्हें कभी, कभी भी दोबारा नहीं देखना चाहती हूँ।"

"बड़ी अजीब शाम थी," गहरी साँस लेते हुए विन्स्टन ने अपनी स्पोर्ट्स कार की खिड़की के शीशे को नीचा किया, ताकि रात की ठंडी हवा अन्दर आ सके।

"किसे बता रहे हो!" मेरेडिथ ने आराम से टेक लगा लिया : "जानेमन, एक काम करोगे, ज़रा क़ब्रगाह की ओर गाड़ी को मोड़ लोगे?"

"अभी? मैरी, अभी आधी रात होने वाली है।"

"हाँ, मुझे पता है," और वो सन्तुष्ट भाव से मुस्कुराई। "तभी तो बिलकुल सही समय है।"

"किस लिए?"

"मेरी बहन को उसके जन्मदिन के तोहफ़े के बारे में बताने के लिए।"

ठंडा खाना

फ्रैंकफ़र्ट हवाई अड्डे से पकड़ी ट्रेन से गेज़ीने ने श्टुट्गार्ट के मुख्य रेलवे स्टेशन में प्रवेश किया, जैसा वो बचपन से करती आई थी। बाहर का मौसम अन्दर से सुहाना लग रहा था, पर उसे पता था कि हवा ठंडी होगी। ख़ासकर उसके लिए बहुत ठंडी, जो लम्बे समय से यहाँ नहीं, बल्कि हिन्द महासागर के पास रहता रहा हो।

उसके पिछले दौरे को पाँच साल बीत चुके थे और मौसम के उस समय कोई मायने नहीं थे। गेज़ीने को जंगल वाले क़ब्रिस्तान में हुए अपने पिता के अन्तिम संस्कार की याद आयी जिसमें वह एक माँगे हुए स्वेटर और कोट में शामिल हुई थी, उस ठण्ड को वह भूल चुकी थी। लेकिन अब जब वह अपनी केन्याई तट की ज़िन्दगी का बचा-खुचा सबकुछ एक भारी भरकम सूटकेस में समेटे ट्रेन से उतर रही थी तो उसे ठण्ड और ज़्यादा महसूस हो रही थी। सब कुछ...सिवाय उसकी यादों और कुछ पैसों के जो उसने अपने जर्मन खाते में जमा किये थे। स्टेशन हॉल में हल्की ठंडी हवा की उम्मीद में उसने अपनी पतली जैकेट को बन्द किया और अपने विचारों की उत्कंठा और निराशा से बाहर निकलते हुए प्लेटफार्म के साथ अपने अतीत के रास्ते पर चल पड़ी, जिससे वह सिर्फ़ उम्मीद कर सकती थी कि वह उसे एक भविष्य प्रदान करेगा। स्टेशन हॉल में कुछ कार्यक्रम जैसा चल रहा था और पूरा हॉल ढोल नगाड़ों और सीटियों से गूँज रहा था। गेज़ीने को लगा कि यह किसी विज्ञापन आदि के बारे में है और उसने चिढ़ कर मुँह बनाया। अफ़्रीकी सवाना में इस तरह की बकवास से कोई किसी का सिर नहीं खाता था। उसे अब फिर से उपभोक्तावादी संस्कृति से जुड़े इन दुष्परिणामों को अपनाने में बहुत मुश्किल होगी। वह दृढ़ता से हॉल में घुसी और आश्चर्यचकित खड़ी रह गयी। हर उम्र और तबके के लोग हरे रंग के गुब्बारों और रंग-बिरंगे साइनबोर्ड के साथ वहाँ खड़े थे, आगे पीछे झूल रहे थे और नगाड़ों के इर्द गिर्द नाच भी रहे थे। अपने शहर के जिन

बोरियत भरे शनिवार की व्यस्त दोपहरों से गेज़ीने परिचित थी, इन लोगों का मूड उससे अलग था। 'ऊपर ही रहो' ग़ुब्बारों पर लिखा था और 'श्टुट्गार्ट 21 नहीं चाहिए' ज़्यादातर साइनबोर्ड पर। एक महिला ने गेज़ीने को एक पर्चा थमाया जिसमें सप्ताह भर का कार्यक्रम लिखा था। गेज़ीने ने बिना कुछ कहे पर्चे को रखा और भीड़ के बीच से रास्ता बनाती हुई स्वचालित सीढ़ियों की ओर बढ़ गयी जो नीचे टिकट हॉल की तरफ़ जाती थीं। वहाँ भी उसे इतने लोग दिखाई पड़े, जितने उसने कभी एक बार में श्टुट्गार्ट में नहीं देखे थे। और उससे भी कहीं ज़्यादा स्टेशन के सामने की चार लेन वाली चौड़ी सड़क पर, जो ज़ाहिर है कि यातायात के लिए बन्द कर दी गई थी। इनकी तादाद ज़रूर हज़ारों में होगी, गेज़ीने ने सोचा, पर उसे यह समझ नहीं आया कि आ ख़िर यहाँ चल क्या रहा था। केनियाई अख़बारों को श्टुट्गार्ट जैसे शहरों में कोई रुचि नहीं थी, जर्मन अख़बार उसने लम्बे समय से पढ़ा नहीं था और सैटेलाइट टेलीविज़न से उसने जानबूझ कर दूरी बना ली थी। हालाँकि एक चीज़ जो उसे समझ आ गयी थी, वो यह कि यहाँ खड़े रहकर टैक्सी का इन्तज़ार करना बेकार होगा। सफ़र से थकी-हारी गेज़ीने ने सूटकेस को स्टेशन के उत्तरी निकास तक घसीटा, जहाँ वह ये देखकर भौचक्की रह गयी कि इस ऐतिहासिक इमारत का एक बड़ा हिस्सा ध्वस्त कर दिया गया था और निर्माण कार्य के लिए जगह बना दी गई थी। हे भगवान! यहाँ आख़िर चल क्या रहा है? उसने परेशान होकर ख़ुद से कहा और पिछले कुछ

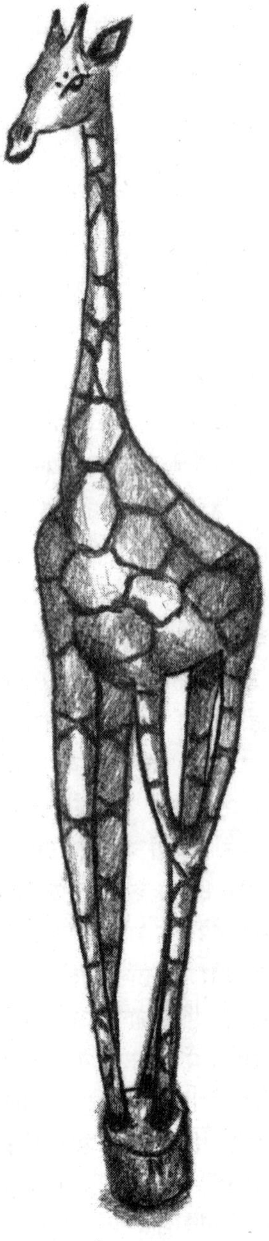

महीनों में उसके पैरों के नीचे से जितनी ज़मीन खिसकी थी अब उससे और ज़्यादा खिसकने की कगार पर थी।

"मैडम टैक्सी लेगा?" एक आदमी बग़ल से बोला।

"हाँ!"

उस आदमी ने सूटकेस को खींचकर एक सिल्वर डाईम्लर में रखा। गेज़ीने ने एक आख़िरी बार तबाह हो चुके स्टेशन पर नज़र मारी और पिछली सीट पर बैठ गई और गन्तव्य का पता बताया।

"साला आन्दोलनजीवी लोग भी ना," ड्राइवर ने कहा और गाड़ी का इंजन चालू कर दिया, "सारा धंधा चौपट कर देता है।"

कथारीनेन हॉस्पिटल के सामने, जो कि गेज़ीने की स्मृतियों से अब कहीं अधिक बड़ा था, चहल पहल का कोई निशान नहीं था। पश्चिमी श्टुट्गार्ट की तरफ़ जाने वाली सड़कें शान्त थी, गाड़ियाँ हालाँकि पहले की ही तरह शहर के इस हिस्से में बेतरतीब खड़ी की गई थीं। इसमें कुछ नहीं बदला था। गाड़ी *डीडीज श्ट्यूब्ले* के सामने आकर रुक गई। गेज़ीने ने नाम में त्रुटि को नज़रअन्दाज़ किया, अपने सूटकेस के फुटपाथ पर रखे जाने का इन्तज़ार किया और भाड़ा देकर बार की तरफ़ मुड़ गयी। वह अन्दर जाने में थोड़ी घबरा रही थी पर यह उसका अपना घर था। वह इकलौता घर जो उसके पास बचा था या शायद सिर्फ़ वही जो उसका कभी था भी। *डीडीज श्ट्यूब्ले* में वह पली बढ़ी थी, वहाँ की मेज़ों पर बैठ कर अपना होमवर्क किया था, रसोईघर में और काउन्टर पर मदद की थी, वहाँ के ग्राहकों के साथ सुख दुःख बाँटा था और पासे के खेल खेले थे। छोटे से ब्रह्माण्ड में एक बड़ा परिवार, जो उसके लिए चौदह साल पहले बहुत छोटा पड़ने लगा था और अपने पिता के साथ एक आख़िरी झगड़े के बाद उसने उसे छोड़ दिया था। उस वक़्त उसे लगता था कि यह झगड़ा वाकई हमेशा हमेशा के लिए होगा। वह तब छब्बीस साल की थी और उस दमघोटूँ श्ट्यूब्ले में अपनी ज़िन्दगी काटने में उसकी बिल्कुल रुचि नहीं थी, भले ही उनकी कमाई पर्याप्त से अधिक क्यों न हो। पैसा तो वैसे भी उसने अपने केन्या के रेस्टोरेंट से भी आख़िरकार कमाया ही, जिसे उसने अपनी मेहनत और स्थानीय प्रशासन से निरन्तर संघर्ष के बाद खड़ा किया था। लाख दिक्कतों के बावजूद वह कम से कम वहाँ ताज़ी हवा और गरम मौसम में रहती थी और बारिश के दिनों को हटा दिया जाये तो धूप बहुत कुछ की भरपाई कर देती थी। फिर कॉटेज भी बन गये, जिसमें सेवानिवृत यूरोपीय लोग पूरी सर्दी

डेरा डाल लेते थे और गेज़ीने का *बबून गार्डन* उन्हें उतना ही आरामदायक लगता जितना उसे ख़ुद। उन सभी को अब अचरज होगा जब वो नवम्बर या दिसंबर में वहाँ आएँगे। नए मालिक, जो नौसिखिये थे, उन मानदंडों को कैसे कायम रखेंगे जिनकी आदत मेहमानों को लग चुकी थी? यह सब अब गेज़ीने की दिक्कत थोड़ी न होनी चाहिए, जो बीत गया सो बीत गया, उसको लेकर सिर खपाने से कोई फ़ायदा नहीं था। उसने एक गहरी साँस ली, दृढ़ता से अपने सूटकेस का हत्था थामा और *डीडीज श्ट्यूब्ले* का दरवाज़ा खोला।

चिरपरिचित बियर की गंध और सिगरेट के धुएँ के मिश्रण ने उसका स्वागत किया। काउन्टर के पास वाले लगभग सभी स्टूल, और लगातार शोर करती गेम की मशीन के सामने वाले दो स्टूल भी भरे हुए थे, और जैसा कि गेज़ीने को उम्मीद थी–ज़्यादातर मर्दों से। जबकि दूसरी तरफ़ की छोटी बड़ी सभी छह मेज़ें खाली पड़ी थीं और साफ़ मेज़पोशों से ढकी हुई थीं, पर पहले की तरह उनपर ताज़े फूल मौजूद नहीं थे। गेज़ीने अपने सूटकेस की आवाज़ से सबकी गपशप में खलल डालते हुए बीच से होकर आख़िरी मेज़ तक गयी और लकड़ी की बेंच पर बैठ कर उसने एक सिगरेट जला ली। काउन्टर के पीछे से एक गोलमटोल महिला हाथ में मेन्यू कार्ड लेकर सामने आ गई।

"एक श्पेत्सी," गेज़ीने ने बिना मेन्यू देखे फ़रमाइश की और महिला की आँखों में देखा। उसके हाथ से कार्ड गिर गया।

"मेरी बच्ची! क्या ये सच में तुम हो?" उसने ताज्जुब से पूछा।

"माँ!" गेज़ीने फिर से उठ खड़ी हुई।

महिला गेज़ीने के गले से लिपट कर रोने लगी। आंगतुकों की गपशप दूसरी बार थम गई।

"अरे ये इसकी छोरी है", फिर एक पुराने आंगतुक ने बताया, "लम्बे टाइम से बाहर रहती थी। मैं पहचानू इसने, पहला से।"

"ओह", बग़ल में बैठे एक आदमी ने कहा। "तो इसका मतलब सै कि एलविरा म्हारी खातर कुछ पीन ने लावण में आधा घंटा लगावेगी?"

"ऐसा नहीं है", गेज़ीने की माँ फिर से संयम में आ गयी। "एक राउंड ड्रिंक्स सभी को मेरी तरफ़ से।" अपनी बेटी के साथ फिर से बैठने से पहले बार की मालकिन ने व्यस्तापूर्वक सभी आंगतुकों को ड्रिंक्स दे दिया और गेज़ीने के लिए श्पेत्सी ले आई। "तीस मिनट काम चल जाएगा", उसने धीरे से कहा, "या पौना

घंटा भी। ख़ैर अब बताओ, तुम्हारा यहाँ कैसे आना हुआ? तुमने मुझे बताया क्यों नहीं कि तुम आ रही हो? क्यों आख़िर?"

"अरे माँ! सब कुछ बहुत जल्दी हो गया।" गेज़ीने ने आह भरी और यूमा के बारे में बताने लगी। वह उसका पति और धंधे में साझेदार था, जिसके साथ वह दस साल से भी ज़्यादा समय से ख़ुश रह रही थी, पर सिर्फ़ तब तक, जब छह महीने पहले यूमा एक स्थानीय जवान औरत को साथ ले आया। वह अब से उन्हीं के साथ रहने वाली थी और यूमा के लिए बच्चा पैदा करने वाली थी जो गेज़ीने ने नहीं किया और जिसकी यूमा को, उसके परिवार की राय में, बेहद ज़रूरत थी। जल्दी ही वह महिला यूमा से गर्भवती हो गयी थी और उसने राजशाही फ़रमाइशें दिखाना शुरू कर दिया और जो यूमा चाहता था कि वे बिना किसी नानुकुर के पूरी हों। गेज़ीने को दूसरी पत्नी जैसा बना दिया गया था और अब तो लगता था कि *बबून गार्डन* की सारी कमाई से इन माँ बच्चे और आगे पैदा होने वाले बच्चों का भी ख़र्चा उठाना गेज़ीने के पल्ले पड़ गया था। गेज़ीने ने जो भी तर्क अपने पति के सामने पेश किये उनका पारिवारिक दबाव के कारण यूमा पर कोई असर नहीं पड़ा। पूरी परिस्थिति के बोझ में दबकर कभी उसका प्रेमी रह चुका यूमा अब झगड़ालू और कभी कभी तो हिंसक भी होने लगा था। वह अपनी हद से अधिक शराब पीने लगा था और इन सबका इलाज धमकियों में ढूँढ़ने लगा था। कहता था कि वो उसे राष्ट्रपति का अपमान करने के लिए जेल भिजवा देगा; उसका कभी भी बलात्कार या ख़ून हो सकता है; केनिया बहुत ख़तरनाक जगह है। चार महीने तक गेज़ीने को अब भी उम्मीद थी कि यूमा को अकल आ जाएगी लेकिन फिर स्विट्ज़रलैंड से एक जोड़ा आया जिसने उनके रेस्त्रां और कॉटेज को खरीदने का प्रस्ताव रखा। उस जवान औरत की, जिसकी समुद्री इलाके में जीवन बिताने में कुछ ख़ास दिलचस्पी नहीं थी और जो नैरोबी जाना चाहती थी, उसने यूमा को इस प्रस्ताव को स्वीकार करने के लिए उकसाया कि वह अभी अपना हिस्सा ले ले और फिर बच्चे के जन्म के बाद फिर से गेज़ीने की देखभाल करे। गेज़ीने भली भांति इस इशारे और इसके पीछे की वास्तविक मंशा को समझ गई। यूमा गेज़ीने के ज़िन्दगी भर के काम से होने वाली कमाई और यहाँ तक कि ख़ुद गेज़ीने को अपनी सम्पत्ति समझता था। एक आख़िरी और गर्मागर्मी वाली लड़ाई हुई और फिर..."

"और फिर क्या?" एलविरा ने हैरानी से पूछा।

"मैंने उसको मार डाला।" गेज़ीने ने बिना किसी भाव के बुदबुदाया। "जान

बूझ कर नहीं। वो मुझे पीटने वाला था। मैंने लकड़ी का वो बड़ा सा जिराफ़ उसके सिर पर दे मारा। वही, जो तुम्हें हमेशा से पसन्द था। जिराफ़ भी टूट गया।"

"जिराफ़ की किसे पड़ी है? फिर तुमने क्या किया?"

"मैं वहाँ से फ़रार हो गई। एक जीप, एक सूटकेस, एक लाश और पैसे लेकर। स्विट्ज़रलैंड वालों ने नक़द भुगतान कर दिया था। पहले सरहद पार करके तंज़ानिया पहुँची, वहाँ यूमा के कपड़े उतार कर उसे रात में कहीं जंगलात में फेंक दिया। उसके बाद मैंने काहिरा के लिए फ़्लाइट ली। फ्रैंकफ़र्ट पहुँचने में मुझे पूरे तीन दिन लग गए।" "मेरी बच्ची!" गेज़ीने की माँ ने बस इतना कहा कि काउन्टर की तरफ़ से एक और बुलावा आ गया। "एलविरा, मेरे लिये एक अद्धा और ले आओ।"

"तुम समझ रही हो", गेज़ीने ने हड़बड़ी में आगे कहा। "मैं अब वापस नहीं जा सकती। वो यूमा को कभी नहीं ढूंढ पाएंगे। उस जंगल में इतने जंगली जानवर हैं, जो उसका कोई नामोनिशान नहीं छोड़ेंगे। पर इतनी सी बात कि वो लापता है..."

"मुझे काम करना है", उसकी माँ ने टालते हुए कहा। जब तक कि उसकी माँ ग्राहकों को परोस रही थी, गेज़ीने ने मेन्यू कार्ड पढ़ा। माउल्ताशे पर काँटा मार रखा था, केज़े श्पेत्सले पर भी। और इसी तरह और भी कई खानपान की चीज़ों पर। लगभग वो सबकुछ, जो उसको श्टुट्गार्ट में पसन्द था और जिसकी कमी उसे केन्या में खलती थी।

"क्या तुम अब ये सब नहीं बनाती?" उसने निराश होकर अपनी माँ से पूछा, जैसे ही वह वापस मेज़ पर आकर बैठी।"

"ये मुल्क!" एलविरा ने आह भरते हुए और अपने पसीने से लथपथ माथे से बालों की लटों को हटाते हुए कहा, "अब वो नहीं रह गया, जिसे तुम छोड़ कर गयी थी। अब मुझे सिर्फ़ कुछ हल्का-फुल्का खिलाने की ही इजाज़त है।"

"क्या मतलब?!" गेज़ीने ने भौंहें चढ़ाईं।

"और वैसे तो ये शहर भी नहीं।" एलविरा ने बिना उसके विस्मयबोध का जवाब दिए आगे कहा। "इस शहर में ख़लबली मची हुई है। रेलवे स्टेशन को क्योंकि दोबारा बनाया जाना है। कुछ करोड़ यूरो लगेंगे। इसके ख़िलाफ़ लाखों लोग सड़कों पर उतर आये हैं।

गेज़ीने ने असमंजस से कहा–"माफ़ करना पर मुझे तुम्हारी बात पल्ले नहीं पड़ी। ट्रेन स्टेशन का तुम्हारे माउल्ताशे से क्या लेना देना है?"

"क्योंकि अब यहाँ इस बार में धूम्रपान की इजाज़त है और इसीलिए हरेक तरह के खाने की नहीं। और जो बन्दे मेरे यहाँ हर रोज़ आकर बैठते हैं, उन्हीं से मेरा गुज़ारा हो रहा है। और अब उन्हें हक़ में मिला है कि वो सब यहाँ धूम्रपान तो कर लें, लेकिन सिर्फ़ हल्का-फुल्का खाएँ, और पूरा टैक्स भरें। इससे मेरी भी एक तिहाई बिक्री ख़त्म हो रही है।"

"क्या बात कर रही हो?" गेज़ीने ने अविश्वास और आश्चर्य से अपना सिर हिलाया और सिगरेट जला ली। सुकून देने वाले माउल्ताशे की जगह जनांदोलन। उसका घर सच में पूरी तरह बदल गया था।

"मैं तुम्हें सॉसेज सलाद खिला सकती हूँ।" एलविरा ने कहा। "तुम्हें वह पहले भी बहुत पसन्द था।"

गेम की मशीनों में से एक मशीन शोर करते हुए सिक्के उगलती है। "देखो देखो", मशीन के सामने बैठा एक जुआरी ख़ुशी ज़ाहिर करता है। "मेरी तरफ़ से एक एक फ्रूट ब्रांडी।"

"हम दो पउवा और लेंगे।" काउन्टर पर बैठे हुए लोगों में से एक बोला।

"तुम रहने दो माँ!" गेज़ीने खड़ी हुई और उसने अपनी सिगरेट बुझा दी। "मैं तुम्हारी रसोई में ख़ुद सॉसेज सलाद ढूँढ़ लूँगी, इसी बहाने शायद चुपके से थोड़े आलू फ्राई भी साथ में गर्म कर लूँगी।"

"नहीं!" अपनी बेटी के इरादे और अपने ग्राहकों की माँग के बीच झूलती हुई एलविरा ने थोड़ी आपत्ति जताई।

"कहाँ रह गई तुम?" काउन्टर के दायीं तरफ़ से एक ने शिकायत करते हुए कहा। "ये तो तुम्हारी बेटी है ना जो एक हब्शी के साथ रहती है?"

गेज़ीने बिना कुछ कहे उसको नज़रअन्दाज़ करते हुए रसोई में चली गई और बड़ी मुश्किल से अपनी चीख़ दबा पाई। कोने में रखी मेज़ और बेंच, जो उसके पापा के रोज़ बैठने की जगह थी, और जिसके नाम पर ही *डीडीज़ श्ट्यूब्ले* का नाम पड़ा था, उस पर एक महिला ढेर हो कर पड़ी थी। बेशक वो मरी हुई थी। उसके बाल अभी भी अच्छे से बने हुए थे, पर महंगे से कोट-स्कर्ट के नीचे के टॉप पर सूखा हुआ ख़ून चिपका हुआ था और उस ज़ंग जैसे धब्बे के बीचोंबीच एक भद्दा सुराख़ हो गया था। गेज़ीने ने कस के आँखें मीच लीं और फिर धीरे से खोलीं। वह औरत अब भी वहाँ थी।

"एलविरा, एक ड्रिंक तू भी साथ पियेगी?" बाहर से आवाज़ आई।

"मुझे सॉसेज सलाद बनानी है।" गेज़ीने के पीछे रसोई का दरवाज़ा खुला और तुरन्त फिर बन्द हो गया। "माँ यहाँ पर...," "मुझे पता है," एलविरा दुखी हो कर बुदबुदाई। "मैंने इसको गोली मारी। मैंने भी जानबूझ के नहीं मारा। मैं बस चाहती थी कि वो फिर से चली जाये।"

"पर... कैसे तुम...? तुम ऐसे ही किसी को नहीं मार सकती।"

"जो कुछ तुमने अभी मुझे बताया, उसके बाद तुमसे मैं कुछ नहीं सुनना चाहती," गेज़ीने की माँ ने हाँफते हुए गुस्सा जताया।

"ये है कौन?"

"श्रीमती क्र्यूगर या क्यूबलर। ठीक से नाम याद नहीं। यहीं कहीं इसका विज़िटिंग कार्ड पड़ा होगा।"

"और तुम्हारी रसोई में ये क्या लेने आई थी?"

"कुछ भी नहीं। ये बस ऐसे ही आई थी। कल दोपहर, जब मैं ताला खोल रही थी। वो तो अच्छा हुआ कि मेरे अलावा कोई नहीं था वहाँ। पर अब मुझे नहीं पता कि मैं क्या करूँ। मैं हर दो घण्टे में प्याज़ तल रही हूँ ताकि कोई और गंध ना आये।"

"माँ..."

"हाँ सच बात है, इसे अब मैं कहाँ ठिकाने लगाऊँ? हमारे यहाँ तो जंगली जानवरों वाले जंगल भी नहीं है।"

"तुमने इसे मारा क्यों और किस चीज़ से?"

"तुम्हारे नाना की पुरानी फ़ौज वाली रिवॉल्वर से। तुम्हें पता है कि उसे मैं हमेशा काउन्टर के नीचे रखती हूँ कि कभी कुछ हो जाये तो। कल तक मुझे उसकी कभी ज़रूरत नहीं पड़ी।"

"पूरा मामला समझाओ माँ!"

"ये हमारा घर!" एलविरा ने सबकुछ दर्शाने वाले दुखद अन्दाज़ में हाथ घुमाया। "हमारा ये घर। दस अपार्टमेंट और मेरा बार। कुछ महीने पहले ही इसका मालिक गुजर गया। उसके वारिस अब इसे बेचना चाहते हैं। ये औरत... ये बोली थी कि ये किसी निवेशक की तरफ़ से है। बिल्डिंग को आलीशान बनाया जाना था और हम सबको इसे खाली करना पड़ता। और ये श्ट्यूब्ले सबसे पहले, क्योंकि व्यावसायिक किरायेदारों को कोई संरक्षण प्राप्त नहीं है। हम कहाँ जाएँ? वो सब लोग जो बाहर बैठे हैं और मैं? मुझे कोई अब नौकरी भी नहीं देगा। और पेंशन पाने में अभी मुझे आठ साल बाक़ी हैं। और मुझे अपना श्ट्यूब्ले बहुत प्यारा है। मेरे और उन सबके लिए, जो बाहर बैठे हुए हैं, यही घर है।" एलविरा फिर से रोने लगी।

"माँ..." गेज़ीने ने अपनी माँ को गले लगाया और तेज़ जकड़ा। "बस, रो मत", चुप हो जाओ। हम कुछ न कुछ हल निकाल लेंगे।"

कई घंटों बाद, वो दोनों संरक्षित वन क्षेत्र के अंधकार में खड़ी थीं और श्रीमती क्र्यूगर या क्यूबलर का जो कुछ बचा था, उसे घने झुरमुट में झाड़ झंखाड़ की मदद से ढक रही थीं। "कौन कहता है कि हमारे यहाँ जंगली जानवर नहीं हैं?" गेज़ीने ने मज़े लेते हुए कहा। "सूअर सब खा जाते हैं। हो सकता है कुछ लोमड़ियाँ भी आ जाएँ।"

उसकी माँ काँप रही थी। "लोग इसे ढूंढ लेंगे।" वह निराश होकर बोली। "लोग यहाँ लगभग रोज़ सैर करने आते हैं। कुत्तों के साथ। शिकारी भी घूमते हैं..."

"तो क्या? पहले किसी को उसके ग़ायब होने की ख़बर होनी चाहिए। तुमने बताया कि वो यहाँ की नहीं है। अच्छा हुआ कि मैं यूमा के कपड़े ले आई थी। पुलिस इसके पास इतनी अफ्रीकी चीज़ें पाकर उलझ जाएगी। वो फ़ौज वाली रिवॉल्वर हम बेयर झील में फेंक देंगे। तुम्हारी रसोई को हम साफ़ कर लेंगे और तुमने कभी उस औरत को देखा ही नहीं। फिर भी इतने लोगों में से कोई तुम पर शक करता है, तो क़िस्मत ही खोटी है।"

"तो क्या, वो लोग किसी और को बिल्डिंग बेच देंगे। कम से कम जेल में मेरा ध्यान तो रखा जायेगा। मैं हर किसी को जो भी आएगा, नहीं मार पाऊँगी।... बिना रिवॉल्वर के।"

"उसकी ज़रूरत नहीं पड़ेगी।" गेज़ीने ने झाड़ झंखाड़ और लाश के ऊपर गीले पत्तों का ढेर लगा दिया, एक टिशू पेपर से अपने हाथ साफ़ किये और एलविरा का हाथ थाम लिया। "मैं ये बिल्डिंग खरीद लूँगी।" स्विट्ज़रलैंड वालों से मिले पैसे से। तुम्हारे श्ट्यूब्ले को नया कर देंगे, तुम्हारे लोग यहाँ बैठना जारी रखेंगे और और हमारे यहाँ शहर का सबसे अच्छा नाश्ता मिलेगा। भुना हुआ माँस, आलू का सलाद, बेकन के साथ या उसके बिना, ऐस्पैरागस के साथ हैम रोल..."

"रूसी अंडे, भरवा टमाटर और हर्ब वाली चीज़ मिलेगी," उसकी माँ बीच में ही ख़ुशी से बोल उठी, "जब तुम छोटी थी उसी वक़्त की तरह।"

"और उसके साथ ही तुम्हारा लाजवाब सॉसेज सलाद।" गेज़ीने अँधेरे में मुस्कुराई। "कम से कम तीन तरह का। ताज़ी ब्रेड के साथ। बस मेरी एक शर्त है।"

"तुम जो भी बोलो मेरी बच्ची। मैं बहुत ख़ुश हूँ कि तुम घर वापस आ गयी।"

"अब ये *डीडीज श्ट्यूब्ले* नाम नहीं चलेगा। आगे से हम सिर्फ़ *एलविरा* कहलायेंगे।"

समय-समय की बात

अनायास ही उसकी आँखें खुलती हैं और हर सुबह की तरह वह तुरन्त ही पूरी तरह से जग जाता है। बिना हिले-डुले वह बिछावन पर पड़ा रहता है और छत की तरफ़ ताकता है। सुबह की रोशनी हौले-हौले अपने आने की दस्तक दे रही है, एक हल्की सी बैंगनी रोशनी धीरे-धीरे गुम होते अंधकार को अपने में लपेटे जा रही है। बाहर से चिड़ियों की मिली-जुली आवाज़ ऐसे सुनाई दे रही है जैसे किसी ऑर्केस्ट्रा में वाद्य यंत्रों के स्वर मिलाए जा रहे हों। कुछ क्षण के लिए वह देखता है कि किस तरह से इस हल्के से रोशन अंधेरे में फ़र्नीचर की आकृतियाँ उजागर हो रही हैं। और किसी डरावने सपने के महा-मकड़े और महा-भँवरे धीरे-धीरे बहुत ही सामान्य से घरेलू पौधों की शक्ल ले रहे हैं। फिर वह आह भरते हुए अपनी कोहनी के बल लेटकर अलार्म घड़ी की ओर देखता है जो बेड के साइड टेबल पर रखी है। चार बजकर अट्ठावन मिनट, अजीब बात है, वह सोचता है, क्योंकि वह हमेशा तब उठता है जब छह बजने में ठीक दो मिनट शेष रह जाते हैं, कोई चाहे तो उससे अपनी घड़ी मिला ले। एक ऐसी आदत जिसे उसने अपनी स्वैच्छिक सेवानिवृति के बाद भी नहीं छोड़ा है। क़रीब-क़रीब चालीस साल उसने एक निजी बैंक में काम किया था, पिछले छब्बीस साल एक निदेशक की भूमिका में, सारी योजना बनाई, ख़तरों का आकलन किया, सारी सम्भावनाओं का ख़्याल रखा, आमदनी का हिसाब रखा, आधी ज़िन्दगी से भी अधिक। ऐसे में कहाँ कोई इतनी जल्दी बदल पाता है। वह करवट लेता है, अपने ओढ़ने को ठुड्डी तक खींचता है, सोचता है कि एक घंटा और, और फिर से सो जाता है।

ठीक छह बजे एक सधी सी तीखी आवाज़ उसे उसके सपनों, परेशान कर देने वाले सपनों से जगा देती है। वह अलार्म को बन्द करता है और पाता है कि वह पसीने से लथ-पथ है, नाइट-सूट उसके शरीर से जेली की भांति बिलकुल चिपका

हुआ है, ऐसे जैसे शरीर पर चमड़ी की एक और चिपचिपी परत हो। वह लेटा रहता है और अपने कॉटेज में हो रही आवाज़ों को सुनता है। एक दिन घूमते हुए उसे घाटी की इस जगह से प्यार हो गया जो पर्यटन की दृष्टि से अपने चढ़ाईदार और पथरीले रास्ते की वजह से उपेक्षित रह गई थी। उसे इस जगह का जंगलीपन पसन्द है– बिलकुल आदिम, पहाड़ी झरना जो झाग बनाते हुए तंग पत्थरों के बीच से संकरी घाटी में गिरता है, गर्मी के मौसम में दमकते हुए अल्पाइन गुलाब, पहाड़ी फूल, सिल्वर थिसल, कहीं-कहीं ढलानों से लगी झोपड़ियाँ, पहाड़ी लोगों का अक्खड़पन, उनकी बकरियाँ, जो सर्वोत्तम पनीर की स्रोत हैं, मौसम जो कभी भी बदल सकता है आदि इत्यादि। ऐसे नैसर्गिक सौंदर्य के बीच उसे बस एक बात के सिवाय, जिसकी वह शिकायत कर सकता है, बाक़ी सब यथार्थ और सच लगता है। उसके पिछले शहरी जीवन के विपरीत, यहाँ उसे नाटक करने की कोई ज़रूरत नहीं है। बेशक उसने उस खाली पड़ी झोपड़ी को जिसे उसने एक अक्खड़ किसान से बड़ी मशक़्क़त के बाद ख़रीदा था, आधुनिकतम मानकों, सर्वोत्तम और सर्वोपयुक्त साधनों के साथ एक रहने लायक कॉटेज में तब्दील कराया था, आख़िरकार इतने वर्षों के शहरी ऐशोआराम के बाद उन्हें वह पूरी तरह त्यागना भी नहीं चाहता था।

और उसकी पत्नी तो और भी नहीं।

निचली मंज़िल से उसकी इधर-उधर जाने की आवाज़ आ रही है, बर्तन खनक रहे हैं, कॉफ़ी और करारे ताज़े बने क्रोसाँ की सुगंध ऊपर की तरफ़ आ रही है। लगता है जैसे पिछले कुछ समय से वह ज़्यादा शान्त है, पहले की तरह झगड़ालू नहीं। धीरे-धीरे उसे यहाँ ऊपर रहने की आदत पड़ जाएगी। वह इस बात को समझ

जाएगी कि उसने सही फ़ैसला किया था और यह भी कि, शहर के जीवन की ठाठ केवल दिखावे से भरी है– सतही और नकारार्थक। उसके दोस्तों और परिचितों को लगता है कि वह बहुत कम उम्र की है, लेकिन इससे उसे कोई फ़र्क नहीं पड़ता। वह अब यहाँ ऊपर है, तमाम काना-फूसी और वैर-भाव से दूर, उसके साथ, वे शायद जल्दी ही दो से तीन भी हो जाएँगे। ऐसा और कुछ भी नहीं है जिसकी उसे और अधिक बेसब्री से चाहत हो।

वह ओढ़ने को हटाता है और नंगे पाँव स्नानघर में जाता है, दाढ़ी बनाता है, मज़े से स्नान करता है, फिर कपड़े पहनता है और अपनी महँगी घड़ी को कलाई पर पहनता है जो आईने के सामने रखी हुई थी। यह उसके सहकर्मियों का उपहार था, जो सेवानिवृति के अवसर पर उसे मिला था। जब वह सीढ़ियों से नीचे उतरा तो मेज़ पर नाश्ता लगा हुआ था और उसकी पत्नी बड़े ध्यान से एक पत्रिका पढ़ रही थी। धीमी की हुई ज़र्द रोशनी में उसके बाल सुनहरे चमक रहे हैं, रोशनी उसके चेहरे पर परछाई छोड़ रही है और उसे एक ऐसी परिपक्वता प्रदान कर रही है जहाँ तक वह अभी पहुँची भी नहीं है। उस एक क्षण में उसे निश्चित रूप से पता है कि कुछ सालों में भी वह उसे उतनी ही अच्छी लगेगी, जब वह थोड़ी बड़ी हो चुकी होगी और यह एहसास उसे गदगद कर देता है, एक निश्चिंतता प्रदान करता है जिसे उसने अभी तक अनुभव नहीं किया है। जैसे ही वह टेबल के पास आता है, अचानक वह अपनी गर्दन सीधी करती है और उसे भावहीन आँखों से देखती है, ऐसा लगता है जैसे वह उसे पहचान नहीं पा रही हो। पर फिर उसका यह खोया-खोया सा भाव अचानक से छूमंतर हो जाता है और वह मुस्कुराती है, उसकी तरफ़ बाँहें फैलाती है और उसे मन से चूमती है। नाश्ते में हल्के उबले अंडे हैं और तला हुआ बेकन। बिना उसका ध्यान खींचे वह अपने दोनों की छवि बड़ी खिड़की के शीशे में देखता है और एक सुन्दर जोड़ा पाता है, उम्र में अन्तर के बावजूद। और फिर वह खिड़की के पीछे देखता है कि कैसे पहाड़ की चोटियों के ऊपर आसमान गुलाबी रंग धारण कर रहा है, बिलकुल सफ़ेद बादल भारहीन भेड़ों की तरह चोटी से लगी चट्टानों के सामने तैरते हुए आगे बढ़ रहे हैं और एक क्षण के लिए वह ख़ुशी से सराबोर हो जाता है। "काश कि शहर के ओछी सोच रखनेवाले, जलनखोर लोग देख पाते कि कैसे हम लोग एक शोख रविवार की सुबह यहाँ बैठे हैं और कितने अच्छे से हैं।" वह उसकी नाज़ुक हथेली को अपने हाथ में लेता है और उसे अपने अंगूठे से सहलाता है। "मैं तुमसे प्यार करता हूँ।" वह मुस्कुराती है और कुछ नहीं कहती। वह बाबा आदम

के जमाने की घड़ी की ओर देखता है, जो कोने में टेबल के पास खड़ी है, सुन्दर कलाकारी वाली सुइयाँ दिखा रही हैं कि साढ़े छह बज गए हैं। उसे जल्दी निकलना है, सुबह सवेरे वे सबसे अच्छे से पकड़ी जाती हैं। पिछले चार महीनों से, जबसे वे लोग यहाँ आए हैं, वह हर रविवार मछली पकड़ने जाता है। उसके मुताबिक़ उसकी ताज़ी पकड़ी ब्राउन ट्राउट के साथ उसकी पत्नी के रोज़मैरी डालकर भूने हुए आलू से बेहतर और कोई खाना नहीं है।

सात बजने से थोड़ा पहले वह अपने पिट्ठू बैग और फ़िशिंग रॉड के साथ कॉटिज से निकलता है। वह खिड़की के पास खड़ी रहती है और पीछे से उसे निहारती है, जब वह पीछे मुड़कर देखता है तो हाथ हिलाती और मुस्कुराती है। वह तब तक वहीं खड़ी रहती है जब तक वह चीड़ के जंगल में अदृश्य नहीं हो जाता और फिर थोड़ी देर और! आख़िरकार वह वहाँ से मुड़ती है, उसका दिल तेज़ी से धड़क रहा है और वह गले में कुछ बड़ा सा अटका हुआ महसूस करती है। वह टेबल साफ़ करती है, बर्तन धोती है और काम हो जाने के बाद फिर से खिड़की के पास आकर खड़ी हो जाती है। हाथ में गर्म कॉफ़ी का एक प्याला लिए वह बाबा आदम के जमाने की घड़ी और उस जगह को जहाँ से वह गया है, रह-रहकर ताकती रहती है। घड़ी चल रही है, वह सोचती है और कंपकंपाहट महसूस करती है।

हालाँकि उसके गैरेज में एक चौपहिया एस यू वी खड़ी हुई है, वह पहाड़ी झरने की ओर जाने वाले उस खड़े रास्ते पर पैदल चल देता है। वह अभी भी अपने होंठों पर उसके चुम्बन को महसूस कर पा रहा है। उसने धीरे से कहा था, "अपना ध्यान रखना", और उसने इशारे में "हाँ", कहा था और बिलकुल जानता था कि उसने किस बारे में बात की थी क्योंकि रविवार को पहाड़ी झरने में मछली मारना ख़तरे से खाली नहीं है। पर उसे रोमांच पसन्द है, जिसे वह तब से महसूस नहीं कर पा रहा है, जब से वे लोग यहाँ ऊपर रह रहे हैं। शेयर मार्किट में अचानक से होनेवाले उतार-चढ़ाव से हालाँकि इसकी कोई तुलना नहीं हो सकती। यहाँ के जोख़िम का बिलकुल सही अन्दाज़ा लगाया जा सकता है, फिर भी रविवार का उसका यह कार्यक्रम उसकी अन्यथा रिक्त दिनचर्या में रोमांच का एक भाव जोड़ देता है। वह हौले से सीटी बजाते आगे बढ़ता है, पथरीली सतह पर उसके कदम अपनी आवाज़ बुलंद करते हैं, दूर नीचे से झरने की आवाज़ लगातार सुनाई दे रही है। सूरज की किरणें चीड़ की शाखाओं के बीच नृत्य कर रही हैं। मशरूम और गोंद की सुगन्ध आ रही है, और एक बार एक भूरी-सफ़ेद छोटी चिड़िया भी उसके सामने से घबरा

कर फड़फड़ाते हुए निकल जाती है। एक तीखे मोड़ के बाद वह अचानक से दो घूमते हुए लोगों के सामने खड़ा हो जाता है, एक वृद्ध दम्पत्ति, दोनों हाँफते हुए, दोनों गहरे लाल माथे वाले। किसी तरह साँस लेते हुए वे अभिवादन करते हैं, वह जवाब में हल्के से सिर हिलाता है और जल्दी से आगे निकल जाता है। उसे यहाँ पर्यटक बिलकुल पसन्द नहीं हैं, यह घाटी उसकी है, उसकी अपनी खोज। किसी और के साथ इसे बाँटने में उसकी कोई रुचि नहीं है, उसपर से ये तो लाल माथे वाले, कुव्वत से ज़्यादा काम करने की इच्छा रखनेवाले वरिष्ठ नागरिक हैं। "माफ़ कीजिएगा", पीछे से आवाज़ आती है। अनमने भाव से वह ठहर जाता है और पीछे मुड़ता है। "क्या आप बता सकते हैं कि अभी समय क्या हुआ है? मेरी पत्नी भूल गई...।" "अरे, कोई बात नहीं। आपको मुझे अपनी पूरी ज़िन्दगी की कहानी सुनाने की कोई आवश्यकता नहीं है।" वह उस दंपत्ति को रूखी नज़रों से देखता है और अपनी कलाई पर देखते हुए कहता है, "अभी ठीक सवा सात बजे हैं।" ऐसा कहते हुए वह वापस मुड़ जाता है। आश्चर्यचकित होकर बूढ़ा आदमी उससे पूछता है, "आप ठीक तो कह रहे हैं ना?" गुर्राते हुए वह जवाब देता है, "हाँ, यह क्रोनोस्विस टाईममास्टर क्रोनोग्राफ़ है, जिसकी कीमत पाँच हज़ार यूरो है और उस क़ीमत के एवज में यह बिलकुल सटीक समय बताती है।" बूढ़ा आदमी हड़क जाता है और अपने कंधों को मिचकाते हुए अपनी पत्नी की तरफ़ फुसफुसाते हुए मुड़ जाता है। उन दोनों पेंशनधारियों की ओर ज़्यादा ध्यान दिए बिना वह ख़राब मूड में झरने की तरफ़ आगे बढ़ जाता है।

थोड़ी ही देर बाद वह घुटनों तक बर्फ़ीले पानी में खड़ा हो जाता है, ठीक उसी जगह पर वह हमेशा मछली पकड़ता है, एक छोटे से मोड़ पर जहाँ से झरना धीरे बहता है। धीरे-धीरे वह अपने फ़िशिंग रॉड को इधर-उधर घुमाता है, सूरज की रोशनी से चमकते पानी में उसके रॉड का दूसरा छोर चमक रहा है, गोल-गोल जलतरंगों के बीच हिल रहा है, वह धैर्यपूर्वक इन्तज़ार करता है, करीब-करीब बिना हिले-डुले, एक सधे हुए शिकारी की तरह। वह अपनी पत्नी के बारे में सोचता है। पहाड़ पर घर को लेकर वह शुरू में कितनी उत्साहित थी, जब भी वे यहाँ शनिवार-रविवार को आया करते थे। फिर अचानक से उसका उत्साह कैसे शान्त पड़ गया, जब उसने यहाँ आ बसने की बात कही थी, उसने अपनी पत्नी को मनाने की कितनी कोशिश की थी और कितना निष्फल था यह सब। वह उसे उस समय छोड़ देना चाहती थी, पर फिर उसने शादी के क़रारनामे की तरफ़ उसका ध्यान दिलाया जिसके अनुसार

उसके हिस्से में कहने के लिए कुछ भी नहीं था–उसके वक़ील का एक मास्टर स्ट्रोक–फिर उसने अपनी राय बदल दी और साथ आ गई, जैसा कि वह पहले से चाहता था। यद्यपि शुरू में वह दुखी और असन्तुष्ट थी, पर हाल में वह बदलने लगी थी और ऐसा लगता है जैसे वह अपने आप को घाटी के जीवन में ढालने लगी है। सन्तुष्ट होकर वह सोचता है कि सब कुछ समय-समय की बात है।

एक चरचराहट शाँति को भंग कर देती है, जैसे किसी आदिम विशालकाय का कराहना, पत्थर-चट्टानों से उसकी प्रतिध्वनि आती है। वह अचानक से घबराकर ऊपर घाटी की ओर देखता है। गुस्से में वह सोचता है यह कैसी विकृति है, इस पर तो प्रतिबंध लगा देना चाहिए। पड़ताल करते हुए वह अपनी घड़ी में देखता है, आठ बजने में दस मिनट, इस तरह तो उसके पास पूरे एक घण्टे से भी अधिक समय है। वह फ़िशिंग रॉड को फिर से चलाता है, उसका दूसरा छोर साफ़ पानी में चमकता है। मानो ज़िन्दा दफ़ना दी गई है, वह ऐसा महसूस करती है, एक बार झगड़े में उसने उससे कहा था कि घुटन महसूस होती है उसे। वह हल्के से मुस्कुराते हुए सोचता है कि उसे यहाँ ऊपर रहने की आदत लग जायेगी, उसकी और उस बच्चे की भी, जिसे वह जन्म देगी। उसने सब कुछ ध्यान से सोचा था, ख़तरों का आकलन किया था, सम्भावनाओं का अनुमान लगाया था, आमदनी का हिसाब लगाया था, अपनी पूरी ज़िन्दगी उसने और कुछ किया भी नहीं था।

कान को बहरा कर देनेवाली एक आवाज़ उसे सहमा देती है, उसके हाथ से फ़िशिंग रॉड गिर जाती है, वह ऊपर की ओर देखता है, बाँध की दीवार की ओर, इस घाटी की विकृति की ओर। वह आवाज़ और तेज़ होती जा रही है, अपनी कलाई की ओर देखता है, क्रोनोस्विस टाईममास्टर क्रोनोग्राफ़ में आठ बज रहे हैं। चिंतित भाव से वह इधर-उधर देखता है। वह इस ताल के चारों ओर की गहरी पीली खतरा पट्टिकाओं को जानता है, उनको उसने कई बार पढ़ा है। मोटे काले अक्षरों में और गहरे लाल विस्मयादिबोधक चिन्ह के साथ वे जानलेवा ख़तरे की ओर इशारा करती हैं, जो साफ़ कहती हैं कि हरेक रविवार की सुबह नौ बजे बाँध में जमा अतिरिक्त पानी छोड़ा जाएगा। शान्त होकर वह सोचता है, "अच्छा, अभी एक घंटा और है!" वह रॉड की तरफ़ झुकता है जो कि पानी में उसके पैरों के पास पड़ी है, तभी तेज़ पानी की पहली धार उसके ऊपर से बह जाती है। वह गिर पड़ता है, उसके हाथों में खरोंच आ जाती है। चिपचिपा और मटमैला भूरा झाग इस ताल में खण्डित चट्टानों की नुकीली दीवार और पत्थरों के अवशेष के ऊपर से बह रहा है। एक क्षण के लिए

सम्पूर्ण स्तब्धता छा जाती है। हैरान-परेशान और तरबतर, वह उठने की कोशिश करता है, उसके हाथ की उँगलियों से ख़ून टप-टप बह रहा है, तभी दूसरी धार आ जाती है और उसे अपने नीचे दफ़ना देती है। वह पानी की सतह पर आने की और साँस लेने की कोशिश करता है। जैसे ही पहाड़ की ओर अपनी गर्दन को घुमाता है, वह झरने को पूरे आवेग से पहाड़ से नीचे बहते देखता है। गरजता, लरजता पानी कुछ ही क्षणों में एक प्रचंड धारा में तब्दील हो जाता है। जिसकी तरंगों पर टहनियाँ बेमर्ज़ी नृत्य कर रही हैं, निगल ली जाती हैं और पुनः उगल दी जाती हैं, चट्टानों की दीवारों से टकराकर वह दोनों हाथों से चप्पू की तरह पानी को पीछे धकेलने की कोशिश करता है कि वह किसी तरह किनारे पर पहुँच जाये, पर सब बेकार!

वह अब भी खिड़की के पास खड़ी है, कॉफ़ी कब की ठंडी हो चुकी है और तभी घाटी में विशाल मात्रा में गिरते पानी की आवाज़ सुनाई देती है। वह हाथ से अपने चेहरे को सहलाती है, फिर मुड़ जाती है, एक बार फिर से पूरे घर में जाती है, सारी घड़ियों का समय एक घंटा आगे बढ़ाती है, ड्राईंग रूम की बाबा आदम के जमाने की घड़ी, साईड टेबल पर रखी अलार्म घड़ी, रसोईघर की घड़ी, टी.वी. में दिखनेवाला समय जिसपर उसके पति की नज़र गई भी नहीं थी। वह सोचती है, सब कुछ समय-समय की बात है। एक क्षण के लिए वह रुकती है और चारों ओर देखती है। अचानक फिर से मुक्त और उस पर से अपनी सोच से भी अधिक अमीर हो जाने का अहसास, अगर आप विरासत और जीवन बीमा को साथ में जोड़ दें, तो यह अहसास बड़ा ही अजीब सा लगता है, और आदी होने में समय लगेगा। वह अपना स्पोर्ट्सबैग उठाती है, जिसमें उसने सबसे ज़रूरी चीज़ों को पैक कर रखा है। गाड़ी में बैठते हुए वह सोचती है कि वक़ील उसे सम्पर्क कर लेगा। वह चाबी घुमाती है और उसे ऐसा महसूस होता है कि इंजन आसानी से और आतुरता से चालू हो गया।

□□

अनुवादक / अनुवादिका परिचय

1. अमित कुमार शर्मा, जवाहरलाल नेहरू विश्वविद्यालय के 'सेंटर ऑफ़ जर्मन स्टडीज़' में शोधार्थी।
2. चंद्रिका कुमार, दून विश्वविद्यालय के 'डिपार्टमेंट ऑफ़ जर्मन स्टडीज़' में शिक्षक।
3. नन्दन कुमार, जवाहरलाल नेहरू विश्वविद्यालय के 'सेंटर ऑफ जर्मन स्टडीज़' में शोधार्थी।
4. नमिता खरे, दिल्ली विश्वविद्यालय के 'डिपार्टमेंट ऑफ़ जर्मेनिक एण्ड रोमांस स्टडीज़' में शिक्षिका।
5. नेहा कौशिक, आई आई टी मण्डी के 'स्कूल ऑफ़ ह्यूमैनिटीज़ एण्ड सोशल साइंसेस' में शिक्षिका।
6. भरत शर्मा, जवाहरलाल नेहरू विश्वविद्यालय के 'सेंटर ऑफ जर्मन स्टडीज़' में शोधार्थी।
7. विपुल गोस्वामी, दून विश्वविद्यालय के 'डिपार्टमेंट ऑफ़ जर्मन स्टडीज़' में शिक्षक।
8. शिव प्रकाश यादव, एमिटी विश्वविद्यालय नोएडा के 'स्कूल ऑफ़ फॉरेन लैंग्वेजेस' में शिक्षक।
9. सलमान अब्बास, अलीगढ़ मुस्लिम विश्वविद्यालय के 'डिपार्टमेंट ऑफ़ फॉरेन लैंग्वेजेस' में शिक्षक।
10. सुमन सिंह, अलीगढ़ मुस्लिम विश्वविद्यालय के 'डिपार्टमेंट ऑफ़ फॉरेन लैंग्वेजेस' में शिक्षिका।

स्त्रोत (Source)

1. Andreas Gruber (आंद्रेआस ग्रूबर), *Katzenaugen.* From: Tatort Schönbrunn, Edith Kneifl (Ed.), Falter Verlag, 2014.
2. Anette Heiter (आनेटे हाइटेर), *Die Frauen meines Lebens.* From: Herrgotts Bscheißerle. Kulinarische Kriminalgeschichten aus Schwaben, Silvija Hinzmann (Ed.), Argument Verlag, 2011.
3. Anne Kuhlmeyer (आन्ने कूलमायर), *Jazz, Wein, Liebe // und der Keller.* From: https://annekuhlmeyer.com/2018/09/14/jazz-wein-liebe-und-der-keller/
4. Ulrike Wanner (उल्रीके वानेर), *Neckar-Chutney.* From: Herrgotts Bscheißerle. Kulinarische Kriminalgeschichten aus Schwaben, Silvija Hinzmann (Ed.), Argument Verlag, 2011.
5. Edda Minck (एडा मिंक), *Schön und tot.* From: In 18 Morden um die Welt, Fenna Williams und Petra K. Gungl (Eds.), Leinpfad Verlag, 2021.
6. Ella Theiss (एला टाइस), *Das Hurenkind.* From: Engel, Hexen, Wiedertäufer - Historische Geschichten aus dem Münsterland, Evelyn Barenbrügge (Ed.), Waxmann Verlag, 2013.

7. Eva Klingler (एवा क्लिंगलर), *Die vermaledeiten Hefeknöpfle.* From: Herrgotts Bscheißerle. Kulinarische Kriminalgeschichten aus Schwaben, Silvija Hinzmann (Ed.), Argument Verlag, 2011.
8. Katja Bohnet (कात्या बोनेट), *Die Schwarzfahrerin.* From: Rentier, Raubmord, Rauschgoldengel. Von Heiligenhafen bis Zermatt - 24 Weihnachtskrimis, Monika Beck (Ed.), Knaur Tb, 2020.
9. Christine Lehmann (क्रिस्टीने लेमान), *Der Engel von Ostheim.* From: Notorisch Nerz. Acht Eskapaden mit Lisa Nerz, Christine Lehmann, Argument Verlag, 2010.
10. Sabina Naber (ज़ाबीना नाबर), *Fuschler Reigen.* From: Tatort Salzkammergut, Beate Maxian und Angela Eßer (Eds.), KBV-Verlag, 2009.
11. Doris Gercke (डोरिस गेर्के), *Die sanften Hügel der Türkei.* From: Frisches Blut. Deutsche Geschichten, Doris Gercke, Argument Verlag, 2019.
12. Tatjana Kruse (तात्याना क्रूज़े), *Pulp Kitchen.* From: Herrgotts Bscheißerle. Kulinarische Kriminalgeschichten aus Schwaben, Silvija Hinzmann (Ed.), Argument Verlag, 2011.
13. Michael Thode (मिषाएल थोडे), *Ihr Name war Lydia.* From: DoudnSuppn: Leichenschmaus - Kriminalkurzgeschichten aus dem Bayerischen Wald, Alexander Frimberger und Lothar Wandtner (Eds.), Edition Golbet, 2017.
14. Regina Schleheck (रेगीना श्लेहेक), *Feuriger Auftritt.* From: Was glaubst du, wer du bist? Simone Husemann und Lisa Straßberger (Eds.), Verlag Herder, 2020.
15. Romy Hausmann (रोमी हाउसमान), *Julischnee.* From:

Identität 1142. 23 Quarantäne-Kurzkrimis, Sebastian Fitzek (Ed.), Droemer Knaur Verlag, 2020.
16. Livia Fröhlich (लिविया फ्र्योह्लिख), *Das Geschenk.* From: Identität 1142. 23 Quarantäne-Kurzkrimis, Sebastian Fitzek (Ed.), Droemer Knaur Verlag, 2020.
17. Stefanie Wider-Groth (श्टेफ़ानी वीडर-ग्रोथ), *Wurstsalat mit Blei.* From: Herrgotts Bscheißerle. Kulinarische Kriminalgeschichten aus Schwaben, Silvija Hinzmann (Ed.), Argument Verlag, 2011.
18. Sunil Mann (सुनील मान), *Eine Frage der Zeit.* From: Die Uhr läuft ab: Die besten Einsendungen zum Agatha-Christie-Krimipreis 2009, Fischer Taschenbuch, 2009.